Impression à la demande. ISBN : 9798535100951

Remerciements à Hélène D, sans qui Mathilda Shade n'aurait jamais pris vie, dans un premier temps, puis dans un second, serait restée dans mon ordinateur... Merci d'être toi !

Remerciements à Sarah V, une lectrice au top...

Remerciements et *hugs* à Bénédicte et David T, mes complices, mes tatoués.

Remerciements à Jhae, mon Alpha à moi, pour son soutien sans faille, dans tous mes projets.

Muladhara

Liz E. Myers

Mathilda Shade

Livre I

Nuance
Publishing

Le chakra racine puise son énergie dans le champ magnétique du noyau de la Terre, stimule les pulsions agressives liées à la survie, ancre notre esprit dans la réalité et établit notre existence matérielle.

1

Vip

Taper. Taper fort et vite. Et bouger. Rester en mouvement pour qu'il ne puisse pas prendre le temps de mettre plus de puissance dans ses coups. Il faisait au moins trente kilos de plus que moi, et il avait l'air d'y connaître que dalle en galanterie... J'avais de la chance quelque part, qu'il soit complètement défoncé, parce que ça le déséquilibrait un peu et comme j'étais bien plus rapide que lui, il me suffirait qu'il dégage un bon angle juste quelques secondes et je pourrais le déstabiliser et le mettre à terre. Après quoi je pourrais l'assommer avec une des briquettes que j'avais repérées à un pas et demi de nous. Bon, il continuait d'envoyer ses poings comme un déluge de grêle en tournant en même temps que moi, et ça commençait sérieusement à me prendre la tête. Je n'avais franchement pas que ça à foutre. J'attendis la seconde de récupération qui lui était nécessaire après une salve, enfonçai le talon de ma jambe gauche dans le sol pour me donner une impulsion, et poussai de toutes mes forces sur celle-ci pour que la droite entre avec le plus d'impact possible dans son genou. Un bruit horrible résonna dans la ruelle, et le coup eut l'effet escompté. Le genou céda et la jambe plia dans un angle tout sauf naturel. Le grand type s'écroula au ralenti, en étouffant un cri de douleur dans la morve mélangée au sang et à la bave qui coulaient dans sa bouche depuis que je l'avais trouvé là, hagard, attendant que quelqu'un passe pour le dérouiller. Ça allait sûrement faire du boulot pour les collègues mais tant pis.

Moi, je voulais juste rentrer chez moi. J'avais eu une longue journée, et j'étais fatiguée. Plus une once d'énergie. Ce monde partait vraiment en chips. C'était du grand n'importe quoi. Depuis les émeutes du grand soulèvement, l'humanité essayait tant bien que mal de retrouver un équilibre sociétal, mais c'était comme essayer de contenir un océan déchaîné avec une malheureuse digue, dont la construction ne mettait personne d'accord, si bien qu'elle était toute de travers. Andrew, un pote ambulancier, m'avait déposée à l'ancien arrêt de bus *High & Crawford,* et j'avais redescendu *High Street* jusqu'à l'appartement que je m'étais trouvé, au-dessus d'un ancien bistrot, le « Café Europa », la nostalgie sans doute. Je me disais en marchant, combien ça devait être sympa de vivre à Portsmouth avant tout ce merdier. C'était une vielle ville américaine pleine de charme, avec ses vieux quartiers et ses vieux bâtiments qui caractérisaient les états fondateurs. Quel gâchis. En parlant de gâchis, je n'étais pas mal non plus. Comment j'en étais arrivée là ? Cette question fit remonter en moi tout un tas d'images horriblement douloureuses. Mon frère. Je m'aperçus que j'avais arrêté de marcher. Ne pas avancer, c'était mourir, de nos jours. Je secouai la tête pour chasser la douleur, et sortis les clés de ma poche pour ouvrir la grille qui protégeait la porte de mon appartement, puis la porte elle-même, et refermai les deux derrière moi. Je vérifiai mon système de sécurité high tech constitué de glyphes sur les murs. Ils étaient censés me protéger de toute intrusion malveillante. Je les avais trouvés dans un livre, à l'ancienne bibliothèque municipale, à deux pas de chez moi. On ne pouvait vérifier ce genre d'information qu'en les mettant à l'épreuve, mais j'avais pu sentir la force de leur protection dès leur installation, alors je m'y étais fiée et avais eu depuis l'occasion de tester leur efficacité à quelques reprises. Je montai l'escalier étroit qui menait à mon appartement. J'arrivai à une autre porte, que je déverrouillai aussi, avant de la refermer derrière moi. Mon appartement était comme une très grande pièce qui traversait le bâtiment d'un bout à l'autre, avec une espèce de baie vitrée en bout, au-dessus de la devanture du vieux bistrot, constituée de trois larges fenêtres. Il n'y avait que la salle d'eau qui avait fait l'objet de la pose d'une cloison. Le mur du fond, tout de suite en entrant, était bardé de tonnes de bouquins entassés. Il n'y avait pas eu de personnel pendant longtemps à la bibliothèque municipale voisine, et j'en avais un peu profité... Derrière le sac de frappe que j'avais installé dans l'entrée, le parquet brillait de la lumière lunaire jusqu'à mon canapé-lit, que je n'avais pas eu le temps de replier ce matin, ou hier, oui c'était hier soir que j'avais commencé mon service, ça dérapait tout le temps et je restais bien trop longtemps à l'hôpital.

J'ouvris la porte de la salle de bain, et aperçus mon visage dans le miroir, avec horreur. J'avais encore eu droit à un ravalement de façade à l'ancienne... Super, déjà que j'étais loin de pouvoir prétendre au titre de reine du bal... Je tournai les robinets de la douche, et commençai à retirer mes vêtements tachés de sang. J'étais en train d'hésiter entre les mettre à tremper, et les jeter, quand mon téléphone sonna, ce qui ne manqua pas de me faire sursauter et mettre mon doigt en plein dans la plaie que j'étudiais jusque-là sur ma pommette. *Aïe.* Ça faisait plus de deux mois que le réseau téléphonique était en croix, et j'avais oublié que la sonnerie était aussi forte.

— Allô ?

— Math ?

— Salut Angus, ça va ?

— Ça va super. J'ai trouvé.

— Trouvé quoi ?

— Le lien entre la vieille, la hyène et les scènes de crimes…

— Ang, tu sais quelle heure il est ?

— Non… C'est une goule.

— Une goule ?? ?

Je fis appel à ma mémoire parfois capricieuse, et vis une page lue plusieurs mois auparavant refaire surface.

— *Créature monstrueuse du folklore arabe et perse qui apparaît dans les contes des mille et une nuits. Affectionne les cimetières où elle déterre les cadavres pour s'en nourrir.*

— Maaaaath, fit-il traîner, exaspéré. Si tu as lu ça et que tu peux me le réciter, pourquoi est-ce que tu m'as demandé de chercher ?

— Dire tout haut qu'il doit bien y avoir un lien ce n'est pas vraiment te demander de chercher… Et puis j'avais zappé la partie sur les hyènes… Qui dit… ?

— Dans le bouquin ils disent qu'elles peuvent prendre l'apparence d'une vieille femme ou d'une hyène.

— Bin voyons. Charmant.

— Ils ne disent rien sur les moyens de la tuer.

— Évidemment.

J'entendis Angus bouger de l'autre côté de la ligne, et il s'écria tout à coup :

— Merde ! Il est vraiment une heure du mat' Math ?

— Et oui... soupirai-je.

— Merde ! Faut que je dorme un peu, j'ai promis d'aider à la banque alimentaire mardi matin. Je vais te laisser...

— Angus ?

— Quoi ?

— C'était aujourd'hui mardi, enfin hier, enfin on est mercredi aujourd'hui.

— Non ! C'est pas possible... T'es sûre ?

— Oui, je suis sûre. Ça fait combien de temps que t'as rien mangé ou bu ?

— Bin... J'avais des biscuits...

— Rentre chez toi.

— Ouais !

— Et ! Angus !

— Oui ?

— Ne passe pas sur *Highstreet*, j'ai fait une mauvaise rencontre un peu après *High & Crawford*.

— Ce n'est pas sur mon chemin.

— Je sais, je te le dis au cas où tu n'irais pas directement chez toi.

— OK. Salut.

Il avait raccroché aussi sec. *Merci Math, désolé de t'avoir appelée en pleine nuit. Tu vas bien sinon ? Ta « mauvaise rencontre » ne t'a pas trop amochée ?* Pffff du pur Angus. Droit au but, pas de fioritures.

Quand je revins dans la salle de bain, je me rappelai que j'avais laissé couler l'eau… *Merde !* Bientôt plus d'eau chaude… Je me précipitai sous le jet pendant qu'elle était encore tiède. *Il faudrait que je pense à me rancarder sur la marche à suivre pour changer ce cumulus.* Je pris ma douche en deux minutes chrono, en prenant malgré tout bien soin de nettoyer mes plaies avec de la *biseptine* 2.0 piquée à l'hôpital (la formule avait été améliorée après la prise en compte par ce qu'il restait de l'industrie pharmaceutique des nouveaux virus dégueulasses qui circulaient, type vampirisme, virus lycanthrope ou « *switch* », affection « zombie »…). Je finis quand même par m'appliquer un onguent que j'avais concocté, non sans un immense effort de patience dans la collecte des ingrédients et l'apprentissage du rituel chamanique de préparation. Je commençais à avoir une certaine expérience en matière de rituels de toutes sortes. L'instinct de survie. Je repensai à un livre que j'avais lu quand j'étais môme, avant que tout ne commence à partir en vrille. C'était un truc sur le pouvoir secret des femmes, qui étaient en fait toutes des sorcières plus ou moins puissantes. C'était pour divertir les gens à l'époque et mettre un peu de piment et de fantaisie dans leurs existences moroses… Et voilà qu'au lieu de morosité, on nageait dans *l'urban fantasy* à en perdre le goût de l'aventure. Tous les fantasmes les plus fous devenaient réalité au fil des années. Je me demandais quand ça allait s'arrêter.

J'étais vraiment exténuée d'avoir enchaîné deux gardes, et je pris tout juste la peine d'enfiler une culotte et un débardeur avant de m'affaler sur mon lit. Mmmmm, la douceur de la couette molletonnée me donna un frisson de plaisir, et je m'enroulai dedans. Je sombrai instantanément, tout en me disant que c'était on ne peut plus triste, que ma seule source de plaisir soit ma couette.

Je m'étais levée un peu juste ce matin, comme souvent, sauf que ma moto était en panne. Du coup je courais le long de la jetée qui menait aux urgences, mon service. *Bah, l'exercice c'est bon pour la santé.* Comme il me restait bien deux cents mètres, je dus faire pitié à un automobiliste dont j'entendis le moteur ralentir un peu avant ma hauteur. Une Chevrolet noire s'arrêta à mon niveau, et la fenêtre passager descendit sans un bruit. Une voiture en très bon état, avec les vitres électriques et tout… *Mazette !* Je me penchai pour voir le bon samaritain, et fus surprise de découvrir le large sourire d'un magnifique spécimen d'homo sapiens, tout ce qu'il y avait de plus charmant. Je ne décelai aucun vice caché. Un visage fin, une mâchoire carrée sans excès, des cheveux bruns bien coupés, un regard franc plein de gentillesse, et un sourire éclatant à tomber par terre. Ce que j'avais failli faire en vrai, du reste. *Super, la cruche…*

— Bonjour, dit-il d'une voix virile et charmante (c'était trop pour moi). Je vous dépose ?

— Non merci, c'est très gentil mais **j'aime** bien marcher.

Mais quelle débile ! Tout moi ça. J'ai peur de passer pour une idiote, alors je dis exactement le truc qui va lui faire penser que je suis bizarre… Il continuait de rouler à mon pas. Ce qui avait déjà agacé deux autres conducteurs, qui avaient doublé en accélérant brusquement d'exaspération. Il y avait de nouveau des voitures, pensai-je, les nouveaux services de police commençaient aussi à se mettre en place, peut-être la civilisation allait-elle refaire surface ? *Non.*

— Sauf que là vous ne marchiez pas, vous couriez, ce qui me laisse penser que soit vous avez rapidement besoin de soins médicaux, soit vous êtes en retard…

Et avec de la répartie par-dessus le marché… Misère…

— Je vous promets que je suis un honnête homme. Il ne pourra rien vous arriver avec moi. D'ailleurs, je travaille ici.

Je m'arrêtai et me penchai de nouveau dans son habitacle.

— Vraiment ? Je ne vous ai jamais vu pourtant…

Il fendit à nouveau son beau visage d'un sourire révoltant de beauté.

— Ha ! Donc vous travaillez là aussi, dit-il, je suis le petit nouveau. Aller montez, je vais me faire plein d'ennemis le premier jour en traînant comme ça en plein milieu…

J'ouvris la portière et me posai dans le siège passager avec la grâce d'un hippopotame. Et puis merde, de toute façon j'étais déjà grillée avec lui. « L'idiote qui aime marcher/courir ». Mais de quoi je parlais ? De toute façon il ne se serait jamais intéressé à moi. J'étais la fille lambda, que tout le monde trouvait sympa, mais bizarre.

— Ben Montgomery, dit-il en me regardant de plus près. On vous a frappée ?

— Moui.

Il fit une moue très gênante, comme s'il avait un costume de superman à l'arrière, et qu'il réfléchissait au moyen de l'enfiler le plus vite possible pour voler au secours de la damoiselle en détresse.

— Ne vous inquiétez pas, je ne suis pas en détresse, dis-je avec peut-être un peu trop de dédain. Je me suis juste fait bousculer hier en rentrant chez moi, rien qui ne sorte de l'ordinaire quoi...

Un peu trop de fatalisme cette fois... Il allait vraiment me trouver détestable, j'étais douée pour saper ma vie sociale. Ou peut-être que j'étais juste réellement détestable ? J'en étais là de mes réflexions, quand il reprit :

— Je peux me garer là ?

— Oui, dis-je en revenant à la réalité. Mais vous devrez revenir le plus vite possible avec votre sticker de personnel soignant, sinon les vigiles vont vous mettre une amende. Josie vous la fera sauter si jamais c'est le cas, mais elle vous demandera un service en échange, et vous aurez alors mis le doigt dans un engrenage qui vous dépassera sans aucun doute.

Il se mit à rire en descendant de la voiture. Fallait vraiment qu'il arrête de faire ça, ça me donnait furieusement envie de me jeter sur lui en criant « Aime-moi ! ».

— Vous ne m'avez pas dit votre nom, la bagarreuse ?

— Ah non ?

— Non, sourit-il encore…

Nous nous dirigeâmes vers l'entrée des urgences.

— Je suis vraiment mal élevée… À ma décharge, je n'ai pas été élevée du tout…

Nous étions arrivés devant le bâtiment des urgences du *Naval Medical Center* de Portsmouth, tout au bout d'une jetée, en plein cœur du port de la ville des Hamptons. Nous passâmes les portes. Josie, une très grande femme afro-américaine avec de petites lunettes rouges et de magnifiques tresses parsemées de perles de la même couleur, était en train de crier au milieu du couloir, à l'attention d'un infirmier qui avait laissé un brancard dans le passage, et qui détalait déjà. Comme elle nous aperçut, elle enchaîna, sur le ton de l'engueulade en cours :

— Docteur Montgomery ! Bienvenue ! Vous êtes aussi beau en vrai que sur la photo du dossier ! Ça va considérablement améliorer mon quotidien ça !

Comme elle lui avait directement attrapé le bras pour l'attirer vers les bureaux d'admission, j'avais tracé tout droit, histoire d'aller respirer plus loin, loin de ma déconvenue. Je continuai d'avancer sans me retourner, puis passai vite fait dans les vestiaires pour me changer. J'enfilai ma tenue verte des infirmières urgentistes. Quand je sortis du vestiaire en bataillant avec mon badge pour le faire tenir, ma collègue Trisha me faisait des signes un peu plus loin, au beau milieu du pôle des urgences bénignes. Je trottinai vers elle.

— Monsieur Hemmings est là, dit-elle en faisant des yeux de biche.

Merde.

Monsieur Hemmings était la seule personne dans cette ville pourrie, qui avait développé à mon égard un sentiment bienveillant, sans aucune arrière-pensée. Il venait très souvent, et me demandait toujours, pour le plaisir de discuter avec moi. Ça aurait pu être parfaitement adorable, s'il n'avait pas eu quatre-vingt-deux ans le mois dernier, un œil de verre qui ne tenait pas en place, et une légère sénilité qui lui faisait raconter des histoires abracadabrantes et perdre le contrôle de temps en temps. Et bien sûr, il n'avait pu s'empêcher de dire à tout le monde combien j'étais parfaite, gentille et douce et jolie et intelligente et magique et merde ! Du coup dès qu'il se pointait, les autres le mettaient dans un box, et le faisaient patienter jusqu'à ce que j'arrive. Et surtout, quand il se pointait, tout le monde trouvait hilarant de m'appeler 'la merveille'… Parce que bien sûr, personne ne trouvait le vieux cohérent… Ce qui me faisait chaud au cœur.

— Qu'est-ce qu'il s'est fait ? demandai-je.

— Je ne sais même pas pourquoi tu poses encore la question, dit Trish en haussant les épaules, sans doute rien, comme d'habitude.

— Sans doute ? Ou rien ? Parce que c'est pas la même chose.

— Oh Math s'il te plaît, tu sais très bien qu'il ne vient que pour tromper l'ennui. Mais bon moi je ne suis pas mère Mathilda, dit-elle en joignant ses mains pour mimer une prière, alors va lui faire sa demi-heure de remontée de moral *made in* toi, et viens boire un café avec moi, avant que je parte. Je suis claquée.

— Y'a eu beaucoup de monde cette nuit ?

— Non, mais j'ai eu une réunion particulière dans la salle de repos avec un certain chirurgien du second vers trois heures et demie et c'était... sportif.

Super... Trisha s'était envoyé THE docteur du second, celui sur lequel toute la meute féminine de l'hôpital bavait, excepté moi (j'avais peut-être vraiment un problème comportemental ?) et moi, j'avais mon VIP octogénaire à bichonner... Pourquoi la vie était-elle aussi cynique ?

Avant que j'aie pu retrouver Frank Hemmings, Josie fit une entrée fracassante dans le service, par la porte latérale qui menait aux admissions, en se dandinant comme si elle apportait la nouvelle du siècle.

— Votre attention s'il vous plaît. Voici, tout droit venu de *Washington DC,* le merveilleux docteur Benjamin Montgomery. Il fait maintenant partie de l'équipe responsable. Il a été formé en traumatologie de haut vol, et a fait du terrain dans les camps de Louisiane. Il est très doué, il est très beau, il est tout neuf, soyez sympas !

Tout le personnel présent se mit à faire la queue pour aller lui serrer la main pompeusement, en lui souhaitant tout un tas de fois la bienvenue, et en lui disant combien il était attendu...

J'avais quant à moi entrepris de faire le tour des boxes à la recherche de mon VIP. Je tirai les rideaux un à un, délicatement, pour ne pas déranger, mais Frank était introuvable. Je revins vers

Trish, qui avait l'air en extase devant le nouveau, comme si elle venait de découvrir le plafond de la chapelle Sixtine.

— Trish ?

— Mmmmmmmm ?

— Trish, ferme ta bouche.

Elle tressauta et me regarda d'un air mauvais, comme si je venais de la réveiller en plein rêve.

— Quoi Math ?!

— Monsieur Hemmings ? Il est où ?

— Quoi Monsieur Hemmings ? Je n'en sais rien moi, je ne suis pas sa mère.

— Il a été admis officiellement ?

— Bien sûr que non, Josie en a marre de faire de la paperasse pour rien.

— Tu l'as vu partir ?

Elle ne m'écoutait déjà plus. Je me déplaçai pour être dans son champ de vision.

— Est-ce que tu l'as vu partir Trish ?

Visiblement je la dérangeais, je crus même un moment qu'elle allait me pousser. *Vas-y, essaie.*

— Quoi ? Non je ne l'ai pas vu partir, tu m'agaces à la fin avec ça, de toute façon il n'avait rien je te dis, il voulait juste te voir.

— Il y a un problème ? demanda une voix suave, derrière mon dos. Assez près pour que je sente son souffle dans mes cheveux, à mon oreille. J'avais dû lui barrer la route en me mettant face à Trisha, *oups*. Je m'écartai à quelques pas, un peu trop rapidement, si bien qu'il sursauta. Bon, fallait que j'arrête d'avoir l'air d'une folle.

— Non, pas du tout, coula Trish. C'est juste que Math a un habitué qui se meurt d'amour pour elle, et il s'avère qu'elle l'a raté de peu ce matin -*pétasse*-. Tu le verras sûrement demain Math, ne t'en fais pas.

Le beau Benjamin parut gêné. J'avais envie de lui laisser croire ce qu'il voulait, et de tourner les talons pour aller poser quelques bandages, pour me calmer, mais je m'inquiétais vraiment pour Frank.

— C'est très drôle Trish, hilarant, dis-je alors qu'elle était déjà en mouvement pour attirer l'étalon vers la salle café, mais monsieur Hemmings, en dehors de son statut de courtisan, est un patient. Il a été admis ce matin, personne n'a daigné s'en occuper sous prétexte que je suis la seule à bien vouloir m'acquitter de cette tâche, et contrairement à ce que tu penses, il vient toujours avec un vrai problème. Tu le saurais si tu le prenais en charge de temps à autre. Alors excuse-moi, mais je m'inquiète un peu de sa disparition.

Je compris au moment même où j'avais prononcé ce dernier mot, que je venais potentiellement de déclencher un cataclysme. Les hôpitaux étaient certes moins à cheval sur les règles que dans le temps, maintenant que plus personne n'avait les moyens de se payer un avocat, mais parler d'une faute grave devant un nouveau responsable ne semblait quand même pas une bonne idée. Trop tard. Trisha avait dû faire le même calcul, parce qu'elle avait blêmi dangereusement.

— Je… Tu es sûre que tu as regardé partout avant de dire un truc pareil ?

Sa voix avait déraillé vers l'aigu sur la fin, trahissant sa panique. Le nouveau docteur lui prit la main, *bin voyons, consolons la pauvre petite infirmière incompétente…* Il dit calmement :

— Ne paniquons pas. S'il est entré ce matin, il doit être dans le coin, sourit-il pour se montrer rassurant.

J'étais à deux doigts de vomir. Il lâcha Trish pour foncer droit sur moi. *Au secours. Frapper ?*

— Allons le chercher ensemble, vous voulez bien ?

Je hochai la tête.

Tu sais que tu sais parler Math ? Pourquoi tu te comportes comme une attardée ?

Nous longeâmes les boxes et les inspectâmes un à un. Il se montrait charmant à chaque fois qu'il y trouvait un patient, et nous perdions un temps fou. Je partis de mon côté, mais il me rattrapa d'un bond.

— Vous m'abandonnez ?

— J'ai déjà regardé dans tous les boxes, sinon je ne me serais pas énervée.

Super, l'agressivité maintenant…

— Alors c'est Math votre prénom ?

J'eus un temps d'arrêt lors duquel je le fixai. Je compris tout de suite que j'aurais mieux fait d'éviter, parce que son regard franc était beaucoup plus profond que je ne m'y attendais, et je faillis perdre l'équilibre. Il y avait derrière cette naïve bonhomie, une énorme blessure assez profonde pour lui donner un relief intéressant. Je restai là, à l'observer, ce qui n'avait pas l'air de le perturber. Il tenait bon dans mes yeux. Chose assez rare pour être notée. Les gens m'ignoraient la plupart du temps, mais quand ils croisaient mon regard pour la première fois par le plus grand des hasards, ils étaient invariablement mal à l'aise.

— C'est Mathilda, dis-je enfin.

— C'est ravissant, chuchota-t-il sans sourire.

Je décrochai brusquement, attirée par un malaise, comme un mauvais pressentiment, froid, qui venait du couloir plus loin. Je courus presque, le docteur « trop beau pour être vrai » sur les talons.

— Il y a quelque chose de bizarre, dis-je.

— Quoi ? s'enquit-il.

— Cette porte n'est jamais fermée d'habitude.

J'appuyai sur la poignée, elle était verrouillée.

— Et encore moins à clé !

Je m'approchai tout contre la porte pour y coller mon oreille, mais je savais déjà que je n'entendrais pas de bruit derrière. Je voyais Frank. Debout, en train de pleurer. Il divaguait. Il ne devait pas comprendre qu'il était mort.

— Il faut trouver la clé de cette porte. Je ne savais même pas qu'on pouvait la verrouiller. Oh, il n'y a pas de serrure, ça se ferme de l'intérieur.

En disant ça, j'avais déjà refait le chemin en sens inverse, et je fouillai un pot à crayons sur le comptoir central. *Mais qu'est-ce que t'as fait Frank ? Tu déconnes.* Je fis tomber tout le pot sur le bureau dans la précipitation, et ponctionnai un ouvre-lettres, ça ferait l'affaire, puisque je ne pouvais pas sortir un couteau de mon casier sous le nez du nouveau. Je revins en courant vers la porte. Le docteur Montgomery avait visiblement mené son enquête sur la fameuse porte et Hiram, un aide-soignant, lui expliquait que c'était un local pour le matériel avant qu'il ne faille tout mettre sous clé pour éviter les vols, et que maintenant, on ne s'en servait plus à part pour entreposer les chariots de réanimation. Je mis un genou à terre et entrepris de décapuchonner la serrure. Elle était recouverte par un cache en plastique, mais si je le faisais sauter, je trouverais sûrement derrière, le mécanisme avec cette espèce de grosse tête de vis qu'on peut faire tourner en se servant d'un objet comme d'un gros tournevis. Le capuchon en plastique sauta tout de suite. Montgomery avait compris ce que je voulais faire et me tendit un penny, l'ouvre-lettres s'étant avéré trop fin.

Je pris la pièce de monnaie, et l'enfonçai dans la rainure en essayant de faire tourner la serrure. La porte se déverrouilla, et je l'ouvris tout grand sur une mare de sang.

Muladhara

2

Rendez-vous

D'accord, ça faisait beaucoup trop de sang. Le docteur Montgomery sauta littéralement à l'intérieur, et fut le premier à établir que, de toute évidence, il était trop tard pour tenter quoi que ce soit. En m'approchant un peu, je fis le même constat. *Merde.* Le corps était ouvert en deux, il avait été égorgé salement, et toute la carotide était déchiquetée. Frank était debout dans l'angle de la pièce, psalmodiant dans une langue qui m'était inconnue. Je voulais essayer d'attirer son attention, mais je ne devais pas être repérée par Montgomery, ou Hiram, qui faisait la carpe dans l'entrée. À l'instant où celui-ci se détourna pour appeler à l'aide, je lâchai l'énergie que je concentrai ces dernières secondes vers le Frank paniqué. Il stoppa son charabia, et posa ses yeux sur moi. Je fis un geste discret de la tête pour qu'il regarde son corps, ce qu'il fit. Sa mine changea immédiatement. Il sembla soulagé. Presque heureux. Je m'adressai à lui dans **ma** tête, je savais qu'il pouvait m'entendre.

— *Frank ? Frank, vous m'entendez ?*

Il se tourna à nouveau vers moi, ses yeux étaient pleins de larmes. Il fit oui de la tête.

— *Qui vous a fait ça ?*

— *La vengeance… ne sert à rien… Sombre.*

— Je veux juste savoir Frank. D'autres personnes sont peut-être en danger. Quelqu'un vous a menacé ? Vous aviez vu quelque chose de particulier ?

Il se mit à s'agiter, comme si quelque chose lui revenait soudain en tête. Je ne l'entendais plus clairement, la lumière s'était faite plus intense autour de lui, il avait l'air déjà prêt pour le départ… Seule une sensation diffuse m'arrivait, il me mettait en garde. Il y avait un danger.

— Quel danger Frank ? De quoi je dois me méfier ?

Comme il commençait à s'élever vers la lumière, il chercha autour de lui comment me faire comprendre, et son regard se bloqua sur le docteur Montgomery, qui lui, me fixait bizarrement… Frank le pointa du doigt, puis disparut.

— Pourquoi vous me regardez comme ça ? dis-je.

— Je suis désolé pour vous, Mathilda.

Oui bon bin ça va. Il va pas me prendre dans ses bras non plus.

Je reculai hors de la pièce, et allai chercher des plots pour condamner la scène, en attendant la police. Je pris ensuite le premier dossier de la pile, et me mis au travail, non sans une foule de questions. Qui avait bien pu tuer Frank ? Les réponses à cette question étaient sûrement légion en fait, bien que personne ici ne s'en doute. Tout le personnel le prenait pour un petit vieux fatigué qui venait chercher de la compagnie, mais il était tout autre chose. La première fois qu'il était venu consulter, même moi, j'avais cru à son costume… En réalité, Frank Hemmings était aussi connu sous le nom du « *Dreamcatcher* ». Il était un voyant vraiment très fort, et des tas de gens venaient le consulter, chez lui, dans la ville voisine. Il avait une petite maison dans *Colonial Place*, un quartier de Norfolk, une petite maison au lambris jaune, où les gens les plus riches avaient l'habitude de se rendre en secret. Personne ne connaissait, ou du moins personne n'était censé connaître son vrai visage, sa vraie identité. Sa maison était louée sous un faux nom, et il n'apparaissait jamais sous sa véritable forme. Il pouvait manipuler la pensée des gens qu'il recevait. Tout ça, il ne me l'avait pas dit, bien sûr, mais un jour qu'il était très fatigué, il avait fait une petite crise de démence sénile, et ses défenses étaient tombées.

Ce jour-là, j'avais été submergée par la puissance de sa magie, je l'avais sentie jusque dans mon nez, physiquement, comme si elle allait me noyer. Et j'avais vu les gens qui défilaient chez lui. Les fois où il refusait d'aider des personnes malveillantes, et manipulait leurs esprits pour leur faire croire qu'ils n'avaient jamais trouvé la maison jaune. Les fois où il filtrait les choses qu'il voyait dans ses transes. Les cauchemars horribles qui l'empêchaient de se reposer. Lui et moi, nous savions qui nous étions. C'était ça, la seule raison pour laquelle il aimait me parler. En ma compagnie, il pouvait être lui-même, et ça le tranquillisait.

Je lui avais aussi parlé librement. Je ne voyais pas de raison de ne pas le faire. Il avait été tantôt captivé, tantôt révolté, par le récit de ma vie. Ça avait été une grande première pour moi, de faire un point sur le passé qui avait constitué la personne que j'étais, et ça m'avait beaucoup aidé à calmer mon ressentiment. Il avait été le grand-père que je n'avais jamais eu. Frank avait une théorie sur mon existence. Alors que j'avais toujours pensé n'être qu'un oubli, un programme qu'on avait omis de stopper après « l'Éveil », il pensait que j'étais une évolution de l'ancienne mouture des miens. Pas comme l'évolution mutante monstrueuse que je m'étais instantanément imaginée, non, comme une évolution naturelle, en cohérence avec la théorie de Darwin... Voilà qui avait été nouveau pour moi. J'avais peut-être finalement une place dans l'équation. Je n'étais peut-être pas juste une abomination. Je m'étais aimée un peu plus, grâce à ce petit homme plein d'optimisme malgré tous ses cauchemars du futur. Je l'avais tellement aimé. À chacune de ses visites, il était plus faible, son don le rendait malade, son corps n'avait plus la force de contenir tout ce pouvoir. Je savais que c'était une question de semaines, mais pourquoi lui ôter la vie dans la souffrance ?

Il avait dû voir quelque chose. Mais si c'était le cas, qui pouvait avoir assez de pouvoir pour le découvrir, et trouver Frank ? J'étais vraiment perplexe. Toutes ces années d'expérience, et toujours davantage de questions sans réponses... J'avais dû répéter la chronologie de ma matinée à trois policiers différents, entre les soins des patients, m'armant d'une patience qui n'était pas mon fort...

Je jetai un coup d'œil à l'horloge au moment même où mon ventre émit un gargouillis d'un autre monde. Treize heures quarante. *Doit y avoir une faille temporelle dans ce taudis !*

— Je n'avais pas vu l'heure non plus... Je vais aller manger vite fait, je vous paie un sushi ?

J'avais levé les yeux de mon écran sur lequel je venais de taper sur « entrée », pour valider l'envoi de mon rapport d'intervention sur un furoncle, et avais fait un tour d'horizon pour chercher à qui Montgomery pouvait bien être en train de parler.

— C'est à vous que je parle Mathilda, dit-il en soupirant.

Oh bordel.

— Un seul ? *La blague de l'année...*

Il ne m'en tint pas rigueur apparemment, puisqu'il sourit. *Argggggg.*

— Bon alors deux, s'il le faut, mais n'abusez pas trop quand même.

Nouveau sourire.

— Vous ne mangez pas avec vos amis médecins ?

— Pourquoi ? C'est une règle ? Je ne l'ai vue écrite nulle part.

— Et bien sûr, vous ne faites strictement que ce qui est écrit quelque part, dis-je en me levant. La question est, est-ce que vous faites tout ce qui est écrit quelque part ?

Il se fendit d'un sourire que je ne lui avais encore pas vu, et je réalisai qu'il avait pris mon humour un peu simple pour une espèce de proposition, genre : si j'écris « Embrasse-moi. » sur une feuille, tu le fais ? *Merde.* J'étais vraiment la reine des gaffes.

— Bref, je me comprends. C'est très gentil de votre part, mais j'ai encore deux personnes à voir.

— Je vous attends, si vous voulez, insista-t-il.

Là, je commençai à trouver ça bizarre. Est-ce qu'il aimait les petites blondes antipathiques avec des traces de bagarre sur le visage ? Ou alors il pensait vraiment que j'étais battue, et faisait un syndrome du superhéros ? Ou peut-être qu'il avait de la peine pour moi… Ou qu'il voulait noyer le poisson, parce qu'il avait un lien avec le meurtre ? Non, pas possible, il ne devait même pas être à proximité du NMCP (Naval Medical Center of Portsmouth) quand c'était arrivé, Frank avait dû vouloir me faire passer un message, mais je comprenais rarement ses métaphores… Peut-être que le doc avait eu un coup de foudre ? *Haha.*

— C'est une sauvage, minauda tout à coup la voix de Trisha sur notre côté, elle reste toujours dans son coin, vous devriez lâcher l'affaire direct.

Ne pas tuer de gens sur mon lieu de travail…

— Ah bon ? C'est vrai ? dit-il sans se laisser démonter, et en me regardant droit dans les yeux.

Mais qu'est-ce qu'il veut à la fin ?!

— Elle n'acceptera jamais mais moi, *a contrario*, les interrogatoires de la police m'ont exténuée, et je meurs de faim ! En plus, je ne refuse jamais une compagnie agréable, coula-t-elle.

Fin du *game*, elle avait gagné.

— Et bien, je ne peux pas vous laisser faire un malaise pendant que je suis de garde, finit-il par dire. Allons-y. À plus tard Mathilda, pensez à respirer quand même.

J'avais hoché maladroitement la tête, ce qui n'avait pas dû manquer de me donner un petit air à mi-chemin entre débile et aigri. Ça n'aurait pas dû m'énerver qu'elle parte avec lui, puisque j'avais repoussé Mister America, pourtant, j'étais furax. Pas après elle, après moi. Pourquoi j'avais autant peur des choses normales de la vie ? Rencontrer un super beau mâle. Constater qu'il s'intéressait à moi sans aucune arrière-pensée bizarre. Accepter d'aller manger avec lui. Faire l'amour avec fougue dans sa voiture, et avoir deux enfants. Bon. OK. J'étais un peu excessive comme fille... Soit rien, soit tout. J'entendais Trisha en rajouter tout en marchant au bras de l'autre candide.

— Vous devriez changer de garde, venir dans mon groupe de nuit, c'est beaucoup plus intéressant. Les cas sont variés, bien mieux adaptés à votre expérience de terrain...

Nienienien.

Je m'aperçus au moins deux bonnes minutes plus tard que je fixais toujours le couloir où ils avaient disparu. Et je mourais de faim.

— Math ?

Bonheur. Mon rayon de soleil du jour venait d'arriver. Jordan, un grand type chevelu, avec d'épais sourcils noirs, et un corps d'Adonis. À chaque fois qu'il passait me voir, toutes les femmes des urgences battaient des paupières par réflexe, même encore une heure après son départ. Je l'avais rencontré dans une bagarre, comme la plupart de mes connaissances régulières d'ailleurs, à bien y réfléchir. *La loose.* Enfin bref, j'avais sauvé ses petites fesses sexy et depuis, il avait contracté une espèce de sentiment de reconnaissance éternelle tellement fort, qu'il me rendait service bien plus souvent que je n'aurais dû l'accepter, si j'avais été une fille bien. En fait, ça m'arrangeait pas mal d'abuser de sa gentillesse irrationnelle à mon égard, parce qu'il était un super mécano, et me réparait ma moto à chaque fois que je la fracassais. *Non, je ne suis pas non plus soigneuse avec mes affaires... Et oui, je cumule les tares.* Il m'avait redonné le sourire, d'une, parce que lui, je savais qu'il était fou de moi, et de deux, parce que s'il était là, ma Ducati Monster noir mat devait être garée devant. *Mon bébé !* J'en pouvais plus de mettre une plombe à venir et à rentrer chez moi.

— J'ai tout réparé, elle est comme neuve, dit-il. Tu viens voir vite fait mes changements ? Je peux pas rester...

Comment ça, il ne pouvait pas rester ? C'était bien la première fois qu'il me la faisait celle-là ! D'habitude, c'était la croix et la bannière pour m'en dépatouiller quand il venait... Je compris tout de suite en passant les portes, quand je vis une jolie petite blonde sur sa moto à lui, à quelques mètres de la mienne. Elle me fit un signe de la main, genre « Salut la vieille ! ». Y'avait des jours comme ça... L'univers m'envoyait un message clair : « Mathilda, espèce de débile, à force de rejeter les pauvres abrutis qui ont la bêtise intersidérale de s'intéresser à ta pathétique personne, tu vas finir seule et décrépie, et moche, et cassée, et désespérée... » *Message reçu.*

— J'ai ajouté une deuxième barre creuse à la carcasse, pour y glisser ton bâton, dit-il en me tendant la clé. Par contre, j'ai pas touché ton glyphe de protection, j'y connais rien, j'avais peur de mal le faire...

— Je vais le refaire, dis-je, merci beaucoup pour tout ça. Je t'en dois une.

— T'inquiète.

— Allez, ne fais pas attendre la demoiselle.

— Salut Math, s'éloigna-t-il.

Je faisais un bandage à un petit garçon hilare à cause des effets du gaz que lui avait fait inhaler le médecin qui avait recousu son bras, quand le docteur Montgomery revint à la charge.

— Mon Dieu, mais qu'est-ce que je vois là ? Mathilda Shade en mode aimable.

Ha ha.

— Il y aurait donc un cœur quelque part là-dedans ? railla-t-il.

— Ne vous emballez pas, c'est juste que j'ai fini ma garde depuis seize minutes, et donc que je vais expédier ce gnome à sa mère, aller revêtir ma cape de sorcière malveillante, et enfourcher mon balai pour retourner dans mon antre, préparer mes répliques pour demain.

Il rit.

— Vous n'êtes vraiment pas banale.

— Et c'est une bonne ou une mauvaise chose ? demandai-je.

— Mon instinct me dit que c'est une très bonne chose.

OK l'univers, je veux bien essayer de me décoincer, mais là, tu vas peut-être un peu vite, non ?

— Vous m'avez envoyé bouler ce midi, mais je suis un gars plutôt tenace, alors... Je peux vous inviter à dîner ?

Sérieux ?

— Sérieux ?

Il me regardait sans comprendre.

— Vous rencontrez une fille qui arrive en courant, en retard, avec le visage amoché, qui ne fait aucun effort pour être agréable une seule fois, de toute votre première journée dans votre nouveau boulot qui a commencé par un meurtre, et vous, votre réflexe, comme ça, à chaud, c'est de l'inviter à dîner ?

Son visage se fendit encore de ce sourire ravageur qui m'avait déjà donné plusieurs frissons.

— Et oui ! Ça veut dire que vous acceptez ?

— Et bien... J'aurais vraiment adoré vous éblouir toute la soirée avec ma répartie, c'est ma raison d'être, malheureusement, je n'ai rien à me mettre.

Il s'esclaffa.

— Vraiment ? Vous êtes venue toute nue ce matin ? J'aurais juré vous avoir vue avec un jean et un joli pull noir.

— Tenace en effet...

— Très, confirma-t-il en appuyant le mot avec sa tête. Allez, s'il vous plaît, je suis arrivé en ville hier, je n'ai pas encore déballé mes cartons et j'ai la flemme de faire des courses et de chercher où sont mes casseroles. Je vais donc dans tous les cas devoir aller me chercher un truc à manger, et j'aimerais vraiment beaucoup ne pas manger tout seul... Vraiment. Le soir de mon premier jour... Qui n'était pas très agréable en plus, comme vous l'avez dit...

Je ris. Il faisait l'enfant. Il était vraiment beau. *Quelle galère.*

— Bon, puisque vous jouez sur ma corde charitable, je cède.

— Yesssssssssssssssssssssssssssssssss !

— Je vais me changer, et je reviens.

— Moi aussi. À tout de suite !

Ô pauvre...

Je m'étais changée très rapidement, mais je réfléchissais à comment transférer mon bâton de combat et mon katana de mon casier vers ma moto, sans croiser un troupeau d'yeux ronds. Bon, j'allais faire comme dans l'autre sens : avec un air naturel. Ça me connaissait ça. En me dépêchant un peu, j'arriverais dehors avant « Monsieur Monde », de toute façon. J'enfilai ma veste en cuir, empoignai mes armes, attirai à moi un peu d'énergie pour les dissimuler, et sortis du vestiaire pour filer vite fait cacher tout ça dans ma moto. Avant d'arriver dans le hall, je sentis une vague d'énergie me picoter la cage thoracique. Quelque chose n'allait pas. Je voulus m'arrêter une seconde pour me concentrer sur l'origine de la perturbation, mais je devais cacher mes armes. Je pressai le pas, rangeai le sabre, puis le bâton, et me concentrai pour redessiner le glyphe partiellement effacé sur ma carrosserie. Une fois cette tâche achevée, je me mis à visualiser mon énergie vitale, s'enfonçant sous mes pieds profondément dans la terre, en faisant pousser tout un tas de petites fleurs blanches odorantes. Une fois mon ancrage bien solide, je commençai à attirer l'énergie environnante, que je vis descendre du ciel dans un faisceau argenté. J'inspirai tranquillement, et vidai mon esprit de mes propres pensées. Comme pour méditer. J'étais connectée. Je ressentis tout à coup la peur, la douleur, de quelqu'un d'autre, puis moins d'une seconde plus tard, la mienne, quand je réalisai que j'étais connectée à Angus. *Merde*. Il était blessé. Je devais y aller tout de suite. Ce fut le moment que choisit Montgomery pour se pointer avec un grand sourire désarmant.

— Désolée Doc, mais j'ai une urgence vitale… dis-je. Vous devez vous dire que je panique, que j'invente une excuse foireuse, mais c'est pas du tout ça…

J'étais déjà en train de faire démarrer ma moto.

— Vous n'avez pas de casque ? demanda-t-il.

— Il est chez moi.

— Ce n'est pas pratique…

— Vraiment désolée !

J'étais déjà en route.

J'étais restée connectée à cette horrible sensation de fluide qui coulait le long de mon ventre, sans que ce soit mon propre sang, ni mon propre ventre. Je passai un rapport. Il devait être bien amoché. Je pouvais sentir son corps... C'était étrange, je n'avais encore jamais été connectée à un *switch* dans sa forme animale, enfin, pas à un rat en tout cas. Après « l'Éveil », cette période étrange où une très grande partie de la population mondiale s'était passé le mot que trop c'était trop, et qu'il fallait s'ouvrir à l'énergie universelle et ne plus subir, la magie s'était répandue sur le monde comme le pus chaud d'un bouton qu'on aurait explosé. Tous les siècles où l'humanité avait essayé furieusement de se débrouiller toute seule, débranchée du grand échiquier énergétique, avaient permis l'amas d'une si grande dose de magie, que lorsque les hommes avaient décidé d'arrêter de se battre contre elle, elle avait déjà atteint un tel état de « frustration », qu'elle s'était déversée comme un raz de marée, sur les fragiles êtres vivants. Des aurores magiques étaient apparues partout, laissant prendre **vie** à tout un tas de mythes, de superstitions, de créatures...

Les plus cartésiens n'avaient pas supporté et s'étaient supprimés dans les premiers jours. Puis les créatures ne s'étaient pas toutes montrées pacifiques, et avaient décimé encore une partie de la population. Ensuite, certains humains vivant à proximité des aurores avaient commencé à muter en d'autres choses... Tout ce joyeux bazar avait continué de faire décroître la population mondiale, jusqu'à ce que les survivants apprennent à vivre dans cette nouvelle configuration. De grandes campagnes de chasse aux « hybrides » avaient eu lieu, et les humains avaient repris le dessus à grand renfort de sorcellerie, les vampires par exemple, se faisaient rares. Depuis seulement quelques mois, on avait retrouvé un semblant d'organisation. Plusieurs pays avaient remis en place des gouvernements sur les deux années précédentes, encore fragiles, mais porteurs d'espoir. J'avais rencontré Angus Pierce dans les premiers jours après mon arrivée en Virginie, il y avait neuf mois. Je m'étais réfugiée dans la bibliothèque municipale à l'abandon, dans le but d'apprendre le plus possible. Instinct de survie. La plupart de ceux appelés les « surhumains » ou « hybrides », selon les régions, venaient de croyances anciennes. Connaître leur mythologie aidait, en règle générale, à les combattre si nécessaire. Il y avait quelques exceptions, bien sûr.

Angus avait le même besoin de savoir. Il fut rapidement ce qui se rapprochait le plus d'un ami pour moi. Je sus dès notre première rencontre ce qu'il était. Angus ne parlait pas beaucoup, mais le moins qu'on puisse dire, c'est qu'il n'était pas mystérieux. Je pouvais lire en lui comme dans un livre ouvert…

Il avait vraiment peur maintenant. J'étais tout près. Je venais d'arriver au croisement de *Mainstreet* et d'*Halifaxlane,* côté Norfolk, et un peu plus loin devant moi, la route était barrée par des conteneurs éparpillés sur le parking de l'ancien chantier naval… Mais qu'est-ce qu'il foutait là ?

Je m'arrêtai. Je pouvais sentir huit présences, juste derrière. Angus était défendu par un grand loup, apparemment en mauvaise posture, il avait l'air entravé, mais calme. Ils étaient attaqués par quatre hommes très excités, et visiblement sûrs d'eux, pas de peur, et deux hybrides difficiles à définir, mais qui me donnaient un goût froid dans la bouche, écailleux ou visqueux, *reptiles* ?

J'avais grimpé sur un conteneur pour approcher doucement, et découvrir la scène de mes yeux. Ils étaient sept, en fin de compte, les deux reptiles n'étaient qu'un seul et même soldat, avec deux têtes. Une espèce d'énorme cobra vert jade, qui avait l'air d'avoir laissé derrière lui une longue traînée gluante depuis des kilomètres, j'avais de la chance de ne pas avoir roulé là-dessus avec ma moto… J'aurais été furieuse de l'abîmer si vite. Les humains armés de fusils automatiques qui accompagnaient le serpent géant en restaient à bonne distance, la créature semblait ne pas être tout à fait sous contrôle. Elle avait l'air d'avoir lancé des câbles de ses crochets, ceux-ci étaient enroulés autour du très impressionnant loup noir, qui avançait vers le serpent malgré tous ses efforts pour se dégager. Les câbles devaient contenir de l'argent. Je venais de me dire que c'était sans doute une bonne chose que les crochets du serpent ne servent que de câbles pour attirer ses proies, quand une deuxième paire de crochets sortit tout à coup un peu plus haut. Je pus voir du liquide en dégouliner sur le sol, et une espèce de vapeur s'en dégager… *Pas bon.* Le loup risquait d'y passer. Angus était sous sa forme animale, au sol, assis dans une mare sombre. *OK, quand faut y aller…*

Je pris une seconde pour m'accorder sur les cinq rythmes cardiaques ennemis. Je reculai de quelques pas, puis revins en courant pour m'élancer en plein milieu de la rixe, juste sous l'une des têtes du serpent. J'agrémentai mon atterrissage d'une petite explosion d'énergie maison ; j'envoyai une vague, que j'avais pris soin d'emmagasiner tranquillement depuis mon départ de l'hôpital. Tout le monde en fut paralysé, les armes foutues. J'avais environ cinq secondes pour le cobra, et six de plus pour les quatre hommes. J'enfonçai la lame de mon katana dans la chair molle du reptile, tout droit dans l'énorme cœur qui palpitait sereinement jusque-là. Mon sabre était un peu court. *Merde.*

Je lacérai rapidement, encore et encore, pour entrer plus profondément, faire plus de dégâts, plus vite. Il ne voulait pas mourir. Cinq secondes. Je m'écartai juste à temps pour éviter les crochets pleins à craquer de venin. Tentative désespérée du reptile dont je sentais le cœur lâcher enfin. Je fondis sans attendre sur le soldat le plus proche, et l'embrochai du bas vers le haut, d'un seul coup, me frayant un chemin entre les côtes, droit au cœur. Neuf secondes. Je sautai par-dessus les câbles d'argent qui n'étaient plus maintenus en l'air que du côté du loup. Celui-ci s'avança tout à coup, pour leur donner du mou, et se dégager. Il n'était resté paralysé qu'une seconde de plus que le cobra, mais il avait eu quatre secondes d'immobilité... La surprise, peut-être ?

J'arrivai sur le deuxième homme à la onzième seconde, lui tranchai la tête, et roulai sur le côté pour éviter le canon du fusil du troisième homme, qui m'avait jeté son arme dessus après avoir constaté en revenant à lui qu'elle était enrayée. Je me relevai dans son dos, et y enfonçai mon katana, jusqu'à ce qu'il transperce le cœur. Et de quatre. Le dernier rythme cardiaque avait été une seconde en dangereuse tachycardie, quand le loup avait bondi sur lui, puis tout aussi vite en bradycardie, tout aussi sévère… Il ne battait plus.

J'essuyai grossièrement ma lame sur la veste du soldat le plus proche, rangeai mon sabre dans son étui, dans mon dos, et me précipitai vers Angus. Le loup nous rejoignit d'un bond et demi, en grognant. Je m'arrêtai instantanément en levant les bras.

— Je suis avec vous, Loup, je suis venue pour le sauver, c'est mon ami, permets-moi de le soigner.

Le loup me fixa un moment, puis fit oui de la tête, et je mis celle d'Angus sur mes genoux après m'être assise au sol. Après un nouvel ancrage à la terre, le plus profond possible, je pris grand soin d'attirer, une dernière fois pour aujourd'hui, l'énergie à moi en la filtrant dans le losange violet près de mon cœur, avant de l'injecter dans le corps velu d'Angus. Je la sentais me traverser, je lui donnai l'impulsion de mon cœur, et visualisai son flux prendre de l'ampleur avant de se déverser en Angus. Je pouvais sentir les tissus frissonner et répondre à l'énergie en chauffant, en s'étirant, en reprenant leur place. Le rat tressauta et ouvrit les yeux. Une lueur de panique passa dans ses iris. Il s'agita.

— Chuuuuuut, reste tranquille Angus. Je suis là maintenant. Je vais te stabiliser pour que ton ami loup puisse te ramener chez toi.

— Mais…

— Chuuuuuut…

— Tu savais ?

— Chuuuut, reste tranquille j'ai dit, bien sûr que je savais... Et toi tu savais que je savais, dis-je en lui faisant un clin d'œil, tout en redoublant de concentration pour réparer le plus possible, avant mon épuisement.

— Je me sens bien...

Il perdait un peu la notion de la réalité. C'était normal.

— Il est stabilisé, Loup, mais tu ne pourras pas le transporter comme ça. Attends-moi une seconde, je vais chercher de quoi le refermer et le bander, je reviens tout de suite, je suis garée derrière.

J'avais été un peu trop optimiste dans mon départ dynamique vers ma Monster, et la terre s'était mise à tanguer, j'avais chancelé. Le loup avait bondi à mon côté, et je m'étais rattrapée à son pelage, par réflexe. Il était doux ! Une peluche de près de deux cents kilos en somme. Ses yeux extraordinairement humains me fixaient sans que je parvienne à comprendre la signification de leur expression. Je me repris et lâchai le poil noir pour courir vers la trousse de secours.

À peine avais-je passé le premier conteneur, j'entendis derrière moi le cri du loup qui appelait vraisemblablement ses semblables. J'eus le réflexe de me baisser, je ne savais pas si les renforts allaient venir me déchiqueter si je les croisais avant lui... Je repris mon chemin après quelques secondes à scruter les environs. Je me figeai soudain. Son cri n'avait pas attiré que mon attention. Un humain du groupe de soldats avait été laissé un peu plus loin en arrière-garde. L'appel du loup lui avait sûrement fait penser que la situation n'était peut-être pas si évidente que ça pour ses petits camarades, et il s'approchait à une bonne vitesse. Mon bouclier énergétique était faible avec tout ce que j'avais utilisé pour la paralysie, mais je n'étais pas blessée. C'était un humain, et pas un hybride, *a priori,* et j'avais de l'entraînement au corps à corps. Si je le désarmais par surprise, je pourrais le neutraliser en amont de la scène où gisait encore Angus. Ça se tentait.

J'avais pris position en hauteur quand il arriva sur la zone, à peine quelques secondes plus tard. Je le voyais de loin, mais il progressait très vite. Il était léger. Un spécialiste du combat rapproché à n'en pas douter. Pas d'arme à feu visible. Parfait. Je descendis discrètement de ma position, pas la peine de risquer de me blesser une cheville dans une entrée théâtrale, j'avais besoin de toutes mes ressources pour le combat. Il avait repéré ma moto, et ralenti la cadence pour observer le terrain. J'avançai dans la lumière, mon katana pas tout à fait propre à la main. Il haussa un sourcil, puis sourit. Il avait l'air d'apprécier mon arme, et je ne sais pas pourquoi, mais je crus déceler un peu de satisfaction à la vue du sang qui devait être celui d'un ou plusieurs de ses collègues. Les chamailleries de bureau...

Il entreprit de s'approcher tranquillement, puis prit une position de garde, au karaté. Ça devait être un spécialiste en arts martiaux, bien ma veine. Ça s'annonçait compliqué. Nous nous fîmes face quelques secondes sans bouger, chacun jaugeant l'autre. J'avais l'indéniable avantage d'être systématiquement sous-estimée par mes adversaires, mon mètre soixante-quatre et mon côté petite poupée blonde aux yeux clairs sans doute... Bref, ça commençait déjà à me gaver. Inutile d'essayer de faire traîner pour rassembler plus d'énergie, j'avais trop canalisé, j'étais fatiguée.

— Bon, on va se regarder toute la soirée ou merde ? dis-je, excédée.

Il eut un rictus mi-amusé mi-vexé, et engagea brusquement le combat dans une estocade avec un Saï que je n'avais pas repéré avant, vous savez, ces espèces de tridents comme ceux des Tortues Ninja... Le coup avait été rapide, et j'avais pu esquiver à un cheveu seulement. Il était bien entraîné, et en pleine forme, *le con*. J'avais compris pendant le mouvement qu'il s'agissait uniquement d'une diversion pour m'amener dans la trajectoire du deuxième coup, porté par le deuxième Saï, et l'avais intercepté avec mon sabre. Je n'étais cependant pas assez éloignée pour contrer l'ensemble de l'arme, et le bout pointu fendit ma ceinture abdominale, dans un déchirement aigu et chaud. Il souriait en appuyant plus encore la prise, pour essayer de faire davantage de dégâts. Je le fixai sans bouger une seconde.

Je m'écartai tout à coup, l'envoyant d'un côté, quand je sortis de l'autre une longue aiguille d'argent de ma manche, que je tentai d'enfoncer dans sa tempe. Il se dégagea avant qu'elle ne soit assez profonde pour causer des dommages irrémédiables. Elle avait toutefois lacéré son visage dans le mouvement de dégagement qu'il avait fait, et il passa son doigt dans son sang, comme pour me dire que ça ne lui plaisait pas du tout... *Sans blague ? Un partout, Léonardo.*

Bon, il allait être têtu, je ne l'aurais pas à l'usure étant donné qu'il était bien plus frais que moi. Je décidai d'être inventive. Avant que j'aie pu établir comment exactement, il se lança dans une série de coups que je me mis à esquiver et rendre, esquiver et rendre, tout en réfléchissant. Il avait l'air très irrité que j'aie déjà survécu aussi longtemps à ses attaques, et redoublait de vitesse. Les muscles de mes bras chauffaient à force de parer les attaques hautes, et mes jambes ne semblaient pas avoir très envie de prolonger la position demi-squat que je devais maintenir pour rester en équilibre face à la force de ses coups. Je sentis un loup derrière nous. Il ne semblait pas avoir l'intention d'aider. *Connard.* Ça faisait déjà trois bonnes minutes que le ninja et moi valsions en rythme, lui à l'attaque, moi à la défense, quand je fis un pas en arrière en levant les bras. La surprise le fit hésiter un instant.

— C'est fini *Raffaelo*, j'ai gagné.

Il eut un air hilare, avant de se pencher vers la zone que je lui montrai du doigt, sur son torse. Quand il réalisa qu'il était couvert de parchemins, son expression n'eut pas le temps de changer. Je fis le geste associé à la magie des parchemins explosifs en reculant, et ils s'embrasèrent tous instantanément. Il ne fallut qu'une seconde pour qu'il ne reste de lui que de fines particules dans l'air, et une odeur de grillé écœurante.

Je m'étais tournée pour m'apercevoir que le loup dans mon dos, était en fait une magnifique louve blanche, qui m'observait paisiblement, comme on regarde bêtement une pub entre deux programmes. Du moins comme on le faisait, du temps où il y avait encore des programmes à la télévision.

J'avais finalement récupéré ma trousse de secours, en avais rapidement sorti un paquet de compresses pour les coller dans le trou qui s'était incrusté à côté de mon nombril, et étais retournée auprès d'Angus. Deux loups sous forme humaine attendaient à côté de lui, avec une civière. Ils avaient dû recevoir la consigne de ne pas le déplacer avant mon retour… *Bien.* Angus avait *switché*, il avait de nouveau sa forme humaine, et un de ses potes avait eu la délicatesse de couvrir la partie de son anatomie que je ne voulais pas voir. *Merci.* Je l'avais badigeonné allègrement de biseptine 2.0, bien que ça ne fût pas bien important étant donné que son sang infecté par le lycanthropisme (le terme avait été généralisé bien qu'il ne s'agisse pas d'un loup) allait de toute façon éliminer les intrus éventuels... La force de l'habitude. Je m'étais appliquée à suturer sa plaie, à la bander, et avais enfin signifié aux ambulanciers loups qu'ils pouvaient le déplacer, en faisant quand même attention. J'avais ensuite observé un instant l'endroit où quelques minutes plus tôt, s'étaient étendus les cadavres des soldats ; l'escouade d'hommes canidés avait tout nettoyé en un temps record.

— Waouh, beau boulot, vous avez une carte de visite ? lançai-je à la louve blanche qui me suivait partout. Elle semblait me toiser avec curiosité, et mépris aussi, bien sûr.

— Vous avez aussi bien fait disparaître le dernier, répondit-elle dans une prononciation parfaite malgré sa fine gueule de loup.

Ce qui avait un côté très effrayant, comme si l'animal était possédé par un esprit...

L'énorme loup noir reparut tout à coup, et tous les autres baissèrent les yeux de concert, sûrement en marque de respect. La louve partit à sa rencontre, et je m'éclipsai vers ma moto.

Je voyais des petits points blancs partout. Les compresses devaient être pleines de sang sous mon pull. L'hémorragie ajoutée à la fatigue de la canalisation d'énergie... J'étais en vrac. Pour changer. J'étais montée, non sans peine, sur ma Monster, et m'accordai quelques minutes pour respirer avant de prendre la route. Malgré le peu de chemin à faire, je ne voulais pas risquer de tomber dans les pommes en roulant alors que je venais à peine de récupérer ma moto. J'avais sorti une barre énergétique de la trousse, et l'avais mastiquée longuement. Les points blancs avaient disparu, mais je savais bien que l'effet ne durerait pas. J'avais démarré et pris le parti de rentrer en vitesse. Chaque mouvement sur la bécane m'avait forcée à tirer sur mes abdominaux, et la douleur avait fait revenir à chaque fois quelques points de plus. J'étais arrivée vraiment vidée à l'appartement, avais laborieusement tiré ma moto dans la cage d'escalier avant de tout refermer, et étais montée tel un zombie. J'avais retiré mes vêtements, jeté tous ceux du haut, vu qu'ils étaient maintenant troués, et avais mis mon jean noir à tremper. J'avais dû m'y reprendre à deux fois pour vider le sang qui avait rempli le lavabo. J'avais pris une douche en mode automatique, puis sûrement mis des onguents, tout était un peu flou... J'avais fini par m'endormir.

Un sommeil fiévreux. Je m'étais réveillée plusieurs fois en délirant, croyant sentir la présence du loup noir.

Muladhara

3

La Guilde

Un sursaut très désagréable. Le téléphone sonnait. Je ne savais pas depuis combien de temps, mais je me rappelais l'avoir vaguement déjà entendu, un peu plus tôt... Je voulais bouger, mais j'étais engourdie. Il fallait que je me rappelle où et quand j'étais. Il faisait jour. *Merde.* Je devais être en retard. Je me levai, et titubai jusqu'au téléphone.

— Allô ? dis-je en étant surprise par ma propre voix caverneuse.

— Mathilda ?! Enfin ! Mais qu'est-ce qui se passe ? Est-ce que tout va bien ?

Le docteur « Beau Gosse » en pleine rechute de son syndrome du superhéros...

— Quelle heure il est ? dis-je.

— Midi. Ça fait deux heures que je vous appelle. Il n'y a pas votre adresse dans votre dossier personnel, c'est le foutoir cet hôpital ! Tout le monde était inquiet.

— Vous voulez dire que vous étiez inquiet, et que Josie braillait parce qu'elle allait devoir changer le planning ?

— Oui, avoua-t-il, vous comptez me dire ce qui se passe ?

— Rien, enfin… J'ai eu un souci hier soir, et j'étais pas au mieux de ma forme ce matin, mais ça va bien mieux, mentis-je. Dites à Josie que j'arrive, qu'elle ne touche pas le planning.

— Un souci hein ? Quand on voit votre tête quand tout va bien, il y a de quoi s'inquiéter quand vous n'arrivez pas à vous lever…

— Sympa…

— Vous voulez que je vienne vous chercher ?

— Vous croyez que vous allez avoir mon adresse aussi facilement ? On ne se connaît que depuis hier.

— Hé ! Ça valait le coup d'essayer !

— J'arrive, dis-je en raccrochant.

Ouais… J'arrive… Laissez-moi juste vingt-quatre heures sous perfusion, et je suis à vous.

J'étais comme droguée. Cette sensation entêtante que l'on a lorsqu'on a été trop faible pour être vraiment conscient, mais trop entêté pour être totalement au repos. J'étais nauséeuse et morte de soif.

Je pris une bouteille d'eau dans mon frigo et la vidai. Oups, maintenant j'allais vomir. Je me précipitai aux toilettes. Rien. *Ouf.* Ma tête dans le miroir était un peu bizarre. Trop pâle pour être humaine. J'inspectai ce qui était un trou dans mon côté la veille. C'était toujours ouvert, mais ça ne saignait plus. L'énergie avait refermé les lésions internes. Les muscles s'étaient resserrés, et il ne restait plus qu'une plaie superficielle. C'était toujours comme ça, quand j'étais à bout de forces, l'énergie prenait le relais de son propre chef, passait en mode générateur de secours… Elle s'occupait de me rafistoler sans que je lui aie demandé quoi que ce soit. J'étais tellement incrustée dans sa structure profonde, qu'elle prenait soin de moi quand je ne pouvais pas, comme elle devait le faire pour les arbres, les rivières… *Ouais, je suis un arbre.*

J'avais une mine affreuse, mais je ne voulais pas rester chez moi. L'inactivité me rendait nerveuse.

J'avais pris une douche bien chaude, et repassé de l'onguent sur ma plaie. J'avais aussi enfilé un joli ensemble de sous-vêtements, un legging noir, une robe pull à maille épaisse d'un vert foncé qui rappelait qu'un jour mes yeux avaient été de cette couleur, une paire de boucles d'oreilles, et mes bottines noires. J'avais même mis un peu de mascara sur mes yeux. Ça devait vraiment être la fin de tout ! J'avais enfin complété ma tenue avec une veste en cuir, mon casque et mon sac à dos, et avais enfourché ma moto, direction le NMCP.

Dès mon arrivée, je fus assaillie de questions par Montgomery (oui, les gens avaient tendance à perdre en prestance de sobriquets quand ils me saoulaient). J'avais beau répondre que tout allait bien, qu'il ne devait pas s'inquiéter, que j'étais désolée de lui avoir fait peur, et qu'après tout, ça pouvait arriver à tout le monde, il avait refusé de me lâcher la grappe, tout le chemin, du parking jusqu'aux vestiaires. Je n'avais presque rien écouté de ses simagrées.

— C'est le vestiaire des femmes ici, dis-je en rangeant mon blouson et en faisant mine que je n'hésiterais pas à me déshabiller devant lui s'il ne sortait pas…

— Vous plaisantez ? cria-t-il. Vous avez vu votre tête dans un miroir ? Vous êtes exsangue ! Vous allez aller en salle de soin et c'est tout, hors de question que vous preniez votre service comme ça !

Je venais de rêver là ? Il me donnait des ordres ? Moi qui trouvais jusque-là, qu'il était plutôt doué pour parler aux femmes… Je passai en revue les options qui s'offraient à moi. Me changer malgré tout, et le laisser s'étouffer de colère en voyant que j'avais été légèrement poignardée, lui crier dessus que ce n'était pas mon mec, seulement mon boss, et qu'il allait dégager, avant que je le cogne, ou le cogner direct. Je soupirai. *Calme-toi Math… Reste cool, désamorce en dédramatisant, comme une grande personne…*

— Faut pas pousser. J'ai perdu un peu de sang voilà tout. L'hémorragie est stoppée et j'ai bu beaucoup d'eau. Tout va bien.

Il s'empourpra :

— Vous avez quoi ?! Une hémorragie ? Mais vous avez bu beaucoup d'eau, alors ça va…

Oui bon, vu comme ça, ça pouvait paraître plus grave que ça ne l'était. *Oups.*

— Montrez-moi !

Il me regardait droit dans les yeux, et je sus qu'il ne plaisantait pas du tout. Il avait vraiment l'air en pétard, comme un père qui viendrait de découvrir que sa gosse avait apprivoisé un loup-garou, et trouvait ça charmant… Sans aucune notion du danger. Tiens, en parlant de bête sauvage, la marque du loup noir était toujours là, quelque part, est-ce qu'il me suivait ?

— Tout de suite, Mathilda !

Tant pis pour le calme et la diplomatie. Je retirai ma robe pull tout en disant :

— C'est assez déstabilisant, ce côté autoritaire, surtout chez quelqu'un qu'on vient de rencontrer, même pour un médecin-chef... Je vous montre pour que vous arrêtiez de me crier dessus en plein milieu du service comme si on était proches, et après ça, j'apprécierais que vous m'évitiez, genre définitivement.

Il fit des yeux exorbités de deux façons différentes en l'espace d'une seconde, je ne savais même pas que c'était possible. D'abord à ce que je venais de dire, puis à la vue de ma plaie, ouverte sur trois centimètres.

— On vous a poignardée ?!!

— Joli sens de l'observation, docteur Watson. Vous allez ajouter que les contours de la plaie ne font pas penser à une lame plate, donc je vous confirme, c'était plus comme un très gros tournevis. Vous voulez regarder de plus près ? Je vous en prie. Faites comme chez vous.

Il inspecta la blessure et j'ajoutai.

— Les tissus profonds ont cicatrisé grâce à un rafistolage maison, et oui, je travaille dans un hôpital, après tout... Je désinfecte les tissus externes à intervalles réguliers. Ma tension est un peu basse, mais correcte. Je ne suis pas en déshydratation mais, je vous l'accorde, certainement en légère anémie, vu la perte de sang. Cependant, j'avais trop la gerbe pour avaler quelque chose ce matin. Mille excuses, j'irai me punir cinq minutes au coin quand j'aurai le temps. Est-ce que tous ces éléments vous satisfont, docteur Montgomery ? Puis-je prendre mon tour de service ?

Il avait l'air beaucoup moins réceptif à ma « charmante bizarrerie », tout à coup. Il avait la mine défaite.

— Non, dit-il d'un ton grave, on vous a poignardée. Vous allez rentrer chez vous, et vous reposer.

— C'est un ordre de supérieur à subordonnée ? clarifiai-je.

Il opina mollement. Je remis ma robe, et entrepris de ressortir ma veste du vestiaire.

— Mathilda... Je suis désolé si je me suis montré envahissant... Je... J'ai vu trop de gens blessés... J'ai travaillé en Louisiane... Je...

Comme il s'apprêtait de nouveau à me suivre dans le couloir, je l'arrêtai brusquement en cognant ma main sur son torse, ce qui eut l'effet de le stopper net, et de couper sa respiration.

— J'ai bien compris, je rentre chez moi, inutile de me raccompagner.

Je refis le chemin inverse pour éteindre le moteur de ma moto en bas de mon bâtiment. J'étais tellement en colère, que j'avais envie d'emballer le peu d'affaires que j'avais, et de changer de ville. Tout moi. Je pouvais m'entêter à rester dans un endroit où on essayait de me tuer tous les deux jours, mais dès que quelqu'un faisait mine de s'intéresser à moi, que je mettais une robe, et qu'il me décevait instantanément, j'avais l'envie irrépressible de prendre mes jambes à mon cou.

Je tournai en rond dans mon appartement, en tapant dans tout ce qui se trouvait à ma portée, jusqu'à ce que je réalise à quel point j'étais exténuée, et affamée. Je mis mon petit poste CD en route, avec un bon vieil album de Beyoncé. *I will love you to the end of tiiiiiiiiiime*. Je m'employai à me préparer une omelette aux oignons et aux pommes de terre, accompagnée d'une salade, les dégustai tout en m'endormant à moitié dessus, et finis par m'affaler sur mon lit.

Je fus réveillée violemment pour la deuxième fois de la journée à 20h20. Je voyais mon réveil de là où j'étais. On tambourinait à ma porte. Un *switch* ours... Et Angus, en pleine forme... J'ouvris la fenêtre :

— Qu'est-ce qui se passe ? Est-ce que ça va, Ang ?

— Oui, ça va, tu peux descendre, s'il te plaît ?

— C'est qui ton pote ?

— Paul. Il est OK.

Il y avait quelque chose de bizarre, Angus avait l'air mal à l'aise.

— J'arrive, le temps de m'habiller.

Je refermai la fenêtre, pris ma veste, et attachai mon sabre dans mon dos. Le répondeur clignotait, alors j'avais appuyé machinalement sur le bouton en faisant tout ça. *« Mathilda c'est Benjamin, Ben, Montgomery. Je suis tellement désolé... Je suis un sale con maladroit, parfois. On reprend tout à zéro ? Je ne veux pas qu'on s'évite, tous les deux... J'étais inquiet. Je suis un peu envahissant en règle générale, quand il s'agit de sécurité, déformation professionnelle, j'imagine… et dans ce cas précis c'était vous… toi… la concernée… Je… Je ne suis pas doué en communication… S'il te plaît, rappelle-moi.* » Pas le moment, *'Ben'.* Je descendis l'escalier quatre à quatre. J'ouvris la porte en grand pour sortir ma moto, mais Angus m'indiqua qu'ils étaient venus me chercher en voiture.

— Une voiture ? Pour moi ? C'est trop d'honneur. Pour aller où, au juste ?

— Le chef veut te rencontrer.

Tiens donc !

— Le chef de quoi ?

— Celui de la Guilde.

— Je croyais qu'on disait une meute ?

— On parle de meute, troupe, ou troupeau, pour les clans de *switches* affiliés à un même animal, ou même type d'animal, puisque des fois, certaines meutes acceptent plusieurs animaux.

— Merci Maître Capello, et donc la Guilde, c'est quoi ?

— « Association ou coopération de personnes pratiquant une activité commune… ».

— Qu'est-ce que t'es lourd.

— Quoi ?

— Rien. La suite ? dis-je en montant dans le *Grand Caravan* gris qu'on m'avait affrété.

— La Guilde regroupe plusieurs clans d'hybrides qui ont fait le calcul logique selon lequel ils étaient moins vulnérables ensemble.

— Quelles espèces ?

— Je n'ai pas été autorisé à t'en dire davantage. Je dois juste te faire voir le Conseil.

Il était inutile que j'essaie d'en savoir plus, ni même de bavarder d'un autre sujet avec Angus. Je le connaissais, il ne parlait jamais de rien, à part précisément du sujet qui l'intéressait à l'instant T. J'avais sondé son énergie dès son arrivée devant chez moi, et il était épatant de constater à quel point il n'avait plus aucune trace de ses problèmes de la veille. Je devais bien admettre que j'étais moi-même plutôt bien remise... J'avais passé la main sous ma robe avant de descendre, et le trou était presque refermé. *Merci Dame Nature.*

Des rideaux avaient été installés à l'intérieur de l'habitacle du fourgon de manière à ce que le passager VIP ne puisse pas voir la route empruntée. J'étais quand même un peu surprise qu'Angus puisse penser que ce genre de système m'empêcherait efficacement de savoir où nous allions... Nous avions combattu deux ou trois fois ensemble, et j'étais certaine qu'il avait percé à jour, sinon mon origine, au moins mes capacités de base. Il n'en était apparemment rien, et une petite douleur lancinante avait pris vie tout au fond de mon ventre. Pour moi et ma petite âme d'enfant candide, il était une sorte de meilleur ami. Je n'ignorais rien de ses émotions, de ses aspirations, de ses peurs, mais de toute évidence, il ne s'était absolument jamais intéressé aux miennes. C'était même pire que ça, à bien y réfléchir, il n'avait même pas pris la peine de se documenter ou d'enquêter sur moi, tant je ne représentais aucune menace... *Aïe...* Retour à la solitude pesante.

Nous avions roulé vers l'est pendant environ trois minutes, ce qui m'avait été confirmé par la traversée d'un pont. *Elizabeth River.* Nous étions passés côté Norfolk, et avions longé la rivière quelques minutes sans croiser personne. Nous nous étions ensuite éloignés un peu de la rivière, son énergie avait faibli. J'avais supposé que ça avait été pour rejoindre une plus grosse artère, *Hampton roads beltway*, mais je me demandais encore dans quel sens, quand j'avais senti le cimetière *Roosevelt* sur ma droite, je voyais toujours le petit Saul Benton traîner là quand je passais devant le cimetière... Il jouait avec un cercle de bois et un bâton, comme à son habitude... On allait donc côté Chesapeake. L'énergie d'*Elizabeth River* s'était faite de plus en plus intense, et j'avais su qu'on la traversait de nouveau. J'avais estimé qu'on devait être sur les îlots, en plein milieu, près du vieux concessionnaire de bateaux, quand la voiture s'était arrêtée. *Ils sont sérieux ? En plein milieu d'un pont ?* La portière s'était ouverte, et Angus m'avait fait signe de suivre l'ours polaire qui me montrait quelque chose sur le bord du pont. *OK...* En m'approchant dans le vent qui frappait la structure en béton, j'aperçus en bas, un petit bateau qui nous attendait.

— C'est cool les gars, mais je sais pas voler.

L'ours me fit signe d'approcher encore un peu du bord, ce que je fis sans conviction. J'aperçus alors une tyrolienne qui avait l'air d'atterrir tout droit dans la petite coque, plus bas.

— J'imagine que vous n'êtes pas très à cheval sur la sécurité ? Harnais ? Gants ? Casque ?

Il ne sourit pas, mais s'écarta pour laisser Angus descendre. Celui-ci sauta sans sourciller, s'agrippa au système métallique sur le câble, et se laissa glisser dans la nuit, sans un bruit. *D'accord...* L'ours sortit un deuxième système et le clipsa sur le câble avant de me le tendre. Bon, il n'était pas venu le jour où je laisserais croire à un ours polaire que j'avais peur, de surcroît alors même qu'un rat de bibliothèque venait de faire sans broncher ce qu'on me demandait. Je haussai les épaules, attrapai la poignée, et m'élançai en fermant les yeux et en me concentrant pour ne pas crier. La descente se fit étrangement doucement, mais c'était une douceur toute relative tant que j'étais en l'air, et j'atterris plutôt violemment, ce qui ne manqua pas de faire rire le capitaine du rafiot, un *switch* rat sous sa forme humaine. Un vieil homme avec une barbe blanche et un ciré, exactement ce que je me serais imaginé si j'en avais eu le temps. Il ne lui manquait que la pipe.

La petite embarcation avançait par à-coups poussifs, elle ne devait pas être de première jeunesse. Elle longea l'ancien concessionnaire, puis la côte boisée qui suivait, jusqu'à une petite enclave qui formait une jolie crique à l'abri et facile à protéger. Pas mal comme coin. De la forêt, l'accès par l'autre côté devait être compliqué pour des véhicules, avec toute cette végétation, de l'eau, et aucune lumière non naturelle. J'avais remarqué que derrière nous au loin, un pont presque au niveau de l'eau aurait permis un accès direct au bateau... Ils m'avaient fait sauter dans le vide juste pour se marrer...

Je sentis à nouveau la présence du loup noir, ce qui me fit frissonner.

Nous accostâmes à un petit ponton de bois flambant neuf. Le capitaine me tendit la main galamment pour m'aider à descendre. *Un gentleman.* Angus ouvrit la marche, sans s'apercevoir de l'attention du vieil homme.

— Ne les laissez pas vous intimider, chuchota-t-il. C'était un plaisir.

Je lui souris avant de rejoindre Angus en courant, puisqu'il avait vite pris de l'avance.

— C'est un vieux fou, dit-il, tu ne dois pas prendre le Conseil à la légère, ou ils te tueront.

J'avais tendance à oublier qu'Angus pouvait entendre parfaitement à des distances déraisonnables.

— Ah ça sûrement pas ! dis-je. Pas alors que je suis la meilleure amie de l'un des leurs.

Une lueur passa dans ses yeux. Il avait bien reçu le message. Il savait qu'il m'avait d'ores et déjà déçue.

À peine cinquante mètres plus loin se dressait une magnifique demeure coloniale qui avait l'air d'avoir été construite la veille. Toute la longueur du rez-de-chaussée était agrémentée de colonnes de bois blanc, qui soutenaient un très large balcon au premier étage. Les grandes fenêtres laissaient entrevoir de la lumière feutrée à l'intérieur, mais elles étaient toutes obstruées par de longs rideaux verts à l'étage, et mauves en bas, qui donnaient au tout une atmosphère doucereuse, familiale. Toute la façade était en bois bleu ciel, sauf les encadrements des fenêtres et des portes, qui étaient restés blancs. Une très belle maison de maître de la Nouvelle Orléans, en somme. La forêt alentour donnait à l'endroit encore plus de cachet, et je m'y serais sentie totalement à mon aise, si ça avait été sans compter sur la présence de deux vampires, et celle de la louve blanche que j'avais pu sentir tapis dans l'ombre au fur et à mesure de notre progression. Il était rare que je croise des vampires. Leur énergie était glaciale, elle ressemblait dans mon imagination à de l'anti-énergie. C'était la définition la plus proche de mon ressenti que j'avais pu trouver. Ils étaient froids et létaux. Ils me glaçaient le sang. Il y avait encore beaucoup d'autres énergies puissantes à l'intérieur de la maison. Tous mes sens étaient en alerte. L'endroit, en pleine nature, me procurerait beaucoup d'énergie si nécessaire. C'était une bonne chose, bien que je doutais pouvoir me sortir vivante d'une altercation de cette ampleur.

En arrivant près de l'entrée, j'avais remarqué des armoiries au-dessus de la porte. Un arbre de vie dans un cercle autour duquel étaient gravées des lettres runiques anciennes. Je ne savais pas lire cette langue, mais je n'en avais jamais eu besoin, le message énergétique était très clair, protection du lieu, et avertissement des visiteurs. Un truc du genre « entrez amis, ou sortez morts »... On savait recevoir à la Guilde... Une caisse à l'entrée servait de toute évidence de dépôt pour les armes des visiteurs ; j'y déposai à contrecœur mon sabre dans son étui et mes deux bracelets de cuir remplis d'aiguilles en argent. Je me sentais nue. Du coup je venais de réaliser que j'avais mis une robe pull ! Une robe pull et un legging ! J'avais fait ma princesse, pile le jour où j'allais être jetée vivante en pâture à un royal conseil d'hybrides assoiffés de protocoles guerriers ancestraux. *Merde.* Bon, fallait voir le bon côté des choses, ça me donnait un air très assuré… Ouais, ce n'était pas bon.

On nous fit entrer, et je dus étouffer un éclat de rire. L'intérieur était tout aussi coquet que l'était l'extérieur. L'entrée était ornée de longs divans feutrés qui avaient l'air doux à souhait, et de coussins dans des tons pastel. J'avais envie de m'allonger dedans. Les murs étaient couverts d'œuvres d'art plutôt anciennes, de photos en noir et blanc, et de quelques armes d'ornement. Un *switch* ours déguisé en majordome nous invita pompeusement à passer dans « l'hémicycle ». *Non mais sérieux ? L'Élysée tant qu'on y est ?*

Nous passâmes une grande porte au bout d'un couloir, tout droit vers le fond de la maison. Directement face à nous se tenait une estrade sur laquelle avait été installé un genre de trône en bois gravé de milliers de caractères. Beaucoup de magie en sortait, si bien que je dus attendre une seconde que mes rétines s'acclimatent à la lumière avant de voir la femme qui y était assise. Une femme jeune, d'une grande beauté. Un visage ciselé, des traits parfaitement symétriques, des yeux bleus très profonds, un nez fin et une chevelure qui me rendit instantanément verte de jalousie. De longues boucles d'un roux étincelant. Elle avait aussi une taille fine dans sa longue robe verte qui lui donnait un air elfique. D'immenses tentures, qui avaient l'air d'être très lourdes, partaient du centre du plafond derrière elle et tombaient dans un drapé gracieux des deux côtés du trône. L'ensemble était d'une beauté surnaturelle à couper le souffle.

J'avais noté attablés dans le fameux « hémicycle » au beau milieu duquel j'avais émergé, les signatures énergétiques de deux humains chargés de pouvoirs de natures différentes, celles d'un loup, un rat, un tigre (*un tigre en Amérique ?*), un ours, un vampire assez ancien pour me donner envie de vomir, et une chose que je n'arrivais pas à définir. Je n'avais pas encore pu regarder tout ce petit monde parce que la puissance de la femme sur le trône me contraignait à m'avancer vers elle. Je ne la quittai donc pas des yeux, au cas où elle se montrerait belliqueuse. Quand elle stoppa ma progression pour me faire prendre place en plein milieu de la pièce, je repris mon souffle, et remarquai au même instant l'homme à côté d'elle...

Le loup noir. *Salut.*

Il se tenait à la droite du trône. Immobile. Il dégageait la puissance caractéristique des mâles Alpha. Je le découvrais sous sa forme humaine... Un mètre quatre-vingt-cinq de muscles saillants, un visage dur, malgré des traits fins qui lui donnaient en même temps un air angélique, des bras puissants croisés sur un torse d'acier mais pas massif. Il devait être châtain clair, mais ses cheveux étaient coupés tellement court qu'ils ne formaient qu'une fine couche de couleur sur son crâne. Ses yeux noirs ne me regardaient pas. Il avait l'air programmé pour protéger la reine, un robot élégant et sans âme, mais non sans une étourdissante beauté virile et poupine à la fois. Je me fis la réflexion que le couple donnerait naissance à des enfants diaboliques de beauté. Genre, je peux prendre un deuxième dessert maman ? Avec des yeux d'ange... Bien sûr... Prends tout ce que tu veux chéri...

— Incline-toi ! siffla Angus dans mon dos.

Ah, fallait faire des courbettes à sa Seigneurie, j'esquissai une révérence. Puis j'entamai un petit tour d'horizon discret, jusqu'à arriver à la créature non identifiée… Elle ressemblait à un croisement entre une toute petite mamie et une énorme grenouille. Sa peau fripée et brillante était de la couleur de celle de Maître Yoda, dans *Star Wars*. Elle avait une infime quantité de cheveux, tirée en un minuscule chignon. Elle était assise directement sur la table tellement elle était petite, portait une espèce de tailleur adapté pour un enfant, et des lunettes minuscules tenues par un collier de perles. Elle grignotait des biscuits secs bruyamment en me regardant avec curiosité à travers ses petites lunettes qui l'obligeaient à lever la tête. Elle me sourit. Son aura avait l'air d'être bienveillante, et j'avoue que je la trouvais particulièrement mignonne. Je lui rendis son sourire.

— Qui es-tu ? demanda soudain la magnifique reine, princesse, fée, guerrière peut-être ?

— Mathilda Shade, répondis-je.

Sa voix avait été décevante. Avec une beauté pareille, je m'étais presque attendue à ce qu'elle chante en celte ou à ce que ses mots se matérialisent en lumière ou en chaleur elfique… Non seulement elle avait la voix la plus banale du monde, mais en plus, son ton avait tout de celui de Trisha quand celle-ci me demandait ce que je faisais encore là quand ma garde s'était éternisée. Je gênais cette fille que je n'avais jamais rencontrée. *Génial*.

— Mais qu'est-ce que tu es ? ajouta-t-elle avec un peu d'agacement.

OK, là, elle avait sévèrement dégringolé dans mes sondages persos. Elle était passée de fée mystérieuse à princesse capricieuse.

— Humaine, dis-je.

Elle perdit un peu patience, et je sentis une onde d'énergie sourde naître dans ses paumes pour venir me frapper. J'aurais pu l'arrêter mais n'en fis rien, je voulais sentir la nature de sa force. Je reçus donc la décharge de plein fouet, et fus projetée quelques pas en arrière. Mon nez se mit à saigner. La vague avait été violente et âpre. Elle avait eu un goût d'écorce et de champignon. Des nuées orange, rouges et dorées, de la passion et de la colère. C'était une sorcière celte. En relevant la tête, je tombai dans le regard intense du loup noir. Il détourna les yeux. Je m'aperçus qu'il avait décroisé ses bras par réflexe. Peut-être avait-il eu peur que je ne riposte.

L'autre loup Alpha, celui qui était dans mon dos, avait dû avoir la même peur. Il se leva brusquement, et vint se poster face à moi. Si près, que nos corps se touchaient presque. Je me demandai comment il était possible qu'il y ait deux Alphas dans le même clan sans qu'ils n'aient à se battre pour le poste, à moins que la Guilde ne compte deux clans loups distincts dans ses rangs ? Il se mit à renifler mes cheveux, lentement.

— Tu aimes mon shampoing ? dis-je.

Il s'arrêta net et recula un peu pour pouvoir me regarder dans les yeux. Il était plus grand que l'autre loup, mais plus maigre que lui. Ses traits étaient vaguement similaires, mais moins harmonieux, ses cheveux blonds, et ses yeux bleu clair. Pourtant, son aura était plus sombre, il avait l'air tourmenté. La commissure de ses lèvres trop fines se courba légèrement en un sourire amusé. Il se tourna un bref instant pour lancer un regard à l'autre loup, qui m'avait tout l'air d'être de la même famille, puis il rit avant de revenir à moi. Il plongea alors sa tête dans mon cou pour me sentir. Il prit tout son temps, et revint tranquillement placer son visage près du mien. Il essuya le sang coulé sur mes lèvres et le goûta, huma ma joue, mon oreille, en lécha le lobe, puis passa tout à coup dans mon dos. Je savais qu'il testait ma peur. Je ne bougeai pas, alors que tous mes poils se hérissaient. Il prit mon bras et le leva en remontant la manche de ma robe du bout des doigts, découvrant mon avant-bras.

— Jolis tatouages, dit-il, tu en as d'autres ?

Il avait l'air de bien s'amuser. Je devais lui faire croire que je n'avais pas peur de lui.

— Je ne dévoile les autres que dans l'intimité.

Il tressauta.

— C'est une invitation ?

— Viktor ! coupèrent le loup noir et Sa Majesté simultanément.

Ils se regardèrent, et le loup courba l'échine. Il avait l'air d'un enfant désobéissant, pris sur le fait. Ils étaient tous les deux énervés. Ils fixèrent de concert le loup qui me caressait toujours le bras. Ce dernier me lâcha tout à coup, visiblement déçu de ne pas pouvoir jouer. Il souffla près de mon oreille.

— Humaine. Elle dit la vérité.

La sorcière se leva, descendit quelques marches, et me fixa comme si elle essayait de voir à travers mon enveloppe charnelle pour percer à jour tous mes petits secrets d'étrangère louche. J'avais mis en place un solide cercle de garde énergétique autour de moi, et je savais que de toute façon, elle ne voyait qu'une humaine lambda. L'histoire de ma vie.

— C'est une vulgaire humaine, je ne vois pas pourquoi on perd notre temps ! cracha-t-elle.

— Si tu permets, Deana, j'aimerais lui poser quelques questions, intervint la mamie-grenouille.

Sa voix était aussi mignonne que son corps... Elle coulait dans l'air comme du miel dans un thé chaud. Comme sa question n'avait vraiment rien d'une question dans l'intonation, la rousse retourna s'asseoir en lui faisant signe de faire à sa guise.

— Viktor, retourne donc t'asseoir, veux-tu ? Cesse de faire l'enfant.

Il s'exécuta aussi. L'autorité par la douceur. Tellement agréable, que j'avais envie qu'elle me donne un ordre à moi aussi.

— Bonjour, jeune fille, dit-elle.

— Bonjour, euh... Madame.

Elle sourit.

— Anton, que tu as rencontré hier, nous a rapporté des faits pour le moins curieux. Il a dit que tu avais mis ta vie plus ou moins en danger, à ce que j'ai compris, pour sauver le rat qui se trouve là-bas, le jeune Pierce. Est-ce que c'est exact ?

— Oui, admis-je.

— Comment as-tu su qu'il avait des problèmes ?

Pas vraiment la question à laquelle je m'attendais... Pourquoi tu as fait ça ? Ou comment tu as paralysé tout le monde ? Mais ça... Bon, cacher mes pouvoirs à une sorcière avec de la magie, ou tenir tête à un loup sous forme humaine, OK, mais mentir à une petite vieille toute mignonne qui me parlait gentiment... De toute façon ils n'allaient pas me lâcher, et je ne comptais pas quitter la ville avant d'avoir dîné au restaurant avec le docteur « Beau Gosse », parce qu'il me plaisait bien quand même, et que merde, j'avais le droit d'être une femme, un peu. Et puis je n'étais pas obligée de tout lui dire, quelques informations suffiraient peut-être à la contenter.

— Je suis attachée émotionnellement à Angus.

L'assemblée tout entière eut un soupir d'effroi... Sympa. Je ne savais pas trop si c'était lui ou moi qui les dégoûtait, mais bon, je préférais être claire.

— Nous sommes amis.

Silence.

Le visage de la mamie-grenouille irradiait de joie. Je me demandais ce que j'avais pu dire de si beau... Il y avait peut-être des opiacées dans son thé ?

— Et comme il est ton ami, tu as su qu'il était blessé ?

— Oui, confirmai-je, je suis empathe.

La sorcière rousse s'agita sur son trône. Elle devait se morigéner intérieurement de ne pas y avoir pensé.

— Si je comprends bien, tu es une humaine empathe, et une combattante à ce qu'on m'a décrit...

Comme elle avait jeté un œil au loup noir, j'avais fait de même par réflexe, et il s'était empressé de regarder ailleurs, je ne pouvais pas le jurer, mais j'avais cru le voir rougir.

— ...qui se lie d'amitié avec un rat plutôt asocial sans le moindre problème, et risque sa vie pour l'aider quand il est en danger ?

— Oui, dis-je, c'est tout bête en fait. Je suis une fille simple avec des raisonnements basiques.

Elle restait perplexe. Tout le monde avait l'air de s'ennuyer sévère...

— Puisque la situation a été éclaircie, dis-je, je peux peut-être disposer maintenant ? Vous laisser reprendre l'ordre du jour du Conseil, avec de vrais problèmes sérieux et tout ça...

— Silence ! s'énerva encore la sorcière en me jetant un sort d'immobilité qui glissa sur ma bulle mauve sans qu'elle ne s'en aperçoive.

Je m'appliquai donc à ne pas bouger, tout en observant le loup noir sans trop savoir pourquoi. Il était vraiment beau. Athlétique, musclé mais fin, un corps qui frôlait la perfection, et une attitude assurée, il était hypnotisant.

— Elle n'est qu'une humaine empathe, reprit-elle, elle ne représente ni un danger, ni un atout pour la Guilde. Je ne sais même pas pourquoi on l'a fait venir ici. Anton a largement exagéré ses capacités.

— Je ne pense pas, coupa Mamie Grenouille (oui ce serait son nouveau nom). Regarde, dit-elle. *Pas cool Mamie... Ne fais pas ça… Je t'aimais bien…* Elle n'est même pas sous l'emprise de ton sortilège…

La grenouille jeta un couteau de lancer si vite, que je faillis ne pas réussir à l'esquiver. Je notai mentalement que douce ne rimait pas avec inoffensive… Mon immobilité factice en avait pris un coup quand j'avais plongé en arrière pour éviter le couteau, puis repris une position normale dans un sursaut gainé, et tout le monde me regardait avec stupeur. *Oups.*

— Mais qu'est-ce que… ?

La sorcière entra dans une colère irrationnelle que moi seule pouvais voir. En effet, elle n'avait pas bougé, mais je voyais l'énergie rouge tourbillonner en elle telle une tempête en haute mer. Elle se détendit tout à coup.

— Elle a menti au Conseil. Viktor ! Tue-la.

— Non ! crièrent en chœur Angus et Maminouille (oui c'était trop long).

Joli réveil Ang !

Trop tard. Viktor avait sauté par-dessus la table de l'hémicycle d'un seul bond, et lancé son poing dans mon côté. J'avais eu une seconde de retard sur ses réflexes, si bien que j'avais dû encaisser la fin du coup. La sorcière avait lancé une cage de rétention autour de nous. Je me retrouvai soudain quelques années dans mon passé. Enfermée dans une cage, avec un monstre, pour un combat à mort. Et cette fois, je n'avais pas d'arme. Enfin presque. Pendant que Viktor tournait autour de moi comme le prédateur qu'il était, je sortis de ma manche le parchemin que j'y avais caché avant d'entrer dans la maison. Le bout de papier était anodin tant qu'il n'était pas activé, mais j'y avais caché un bô, un bâton de combat. C'était tout ce que je savais cacher dans des parchemins pour le moment, les objets en matière plus lourde me donnaient du fil à retordre. Ce bô n'était pas d'aussi bonne qualité que celui que j'utilisais habituellement, mais il était équilibré, et il avait seulement vocation à dépanner, de toute façon. Je fis les gestes d'activation avant que le loup ne revienne sur moi, et mon bâton voltigea dans les airs une seconde après. Le loup ne comptait pas se transformer pour me tuer, il voulait jouer. Tant mieux. Encore une sous-estimation de ma dangerosité. *Parfait.*

Il s'élança vers moi avec un coup de poing massue qui aurait forcé mon admiration, s'il n'avait pas risqué de me tuer. Je m'écartai rapidement, et parai le coup en lui enfonçant mon bâton dans le flanc avant qu'il ne retouche le sol. Il bougea à peine. Je devais muscler un peu mon jeu. Je lançai mon bâton dans une entêtante danse de protection autour de moi. J'appelai un peu d'énergie et l'injectai dans mes membres, elle arrivait difficilement à cause de la cage de la sorcière. Le loup commença toutefois à être affecté par mes attaques, à sa grande surprise. Si jamais il décidait de se transformer pour en finir, je serais obligée de le tuer. Ça me prendrait une grande quantité d'énergie, mais j'y serais forcée, je ne pourrais pas le vaincre au corps à corps sous sa forme animale dans cet espace confiné, ni l'entraver bien longtemps. Je n'aimais pas du tout cette situation. Nous continuâmes de nous affronter de longues minutes, je prenais de plus en plus de coups, et la force de l'Alpha m'infligeait de lourds dégâts, en plus de ceux qui me restaient encore de la veille. J'avais déjà au moins une côte cassée, bien que personne ne pût s'en douter à mon air naturel (tout un entraînement…). Je sentais la morsure âcre de la douleur dans mon os. Comme Viktor commençait à être en effort, je compris qu'il allait se transformer, pour en finir. Je pris une seconde pour essayer de trouver une alternative à la seule solution que j'avais encore en tête... J'eus une idée. Mon plus gros handicap était la cage, mais elle était faite en énergie, et il se trouvait justement que c'était mon domaine... Il me fallait l'apprivoiser. Je mis un peu de temps à trouver le moyen de la faire obéir... Elle était puissante et corsée.

Après avoir reçu plusieurs nouveaux coups dans les côtes, je parvins finalement à agripper l'énergie de la sorcière. Je la fis déferler dans le sol tout à coup, disloquant l'arène. J'en gardai une petite quantité pour stopper le corps du loup en pleine transformation, il se mit à hurler de douleur. Je pus de nouveau entendre les membres du « Conseil » qui reculaient, incrédules. Je tenais le loup effrayé, à deux mètres du sol, coincé entre ses deux formes, incapable de bouger ou de parler. Je m'approchai de la rousse qui s'était levée, et restait comme statufiée dans une expression de choc. Je me dis que les hommes fauchés par l'éruption de *Pompéi* avaient dû ressembler à ça... Je m'arrêtai à quelques pas d'elle. Elle devait sentir sa magie l'avoir quittée, et être en pleine panique. J'avais intérêt à être vite partie avant qu'elle ne s'aperçoive qu'elle allait très vite revenir. Le loup noir se mit en position de protection entre nous deux, tout en regardant l'autre loup, suspendu à mon bon vouloir, il s'inquiétait pour lui, ils étaient bien parents.

Comme souvent quand je me mettais en mode défensif soutenu, mes iris avaient pris une teinte irradiante entre le bleu et le violet, qui fit reculer encore les spectateurs.

— Je suis Mathilda Shade, dis-je calmement. Je suis une humaine Indigo indépendante de tout clan. Je suis venue ici en personne neutre, et toi, Deana, chef de la Guilde, m'a traitée en ennemie sans la moindre raison. En réaffirmation de la neutralité qui assure mon indépendance, je n'ôterai pas la vie de celui que tu as envoyé prendre la mienne. Cependant, toute nouvelle attaque de la part de la Guilde sera considérée comme une déclaration de guerre. Et, sache-le, je sais faire la guerre.

Muladhara

4

Prémonition

Dix heures pile. Je venais de me changer, et j'étais fin prête pour une journée normale, dans mon travail normal, d'humaine normale. J'étais déjà au beau milieu du pôle des ordinateurs, devant la bannette des admissions, prête à prendre mon premier cas.

— Salut Math, dit Trisha.

Parfois, j'avais la désagréable impression qu'il n'y avait qu'elle, qui travaillait dans cet hôpital… Pourquoi il fallait toujours que je la croise ? Fait encore plus bizarre que d'habitude, elle marchait vers les vestiaires, au lieu d'aller dans l'autre sens…

— T'as oublié quelque chose ? dis-je.

— Non, j'ai changé de permanence… J'étais trop frustrée de ne voir Docteur Sexy que dix minutes par jour à la relève. Tu vas devoir partager…

Humaine normale, prise d'une envie de meurtre tout ce qu'il y avait de plus normale. Peut-être que si je refermais les yeux et les rouvrais, elle aurait disparu ? J'essayai, au cas où, mais à la réouverture, j'eus un sursaut, en découvrant une rose rouge devant mon nez. Puis, Benjamin BG Montgomery, plutôt mal caché, juste derrière elle. Ça, ça n'avait rien de normal, ou plutôt d'habituel, mais c'était tellement bon… Je pris une mine qui disait « Qu'est-ce que tu fais là ? Qu'est-ce qui n'était pas clair dans : dégage ? » juste par principe, histoire de rester cohérente avec moi-même, et de ne pas lui rendre la tâche trop facile.

— Je suis désolé, dit-il.

Apparemment, j'avais trop bien joué la comédie, parce qu'il posa la fleur et déguerpit. Je vérifiai qu'il était bien parti, avant de la ramasser, et de la respirer avidement. J'eus un grand sourire malgré moi, et Caroline, une autre infirmière qui tapait déjà un rapport, pouffa.

— Ça alors, si on m'avait dit que je verrais un jour Mathilda Shade laisser un homme la rendre heureuse avec une fleur, je ne l'aurais jamais cru.

C'était vrai, je me ramollissais… Elle se leva pour repartir en soin, et s'arrêta à ma hauteur, pour me taper sur l'épaule et ajouter :

— Je suis vraiment contente de m'être trompée. Tu es humaine, finalement…

Trisha sortit du vestiaire, et vint rejoindre le pôle en cherchant partout du regard. Je me demandais s'il était possible qu'elle soit en fait un vampire, et que je ne l'ai pas encore remarqué. Je devrais alors la tuer, pour le bien de la communauté… Elle dut apercevoir sa cible, tapie dans le couloir pour observer ma réaction, parce qu'elle fit de grands signes dans cette direction, et disparut.

Il était déjà treize heures, et j'avais l'impression que je venais de prendre mon service. Je ne m'étais occupée que d'un seul et même patient, qui était arrivé avec ce qui ressemblait à une simple grippe, puis avait enchaîné les complications jusqu'à partir vers les soins intensifs deux minutes plus tôt. Je n'avais pas vu Montgomery de toute la matinée. Je commençais à me dire que je l'avais peut-être découragé, quand il apparut soudain, comme s'il avait entendu mon appel. Il s'approcha prudemment. Il en faisait un peu trop là.

— Je meurs de faim, dit-il.

Il me regardait, amusé, attendant sûrement que je dise quelque chose. Et même si je mourais d'envie d'aller me coller à lui une petite demi-heure au *food court*, il était hors de question que je le lui demande. *Niet*. Je le fixai. Il se mit à tapoter le comptoir de l'accueil du pôle avec ses ongles, comme on le fait machinalement, quand on attend quelque chose.

— Pas vous ? ajouta-t-il à mon endroit.

— Si, dis-je.

Caroline regardait notre petit manège sans en perdre une miette. Elle avait l'air de follement s'amuser, et trépignait de connaître le dénouement. Trisha sortit d'un box de soin en faisant le plus de bruit possible, pour s'assurer qu'on la regarde.

— On va manger ? dit-elle.

Je vis Caroline prendre sa tête dans ses mains, et l'entendis faire un bruit de succion entre ses lèvres, pour dire dommage... Nous nous mettions tous les quatre en mouvement, quand une vieille dame passa les portes des urgences. Elle portait un tailleur pêche qui avait dû être du dernier chic, dans une autre vie, un petit sac en cuir blanc, et un chapeau magnifique, du même blanc immaculé, posé légèrement de côté, dans un effet artistique hautement travaillé. Je reconnus tout de suite l'énergie de Maminouille. Ça alors, elle était capable de prendre une apparence humaine… Et pas des moindres ! Elle était magnifique. Je sentis aussi le loup noir. Je réprimai un frisson.

— Bonjour, jeunes gens, dit-elle, avec une assurance dans la voix qui surprit les autres. Je souhaiterais m'entretenir avec Mademoiselle Shade, si vous le permettez ?

Le docteur de mon cœur me sonda du regard, pour savoir si tout allait bien. Il avait bien vite cerné mon petit côté 'source intarissable d'emmerdes' si attachant… Ça n'avait pas l'air de l'effrayer… Je fis oui de la tête. Un homme se souciait de moi… *Que quelqu'un appelle la presse !*

— C'est la remplaçante de Frank ? s'esclaffa Trisha.

— Non, dit Maminouille froidement, Frank était malheureusement irremplaçable.

Gloups, prends ça dans tes dents, Trisha, ça t'apprendra à réfléchir avant de parler.

— Tu nous rejoins à table, Math ? demanda Caroline.

— J'ai apporté un pique-nique, dit Maminouille en montrant l'extérieur du doigt.

— Bon, alors à tout à l'heure, conclut Montgomery. Bon appétit, et bonne journée, Madame.

Ils s'éloignèrent, et nous nous engageâmes sur le chemin devant les urgences, vers un banc un peu plus loin, au bord d'*Elizabeth River*. Le soleil était au rendez-vous, et l'endroit, bien dégagé, lui permettait de chauffer très vite. Nous tendîmes en chœur nos visages vers le ciel, pour recevoir les UV bienfaisants. Une légère brise rendait la promenade des plus agréables.

— Il est charmant, dit-elle.

Je ne fus que peu surprise, elle m'avait déjà prouvé qu'elle était capable d'un grand sens de l'observation.

— Mais il va poser problème, ajouta-t-elle.

— Quoi ? dis-je. De quoi vous parlez, bon sang ?

— Oh Mathilda, je ne te ferai pas l'offense de répondre à cette question, alors que tu as déjà toutes les réponses.

Sujet clos. OK. Sauf que je ne comprenais rien, mais elle avait l'ascendant, parce que je ne pouvais pas admettre que je ne savais pas. Délicieusement énervante. Je l'adorais déjà. Ma grand-mère spirituelle.

— Vous êtes comme Frank, pas vrai ? En gros, dis-je.

— Je suis comme Frank, en gros, sourit-elle.

— Avec le côté grenouille en plus, dis-je.

— Ou le côté humain en moins, renchérit-elle.

Surréaliste. Une conversation type, dans une famille classique, genre la vieille tante adorablement grincheuse, et sa nièce écervelée, si on mettait de côté le fait que nous n'étions pas de la même famille, et que nous ne nous connaissions que depuis la veille. Elle prit le panier de pique-nique à côté d'elle, qui n'était pas là une seconde plus tôt. Ça non plus, Frank ne savait pas le faire, ou peut-être que si ? Elle en sortit un gros sandwich au thon, dans une demi-baguette de pain français, bien de chez moi. Comment pouvait-elle savoir ? Elle me le tendit, et sortit pour elle, des petits gâteaux secs.

— Merci…

— Vassilissa. C'est comme ça que je m'appelle.

— Pas facile, dis-je.

— Rien n'est jamais facile, Mathilda…

— Pourquoi est-ce que je sens que cette phrase n'est que l'introduction d'une longue explication qui ne va pas être que plaisante ?

— Parce que tu es intelligente. Et parce que c'est le cas.

Génial. J'avais mordu dans le sandwich après l'avoir inspecté attentivement dans cette dimension et les autres auxquelles j'avais accès, il était vrai, et délicieux. C'était déjà ça.

— Frank t'avait-il parlé de ses rêves ?

— Oui, répondis-je, la bouche pleine.

— Savais-tu qu'il arrive parfois qu'un évènement soit si important, entraîne un changement si grand, que plusieurs médiums, voyants, chamanes, récepteurs, le reçoivent simultanément ?

— Ça me paraît logique.

— Évidemment, rit-elle. Il y a quelques mois, un humain, Silas Baker, a mis en place l'État souverain de Nouvelle Virginie, en suivant le modèle proposé par le récent gouverneur de l'État souverain de New-York, comme tu le sais. Depuis lors, Frank, moi, et des tas d'autres gens comme nous, avons commencé à rêver de lui.

— C'est pas bon signe ça.

— En effet... Les rêves n'étaient pas vraiment clairs, au début. Ils se sont précisés, puis sont redevenus flous, comme brouillés, mais toujours vraiment prenants, étouffants, stressants. Certains voyants ont quitté la région. D'autres ont commencé à disparaître, d'autres à être assassinés. Et tout à coup, des gens qui n'étaient pas des voyants à l'origine, ont commencé à rapporter les mêmes visions dans des rêves récurrents... Il se passe quelque chose de très grave.

Elle avait pris un ton dramatique qui avait failli me faire rire, mais je m'étais résignée à rester grave, en croisant son regard.

— Qu'est-ce qu'il dit, ce rêve ? demandai-je en mâchant mon pain.

— L'installation du nouveau gouvernement prévoit la disparition des espèces non humaines. Quelles qu'elles soient. L'extermination totale.

— C'est ça, le rêve ?

— C'est ce qu'il fait ressentir.

— Ça n'arrivera jamais.

— Vraiment ?

— Oui, vraiment, ça ne peut pas arriver, parce que c'est impossible, et idiot. On ne peut pas physiquement débusquer toute une population et la tuer, d'autres ont déjà essayé, et en plus, on en est là, justement parce qu'on a fait sans magie pendant trop longtemps. C'est le déséquilibre qui fout le bordel, faut arrêter d'essayer de commander la nature.

— Je ne dis pas que c'est possible, la fin importe peu, d'ailleurs. Ce que ces rêves nous disent, c'est qu'il va essayer. Qu'il est en train d'essayer. Combien de gens vont mourir, pour le délire d'un seul homme ?

— L'histoire se répète inlassablement on dirait… OK, Vassilissa (clin d'œil). Tout ça est limpide. En revanche, ce qui ne l'est pas, c'est ce que je viens faire là-dedans ? Je ne l'ai même pas fait, moi, ce rêve.

Elle parut profondément soulagée par cette nouvelle, sans que je comprenne pourquoi.

— Dans les dernières versions de ce songe prophétique, il y a une femme, Mathilda, une femme qui arrête tout ça, et fait partir l'angoisse, la peur, l'obscurité… Et je crois, du moins j'ai des raisons de penser, que cette femme, c'est toi.

Bon, jusque-là, je l'aimais bien, même avec son petit coup de poignard qui avait légèrement cassé l'ambiance en plus de mes côtes la veille, mais là, elle poussait un peu.

— Quelles raisons ? grommelai-je.

Elle parut réfléchir profondément. Apparemment, ces raisons, quelles qu'elles soient, devaient être très difficiles à comprendre… Ou complètement saugrenues. En tous les cas, elle rechignait clairement à me les exposer. Après des minutes interminables, lors desquelles j'avais eu le temps de mastiquer la quasi-totalité de mon sandwich, elle finit par balayer du revers de la main ses pensées, comme si elles s'étaient matérialisées devant ses yeux, et changea complètement de sujet.

— Ne sois pas fâchée contre Deana, elle est jeune, et peu expérimentée, mais elle est puissante et volontaire. La jalousie la rend colérique et irréfléchie, mais elle va se calmer, et elle sera une alliée importante pour toi, plus tard. Elle te pardonnera.

— Elle me pardonnera ?! faillis-je m'étrangler. Mais je lui ai rien fait du tout !

— Pas encore. Mais vous serez des amies, un jour, et vous en rirez. Écoute, je voulais que tu saches que tu es importante. Une Indigo… Je croyais qu'ils étaient éteints. C'est inespéré ! Tu représentes la meilleure chance de survie des hybrides de cette région, et je sais que leurs vies t'importent. Je ne te demande rien que de réfléchir à ça, et de te tenir prête.

Son panier était tombé, et je m'affairai à rattraper un napperon qui s'envolait.

— Ah, et je voulais aussi que tu saches… dit-elle, tu es vraiment une très belle personne, et je t'adopterais avec bonheur.

J'avais failli tomber, et quand je m'étais relevée avec le napperon, elle avait disparu, et le napperon aussi.

Quand une garde était bizarre, elle était bizarre… Tous mes patients du reste de la journée avaient été soit agressifs, soit très mal en point, soit déprimés à me donner envie de me pendre… Je terminais ma garde à vingt heures, il était moins dix, et je ne comptais absolument pas faire la moindre seconde supplémentaire. Je me dépêchais de taper les dernières lignes de mon dernier rapport de soins, quand l'adorable visage du docteur Montgomery apparut. Enfin un peu de douceur. Quel problème il pourrait bien me poser ? Elle avait raison, j'avais déjà la réponse. J'allais m'attacher, et être blessée, ou vulnérable. Ou pire.

— Bon, Mathilda, j'arrête de jouer, tu as gagné, tu sors avec moi, ce soir ?

Tout ce que j'avais besoin d'entendre.

— Je ne sais pas, tu vas me crier dessus, si je mange un truc gras ?

— Non...

— Et si je bois du vin ?

— Non...

— Et on va où, d'ailleurs ?

— Où tu as envie d'aller.

— Ah non, c'est toi qui invites, c'est toi qui décides.

— OK, ici, dans un quart d'heure, et tu ne t'enfuis nulle part ?

— OK.

Je n'attendis pas les quelques minutes qui restaient, pour filer dans le vestiaire. J'avais plusieurs tenues dedans, au cas où j'aurais à me changer plusieurs fois, et j'espérais follement y avoir mis au moins un haut joli. Je le fouillai anxieusement, et trouvai un chemisier satiné bleu marine, parfait, une couleur qui m'allait bien au teint. Je pris une douche rapide, enfilai mon

Levis noir, mes bottes, et mon chemisier. J'avais même un petit collier fantaisie, que j'avais fourré dans mon vestiaire après ne l'avoir porté que quelques heures. Je le mis, et me sentis instantanément ridicule ; déguisée en femme. Je le remis dans le vestiaire, et y trouvai des créoles dorées, que je mis à mes oreilles. Cool. J'entrepris de me faire une coiffure que je voulais élégante… Tout ce que je tentais me paraissait raté, alors je finis par faire une tresse africaine. Je mis du noir sur mes yeux, et du parfum. Je me regardais dans le miroir, un peu hébétée, quand l'odeur du loup noir me revint au nez. C'était une obsession ma parole ! Je la chassai et me concentrai sur mon parfum. J'étais surprise de constater dans la grande glace, près de la sortie du vestiaire, que j'étais plutôt jolie, ce soir. Une petite blonde souriante, avec un petit brin de folie dans le regard.

Je pris ma veste, et sortis dans le hall. Benjamin Montgomery me regardait approcher avec un air troublé.

— Tu es merveilleuse.

— N'en fais pas trop quand même.

Nous prîmes sa voiture. Il était charmant, je le fixais et buvais ses paroles, aussi insignifiantes fussent-elles. J'avais diablement envie de l'embrasser, mais je me maîtrisais. J'avais couru toute ma vie, sans avoir le temps de m'amouracher de qui que ce soit, ou presque, et ces derniers mois, j'avais eu du mal avec l'idée de me poser dans une vie normale. J'avais rencontré plusieurs hommes, été draguée lourdement, même un peu harcelée, ou brutalisée, mais je n'avais jamais ressenti un attrait spontané comme celui que j'éprouvais pour lui. Il était simple et franc, en plus d'être beau, et surtout, il n'éveillait aucune crainte irrationnelle chez moi, comme la plupart des hommes en général. Le trajet avec lui était déjà une activité formidablement excitante. Je me promenais, avec pour seul but, de me rendre dans un endroit sympathique, en bonne compagnie, et j'adorais ça ! Nous arrivâmes devant un restaurant plutôt chic.

— Je ne savais pas qu'il y avait de nouveau ce genre de restaurants en ville, dis-je.

— Le gouverneur Baker a signé des accords avec l'État souverain de Nouvelle Caroline, et les échanges commerciaux ont repris.

Aïe. Naissance d'une petite anxiété au creux de mon ventre. Il fallait vraiment qu'il me parle de Baker si tôt ?

Il m'interdit de sortir de la voiture, et en fit le tour, pour venir m'ouvrir la portière. Je lui dis à quel point c'était ridicule, mais il argua qu'il fallait bien s'amuser. Lui non plus, n'était pas sorti au restaurant depuis plusieurs années. Nous entrâmes, et obtînmes facilement une table, grâce aux manières irréprochables du docteur. La lumière était légèrement tamisée, pour donner une ambiance chaleureuse. Des fausses bougies étaient disposées sur chaque table, pour un effet romantique. Les murs étaient couverts de tableaux modernes, sans dessin précis, mais aux couleurs claires. Les chaises étaient drapées dans des tissus blancs qui faisaient un gros nœud derrière l'assise… Je n'avais pas vu ce genre de chose depuis mon enfance, en France.

L'odeur de loup me revint aux narines… En fait, j'avais l'impression qu'elle ne me quittait pas, au point même qu'elle me semblait venir de moi. Outre l'odeur en elle-même, quelque chose me dérangeait profondément dans cette impression de surveillance perpétuelle, elle avait un côté étrange. J'avais l'impression qu'il me suivait partout, comme un obsessionnel, je l'avais senti en dormant, en me lavant, en travaillant... En fait, j'avais même cru me rendre compte des moments où il n'était pas là... Je ne le ressentais pas comme un garde du corps, mais plutôt comme un amant jaloux, ce qui était ridicule, mais perturbant. Benjamin remarqua ma gêne.

— Quelque chose ne va pas ?

— Non, rien, juste une odeur bizarre.

— Ah, je ne sens rien, tu veux qu'on demande à changer de table ?

— Non, ce n'est rien du tout, je ne la sens déjà plus.

Il y avait de la musique dans le restaurant, j'avais vraiment l'impression de faire un saut dans le passé. C'était effrayant et grisant à la fois. Je me pris à être insouciante. Ce soir, nous étions là, à rire de tout et n'importe quoi, et demain serait un autre jour, où j'aurai peut-être à me battre pour survivre, à tuer des gens, et à sauver la Nouvelle Virginie. *Pfff merci Vassilissa.*

Le dîner se passait merveilleusement bien. La nourriture était excellente, j'avais pris une salade océane. Le vin était très correct, et la compagnie, à tomber par terre. Je découvrais doucement Benjamin Montgomery, un petit gars simple, qui avait perdu sa famille, comme beaucoup d'autres, et décidé de se battre, de devenir soldat, et puis médecin. Et qui n'avait pas oublié dans tout ça, d'être extraordinairement beau. À chaque nouvelle conversation ou anecdote qu'il me racontait, je me retrouvais face au même dilemme : mentir ? Taire ? Ou dire la vérité ? Si je lui racontais ma vie, il ne me verrait plus comme la fille à la bizarrerie attachante, je deviendrais la folle. Comme toujours. Et si je lui cachais ma vie, je resterais toujours une demi-moi. L'odeur du loup. Très forte, cette fois. Il était réellement dans les parages. Je le sentis arriver dans la rue, il venait de descendre du toit. Je le vis apparaître devant la vitrine. Il portait un jean et un pull en laine avec des gros boutons au col, comme monsieur tout-le-monde, en plus beau et costaud. Bref, avec un peu de chance, il n'était pas là pour moi... Il entra dans le restaurant. *Merde*. Juste avant la carte des desserts... Sans que je comprenne pourquoi, j'étais très angoissée à l'idée qu'il parle à Benjamin. Il vint directement sur nous, et j'eus à peine le temps de dire :

— Ne prends pas peur, Ben.

— Quoi ?

Il vit alors arriver Anton, le loup des steppes, ça sonnait bien ça, hein ? L'animal n'avait pas l'air au fait des règles de politesse.

— Venez avec moi, vous devez partir tout de suite.

Un peu cavalier, comme entrée en matière, pas le meilleur premier échange de ma vie...

— T'as perdu la tête, Loup ?

Il eut un hoquet de surprise, et s'avança pour me prendre le bras. Benjamin s'interposa très rapidement, en lui collant un glock sous le nez. Surprise...

— Il est chargé avec des balles en argent, alors ne fais pas de geste inconsidéré.

— Elle est en danger, on m'a chargé de sa protection, des soldats arrivent.

Oh, on l'avait chargé de ma protection... J'étais irrationnellement déçue, mais qu'est-ce que je m'imaginais ? Qu'il me suivait partout en se mourant d'amour pour moi ? Bon OK, fallait que j'arrête les conneries. J'étais restée trop longtemps dans le confort d'une vie normale, je m'étais engluée, et voilà que je m'étais mise à penser comme une adolescente. C'était l'heure du retour de Mathilda la tueuse. Je sondai la zone, et me levai brusquement.

— Trop tard, dis-je. Ils arrivent, j'en compte quatre côté façade, et cinq dans l'arrière-cour, à attendre qu'on essaie de sortir par là. T'as combien de munitions ? demandai-je à Benjamin.

Il sortit six chargeurs de son sac à dos, et deux grenades à particules d'argent. Une vraie quincaillerie, il apparaissait nécessaire qu'on ait une petite discussion après ça, lui et moi, s'il survivait.

— Ils vont sûrement canarder de ce côté, pour qu'on aille derrière. Il y a une issue par les cuisines, mais elle sort entre les deux groupes armés, donc ça n'aidera pas. Ils vont vider leurs munitions par ici, et tuer tout le monde. Il faut faire évacuer tout de sui...

Je n'avais pas eu le temps de finir ma phrase, quand l'homme du couple installé à la table la plus proche de la vitrine, explosa littéralement. Une rafale de balles traçantes l'avait transformé en bouillie rouge, qui s'était éparpillée à travers la pièce, dans un bruit écœurant de pulvérisation. Benjamin avait choisi pour nous la table la plus au fond de la pièce, dans un renfoncement, avec la meilleure vue sur le reste du restaurant. J'avais pris ça pour un heureux hasard, je compris en le voyant prendre position à couvert, qu'il n'en était rien… Un seul soldat s'approchait, vidant son chargeur à travers le restaurant. Les autres l'attendaient patiemment dehors. *Pas inquiets, les types…* Le loup se transforma en un éclair, et fit barrage de son corps, quand le tireur nous aperçut et adapta son tir à travers les plaques vitrées qui séparaient les différents secteurs de tables.

— Non !

J'envoyai une bulle de protection, et la renforçai au maximum, dans un mouvement de panique. Les balles tombèrent au sol devant les yeux noirs du loup. La nécessité de rapidité de ma réaction, ajoutée à la peur que j'avais éprouvée, m'avait fait produire un bouclier grossier, avec beaucoup trop d'énergie, si bien que j'avais entamé salement mon capital de canalisation. *Merde.* Cela dit, j'avais carrément produit un mur bien solide, presque transparent, comme de la glace, entre le tireur et nous. Ça, c'était une première… *Je suis la reine des neiges !* Le temps que le soldat essaie de comprendre ce qui venait de se passer, le loup avait contourné l'obstacle, et arraché sa tête d'un seul coup de crocs. *OK…* Les trois autres soldats allaient venir.

— Il faut qu'on sorte par devant, qu'on prenne la voiture, et qu'on s'en aille avant que ceux de derrière ne se doutent que le plan ne se passe pas exactement comme prévu, dis-je.

— Et comment tu comptes faire ça, avec les trois autres types dans la rue ?

— On a un loup, fis-je.

J'allai rejoindre celui-ci, qui était dans un coin de la pièce, en train d'étudier le meilleur angle pour sortir en tuant le plus possible avant de mourir, talonnée par le docteur soldat, qui n'avait apparemment pas prévu de se cacher dans un coin pour paniquer. Un vrai dur. J'effleurai le pelage du loup pour qu'il me remarque, celui-ci se hérissa, et il sembla comprendre tout de suite ce que je voulais de lui, soit qu'il attende un instant ici, avant de tuer. Je sortis dans la rue directement par la façade en charpie, me disant que j'aurais peut-être dû préciser mon plan aussi au docteur, pour qu'il ne se mette pas à me poursuivre en hurlant, mais il n'en fit rien, décidément surprenant. Aussi malin que courageux. Les soldats eurent une seconde d'étonnement, pendant laquelle je lançai une impulsion qui neutralisa leurs armes. Ce fut le moment de l'intervention du loup, celui-ci sortit, et ravagea la rue en si peu de temps, que je n'eus même pas à chercher un moyen d'en tuer au moins un sans mes armes. Benjamin et moi montâmes dans sa voiture, et prîmes la route.

Nous roulâmes sans nous arrêter jusqu'à un parking de la ville voisine.

— Ils connaissent mon identité, dis-je enfin.

— Qui ? C'était qui ces types ?

— Sûrement les hommes de Baker.

— Quoi ?! Baker qui ? Baker, comme Silas Baker ? Le gouverneur ?!

Comme le loup arriva sur le parking à son tour, je descendis de la voiture, et marchai vers lui. J'étais furieuse. Je hurlai :

— C'est elle ?!!

Benjamin m'avait suivie, et ne cessait de répéter « Mais de quoi tu parles ? »

— C'est elle qui a donné mon nom à ces hommes, pas vrai ?

Je criai sur le loup, qui ne réagissait pas. La loyauté… J'étais si énervée, que j'attrapai la fourrure de son cou, et la secouai dans tous les sens. Benjamin m'exhortait à me calmer, mais n'arrivait pas à m'approcher.

— C'est elle ?! Parle, Loup, ou je jure que je retourne dans sa maison coquette, et je la tue sur-le-champ !

Le silence se fit, plus personne ne bougeait.

— Je ne sais pas si c'est elle, dit finalement le loup, ça peut être n'importe qui.

— N'importe qui ? Tu me prends pour une idiote ? Elle m'a détestée dès qu'elle m'a vue, elle a demandé ma mort à ton clan sans la moindre raison. Ça ne peut être qu'elle !

— Peu importe. Ça ne change rien, fit-il sans montrer la moindre émotion.

Ça ne changeait rien ? Mais elle venait de m'obliger à entrer dans ce conflit, ou à déguerpir. J'avais passé le plus clair de mon existence à m'enfuir, et à me cacher pour survivre. J'avais construit un petit quelque chose ici, juste ces derniers jours, comme par hasard, et j'étais tellement frustrée d'imaginer le perdre déjà, que si elle avait été en face de moi maintenant, je l'aurais découpée en morceaux si petits, qu'elle aurait juste disparu. *« Vous serez amies un jour, et vous en rirez »* ! Je ne *crois pas non, Mamie Grenouille ! Je vais la buter, et ça ne va pas la faire rire, mais alors pas du tout !*

Le doc profita de mon mutisme exaspéré pour se jeter sur moi, et me serrer dans ses bras, avec une infinie tendresse. *Reset.* Je pris conscience que mes jambes tremblaient, et que j'avais des éclats de verre fichés un peu partout dans le bras droit. La salve sur le loup m'avait blessée sans que je m'en aperçoive. J'avais été négligente. Je devais me reprendre.

— T'as de la chance, je suis médecin, dis Ben. Je vais te nettoyer tout ça.

Je me défis de ses bras, j'étais furieuse. Il me prit la main, m'entraina dans le petit bâtiment malingre d'en face, et monta des escaliers pour arriver devant une porte, qui s'ouvrit pour nous. Une petite femme d'une quarantaine d'années nous fixa une seconde, puis nous fit entrer dans son appartement défraîchi. Elle nous indiqua une pièce sans dire un mot, en alluma la lumière, et nous installa, avant de disparaître.

— On est où ? m'enquis-je.

— Chez Maria, je passe de temps en temps soigner son fils. Elle est très discrète.

Je sentis la présence du loup dans le couloir.

— Le loup risque de lui faire peur.

— Ça m'étonnerait, son fils est un *switch*, si ça se trouve, elle le connaît déjà, ton loup.

— Ah.

— Alors ? Tu vas m'expliquer ? C'est qui ELLE ? Pourquoi elle a donné ton nom à ces hommes ? Qui sont exactement ces hommes ? Et qui a chargé ce loup de ta protection ? Et déjà, c'est qui, ce loup ?

— Arggg… J'ai oublié le début…

— Arrête ça, rit-il.

— Et toi ? dis-je, six chargeurs remplis de balles en argent ?

— Moi, je suis un soldat, rien de surprenant là-dedans, je ne sors jamais sans armes. Et vu l'état dans lequel tu rentres de tes repos, je me suis dit qu'il serait peut-être avisé de redoubler de vigilance.

— D'être vigilant avec moi ?

Il fit oui de la tête, et se pencha vers moi pour m'embrasser. Je sentis le loup bouger, et esquivai le contact, par réflexe. Quelle idiote ! Il eut l'air surpris, et intrigué.

— C'est qui, ce loup ?

— Comment ça ?

— Pour toi ?

— Quoi ? Personne. Je l'ai rencontré avant-hier.

— Comme moi quoi, à peu de choses près, fit-il en ouvrant la sacoche de médecin qu'il venait de tirer de sous le lit.

Il se mit à retirer les morceaux de verre de ma peau, et je me dis qu'il avait raison, je ne connaissais aucun de ces deux hommes encore quelques jours auparavant, et ma vie était tellement plus simple alors… Pourquoi ça se passait toujours comme ça ?

Quand il eut terminé de tout retirer et désinfecter, il commença à préparer un kit de suture.

— Ce ne sera pas nécessaire, dis-je.

— Euh, je crois bien que si, je te rappelle que je suis médecin.

— C'est superficiel.

— N'importe quoi.

Je lui pris les mains pour l'arrêter dans sa préparation.

— Je t'assure que ça va aller.

Il prit un air songeur.

— Qu'est-ce que tu es, au juste ? Une sorcière ? dit-il.

— Non, dis-je.

— Est-ce que tu m'as jeté un sort ?

J'éclatai de rire.

— Un sort pour quoi faire ?

— Pour que j'aie tout le temps envie de t'embrasser.

Pitié.

— Non, roulai-je des yeux.

— Non quoi ?

— J'ai dit que je n'étais pas une sorcière…

— Ah ! Je le savais ! Tu m'as bien jeté un sort !

— Et comment j'aurais fait ça, puisque je te dis que je ne suis pas une sorcière ?

Il m'attira à lui en riant, et effleura mes lèvres des siennes. Je reçus une décharge d'électricité à la base du cou, qui parcourut rapidement tout mon dos, pour finir dans mes reins. Je savais que la situation ne se prêtait pas à ce genre d'égarement, mais la situation ne s'y prêtait jamais, de toute façon, et pour une fois, j'avais trouvé quelqu'un qui me plaisait… Il me regardait sans oser aller plus loin, appréhendant de toute évidence ma réaction. Un vrai gentleman. Je passai mes bras autour de son cou, et l'embrassai doucement, savourant chaque contact, embrassant chaque millimètre de ses lèvres. Il me serra plus fort contre lui, et j'enroulai mes jambes autour de son bassin, sur le petit lit. Il embrassa mon cou, passa ses mains dans ma tresse à moitié défaite pour finir de dénouer mes cheveux, et descendit sur mes hanches, pour me serrer plus près de lui. Je goûtai sa langue. Je pouvais sentir son énergie vitale s'animer de volutes de désir. Je ne pensais plus à rien. J'avais juste envie d'être vivante, autrement qu'en combattant.

On frappa soudain à la porte, et nous sursautâmes tous les deux. Benjamin me regarda en soupirant. Je savais ce qu'il pensait, je pensais la même chose : le loup n'allait pas nous laisser tranquilles.

— Je crois qu'il te veut pour lui, murmura-t-il.

— N'importe quoi, soufflai-je, c'est un robot. Et tu sais qu'il t'entend ?

Je léchai le bord des lèvres du docteur, je n'avais pas envie de m'arrêter maintenant. La porte s'ouvrit soudain en grand. Je m'extirpai de ma position en une seconde, pour me rasseoir à côté de Benjamin, qui prit un coussin à côté de lui, pour couvrir en vitesse son début d'érection. Le loup avait repris sa forme humaine. Maria avait dû lui prêter le survêtement qu'il portait, un poil trop petit. Il avait un air tout à fait neutre, imperturbable, alors que Benjamin avait envie de rire, et que j'essayais de remettre mes cheveux en ordre.

— On ne peut pas rester ici. Puisque ces hommes ont vos identités, ils vont vous chercher. Ils pourraient trouver cet endroit, qu'il fréquente régulièrement, dit-il en montrant Ben du doigt sans le regarder. Maintenant qu'il vous a soignée, on peut bouger.

— Donc on ne peut pas aller chez nous non-plus, dis-je.

— C'est pour ça que je vous emmène à la maison bleue. Vous y serez en sécurité.

— La maison bleue ? demanda Benjamin.

— C'est un repère d'hybrides. Genre association de malfaiteurs... expliquai-je.

— Génial...

— Je ne comptais pas vous emmener, coupa le loup en regardant le docteur.

— Mais, ils doivent avoir son nom à l'heure qu'il est, ou ils l'auront demain, quoi qu'il en soit, il ne peut pas rentrer chez lui non plus, pensai-je à voix haute.

— Il ne fait pas partie de ma mission.

— Et ça n'a rien à voir avec le fait qu'elle sorte avec moi ? dit Benjamin en se levant.

— Ben, c'est ridicule, dis-je en lui faisant les gros yeux. Bon, Loup, je n'irai nulle part sans lui, alors on fait quoi ?

Quand je me tournai vers l'Alpha, je m'aperçus que les deux hommes se toisaient comme s'ils allaient se battre. Du grand n'importe quoi. Je voulus m'interposer entre les regards pleins de testostérone, mais il me manquait clairement quelques centimètres pour ça...

— Les hommes ou l'art de se battre sans aucune raison valable... marmonnai-je.

Le loup me regarda si intensément, que je faillis m'excuser, si j'avais su comment faire ça, bien sûr.

— Allons-y, dit-il.

5

Salem

Deana, immobile sur le perron, était venue nous accueillir en personne… Elle portait une superbe robe bleue, et un manteau de fourrure blanche, que j'étais apparemment la seule à trouver déplacé, dans une maison remplie de gens qui se transformaient allègrement en ce genre d'article… Elle avait la mine affreuse de quelqu'un qui essaie de cacher qu'il a pleuré. Ses mains étaient dans un bandeau de fourrure également, ceux que l'on met en Russie par grand froid. Je me dis que c'était peut-être un cadeau du loup noir, Anton ? C'était bien russe, comme prénom ? Je chassai cette pensée. Un vampire et un *switch* ours se tenaient derrière elle, de chaque côté. Mamie Grenouille était assise près de la caisse dépôt d'armes, sur un petit banc de bois blanc, semblable à ceux de toutes les jolies terrasses de Virginie, dans le temps… Elle devait se douter que je mourais d'envie d'égorger sa protégée, et avait dû penser que sa présence me ferait peut-être hésiter. La sorcière celte était vraiment magnifique malgré sa mine triste, et sa fragilité nerveuse me faisait de la peine… Saleté d'empathie. J'envoyai un message mental à Mamie Grenouille « *Pas d'inquiétude, je suis trop lasse pour dépecer qui que ce soit ce soir.* » Vassilissa sourit.

— Après délibération du Conseil, et au vu des circonstances, la Guilde t'offre sa protection temporaire, Mathilda Shade, lâcha tout à coup la rousse, comme si elle avait mangé des clous.

— Que le Conseil en soit loué, raillai-je.

On nous fit entrer à nouveau dans l'agréable demeure, et Mamie Grenouille me demanda une audience privée sans attendre. Après avoir confié Benjamin aux bons soins du majordome, je la suivis dans ce qui ressemblait à un boudoir. La pièce était petite, simplement décorée, mais chaleureuse. Un âtre éclairait et chauffait l'ensemble, projetant une atmosphère délectable sur les fauteuils de style français, qui rappelaient la tapisserie baroque, bleue et blanche. Le crépitement du bois me donnait envie de me lover sur un fauteuil, de demander un plaid, et de savourer un *earl grey*. Un service à thé nous attendait. Quelle surprise…

— Il n'est jamais trop tard pour une tasse de thé, dis-je en jetant un œil à la vieille horloge trônant au-dessus de l'âtre, qui affichait deux heures et deux minutes.

— Ni trop tôt, enchérit-elle.

Elle remplit les deux tasses devant elle, sortit un plaid d'un tiroir caché sous son fauteuil, me le tendit d'un air entendu, et attendit un long moment, avant d'ajouter :

— Sais-tu qui je suis ?

— Vassilissa l'astucieuse, répondis-je. La princesse du conte russe, mariée à Ivan Tsarévitch, et fille de Kachtcheï l'immortel, je dirais.

Elle eut un sourire tendre.

— C'est exact… Sais-tu comment j'ai pris vie ?

— Et bien, sûrement d'une aurore magique, après « l'Éveil »…

— Encore vrai… Mais pas tout à fait complet. Je ne suis pas apparue juste parce que ce conte existait. Je suis apparue parce qu'un enfant était si triste, qu'il a demandé à l'aurore d'apporter une créature bienveillante, pour l'aider à supporter la mort de ses parents, et celle de sa sœur. Comme il était perturbé, il ne pouvait trouver dans ses souvenirs une créature bienveillante… Vassilissa, la princesse déguisée en grenouille, fut le seul souvenir d'un personnage gentil qu'il put trouver, et voilà que je pris vie.

L'histoire me fit ressentir une profonde tristesse venue de nulle part. Me rappelant mes propres craintes d'enfant, ma propre solitude.

— Sais-tu qui était cet enfant ?

— Non… Deana ?

Je me disais qu'elle essayait de me forcer à aimer sa protégée et, de fait, l'histoire m'avait déjà assez touchée pour que son plan fonctionne…

— Ta réponse est amusante.

— Ah oui ?

— Oui. Tu as toutes les informations pour connaître la réponse, et tu les ignores délibérément.

— Pardon ?

— C'est Anton, qui m'a donné la vie, Mathilda. Anton.

J'eus un frisson. Je compris ce qu'elle voulait dire. Vassilissa était un conte russe. Deana n'était de toute évidence pas russe. Elle avait parlé d'un enfant, pas d'une enfant. Comment ma réflexion avait-elle pu déraper aussi loin ? Qu'est-ce qui clochait à la fin avec ce loup ? Ma foi, il était plus de deux heures du matin, et même en pleine possession de mes moyens, il m'arrivait parfois de m'étonner moi-même par ma stupidité, alors... Je choisis d'enterrer la réflexion maminouillesque.

— C'est une jolie histoire, conclus-je. Mais encore une fois, je ne vois pas en quoi elle me concerne.

— En rien, Mathilda. Seulement voilà, Anton est comme mon fils, même si techniquement, ce serait plutôt lui, qui serait mon père. Il est le meilleur humain que j'aie croisé, de mon existence...

Elle s'arrêta pour chercher ses mots, sans parvenir à les trouver. Je brisai la gêne.

— Et c'est là que j'ai droit à une phrase du genre : si tu lui brises le cœur, je te tue ?

— Non, rit-elle.

— Ouf, parce que j'ai vraiment peur des grenouilles ninjas.

Elle rit de nouveau, avec tant de tendresse dans la voix, que j'eus encore l'impression de parler à ma grand-mère.

— Je n'ai aucune intention de lui faire quoi que ce soit, vous savez.

— Je sais, soupira-t-elle. C'est juste que je ne sais pas comment le formuler, mais je voudrais te demander une faveur. Je sais que ce n'est pas vraiment bien de ma part, parce que ton empathie naturelle va te pousser à me répondre favorablement, mais je ne suis pas objective dans cette affaire... Il veut te protéger, mais ça va le mettre en danger...

— Je vois... soufflai-je. Pas de problème, je dirai au Conseil que je ne veux pas de lui comme garde du corps.

— Oh non ! paniqua-t-elle. Il deviendrait fou ! Qu'on lui retire une mission en cours... Non, s'il te plaît ne fais pas ça. Si en plus, il apprenait que ça venait de mon intervention, il serait malheureux.

— Et si ça ne venait que de moi ?

— Non, non, vraiment...

— Je ne suis pas spécialement à l'aise avec l'idée qu'il soit près de moi tout le temps... avouai-je.

— Ah ? Et pourquoi ?

— Je ne sais pas... Je ne dis pas que j'ai un problème avec lui, il est sûrement le gentil garçon que vous aimez, c'est juste que... Bon, laissez tomber. Vous voulez que je fasse quoi, du coup ?

— Si tu pouvais juste t'assurer que tout aille bien pour lui... Je sais que ça paraît complètement idiot, parce que c'est le loup le plus fort de toute la région, et aussi parce qu'il est dans ta nature de protéger les gens qui sont autour de toi, quelle que soit leur espèce, donc sans que nous ayons eu cette conversation, la situation aurait été exactement la même, mais je devais quand même avoir cette conversation. Parce ce que... Parfois, les choses sont plus compliquées qu'elles ne paraissent.

— Bien sûr... dis-je en posant ma tasse, et en lui tapotant le genou. Je comprends, enfin en partie, du moins... Je vous promets de veiller sur lui pour vous.

Je voyais que ma réponse la chagrinait, qu'elle n'avait pas obtenu de moi ce qu'elle espérait, et qu'elle n'en avait pas fini avec cette conversation, mais j'étais au maximum là... Je me levai, et quittai la pièce en vitesse.

Elle aimait tellement son petit garçon... J'éprouvais une envie irrationnelle de fondre en larmes. Je n'étais pas jalouse, ni même envieuse, mais être face à des sentiments aussi forts m'avait ébranlée. Je me revoyais, à dix ans, assise sur le carrelage de la salle de bain, regardant les vêtements tachés du sang de mon frère. Les yeux secs, tant ils avaient coulé, les joues rougies, les muscles figés par la douleur. Seule. Je savais que les enfants avaient l'immense pouvoir de faire naître une magie très puissante après l'Éveil, si seulement j'y avais pensé, alors... J'aurais pu être moins seule. Malheureusement, je n'étais déjà plus vraiment une enfant, et je m'étais mise tout de suite au combat.

Le majordome m'avait fait signe de le suivre dès ma sortie du boudoir, et m'avait guidée vers une chambre à l'étage. L'escalier que nous avions emprunté était magnifique, la rambarde de bois finement sculptée, et j'avais gardé les yeux rivés sur ses rainures sous mes doigts, jusqu'en haut. La chambre qu'on m'avait assignée était immense. Elle avait deux larges fenêtres, encadrées de rideaux brodés de fils dorés. Un lit *king-size* à baldaquin trônait au centre de la pièce, tel une œuvre d'art. Les draps qui le recouvraient étaient agencés élégamment, avec toute une famille de coussins moelleux nichée dessus. Le majordome avait ouvert, sous mes yeux ébahis, une large armoire cossue, me dévoilant tout un stock de vêtements plus beaux les uns que les autres. Il m'avait dressé la liste, apparemment non exhaustive, de tous les accessoires que me procurait le confort de ma chambre, en passant par une visite très détaillée de la salle de bain, qui avait une baignoire en état de marche ! J'avais attendu patiemment qu'il ait terminé toute sa présentation, comme anesthésiée par mes émotions de la soirée. Il s'apprêtait à prendre congé, quand je me réveillai de ma torpeur :

— Où est l'homme qui est arrivé avec moi ?

Je me voyais déjà dans la grande baignoire avec lui. L'ours fronça les sourcils dans une très claire expression de désapprobation. *Ne me juge pas, ours.*

— Il a été installé dans sa propre chambre, comme on me l'a ordonné. Serait-il possible que j'ai été mal informé ? Dois-je prendre des dispositions différentes ? Si c'est le cas, je vais devoir vous demander de patienter, le temps que je vérifie que j'y suis autorisé…

— C'est inutile, dis-je, déçue. Il doit déjà dormir, comme tout le monde, d'ailleurs. Je suis désolée de vous avoir fait veiller si tard. N'y pensez plus, il sera bien temps d'en reparler demain.

Il paraissait tout de même embêté, si bien que j'avais ajouté :

— Aucune erreur, ne vous tracassez pas.

Il avait alors filé.

J'avais refermé les portes sur moi, et étais venue à la fenêtre, entre le lit et la salle de bain, dans la pénombre, pour regarder un instant, la forêt endormie. Malgré l'heure avancée, j'avais ensuite pris tout mon temps pour me faire couler un bain brûlant, y verser quelques gouttes d'un bain moussant au parfum délicieux, puis encore quelques gouttes, pour être sûre, et m'y étais prélassée un long moment. J'avais aussi dû prendre un temps pour méditer, afin que mes côtes terminent leur guérison. J'avais trouvé des nuisettes ravissantes dans l'armoire, et en avais passé une, pour voir. L'image dans le miroir, de mon corps glissé dans une matière aussi soyeuse et jolie, m'avait hypnotisée quelques longues secondes. Je n'avais fait que survivre toute ma vie, n'avais eu que des vêtements chauds, ou pratiques, ou épais, pour ma protection… La nuit devait toucher à sa fin, quand j'atteignis enfin l'interminable lit à baldaquin, pour y trouver un sommeil salutaire.

Les rayons du soleil dansaient au-dessus du lit quand je me réveillai. J'avais la délicieuse sensation d'être allongée dans un nuage, doux et chaud. Tout sentait bon autour de moi, et je me sentais sereine. Je me rappelai soudain où j'étais en reconnaissant la voix de Benjamin, visiblement en plein démêlé avec un *switch,* de l'autre côté de la porte de ma chambre. Je me levai à contrecœur, attrapai un peignoir molletonné que je m'étais amusée à essayer la veille, et filai ouvrir la porte en l'enfilant. Les deux hommes se turent en me voyant.

— Salut beauté, dit Benjamin. Pourrais-tu dire à cette personne fort désagréable que je suis autorisé à pénétrer dans ta chambre s'il te plaît ?

— Il l'est, dis-je, en repartant déjà vers le lit.

Mais Benjamin ne suivit pas. Le tout jeune garde insistait.

— J'ai reçu la consigne claire de ne laisser entrer personne, je suis désolé. Vous devrez voir ça avec mon supérieur.

Benjamin leva les bras au ciel et fit un tour sur lui-même avant de revenir vers le garde.

— Laissez-moi deviner, ajouta-t-il tout à coup, votre supérieur, ce ne serait pas un loup noir genre bien lourd, par hasard ?

— Si, répondit le garde, comme si c'était évident.

— Qu'est-ce que je t'avais dit ? me lança-t-il depuis le couloir. Il me déteste parce qu'il est jaloux.

— Je te dis que c'est n'importe quoi. Il a voulu me tuer…

— Quoi ?! Et toi tu le suis ici ?! s'étrangla-t-il.

Je haussai les épaules. Il reprit :

— Regarde les vêtements auxquels j'ai droit…

Je réalisai qu'il portait un jean slim troué qui faisait ado *gansta* et une chemise rouge à gros carreaux qui lui donnait un air de bûcheron. Je pouffai.

— Oui, c'est très… hétéroclite, criai-je presque pour qu'il m'entende.

— Haha ! Et tu n'as pas vu ma chambre… Elle est rose…

Je pouffai de plus belle.

— Attends deux minutes, je me brosse les dents, dis-je.

J'étais passée côté salle de bain, avais lavé mon visage et brossé mes dents, et étais revenue sans mon peignoir côté chambre. Benjamin s'était redressé du mur contre lequel il s'était adossé en me voyant revenir.

— Ah ouais ! Je vois que toi, en revanche, il t'a préparé des jolis vêtements… dit-il en ne clignant plus des yeux pour ne rien manquer. Ça te va comme un gant, plus parfait ce n'est pas possible…

Le garde s'était retourné par réflexe, et avait détourné son regard aussi sec, rouge comme une pivoine. Le déshabillé devait faire encore plus d'effet que ce que j'avais imaginé. Il n'était pas transparent, mais mettait mes formes féminines en valeur.

— Madame, puis-je fermer les portes ?

— Non, dis-je, puisque Ben ne peut pas entrer, je ne peux pas fermer sans être impolie. Tous les gens qui passeront dans le couloir auront donc le désagrément de me voir me changer, désolée. Il faudra que ton supérieur en soit informé.

Ben s'esclaffa, sans perdre une miette de ce qu'il pouvait voir derrière la porte de l'armoire, de mon passage en sous-vêtements, un ensemble noir tout aussi sexy que la nuisette. J'avais regagné le lit avec un legging et un t-shirt dans les mains, et m'apprêtai à m'habiller, quand je sentis le loup. Je faillis tomber dans la précipitation avec laquelle j'avais alors essayé de passer mon pantalon en urgence, sans succès. Trop tard, il était déjà presque à la hauteur de Benjamin, qui ne l'avait pas encore remarqué. Il passa devant ce dernier sans lui adresser un mot ou même un regard, franchit les portes de ma chambre devant le garde, et les referma derrière lui. Nous entendîmes les vives protestations du docteur Montgomery à travers les portes. Le jeune garde devait avoir fort à faire. J'étais encore à moitié nue, mais me presser maintenant qu'il était devant moi m'aurait fait passer pour une gourde peu sûre d'elle. J'entrepris donc tranquillement de déplier le pantalon que je venais de replier à la hâte, puis le regardai.

— Salut, souris-je, je suis en retard pour le petit-déjeuner ?

Il me regardait droit dans les yeux. Imperturbable. *Ramasse tes dents Math, il s'en fout total que tu te trimballes en sous-vêtements.* Il soupira. Je continuai de m'habiller comme s'il n'était pas là.

— Y a-t-il un problème avec les dispositions que j'ai prises pour votre hébergement ? dit-il.

Puis il ajouta plus lentement en fixant le mur derrière moi :

— Voulez-vous que le docteur Montgomery soit transféré dans votre chambre ?

Il y avait eu quelque chose d'étrange dans sa voix, et une petite sonnette d'alarme avait retenti en moi. J'avais failli monter sur mes grands chevaux et lui envoyer que oui, il y avait un problème de taille, et que ce serait effectivement bien de laisser mon mec dormir avec moi vu que je faisais un peu ce que je voulais de mon anatomie... Seulement, le souvenir de la conversation dans le boudoir était venu percuter mon petit cerveau embrouillé, en plus du fait qu'il était un peu tôt pour m'emballer avec Ben, **et** que tout le monde dans cette foutue maison entendrait le moindre échange entre nous. J'attrapai mon t-shirt. Nous nous sondâmes un moment. Je ne savais pas quoi penser. Je me dis tout à coup que Mamie Grenouille gagnerait cette manche… Bien que je ne sois pas totalement sûre de prendre cette décision pour elle…

— Non, lâchai-je, je n'ai pas de problème avec vos dispositions.

Malgré ma réponse, il continuait de soutenir mon regard, comme s'il attendait davantage d'informations. L'échange non verbal me parut durer une éternité, lors de laquelle plus aucun bruit ne me parvenait, c'était comme si j'étais sous l'eau, la même sensation de coupure avec la réalité. Il baissa soudain le regard sur mon corps un quart de seconde, et se reprit aussitôt pour se diriger vers la porte. *Ha !* Ces quelques secondes muettes m'avaient bouleversée, j'enfilai rapidement mon haut en demandant :

— Quoi, c'est tout ?

— Non, dit-il. Une voyante a été tuée ce matin à Salem. Quand vous aurez fini de vous préparer, j'aimerais que vous vous rendiez là-bas avec moi.

— Il faudra que je passe chercher ma moto, dis-je.

Quand il franchit les portes en sens inverse, je pus voir Benjamin assis au sol, il tenait le bas de sa chemise sous son nez ensanglanté.

— Pas de changement dans les consignes, dit le loup en passant devant son garde, qui eut l'air dépité.

Je sortis rejoindre Ben, qui restait hébété.

— Il vient vraiment de faire ça ?! s'enflamma-t-il dans une voix rocailleuse qui n'augurait rien de bon. Il t'a touchée ? Je peux le tuer ?

Le garde tressauta.

— Non, tu ne peux pas, soufflai-je, on ne tue pas son hôte, ça ne se fait pas.

Je voulus l'emmener dans la salle de bain de ma chambre pour le soigner, mais le garde me l'interdit d'un air contrit. Qu'est-ce qui m'avait pris d'accepter ça ?

Le jeune garde avait emmené Benjamin dans une pièce qui ressemblait à un cabinet médical flambant neuf, au rez-de-chaussée, à la condition expresse que je reste à proximité, puisqu'il était chargé de ma sécurité. Il l'avait autorisé à se servir tout seul en comprenant qu'il était médecin, et lui avait fourni d'autres vêtements, plus neutres, et à sa taille. Malgré les bons soins du garçon qui s'était présenté sous le nom de Gordon, Benjamin ne décolérait pas. Il jurait à qui voulait l'entendre qu'il allait se faire le loup… Pas très malin.

Je lui avais expliqué dans le détail ce que je savais du capharnaüm qui nous avait plongés tous les deux dans cette situation grotesque, et il s'était un peu calmé. Je n'avais pas beaucoup d'éléments à vrai dire, et il était intarissable de questions.

— Il va falloir que j'y aille maintenant... dis-je.

— Je viens avec toi.

— Je ne pense pas que ce soit une bonne idée.

— Et pourquoi ça ?

— Parce qu'il y aura le loup, et comme vous n'êtes apparemment pas sur la même longueur d'onde... Ça risque d'être vite le bordel.

Gordon me regardait avec des yeux ronds à chaque fois que je jurais. Ça m'amusait follement, une vraie gamine.

— Oh je crois au contraire qu'on est exactement sur la même longueur d'onde... reprit Ben.

Je levai les yeux au ciel. *Quelle tête de mule !*

— Tout ce que je sais c'est que tu saignes déjà du nez, et que j'ai pas envie de passer ma journée à séparer deux préados...

— Je serai très sage, promit-il.

Gordon nous conduisit dans l'entrée, où le loup noir nous attendait avec l'ours polaire qui avait été mon chauffeur jusqu'à cette maison, la première fois. L'Alpha était adossé au mur et lisait un document qui semblait être un rapport. Il se redressa sans nous regarder, et se dirigea vers la porte, qu'il m'ouvrit en grand vers l'extérieur, avant de m'emboîter le pas. Il n'adressa pas la moindre attention à Benjamin, mais ne fit pas de commentaire sur sa présence. Nous avançâmes jusqu'au ponton de bois laqué, et enjambâmes le bord d'un zodiac. L'ours démarra le moteur, et nous nous éloignâmes de la maison bleue et de son calme.

Nous avions navigué en silence une dizaine de minutes, quand l'ours nous fit accoster sur un petit ponton délabré de l'ancienne entreprise *Precon Marine*, à Chesapeake. Il tira le zodiac vide à la force de ses bras après en avoir remonté le moteur, et le glissa dans un genre d'abri de jardin qu'il verrouilla à l'aide d'une épaisse chaîne et d'un cadenas. Il me vint à l'esprit qu'une claque de sa part devrait être vraiment très désagréable… Nous longeâmes le ponton jusqu'à un parking quasiment vide où nous attendait un fourgon noir. L'ours prit le volant, le loup s'installa à l'avant, Benjamin et moi nous assîmes sur l'une des deux banquettes arrière. Le véhicule ne démarrait pas. Nous attendions vraisemblablement quelqu'un. Quelques minutes s'écoulèrent lentement avant que le bruit d'une moto ne se fasse entendre. Ma Monster ! Je sautai du fourgon.

— Comment vous l'avez récupérée ? Elle est truffée de glyphes de protection. La plupart du temps, les gens ne la remarquent même pas !

Le loup souriait. Un magnifique sourire éclatant. Comme il s'aperçut de ma surprise, il s'arrêta net, et reprit sa mine renfrognée habituelle. Le voleur de ma moto en descendit, enleva mon casque de sa tête, et me le tendit en déclarant :

— Super bécane ! Je ne sais pas qui l'a préparée, mais elle dépote !

C'était un ado, presque un enfant, imberbe et sec comme s'il avait fait une poussée de croissance dans la nuit, et n'avait pas eu le temps de produire assez de muscles et de graisse pour couvrir toute la zone… Il avait des cheveux mi-longs, et des yeux un peu trop enfoncés dans son crâne fin qui lui donnait l'air d'être croisé avec un grand oiseau dégingandé. Pourtant ce n'était pas un *switch*. Il montrait malgré tout dans son attitude générale une grande confiance en lui, il avait un certain charme naturel, quelque chose d'envoûtant. Je lui tendis la main.

— Salut, Mathilda, merci, oui elle est super, je l'adore cette moto.

— Je comprends ! dit-il en me serrant la main avec enthousiasme. Moi c'est Chris. Enchanté de te rencontrer Mathilda la *bikeuse*, sourit-il.

— Je te remercie de l'avoir ramenée.

— C'était un plaisir !

— Comment tu as feinté les gardes ? Elles ne sont pas abîmées…

Il s'approcha de moi, et agita son bras pour faire apparaître une pièce entre ses longs doigts fins…

— Je suis magicien, dit-il, et je peux te jouer des tours persos quand tu veux.

Il accompagna sa phrase d'un clin d'œil qui faillit me faire éclater de rire.

— C'est gentil, mais je pourrais être ta mère !

— Impossible, dit-il, plein de malice.

— On y va ? lança l'ours qui avait fait démarrer le fourgon.

Je laçai le harnais de mon katana sur mon dos, mis mon casque, et rendis son clin d'œil au jeune effronté.

Je pris place sur la moto et suivis le mouvement.

Nous nous engageâmes en cortège sur *l'interstate* 64, en direction de Norfolk. La petite commune de Salem se fondait dans la grande ville, si bien qu'en y arrivant, on avait seulement l'impression d'être dans un autre quartier. Nous nous arrêtâmes un peu après le collège, qui était en cours de rénovation, sur *quarter way,* devant une maison de lambris gris, en plein milieu d'une rue résidentielle parsemée de petites maisons presque toutes rénovées. Je pouvais sentir la mort depuis l'endroit où je me trouvais. Je coupai le moteur et remontai le chemin vers la maison.

Plusieurs hommes étaient déjà là, attendant sûrement le loup. Ils se courbèrent presque imperceptiblement à son arrivée, et commencèrent leur rapport dès qu'il l'eut demandé d'un regard. L'équipe avait été appelée par un voisin et avait trouvé la voyante connue sous le nom de Rosie Pritcher, fraîchement tailladée de multiples coups de couteau, selon toute vraisemblance, puisqu'ils avaient trouvé l'arme du crime à l'étage, dans la main de l'époux de la victime. Il se l'était *a priori* enfoncée dans la gorge après son geste. J'étais entrée derrière le loup, et avais commencé à sonder l'énergie alentour. Les hommes de la sécurité de la meute m'avaient jeté un rapide coup d'œil interrogateur à mon arrivée, mais le loup avait dû leur faire un signal que je n'avais pas été capable d'intercepter pour leur faire savoir que j'étais considérée amie, ou du moins, pas ennemie. Ils s'étaient tous montrés très aimables, avec un respect du genre un peu lourd, étrange. Je ne savais pas vraiment ce qui se passait, mais l'ambiance de la maison me fit oublier cette réflexion.

Toute la décoration intérieure de la maison était chaleureuse et douce. La vie du couple avait l'air tout ce qu'il y avait de plus stable, calme et harmonieuse. Ce qui ne cadrait pas du tout avec la scène apocalyptique qu'avait laissée l'altercation au salon. Rosie, une femme d'à peu près la quarantaine, des cheveux châtains lâchés sur des épaules un peu trop larges pour être féminines, avait eu un grand sourire radieux, d'après les photos disposées un peu partout.

Le mari, John, était un peu rond et à moitié chauve. Il avait l'air débonnaire du bon vivant un peu trop gentil pour avoir du temps pour lui. Le corps de la pauvre femme était en charpie, dans leur canapé jaune aux motifs fleuris. Tout son tronc avait été lacéré avec un acharnement méthodique, mais sans grande force. Les coups étaient rapprochés mais peu profonds. Son regard vide montrait une grande tristesse. Elle avait pleuré. Elle avait pleuré de peine… Ce devait bien être John qui avait fait ça. Mais pourquoi ?

J'avais une mauvaise impression qui me collait aux tripes, un froid désagréable que je n'avais encore jamais éprouvé, et qui stagnait au fond de mon estomac. Comme une denrée périmée qu'on aimerait bien raccompagner à la sortie, mais qui préfère rester et nous donner la nausée le plus longtemps possible. J'étais bercée par l'âme du foyer. Tout était si doux, et en même temps, si inexorablement détruit, piétiné, jeté aux oubliettes. J'avais monté les marches des escaliers en regardant encore des portraits éclaboussant le bonheur passé du couple. À l'étage, j'entendis des sanglots. Je me précipitai vers eux.

— Il est dans la salle de bain, me dit un *switch* puma que je n'avais pas encore croisé en me montrant une autre pièce.

Je ne tins pas compte de son indication, et poussai la porte devant moi. Celle-ci s'ouvrit sur une chambre au papier peint lilas. John était assis dans un *rocking-chair,* près du vieux lit double couvert d'un immense patchwork, sûrement fait par Rosie, ou par une femme de sa famille, car je pouvais sentir qu'il était chargé d'émotions positives. La commode au bout du lit était couverte de petits flacons de parfums féminins, Rosie devait en faire la collection. Des rideaux en dentelle couvraient les fenêtres à mi-hauteur. Chaque objet dans cette pièce était chargé de souvenirs. L'ambiance y était lourde pour moi qui percevais l'homme en pleurs. Il ne semblait pas m'avoir remarquée. Je mis en place une protection afin d'éviter que les interactions avec l'autre monde ne me touchent plus que nécessaire, puis je m'avançai vers John. Je m'adressai à lui en pensée.

— *Bonjour John.*

Il parut un peu paniqué.

— *N'ayez pas peur. Je ne suis pas un ange de la mort. Je ne viens pas vous chercher. Je m'appelle Mathilda. Je suis vivante. Je peux juste passer dans les mondes. Je voudrais vous aider.*

Après une seconde lors de laquelle il réfléchit aux informations que je venais de lui donner, il se remit à pleurer. Je pouvais voir dans le monde des vivants, que le puma avait rameuté le loup, et bien sûr, Benjamin avait suivi. Ils avaient l'air d'être inquiets, je devais avoir une attitude bizarre, je levai la main pour leur demander de ne pas me déranger. Ben fit mine de vouloir me serrer contre lui malgré tout, le loup l'intercepta et le colla contre le mur. Ils parlaient, mais j'étais concentrée sur l'autre monde.

— *John, je ne comprends pas ce qui s'est passé ici. Pouvez-vous m'expliquer ?*

Il avait l'air inconsolable, et surtout, complètement perdu. La situation dans l'autre monde avait l'air sous contrôle.

— *Savez-vous où vous êtes ?*

— *Je suis en enfer, dit-il.*

— *Pourquoi vous dites ça ?*

— *J'ai tué ma Rosie, l'Amour de ma vie, je ne peux être qu'en enfer.*

— *Pourquoi l'avez-vous tuée John ? Que s'est-il passé ?*

Il se remit à crier doucement sa douleur, dans un hoquet interminable.

— *Je ne sais pas, finit-il par chuchoter. Je ne sais pas du tout...*

Je le regardai sans insister, garder le silence dans ce genre de situation incitait l'autre à s'étendre sur le sujet. Il reprit.

— *Quand je lui faisais la cour, il y a de ça des années, elle a préféré Oliver Steed à moi au début. Pas longtemps en plus, juste une semaine ! Elle n'est sortie avec lui qu'une semaine... Mais à l'époque, ça m'avait démoli. J'étais tellement triste. J'avais voulu mourir.*

J'attendis patiemment.

— *Je ne sais pas pourquoi j'ai fait ça ! C'est fou !*

Il se remit à trembler.

.

— *Tout d'un coup, toute cette colère est revenue en moi. Nous parlions de notre week-end et une seconde plus tard, j'avais envie de tout détruire. La haine de cette semaine-là a ressurgi en moi de manière incontrôlable. Je voyais rouge. Je ne pouvais pas supporter la douleur… Mon Dieu… Il y avait cette voix dans ma tête. J'ai pris le couteau, et j'ai frappé, pour arrêter la douleur. Mais c'était Rosie que je frappais ! C'était mon Amour ! Elle ne s'est même pas défendue. Elle était là, à me regarder sans comprendre. Mais qu'est-ce que j'ai fait ?! Mon Dieu, qu'est-ce que j'ai fait ?*

L'homme était perdu. Je pris un temps considérable pour essayer de lui faire comprendre qu'il avait été sous le contrôle d'une puissance magique, mais il ne parvenait pas à se pardonner. Malgré tous mes efforts, je ne trouvais pas les mots pour le faire passer dans l'autre monde. Il resterait sûrement bloqué dans cette maison où il avait donné la mort à son âme sœur avant de s'ôter la vie dans une violence inouïe, et j'étais impuissante face à cet état de fait. De plus, j'avais beau chercher dans mes expériences passées, je ne comprenais pas ce qui lui était arrivé. Je finis par revenir à la réalité de laquelle je venais.

Le réveil fut douloureux. Mon corps était engourdi. Je fis un tour d'horizon dans la pièce pour découvrir Benjamin et le loup, le premier était assis à côté de moi sur le lit, et le second se tenait droit comme un I, bras croisés, en face de moi. Il se rendit compte de mon retour, et me fixa.

— Oui, ça va, dis-je.

Ben sursauta, et m'attira dans ses bras.

— Mince Mathilda, mais qu'est-ce qui s'est passé ? Est-ce que ça va ? Tu es toute pâle.

Je leur fis le récit de ma conversation avec John, et aussi de l'impression bizarre qui ne m'avait pas quittée depuis notre arrivée sur le site.

— C'est peut-être un genre de résidu énergétique laissé par la chose qui a fait ça, dis-je.

— Si je comprends bien, cria presque Benjamin avant de se radoucir, tu parles avec les morts ?

— En quelque sorte, oui, répondis-je en inspectant la réaction du loup, qui n'avait rien dit.

— Alors tu es une voyante ? Mais tu as dit que les autres avaient rêvé d'une femme qu'ils croyaient à tort être toi, tu as rêvé d'elle aussi alors ?

Cette fois-ci, le loup se redressa et parut intéressé par la réponse.

— Non, je ne suis pas une voyante, et je n'ai pas fait ce rêve.

Le loup soupira d'aise. De quoi pouvait-il bien être soulagé ?

— Tu n'es ni une sorcière, ni une voyante, mais tu peux faire un bouclier d'énergie, guérir tes blessures, ou encore parler avec les fantômes... Qui peut faire ça ? insista Benjamin.

— Tu ne la connais pas, dit le loup à l'attention du docteur, qui émit un grognement.

— Huuummm, qu'est-ce qui s'est passé pendant que j'étais avec John exactement ? demandai-je.

— Rien, dirent-ils de concert en se regardant dans les yeux, avant de reporter leur attention sur moi.

OK... Ambiance...

— Indigo, dis-je.

Benjamin me regardait avec des yeux ronds.

— Les indigos sont une génération d'enfants nés pour sauver
le monde... explicita le loup qui s'était documenté. Caractérisés
par des troubles du comportement ou du développement... (il
laissa planer cette information... *Sympa, message reçu, canidé)*
pourvus de superpouvoirs magiques. Très peu auraient survécu
aux vagues magiques de « l'Éveil ».

— Ils étaient considérés comme un délire imaginaire, une
dérive sectaire, quand j'étais enfant, et considérés comme éteints
quand j'ai grandi, ajoutai-je pour Ben, je n'ai rien de plus à
t'expliquer, je ne sais rien sur ce que je suis moi-même. Je n'ai
pas eu le mode d'emploi, je découvre au fur et à mesure. Tout ce
que je sais, c'est que je vois les énergies qui composent toute
chose, que je peux leur demander de m'aider, que j'ai accès à
plusieurs réalités ou fréquences, et j'ai appris à me battre pour
ne pas mourir. Je suis une fille plutôt simple. C'est décevant,
non ?

— Pas du tout, sourit Ben.

Le loup sortit.

L'impression froide et désagréable qui tiraillait mes entrailles
depuis notre arrivée m'avait donné un haut-le-cœur pile quand
Benjamin m'avait embrassée. Décidément. Je m'étais reculée
violemment en sondant l'énergie jusqu'à plusieurs rues de là.

— Il est toujours là, dis-je, je le sens !

Je me ruai hors de la maison, humant l'énergie comme un limier humerait l'air d'une piste fraîche. C'était là, quelque part, une traînée presque imperceptible mais troublante… Je l'aperçus soudain, flottant au coin de la rue, un résidu sombre parsemé de points rougeoyants qui partait vers l'ouest. En m'avançant, je sentis que le trait laissé par la chose forcissait rapidement sur mon chemin. Je me dis que je n'avais pas besoin de ma Monster, et me mis à courir à toutes jambes. Au bout de *quarter way*, la trace partait tout droit à travers un jardin et passait par *pleasant valley road* pour atterrir de l'autre côté, sur le parking d'un ancien supermarché complètement saccagé pendant les émeutes. Je ralentis ma course à l'entrée à moitié effondrée du mini centre commercial, l'onde rougeoyante y était soudain diffuse, comme si la chose était allée en même temps dans toutes les directions. J'entendis Benjamin arriver derrière moi.

— Mais qu'est-ce que tu fais ? dit-il.

Le loup était là aussi, je ne le voyais pas, mais son énergie ne m'avait pas quittée depuis le matin, donc il devait rôder par là.

— J'ai senti l'énergie qui m'avait dérangée plus tôt. Ce qui est bizarre, c'est que je ne la sentais pas tout à l'heure. On dirait qu'elle est revenue après coup, j'ai du mal à comprendre. En tout cas ce qui émet cette merde est quelque part ici, mais c'est diffus.

— Il y avait un magasin de lithothérapie ici avant, dit le loup déjà bien avancé dans le centre, toutes les pierres ont été volées mais ça brouille peut-être la piste ?

— Oui, confirmai-je, sûrement. Alors je vais juste passer cette zone et essayer de retrouver la piste plus loin.

Nous entrâmes plus avant dans le centre, traversant les rayons de la plus grande surface du site, presque au bout de la structure. La nuée légère était devenue un halo épais et brumeux, serpentant entre les allées vides. Étrangement, la traînée en elle-même n'était pas bien dérangeante, mais en approchant, je pouvais sentir ce dont elle était chargée. De la colère et de la peur. Une peur si intense, qu'elle me retournait les viscères. Le loup se mit tout à coup devant moi, et prit une position de prédateur. Je pouvais sentir l'énergie de la chose, qui avait tout l'air d'être un vampire, plutôt jeune.

— Tu devrais reculer Ben, dis-je, tu n'es pas armé, et c'est un vampire.

Il me saisit le bras.

— Viens avec moi Math, un vampire c'est trop pour un humain, laisse faire le loup.

— Va te mettre à l'abri, insistai-je en retirant mon bras et en lançant une sphère de protection visible autour de moi, s'il te plaît.

Le beau russe laissa place dans un grognement à un énorme loup au poil hérissé. Je saisis mon katana, et nous marchâmes ensemble vers le dernier rayonnage. Le vampire était au sol, recroquevillé sur lui-même, grattant le linoléum de ses griffes naissantes de très jeune vampire. Il avait dû être transformé depuis quelques mois tout au plus. Son visage, son torse, ses avant-bras, étaient couverts de sang. Il était écorché sur toute cette zone. Il avait dû attaquer quelqu'un, ou plutôt déchiqueter quelqu'un… Qui s'était tout de même défendu. Sûrement pas bien longtemps. Il tressautait. On aurait dit qu'il pleurait. Je ressentis de plein fouet les émotions que j'avais vues dans la nuée, il était mort de peur. Plutôt étrange pour un vampire. J'avançai vers lui. Le loup se prépara à bondir, mais je lui fis signe de s'arrêter.

— C'est pas normal, dis-je, il a peur.

Tout à coup, le vampire prit conscience de notre présence et se leva. Il était immense. Un jeune garçon aux origines scandinaves, un Viking quoi. *Génial.* Quand il eut fini de déplier son corps, il nous dominait largement. D'un bond, il se jeta directement sur moi. Le loup sauta et planta ses crocs dans la chair froide, arrachant un gros morceau de son flanc. Le vampire attrapa la bête et la jeta sur le côté, avant d'éclater ma bulle de protection d'un seul coup de poing que je ne pus esquiver, et qui fit craquer mon sternum. Il se déplaçait plutôt lentement pour un vampire, ce qui était tout de même très rapide pour moi. Il me saisit par le cou, coupant net ma respiration, alors que mon sabre ripait sur ses côtes et entrait dans sa cuisse. Le loup s'était déjà relevé et mordait le cou du vampire qui me regardait, les yeux injectés de l'énergie rougeâtre. Il lâcha son étreinte dans un réflexe défensif. Je devais lui trancher la tête pour le tuer, mais le loup était toujours accroché sur lui. Le vampire secouait le loup dans une extrême violence pour essayer de s'en défaire.

— Lâche-le ! criai-je.

Le loup vola soudain à l'autre bout de la pièce, je campai sur mes appuis, pris de l'élan, et tranchai la tête du vampire d'un coup net, aidée par un peu d'énergie canalisée. La peur et la colère s'estompèrent dans l'air. Le filet rouge ne disparut pas, mais il s'était déchargé.

Les hommes de l'Alpha nous avaient rejoints et avaient commencé à inspecter les lieux et le corps. Nous étions revenus vers les premières boutiques du centre commercial, et avions investi une espèce de petite salle d'attente, pour nous asseoir. Benjamin n'arrêtait pas de me tâter nerveusement. Il n'était pas sorti de la pièce pendant l'affrontement comme je le lui avais demandé, et il répétait en boucle que je devais avoir les côtes en bouillie et qu'il fallait qu'on aille tout de suite à l'hôpital pour qu'il s'assure que je n'aie pas une hémorragie interne. Le loup était resté sous sa forme animale en attendant que quelqu'un lui apporte des vêtements. Il boitait légèrement.

— Je peux soulager ta patte, dis-je.

Le loup et Benjamin me fixèrent.

— Quoi ? Je vois que tu as une fracture, tu sais. Je peux aider ton os à se ressouder bien plus vite.

— Math, à ce que j'ai compris, quand tu fais ce genre de chose, ça te fatigue, non ? dit Benjamin. Tu n'es déjà pas au mieux de ta forme… Je suis vraiment inquiet et…

— Je n'ai rien.

Il se tut. Je me levai un peu péniblement à cause des contusions, et m'approchai du loup.

— Tu n'as pas franchement l'air de ne rien avoir…

J'ignorai sa réflexion et me tins près du loup.

— Ça ne va pas faire mal, ne bouge pas.

J'appelai l'énergie, la brassai par mon cœur, comme je le faisais toujours, et l'injectai dans la patte blessée, visualisant intensément l'os qui se recalcifiait. Alors que j'envoyais l'énergie de guérison, je perçus une autre onde, quelque chose qui venait du loup. Quelque chose de fort, de doux, de sûr, de sensuel... J'eus un mouvement de panique et reculai. Le loup me regardait. Je me repris.

— J'ai fait ce que j'ai pu, dis-je, ça devrait aller.

Je sortis.

L'entrée du centre commercial grouillait de *switches*. J'avais fait quelques pas vers le bord du parking pour m'asseoir en tailleur dans l'herbe, et méditer. Je devais renforcer mon ossature qui avait pris un sacré coup, et restaurer mes tissus traumatisés. C'était aussi l'occasion de faire le point. Toute cette histoire était vraiment n'importe quoi. Bon, j'avais l'habitude du n'importe quoi à dire vrai, c'était mon pain quotidien depuis l'enfance.

J'avais fait le vide. Éliminé toutes mes pensées personnelles pour me connecter à l'universalité en pleine conscience. Je flottai dans ce bien-être intemporel, quand une image prit forme quelque part dans ma tête. Je vis une antenne, puis une autre, puis une autre, jusqu'à découvrir un réseau relié par de longs et fins fils rouges.

— Mathilda ?

Je sursautai. Couper une méditation avec violence est un crime qui devrait être puni par la loi, ça hérisse les petits poils du cou et ça met les nerfs en pelote. J'avais ouvert les yeux avec une envie de meurtre, mais le visage parfait du docteur Montgomery m'avait calmée instantanément.

— Excuse-moi de te déranger, je voulais juste te dire que je m'en vais.

— Quoi ?

Je m'étais levée comme si j'avais été montée sur ressort. Mon cœur s'était emballé comme s'il avait dit « Mathilda, je te quitte pour toujours, adieu ».

— Je me sens tellement inutile, je dois aller chercher mes armes, dit-il.

— Où ?

— Chez moi.

— C'est trop dangereux ! m'étranglai-je.

Il eut un sourire ravageur, et s'approcha tout contre moi. Il passa sa main dans mon dos et m'approcha encore.

— Tu t'inquiètes pour moi, j'adore. Mais ne t'en fais pas, Gordon a proposé de m'accompagner.

— Gordon ? Sérieux ? Il a quoi ? Quinze ans et demi ?

— Dix-huit ! cria l'intéressé depuis le supermarché.

— Peu importe, reprit Benjamin, je ne peux pas retourner travailler à l'hôpital, mais je ne sers à rien à la maison bleue sans armes, et je n'aime pas du tout cette sensation.

— Je viens.

Le jeune *switch* nous rejoignit en trottinant.

— Sauf votre respect Madame, il vaudrait mieux que vous restiez ici.

— Laisse tomber le respect avec moi Gordon, je suis une vraie emmerdeuse, et je ne fais que ce que je veux. Je viens, et c'est tout.

Il faisait des yeux ronds.

— Anton ne voudrait pas que vous veniez.

— Mais il est occupé là, pas vrai ? Et puis, il t'a affecté à ma protection, non ?

— Oui mais seulement en soutien. C'est lui qui *leade* et là c'est son tour.

— Bien sûr, Monsieur « C'est moi qui commande parce que je sais tout », dit Benjamin.

— Bin c'est l'occasion de montrer ce que tu vaux, conclus-je, allez bouge, on y va.

Nous avions retraversé la voie principale face au centre commercial et remonté *quarter way* vers la maison des Pritcher pour y retrouver ma moto et le fourgon de l'ours polaire, dont Gordon avait récupéré les clés. Benjamin et le jeune avaient pris la route vers l'appartement de Montgomery et je les avais suivis tranquillement. Benjamin habitait dans un condominium refait à neuf juste devant la route de l'hôpital, « *The Myrtles at oldetown »,* dans un appartement au deuxième étage, en face d'une piscine fraîchement remise en fonction. Après que nous nous soyons garés sur le parking du bâtiment après le sien, nous avions approché prudemment en sondant les environs. Gordon n'avait rien senti de particulier, et je n'avais rien capté d'inquiétant. Nous avions donc progressé vers l'appartement plutôt sereinement. Rien. Benjamin avait ouvert tout naturellement sa porte, et nous avait invités à entrer chez lui.

Son intérieur était très élégant et moderne. La décoration était épurée, mais pas froide. Il avait disposé des vases et des sculptures, simples mais jolies, sur ses meubles, accroché des tableaux aux murs, posé un large tapis dans son salon... Tout était dans des tons neutres et clairs, du gris, du turquoise, du jaune. Son appartement était vraiment comme lui ; beau, propre, parfait, et légèrement impersonnel.

— Je n'ai pas sorti mes casseroles des cartons... dis-je dans une imitation de très mauvaise facture.

— J'avais vraiment envie de sortir avec toi, se défendit-il.

— Et là ? Toujours aussi enthousiaste ?

— Je te montrerais bien à quel point, si Gordon n'était pas là...

Ce dernier avait pris un air dégoûté.

Les armes de Benjamin étaient entreposées dans une pièce qu'il avait officiellement aménagée en bureau, mais dont les banquettes et les bibliothèques fermées, étaient pleines jusqu'à la gueule d'armes en tous genres. Fusils automatiques, fusil sniper, armes de poing, munitions de divers calibres, grenades, couteaux... et j'en passe.

— Les timbres, ça aurait pris moins de place, dis-je.

Il nous avait fallu cinq allers-retours au fourgon pour charger tout son attirail… Nous allions descendre pour le dernier, quand Gordon s'était tendu. J'avais alors envoyé une onde dans les parages, comme un sonar, et avais senti deux signatures énergétiques plutôt déplaisantes. Non humaines.

— Ça pue ? lui demandai-je.

— Carrément, dit-il, ça sent le pourri.

Du soufre ? On allait vite le découvrir, il était clair qu'ils étaient là pour nous, vu leur vitesse de progression, et leur direction.

— Tu devrais charger celle-là, dis-je à Benjamin en lui indiquant l'arme qu'il tenait, on a deux invités qui ne sont sûrement pas venus les mains vides.

— Quelle délicate attention, dit-il.

— Vous êtes lourds, coupa Gordon.

— T'es pas marrant pour un jeune, dis-je, tu veux qu'on en parle ? Des problèmes dans ta petite enfance ?

— Il a été formé au combat par Anton, rit Ben, ça laisse des traces…

Nous avions pris position au premier étage pour voir arriver les assaillants. Ils étaient bien deux, et ils empestaient effectivement l'œuf pourri de très loin, même pour un nez peu sensible comme le mien. Ils étaient en tous points semblables. Des rochers jumeaux… Taillés en cubes, blindés de rangées de muscles épais, bien alignés, comme si quelqu'un les avait dessinés dans *Minecraft*, que des carrés superposés. C'était à la fois intéressant comme concept, et complètement débile. Je me disais qu'ils avaient une mobilité quasi nulle, mais je me demandais comment on pourrait bien les atteindre. Benjamin fit tout à coup un pas en avant, se mettant à découvert, prit une visée, et déclencha une salve automatique de 5,56. Il mit toutes ses balles en plein dans le torse du premier géant. Celui-ci s'était arrêté dans sa course, comme hébété, avait secoué son énorme tête ridicule, et avait repris sa lente progression dans notre direction. Ça n'augurait rien de bon. Gordon se changea en un magnifique loup brun athlétique. Ses yeux étaient restés les mêmes, et je pouvais lire dedans.

— Je t'interdis de faire ça Gordon, hors de question que tu sois blessé, c'était ma connerie de t'amener ici, reste en arrière, ou va chercher du secours.

Je sus dans son regard qu'il ne m'écouterait pas, et j'avais tout à fait conscience d'être complètement responsable de ce merdier. Il ne pouvait pas m'abandonner alors que son Alpha lui avait ordonné de me protéger, et je l'avais forcé à venir ici seul. Il mourrait plutôt que de se présenter de nouveau à Anton sans moi. *Merde.*

Il fallait que je réfléchisse, vite. Tout contact direct avec les deux *blockstops* me serait sûrement fatal. Gordon s'élança depuis l'étage, directement sur le dos du premier type. Il planta ses crocs dans le trapèze disproportionné du monstre, qui se raidit à peine. Gordon multipliait les morsures, mais ça n'avait pour effet que de ralentir faiblement le block, qui perdait de la vitesse en essayant de déloger le loup. Il avait de toute évidence un problème de coordination, et rechignait à effectuer en même temps deux tâches aussi complexes que marcher et lever les bras…

J'avais amassé une belle quantité d'énergie sous ma peau pour la rendre plus résistante. Il était temps de tester mes aptitudes au rodéo. Je m'avançai près du bord du balcon ou les deux monstres arrivaient, et sautai sur celui qui restait dispo… Le contact fut violent. Son corps ressemblait à de la glaise, mais était dur comme du béton. J'essayai de trouver une fissure pour y planter mon sabre, mais le monstre s'arrêta, et me fit valdinguer. Apparemment, quand on était authentifié comme cible prioritaire, on ne pouvait pas se balader à dos d'ogre… *Pas cool.*

J'avais atterri sans ménagement, quinze mètres plus loin, et **la** puanteur chargeait vers moi. Il comptait de toute évidence me piétiner. Je me remis sur mes pieds rapidement, et sautai par-dessus la rambarde de l'escalier pour reprendre un peu de hauteur, et éviter le bulldozer. Benjamin refit son apparition au-dessus de moi avec une autre arme épaulée. Un lance-roquettes. *Classe.* Il fit feu, et l'impact eut lieu si proche de nous, que nous nous envolâmes, soufflés. Je me redressai et attendis quelques secondes que la fumée soit réduite par le courant d'air pour découvrir le monstre, toujours debout, quelques dizaines de mètres en arrière. Il avait été poussé par la roquette, son torse était légèrement déformé à l'endroit de l'impact, mais il était encore entier ! *Quelle merde !* Son expression changea toutefois quand les flammes après impact commencèrent à lécher son corps. Il se mit à hurler sans pour autant penser à se rouler par terre, ou à faire quoi que ce soit pour arrêter le supplice. Sa voix était grave et profonde, et faisait froid dans le dos. Ils craignaient donc le feu… *Bien, étonnant, mais bien.* Je me dirigeai en courant vers cette espèce d'idiot de Gordon, qui essayait de maintenir l'autre géant à bonne distance de moi en n'arrêtant pas de se jeter sur lui. Je sortis des parchemins explosifs de la sangle de mon sabre.

— Recule-toi Gordon.

Je dus mettre plus de hargne dans ma voix que je ne le pensais, parce qu'il m'obéit immédiatement. Je sautai sur la montagne de muscles et l'escaladai prestement, en prenant soin d'y coller un maximum de parchemins. J'avais l'impression d'être un insecte, chatouillant un énorme monstre. Il se tortillait autant que sa corpulence le lui permettait. Il me saisit tout à coup le pied, et m'envoya au sol si fort, que mes oreilles bourdonnèrent quelques secondes, et que je perdis le sens de l'orientation, ne sachant même pas si j'étais debout, couchée, assise, ou en puzzle. Je pouvais entendre des cris d'avertissement au loin quelque part. Je ne savais pas qui parlait, ou ce qu'il disait, mais de toute façon, je n'avais qu'une chose à faire ; j'enchaînai les signes d'activation de mes parchemins, et le monde autour de moi devint brûlant et irrespirable.

Il m'avait semblé fugacement sentir mon corps s'élever dans les airs, et je me demandais si je l'avais rêvé, quand le son recommença soudainement à parvenir à mes oreilles.

— Trouve le doc, tout de suite, ramène-le ici.

Le loup noir. Il m'avait éloignée de l'explosion et me tenait contre lui, comme si j'étais un vase de la dynastie Ming. Il me posa avec une infinie délicatesse sur les dernières marches de l'escalier. Tout mon corps était douloureux, et je faillis perdre connaissance au contact des lames de bois. J'attrapai le t-shirt du loup et l'attirai à moi. Il parut déstabilisé, il se pencha tout près de mon visage et j'oubliai une seconde ce que je voulais lui dire.

— Gordon, fis-je enfin, il m'a suivie pour me protéger. Ne le punis pas.

Son regard noir se durcit, mais il hocha la tête.

6

Dreamteam

Tout autour de moi était doux et chaud. J'étais vautrée telle une reine, dans des draps de soie qui rendaient chaque centimètre de ma peau agréable. Un bourdonnement venait toutefois gâcher légèrement ce bien-être intense. Un bourdonnement sourd dans mes oreilles, doublé d'un son lancinant près de mon lit. Quelqu'un psalmodiait à côté de moi. Je cherchais dans mes souvenirs où je pouvais bien me trouver, et l'image du grand lit à baldaquin de la maison bleue me revint avec un sentiment de joie diffuse. Je m'étais déjà attachée à cet endroit, quelle plaie d'être aussi sentimentale. J'avais envie de voir qui était à mon chevet, mais ouvrir les yeux me paraissait être un effort trop lourd pour mon état actuel. Je sentis la présence du loup. Le brouillard revint, et je repartis me tapir en son sein confortable.

La psalmodie était toujours là, de plus en plus proche, de plus en plus réelle. Il me semblait reconnaître le mantra de guérison. La voix était claire et bienveillante. J'ouvris péniblement les yeux, par étapes, pour m'acclimater à la lumière de fin d'après-midi. La personne qui chantait était une jeune femme au visage allongé, aux traits doux, et aux cheveux presque blancs tant ils étaient clairs. Elle portait une robe grise qui rappelait celles des religieuses dans le passé, mais avec une coupe moderne, la couleur faisait penser à la communauté des bénédictines. Ses yeux étaient clos. Elle chantait intensément, de toute évidence depuis des heures. Le son de sa voix réchauffait perceptiblement mes tissus. Chaque fibre de mon corps était reconnaissante de l'entendre, de la recevoir. Elle s'arrêta tout à coup, et sourit sans ouvrir les yeux.

— Tu es finalement réveillée. Je vais pouvoir aller me reposer.

Elle se leva et quitta la pièce sans rien ajouter, et toujours sans ouvrir les yeux. Benjamin entra quelques minutes après. Il arborait un grand sourire, comme d'habitude... Il vint se tenir près de moi, et se pencha sur mon visage.

— Salut ma folle préférée, dit-il, alors ? Comment on se sent après avoir joué les kamikazes ?

— Au mieux de ma forme, bafouillai-je, j'irais bien faire un footing.

Je sentais les battements de mon cœur dans mes tempes, le choc avait dû être plus raid que dans mon souvenir.

— Trauma crânien, dit Ben, comme s'il avait entendu mon interrogation. Et pas un petit. Ce qui te sert de cerveau s'était recroquevillé en boule dans un coin, il semble qu'il soit moins téméraire que toi...

Il n'insista pas. Il avait l'air de ne pas avoir beaucoup dormi. Il m'apprit que j'avais été inconsciente depuis la veille, et qu'il avait passé des heures extraordinaires à apprendre la magie médicale avec sœur sourire, qui s'appelait Léonie, qui était aveugle, et apparemment un génie. D'après elle, j'avais une excellente condition physique et je serais très vite complètement remise. Je me sentais cassée en petits morceaux mais je ne pouvais qu'être d'accord avec elle, puisque je sentais déjà l'énergie apaisante me réharmoniser en profondeur. Je profitais tout de même du traitement particulier que le statut de blessée me conférait... Je laissais Benjamin m'apporter à boire, me caresser les cheveux, et me raconter en long en large et en travers toutes les questions existentielles et métaphysiques que ses conversations avec Léonie avaient soulevées dans son esprit scientifique. Je me prélassais dans le confort douillet du grand lit à baldaquin. Je me reposais à outrance, encore et encore, jusqu'au lendemain, alors même que tous mes muscles me suppliaient de bouger. J'attendais quelque chose qui ne venait pas. Le loup ne vint pas me visiter. *Idiote.*

Au petit matin, alors que les tout premiers rayons de soleil perçaient à peine entre les rideaux de ma chambre calme, je bondis hors de mon lit. Je pris une douche fraîche, enfilai un pantalon ample et un t-shirt ajusté près du corps et confortable. Je mis des chaussures de sport, et descendis l'escalier. Je savais qu'il y avait une salle de sport dans l'aile ouest de la maison, au sous-sol, j'y avais senti des énergies en entraînement à de nombreuses reprises. Il y en avait une en mouvement qui attirait particulièrement mon attention. Un loup à l'aura familière. Je descendis les marches quatre à quatre, puis me faufilai dans les couloirs. Je passai les portes de la pièce que j'avais identifiée comme étant celle dédiée au sport pour découvrir une vaste salle de musculation, remplie de machines flambant neuves. Aucun miroir. Ici, pas besoin d'admirer les fruits de ses efforts sur sa silhouette, on venait uniquement pour parfaire sa puissance. Le loup aurait dû être dans cette pièce, mais il m'avait apparemment sentie arriver. Le bras lâche d'une machine de lever se balançait tranquillement. Il avait dû finir par se lasser de ma mauvaise humeur systématique en sa présence.

— Tu viens te décrasser, la tatouée ?

J'avais sursauté en entendant la voix de Viktor, qui était apparu tout à coup sous une arche qui menait à une pièce attenante. J'observai son énergie si similaire à celle de son frère. Leur parenté m'apparaissait si évidente maintenant, que je me demandais comment j'avais pu hésiter au départ. Il était vraiment très beau lui aussi, plus grand, plus effilé, plus insolent. Je me fis la réflexion qu'il était l'illustration parfaite de la différence entre l'assurance et la confiance en soi.

— J'en pouvais plus de ne rien faire, dis-je, j'avais besoin de me dégourdir les jambes.

— Tu m'étonnes, dit-il, une guerrière comme toi doit s'entraîner régulièrement pour conserver ce niveau. Un petit combat ? Je t'en dois un, après tout.

Il me fit un clin d'œil, et m'invita à entrer dans la pièce derrière lui en tendant son bras dans sa direction. C'était un dojo. Il me regardait avec un petit air de curiosité mêlée d'amusement. Je retirai mes chaussures et les déposai à l'entrée. Je montai sur le tapis en m'inclinant, en marque de respect.

Nous nous faisions face. Nos rythmes cardiaques étaient tranquilles. Je me dis que c'était une bonne idée, j'étais un peu frustrée, et mon sac de frappe me manquait, Viktor ferait l'affaire. De plus, il était aiguisé et serait un adversaire coriace.

Il avança tout à coup en m'envoyant un coup de poing direct. J'esquivai. Nous nous mîmes à tourner face à face. Je lui envoyai une combinaison poing pied poing esquive et coup de pied de bâtard sur le côté, j'aimais bien ce genre de petit coup. Il para tout, sauf le dernier. Il rit.

— J'adore ton style, dit-il.

Il s'élança vers moi de nouveau, avec une rapidité fulgurante, et enchaîna à son tour quelques directs, quelques latéraux, puis finit par un *mawashi* d'un autre monde. Ma parade fut plutôt efficace, mais il me coupa tout de même la respiration avant que je ne roule sur le côté, me jette en avant pour arriver derrière lui, et lui flanque un bon coup de genou à l'arrière de la cuisse. Il sauta en avant avec surprise, comme si je lui avais claqué les fesses. Il rit de nouveau. Il commença à faire le pas caractéristique de ceux qui font de la capoeira.

— Tu danses aussi ? dis-je. Un homme complet...

— T'as pas idée... fit-il, amusé.

Il prit la diagonale du tatami pour réaliser quelques figures aériennes ma foi très jolies, puis accéléra tout à coup pour me surprendre avec une prise de judo, et me faire atterrir sur le dos. Comme il n'avait pas l'air d'avoir l'intention de conclure cette prise par un autre coup, je décidai d'attendre, sans riposter. Il était sur moi et me regardait dans les yeux. Il y avait chez lui la même honnêteté profonde que je pouvais voir chez son frère. Il émanait d'eux un charisme surnaturel au pouvoir envoûtant.

— Je ne comprends pas, murmura-t-il, Anton et toi êtes aux antipodes...

Je passai ma jambe sous lui pour faire levier, et le propulsai plus loin. Je profitai également du moment pour fondre sur lui avec quelques coups de précision. J'étais vive, et il eut du mal à tous les parer. Le dernier lui fit perdre l'équilibre, et il leva les mains au ciel comme pour indiquer qu'il se rendait.

— Quoi, c'est tout ? dis-je. Ce n'est pas ce que j'appelle un petit combat, en fait, ce n'est pas un combat du tout...

Il se redressa sur ses coudes et me servit un sourire ravageur.

— OK chérie, lança-t-il en se relevant sans poser ses mains au sol.

La tension changea instantanément dans la pièce. *Voilà, jouons maintenant. Hadjime.* Il s'élança sans retenue, et me tambourina de coups rapides et puissants. Je dus me charger de davantage d'énergie pour faire le poids, comme dans l'arène de la sorcière rousse. Mes muscles se mirent tout de suite à chauffer avec l'effort que je devais maintenir pour esquiver, parer, attaquer à mon tour. Il était technique, et son envergure m'obligeait à beaucoup me déplacer. Nous avions plus d'espace que lors de notre dernier combat pour nous exprimer, si bien que nos échanges étaient plus fluides et plus brutaux. Nous prîmes vite un rythme de croisière qui ne laissait pas le temps à la mousse du tatami de reprendre sa forme originelle avant qu'on ne l'écrase à nouveau, chaque fois plus violemment. Il me fit chuter, et nous lutâmes au sol avec acharnement. Quand je parvins à me remettre debout, je saignais du nez et le loup commençait à haleter. Je souriais.

— Merde, tu saignes, dit-il.

— Et puis quoi ? Tu as peur du sang, Princesse ?

Il disparut tout à coup sous mes yeux, qui eurent du mal à suivre le mouvement. Son frère était entré dans le dojo sans qu'on ne l'ait vu arriver, et s'était jeté sur lui pour le coller contre le mur matelassé. Anton tenait Viktor au-dessus du sol, son avant-bras fiché sous le cou de son frère pourtant plus grand que lui. Anton grognait littéralement. Ses cheveux avaient un peu poussé, ce qui le rajeunissait légèrement, bien que la situation ne fasse pas particulièrement ressortir son côté enfantin. Viktor se tortillait pour essayer de se dégager de l'étau. Je finis par réagir, et me mis à brailler :

— Mais lâche-le, ça va pas ? ! Il peut plus respirer !

Comme je m'avançais vers lui pour intervenir physiquement, il relâcha son étreinte. J'eus l'impression qu'il avait craint un contact entre nous. Viktor toucha à nouveau le sol, et se mit à aspirer l'air goulûment, sans quitter le regard de son frère.

— On ne faisait que s'entraîner, intervins-je alors que je sentais que la colère montante de Viktor allait lui faire dire n'importe quoi.

Ils se regardaient toujours.

— Elle saigne, fit remarquer Anton.

— Nous allions arrêter, répondit Viktor, dans une voix rocailleuse.

Ils se toisèrent de longues secondes, avant qu'Anton ne finisse par se calmer. Ses muscles étaient bandés sur toutes les parties de son corps que je pouvais apercevoir. Il était sous le coup d'une vive émotion. Je ne parvenais pas à comprendre laquelle. Il prenait son boulot un peu trop à cœur. Je me dis qu'il devait y avoir un passif animé entre ces deux-là. Le loup noir semblait s'être enfin décidé à nous laisser, quand il marqua une pause dans son mouvement, et dit froidement à son frère :

— Ne la touche plus.

Puis il sortit.

Alors là c'était un peu fort ! J'avais l'impression d'être un meuble, tout à coup. Il s'était comporté comme si je n'étais pas là, et avait interdit un contact sur lequel il n'avait aucun droit d'intervenir. J'étais furieuse. Me connaissant, ce n'était pas le moment que je prenne la moindre décision, j'aurais été foutue de me faire tatouer « va te faire foutre » sur le front. Je me concentrai sur ma respiration pour ne pas me mettre à casser des choses. Viktor détala. Mais qu'est-ce qui n'allait pas à la fin avec ce mec ?! Il me faisait passer pour l'héroïne d'une prophétie fantaisiste devant toute une association d'hybrides, il me laissait me faire à moitié tuer par son frère et sa copine, il me suivait partout, m'interdisait d'avoir un homme dans ma chambre, me sauvait avec une douceur qui m'avait troublée, et maintenant, il me traitait comme une poule pas assez évoluée pour qu'on s'adresse à elle directement ! J'avais envie de chercher son aura, de le rejoindre où qu'il soit, et de le frapper.

Je m'étais retrouvée seule avec ma colère, et ça n'était jamais bon. J'avais remis mes chaussures, étais sortie de la maison, et avais couru à travers les bois jusqu'à la berge d'*Elizabeth river,* vers l'est. Je m'étais assise contre un arbre, et avais médité jusqu'à la nuit.

Je commençais à peine à me détendre, quand Gordon finit par sortir de sa cachette, située une cinquantaine de mètres derrière moi.

— Madame, vous ne voulez pas rentrer maintenant ?

— Pour quoi faire ? dis-je, irritée. Et moi c'est Mathilda, merde !

— Pour manger, j'ai faim.

Oups. Quelle égoïste j'étais… Le gosse en avait marre de filer la vieille folle… Je me sentis bête. Deuxième auto-déception de la journée. J'en conclus qu'il était temps de passer à la suivante, de journée.

— OK, dis-je, on rentre.

— Cool, merci Mathilda Merde.

Oh pauvre, de l'humour maintenant ! Je lui souris malgré mon énervement, c'était un bon gars, et je me sentais vraiment merdeuse. Nous courûmes côte à côte jusqu'à la maison.

En arrivant dans le hall de la maison, je vis le majordome rappliquer directement sur moi… Il fit une moue en voyant l'état de mes vêtements.

— Vous joindrez-vous au dîner maintenant que vous êtes rétablie, Mademoiselle ? J'ai pris la liberté de préparer une tenue de soirée pour vous.

— Pardon ?

Il déglutit très lentement, on aurait dit que je l'effrayais. De fait, j'étais à deux doigts de lui hurler dessus, mais le souvenir de ma déconvenue face à Gordon me donna un frisson, et je me ressaisis.

— Non merci. Je suis fatiguée. Je vais aller me coucher.

— Dois-je vous excuser auprès des représentants du Conseil qui auront fait le déplacement ?

Mais quoi encore ?

— J'ai raté quelque chose ? C'est l'anniversaire de quelqu'un ?

— Non Mademoiselle, le Conseil se réunit tous les premiers mardis du mois.

— Super ! Je ne fais pas partie du Conseil, souris-je.

— Mais, Madame Kachtcheï m'a demandé de vous ajouter une chaise à côté d'elle à table.

— Eh bien elle ne m'en a pas parlé. Je brillerai donc par mon absence.

— Mathilda, intervint la grenouille.

Pas de bol. J'avais failli m'en tirer à bon compte.

— Oui ?

— Tu ne vas pas me laisser seule pour le dîner ? dit-elle.

— J'ai cru comprendre qu'il y aurait suffisamment de monde…

— Il y aura du monde en effet, mais j'apprécie ta compagnie.

— Je suis désolée Vassilissa, mais je ne suis vraiment pas d'humeur. Ce serait dommage que vous découvriez si tôt mon côté pimbêche.

— Il s'est passé quelque chose ? s'enquit-elle.

— Vous voulez dire, en plus du fait que j'aie sûrement perdu mon job et ma vie, qu'on m'a foutu la responsabilité d'une prophétie à la noix sur le dos, et que des fous traînent en ville pour semer la mort ? Que je réfléchisse… Non.

Elle soupira.

— Ah si, il y a autre chose, votre protégé interdit arbitrairement aux gens de s'approcher de moi, comme si j'étais sa propriété.

Elle n'eut pas la moindre réaction d'étonnement. Elle prit une longue minute pour chercher ses mots.

— Je comprends que tu sois déstabilisée, ça fait beaucoup pour une seule **personne**, aussi forte soit-elle.

C'est tout ? Pas de « Je vais le pourrir ce petit con, fais-moi confiance. » ? Elle me sourit avec bienveillance, et j'y vis le signal du départ. Je me dirigeai vers l'escalier.

— Mathilda, appela-t-elle.

Elle attendit patiemment que je daigne me retourner pour l'écouter, avant de finir :

— Je te laisse tranquille pour ce soir si tu me promets de te joindre à moi pour le dîner vendredi !

Je tendis un pouce en l'air pour valider le deal, et tournai les talons, direction la baignoire.

J'avais eu une nuit agitée, pleine de rêves angoissés. Je m'étais réveillée régulièrement, avais passé du temps devant la fenêtre, à fixer le bois comme une vieille folle. J'avais beaucoup cogité. Je m'étais aperçu que malgré le fait indéniable que j'avais accès à bien plus d'informations que la majorité des humains, j'étais complètement perdue. Plus je savais, et plus je prenais la mesure de l'étendue de mon ignorance. Je me demandais sans cesse quel était le sens de tout ça. Construire quelque chose dans ce monde était pure folie, on aimait des gens et puis on les perdait sur un malentendu. Survivre seul était tellement triste. Ce qui m'avait fait tenir aussi longtemps, c'était la galère perpétuelle. Se battre, ou mourir. Bouger, ou mourir. M'établir dans cette ville quelques mois m'avait affaiblie. Ça m'avait donné le loisir d'avoir envie d'être aimée, c'était ridicule. Je me sentais ridicule.

J'avais pris une douche et enfilé les vêtements les plus pratiques et neutres que j'avais pu trouver. J'étais descendue à la cuisine en quête de nourriture pour remplir mon ventre qui criait famine. J'y avais trouvé le majordome dans un pyjama bleu ciel, en train d'engouffrer des pancakes par trois. Il s'était figé en me voyant, puis m'avait tendu une partie de la pile devant lui, et une carafe de café chaud, en me montrant du doigt un placard qui contenait des mugs. Nous avions mangé sans parler. À la fin de sa pile, il avait lorgné la mienne. Il n'y avait aucune chance que j'arrive à engloutir tout ça.

— Je ne peux plus rien avaler, dis-je.

Il s'empressa de reprendre l'assiette. J'avais aperçu la poêle encore sur la gazinière.

— C'est toi qui les as faits ? demandai-je.

— Oui Mademoiselle.

— Ils sont excellents !

— Merci.

— Dis, tu ne voudrais pas m'appeler Mathilda, s'il te plaît ?
Ça me gêne toutes ces solennités.

Il jeta un coup d'œil alentour, et prit un instant pour écouter
avec attention. La zone avait l'air d'être claire, parce qu'il se
pencha vers moi et changea sa mine pompeuse habituelle pour
afficher un sourire radieux, qui faisait remonter ses taches de
rousseur très haut sur ses pommettes.

— Ça me va, mais seulement sans témoins, dit-il, tout le
monde me croit le plus sérieux ici, je ne dois pas être démasqué.

C'était comme si je venais de découvrir son visage à l'instant.
Il avait des yeux noisette parsemés de points dorés. Sa tête à
première vue carrée, était en fait composée d'une multitude de
ronds, des sourcils broussailleux gonflés, des pommettes
charnues pleines de rire, des joues bien rondes, un menton tout
pareil et même de petites oreilles aux lobes arrondis. Un
nounours ! Ses cheveux châtains étaient éclatants de reflets
foncés qui donnaient à ses petites bouclettes un effet en relief
impressionnant. Je ne connaissais même pas son nom.

— Ray, répondit-il. Enfin, c'est Raymond quoi, mais
personne ne m'appelle plus comme ça depuis que ma mère est
partie. C'est joli comme prénom, Mathilda.

— Merci.

Nous avions discuté de banalités comme de vieux amis
pendant plus d'une demi-heure, quand j'eus soudain un arc
électrique dans la tête. Ça m'arrivait quand quelqu'un essayait
de me contacter par le réseau énergétique sans savoir comment

s'y prendre. Je m'étais penchée en avant, et avais pris mon crâne dans mes mains.

— Ça ne va pas ? s'enquit l'ours.

— Argh... Angus encore... Il a des problèmes. Il faut que j'y aille !

Je me levai et quittai la pièce précipitamment. Quand j'arrivai dans le hall d'entrée, je réalisai que je ne pouvais pas rejoindre ma moto sur l'autre berge sans l'aide de l'ours blanc et de son zodiac, mais le hall était vide. Je retournai vers la cuisine où Ray avait commencé à débarrasser et un autre homme était monté en équilibre sur un tabouret pour attraper une boîte de cookies, perchée tout en haut d'une étagère. Chris, le magicien.

— Salut Chris, dis-je, quelqu'un sait où est l'ours polaire ?

— Hey, Mathilda, salut, il est parti faire un jogging avec le boss, je parie qu'ils sont à *Savannah* à l'heure qu'il est, ces barges.

— Merde. Est-ce que tu crois que je peux emprunter le zodiac, Ray ?

— Certainement Mademoiselle, mais il faudrait que quelqu'un vous accompagne.

— C'est ton jour de chance, il se trouve que je suis là, et que je n'ai rien à faire, dit Chris.

Ray eut la même expression que moi ; pour résumer, nos sourcils s'étaient tous les quatre levés en chœur, pour faire des cabanes sur nos fronts.

— Quoi ? dit le magicien. Tu as peur de succomber à mon charme ?

— De quel degré d'urgence s'agit-il ? rationalisa Ray.

— Du genre priorité une, dis-je. Faut vraiment que j'y aille, tout de suite.

L'ours était passé dans le hall d'entrée avec Chris et moi à ses basques. Il avait fouillé une petite boîte en ferraille remplie de clés en tous genres, et regardait le jeune homme gravement.

— On n'a pas le temps pour les recommandations, coupai-je en attrapant les clés. De toute façon, je le protégerai.

Nous n'avions pas encore bougé vers la porte, quand Gordon fit son apparition dans le hall. Il avait mis son pantalon et ses chaussures à la hâte, et portait un t-shirt et une veste dans ses mains. Il semblait être composé exclusivement de muscles.

— Je suis là, dit-il au majordome en pyjama, qui parut soulagé.

— Angus a des problèmes, Anton est absent et quelque chose me dit que je ne pourrais pas retenir Mademoiselle Shade même si je le voulais, expliqua l'ours à l'attention de Gordon.

— C'est bon, j'y vais, dit celui-ci.

Chris émit un long sifflement au moment où Gordon passait devant nous.

— Gordie le fidèle toutou qui prend des initiatives sans en parler à son maître ! ricana Chris. Si on m'avait dit que je verrais ça un jour !

— Ta gueule, répondit mon garde du corps.

— Moi c'est ça que j'aurais jamais cru entendre ! m'esclaffai-je. T'as passé une mauvaise nuit ou quoi ?

— C'est sûr que ce n'est pas de tout repos de veiller sur une insomniaque.

Oups, touché.

Nous prîmes rapidement place sur le zodiac, mais sans précipitation. Pendant les habituelles dix minutes de trajet, réduites à huit par la conduite sportive de Gordon, je leur fis part du message imprécis que j'avais reçu d'Angus, « danger, maison, aide » et nous avions décidé de mettre au point un plan tout aussi élaboré « aller, maison, taper ». Nous prîmes soin de ranger l'embarcation dans le hangar prévu à cet effet, non sans un peu plus de mal que n'en avait d'ordinaire l'ours polaire. Gordon se dévêtit complètement derrière la cabane, et se transforma en loup. Je mis ses vêtements dans la besace sur ma Monster qui attendait sur le parking, et pris Chris à l'arrière. Nous parcourûmes les rues de Chesapeake à toute bringue, jusqu'à arriver sur Portsmouth. J'avais alors ralenti pour m'assurer que Gordon était toujours là, et m'étais aperçu qu'il était passé devant nous, il avait dû couper à travers les habitations. Il se déplaçait vraiment très rapidement, et avec une aisance impressionnante.

Angus habitait sur *King street*, un peu après la bibliothèque municipale, près de chez moi. Alors que nous étions proches, mon attention fut attirée par la nuée ténébreuse rougeoyante qui flottait sur le parking d'un restaurant mexicain pillé pendant les émeutes, un peu avant chez Ang. J'arrêtai la moto, et me concentrai sur les énergies dans le périmètre. Angus n'était plus chez lui. Il était plus loin en amont de cette trace. Quelqu'un le suivait. Quelqu'un qui charriait une colère pharaonique avec lui. Gordon avait remarqué mon arrêt, et était revenu sur ses pas. Je lui indiquai la piste d'un signe, et repris la route dans la nuée. Une fois à proximité de la source de colère, je garai la moto et en descendis.

— Ça risque d'être un peu dangereux Chris, tu devrais rester là.

— Sérieux ? Tu crois que je fais quoi exactement à la Guilde ? Les livraisons ?

C'était effectivement un peu l'idée que je me faisais de lui, mais je le gardai pour moi, et haussai les épaules. L'individu haineux qui faisait courir un Angus paniqué était un humain ! Je pouvais sentir son énergie tout ce qu'il y avait de plus naturelle, à l'exception de son emportement. Sur une échelle de colère, de un à dix, il était quand même au stade « Je vais tous vous crever et regarder brûler cette ville. ». Gordon revint après quelques minutes d'absence. Il muta derrière ma moto par pudeur, et fouilla ma besace pour se rhabiller. Il pestait.

— Il est en danger mon cul ! Il le sera autrement plus quand je vais le choper.

Le manque de sommeil avait de toute évidence un impact important sur l'humeur des loups…

— Bon, je m'en occupe, dis Chris, je reviens.

Le magicien entra sans s'en apercevoir dans le sillon d'énergie rougeâtre laissé par l'humain, et il se mit tout à coup à hurler. Je courus immédiatement vers lui et le projetai hors de la trace. Mon intervention n'eut aucun effet, et le jeune m'envoya une décharge électrique qui me donna une bonne idée de ce que devait ressentir un toast à la sortie du toaster. J'avais l'impression d'avoir grillé une bonne partie de mon capital synaptique. J'avais des tremblements, et une grosse envie de vomir. Gordon nous avait rejoints en quelques foulées.

— Ne t'approche pas, lui dis-je, je crois que Chris est directement impacté par la colère de l'agresseur d'Angus. Il faudrait que tu ailles le neutraliser. Sans le tuer hein.

— Je ne peux pas te laisser là avec lui, dit Gordon alors que Chris me grillait pour la deuxième fois, par inadvertance.

— Vas-y ! Vite !

Il disparut, et je me rapprochai du magicien qui se roulait par terre en pleurant de douleur.

— Lâche-moi, non, je n'ai rien fait, criait-il.

J'attirai de l'énergie et tentai de créer une bulle de protection comme la mienne autour de Chris, pour que l'impact qu'il recevait jusque-là s'amoindrisse. Ça avait l'air de fonctionner d'une façon toute relative, il ne criait plus, mais restait prostré, en boule sur le sol. Il fallait que j'arrive à couper le lien. J'eus l'idée de tenter de dérouter l'énergie rouge vers moi, de la capter pour la neutraliser. Au moment où je la canalisai, je ressentis une colère inouïe s'infiltrer en moi. Pas la colère d'un autre, non, plutôt comme le réveil de ma propre fureur. Toute la frustration, la peur, la haine, la honte que j'avais ressenties depuis mon enfance refirent surface en une seconde, sans demi-mesure. Je revis tout un tas de scènes qui avaient été d'une extrême dureté au cours de mon existence. La mort de mon frère. Mon premier combat en arène. Aïko. J'eus une sensation de dévastation intérieure si intense, que je ne pus retenir un flux d'énergie brute, qui partit droit sur le bâtiment du « Guads Mexican » à l'abandon. La nuée rouge perdit d'un seul coup en intensité, m'arrachant à ma transe furieuse, et je tombai les genoux au sol. Je haletais. Je n'arrivais pas à établir de façon claire ce qui venait de se passer. Gordon reparut avec un corps dans les bras, et Angus qui peinait à le suivre, même si lui n'avait aucune charge. L'étage du restaurant mexicain émit un bruit épouvantable de ferraille qui se tord, et commença à glisser tout doucement vers l'avant. Tout était en train de s'effondrer. J'avais fait ça ? Je regardais le bâtiment s'affaisser sur lui-même, sans pouvoir bouger. Gordon avait balancé l'homme qu'il portait en prenant conscience de la situation, et s'était jeté sur moi pour me protéger. *N'importe quoi.* Il m'avait ramassée à une vitesse folle, et je sentais ma carcasse valdinguer dans tous les sens en cadence avec les enjambées du jeune loup. Je voyais Chris et Angus qui rappliquaient derrière nous. Nous atteignîmes une distance raisonnable, et Gordon s'arrêta pour attendre Angus, puisque Chris avait repris ses esprits et avait galopé pour nous rattraper. L'étage entier s'étala sur le parking dans un fracas assourdissant. Nous fûmes ensevelis sous un dense tapis de poussière. Je créai une bulle énergétique épaisse pour nous permettre de respirer malgré tout. Les autres me regardaient comme si je venais de changer l'eau en vin... La poussière n'en finissait pas de retomber en volutes grises tout autour de nous. J'essayai d'évaluer mon état physique. Tout avait l'air OK, pourtant, je ne parvenais pas à bouger. J'étais comme figée. Angus baladait ses mains dans l'air autour de lui comme s'il cherchait quelque chose.

— Ça alors, dit-il, on peut sentir l'énergie qui tient la poussière à distance...

Ravie que ça te plaise Angus, et de rien, au fait.

Gordon se pencha sur moi pour me murmurer :

— Tu m'as laissé te porter alors que tu n'as pas l'air à moitié morte… À quel point tu es blessée ?

— Je sais pas, avouai-je. Mes fonctions vitales ont l'air bien. Ça devrait aller mieux d'ici peu. Je pense.

Il ne parut pas rassuré. Il devait imaginer les emmerdements que j'allais lui causer quand « le boss », comme disait Chris, allait ramener son popotin poilu ici. Qui sait quelle allait être sa réaction ? Est-ce que j'étais un vase, une poule ou un meuble aujourd'hui ?

Le bâtiment prit tout son temps pour s'écrouler… Nous attendîmes environ trente-cinq minutes avant de pouvoir à nouveau apercevoir les rues qui nous entouraient, et lorsque ce fut le cas, j'aperçus ma moto écrasée sous un morceau de mur démembré. Angus eut un hoquet.

— T'as de la chance que je puisse pas bouger… ruminai-je.

— Comment ça, tu ne peux pas bouger ?! s'excita Gordon. Tu ne m'as pas dit ça ! Tu veux dire que tu ne sens plus rien ?

Je voulus lever la main pour le faire taire, mais le seul mouvement que je fis, fut une impulsion maladroite qui me fit tomber sur le côté, comme un phoque échoué. *Super.* Y aurait-il un jour une fin à ma déconvenue ? Chris me ramassa délicatement, s'assit dans mon dos avec un plaisir non dissimulé, et passa ses jambes autour de moi en m'attirant contre lui, sous le regard horrifié de Gordon, et l'indifférence la plus totale d'Angus.

— Toi, tu joues avec ta vie, dis-je. Tu vas être le prochain sur la liste des gens qui n'auront plus le droit de me parler.

— Quoi ?

— Laisse tomber, soupirai-je. T'es pas un peu trop jeune pour être aussi... tactile ?

— T'as aucune idée d'à quel point je suis tactile, susurra-t-il.

— Il faudrait qu'on puisse appeler la maison bleue, dit Gordon.

— Pas la peine, soufflai-je, Anton est en chemin.

Le jeune loup sursauta, et fit un tour d'horizon.

— Comment tu le sais ? demanda-t-il.

Je haussai les épaules. Du moins, je crus hausser les épaules. Il comprit tout de même l'idée à ma tête. Je le savais, et c'était tout.

— Loin ?

— Nope, dis-je.

Pas assez loin pour que j'aie le temps de me remettre en condition, et j'allais avoir droit à la condescendance de sa Seigneurie.

— Recule-toi d'elle, dit Gordon à Chris.

— Pourquoi ?

— Fais ce que je te dis.

— Mais si je recule, elle tombe, maugréa Chris. Et puis on est bien là, tous les deux, hein Mathilda ?

Pitié…

— Tu seras moins bien si Anton te tue, trancha Gordon. Tu peux la soutenir sans te coller comme ça, merde !

Toute cette agitation pour pas grand-chose. Il était clair que j'horripilais le loup noir qui avait un besoin maladif de tout avoir sous contrôle, il serait de toute façon énervé. Les deux garçons se chamaillaient encore sur le sujet, quand l'ombre pesante de l'Alpha en jogging obtura la lumière. Il était arrivé en courant comme un dératé, mais ne montrait aucune trace de fatigue. Gordon et Angus s'inclinèrent légèrement. Chris prit son air le plus insolent :

— Salut Anton, ça roule ? C'était bien ton jogging ?

— Mathilda a senti qu'Angus avait des problèmes et je l'ai escortée…

Gordon stoppa net son rapport. Anton avait dû lui faire un signe. Je me demandais s'ils ne communiquaient pas par la pensée… Je n'arrivais jamais à voir leurs ententes non verbales. Il y avait peut-être des échanges hormonaux dans l'histoire… Bah, je n'avais pas vraiment envie de savoir. Des véhicules arrivèrent dans des crissements de pneus, la cavalerie. Je sentais le regard d'Anton sur moi, mais je me refusais à lever les yeux vers lui. Je savais ce qu'il voulait savoir, et ça me saoulait de devoir le lui dire.

— Elle est temporairement paralysée, lâcha Gordon.

Traître. Le loup Alpha posa sa main sur l'épaule du jeune.

— Tu as bien géré, merci. Vois avec Paul s'il a besoin de toi pour y voir plus clair ici, je vais la ramener.

Ô misère.

Chris se releva sans me laisser choir, et me hissa dans ses bras avec une étonnante facilité.

— Je vais l'installer dans la voiture, dit-il.

Mille mercis, Chris.

Le magicien me déposa précautionneusement sur le siège passager à l'avant, selon les indications qu'il avait reçues, attacha ma ceinture avec un peu trop de soin, et prit congé non sans déposer un baiser sur ma joue. Il n'avait vraiment peur de rien celui-là. Le loup noir prit lui-même le volant. Je sentais des picotements dans mes mains, j'espérais furieusement pouvoir bouger avant qu'on arrive au hangar à bateaux, pour qu'il n'ait pas à me porter. Il roulait tout doucement, pour que je ne bascule pas vers l'avant malgré ma ceinture de sécurité. Gordon ne lui avait pas précisé qu'il m'était toujours possible de parler. Je ne comptais pas lui donner cette information. De la colère, encore. L'épisode de la nuée rouge m'avait fait vaciller sur mes bases, et la colère que cet homme rencontré depuis peu m'avait fait ressentir la veille était de trop. J'avais les larmes aux yeux, et je me concentrai de toutes mes forces pour les refouler. J'avais envie de le battre comme plâtre. De le plaquer contre un mur, et de lui donner tous les coups dont j'étais capable. Et le pire, c'est que je ne savais pas pourquoi.

Nous arrivâmes au hangar, je pouvais bouger mes pieds. Le zodiac qu'il avait utilisé pour venir était toujours dans l'eau. Il fit le tour de la voiture pour venir me récupérer. Quand il ouvrit la portière, je sortis mon bras face à lui dans un geste incertain, pour lui signifier qu'il ne devait pas s'approcher davantage. Je pris mon temps pour rassembler mes forces et me faire pivoter sur le côté pour pouvoir sortir. Il soupira, et s'éloigna d'un pas. Il avait croisé ses bras sur son torse, et attendait patiemment. J'avais eu du mal à sortir de mon engourdissement, et mes membres ne répondaient que fébrilement à mes ordres. Lorsque j'eus fait un pas et demi, il perdit patience et me souleva de terre. Il m'enserra dans ses bras et je crus défaillir. J'avais perdu, et des larmes chaudes coulaient le long de mes joues. Il s'aperçut de ma raideur et prit une seconde pour regarder mon visage tout en marchant. Je m'appliquai à regarder au loin. Je sentis son étreinte se resserrer plus encore, en même temps que la panique montait en moi. Il relâcha tout de suite en murmurant « C'est ridicule, il n'y a pas de honte à ce que je te porte. ». Il était complètement à côté de la plaque.

7

La trace

J'avais passé le reste de ma journée à jouer la convalescente dans ma chambre, je commençais à être douée pour ça. L'avantage certain de cette technique, était que je ne croisais personne, mais l'inconvénient, était que je mourais de faim. J'avais réussi à contrer toutes les tentatives d'intrusion, qui n'avaient pas été nombreuses du reste, puisque seul Benjamin était passé en fin d'après-midi. Je lui avais dit à travers la porte que j'allais mieux, mais que j'avais une crise de flémingite, il n'avait pas bataillé. Je le sentais distant depuis sa rencontre avec Léonie, comme gêné. J'étais restée assise sur le lit, à me demander ce que je faisais encore là.

Vers vingt et une heures trente, on frappa à ma porte.

— Mademoiselle, *room service*.

Je reconnus la voix de Ray et me précipitai pour lui ouvrir. Il portait un plateau sur lequel il avait dressé un vrai dîner de palace. Je l'accueillis avec mon plus beau sourire, et le priai d'entrer. Comme je sautillais de hâte pendant qu'il installait le plateau sur le petit bureau, il susurra d'un air malicieux.

— Je vois que vous n'êtes plus tellement mourante, une miraculée !

Je lui envoyai un faux regard assassin qui le fit pouffer.

— Qu'est-ce qu'il y a sous la cloche ? dis-je.

Il se redressa pour prendre une attitude très officielle, avant de lever ladite cloche.

— Filet de saumon, sauce citron et purée de patate douce maison.

— Tout ce que j'aime !

Il s'en félicita mentalement et ajouta :

— Le dessert est ma spécialité, tarte aux cerises, vous m'en direz des nouvelles.

Je tressaillis d'allégresse.

— Merci dix mille fois Ray !

Comme il avait fait mine de se retirer, je l'avais attrapé par le bras.

— Tu rigoles là, dis-je. Tu restes un peu avec moi, qu'on rigole.

Il relâcha tout à coup toute la tension guindée de son torse de majordome parfait, et prit une attitude désinvolte qui me fit éclater de rire. Il avait retiré son nœud papillon et avait défait les premiers boutons de sa chemise dans un soupir d'aise, avant de s'asseoir à califourchon sur l'autre chaise de la pièce. Il me raconta toute sa journée plutôt animée, en se balançant sur la chaise. Je n'avais jusque-là aucune idée de l'ambiance hilarante de cette maison... Les différents clans qui cohabitaient pendant les réunions ou les briefings, devaient se mêler, parfois contre leurs natures, et le tout donnait des situations grotesques et désopilantes. Ray assistait chaque jour à des chamailleries, coups bas et rapprochements improbables, sans jamais manquer à son devoir de neutralité. C'était un saint. J'aurais ri aux éclats dans la moitié des situations de sa journée, et tapé quelqu'un dans l'autre moitié. Il parlait avec un naturel désarmant qui tranchait net avec son attitude coincée habituelle. C'était un immense nounours jovial qui se déguisait en bête les trois quarts du temps. Je l'adorais. Nous rîmes longtemps, avant de nous apercevoir que la nuit était bien avancée. Il était claqué, et avait besoin de repos. Je me sentis mal de l'avoir accaparé si longtemps.

— Je descendrai le plateau demain, dis-je.

Je le raccompagnai à la porte. Avant de l'ouvrir, je m'agrippai aux épaules du grand Ray pour me hisser jusqu'à sa joue et y déposer une bise. Il rougit et ouvrit la porte.

Le loup noir était de l'autre côté.

Ray se décomposa. Je retirai mes mains de ses épaules. Il baissa la tête, si bas que j'eus mal aux cervicales pour lui. Je pris conscience que la scène pouvait prêter à confusion avec l'ours sortant de ma chambre, débraillé, et à une heure avancée. Je ne voulais pas qu'il ait des ennuis à cause de moi.

— Ray m'a apporté à manger, dis-je un peu trop brusquement en ouvrant la porte en grand pour permettre au loup de voir le plateau. Je lui ai tenu la jambe un moment, le pauvre, je suis une vraie pipelette parfois.

Ridicule. Aucun de nous trois ne croyait à cette version, ce qui rendait la situation encore plus suspecte. *Finement joué Math.* Je ne pouvais pas juste laisser les choses comme ça, maintenant que j'avais merdé.

— Encore merci, Ray, c'était délicieux.

Il rougit de plus belle, et je voyais bien à leurs têtes que j'avais réussi à encore empirer les choses avec un sous-entendu auquel je n'avais même pas pensé ! Si je précisais que je parlais du repas, ils allaient finir par m'assommer, pensais-je. Je soupirai et m'approchai très près d'Anton, dont la surprise fit pencher la balance enfin en ma faveur. Ray put s'éclipser. Trop près. Beaucoup trop près. Il eut un mouvement de recul non maîtrisé. OK, un point pour moi.

— Tu voulais quelque chose, Loup ?

Une irritation fugace était passée dans ses pupilles quand j'avais prononcé mon dernier mot, auquel il ne s'était visiblement pas attendu. *Uppercut. Deux points pour moi.* J'adorais ce jeu !

— Je voulais discuter, dit-il.

Ah oui ? Avec moi ? J'avais eu un frisson, et je me maudis pour ça. Un point pour lui. Je devais avoir l'air cool avec le fait qu'il soit dans la même pièce que moi. L'air détaché de la fille qui s'en fout comme de sa première chemise...

— Entre, dis-je en retournant dans ma chambre.

Il suivit sans hésitation, l'air bien plus détaché que moi. Soit il était plus fort à ce jeu, soit je n'étais même pas au niveau de la chemise... Une paire de chaussettes ? Trouée ? Bref, Je lui montrai la chaise laissée par Ray quelques minutes auparavant, et commençai à mettre un peu d'ordre dans le plateau-repas assiégé, pour me donner une contenance. Il regarda la chaise, mais resta debout. *On n'aime pas partager avec ses petits camarades ?* Il prit appui nonchalamment contre le bord du lit à baldaquin et croisa ses jambes, puis ses bras, bien verrouillé. Ce contact entre le lit où je dormais et le mâle Alpha plutôt sexy, il fallait bien l'admettre, eut un effet étrange sur moi, donnant vie à un petit remoud quelque part. Une vraie groupie. Comment je pouvais avoir ce genre de réaction débile malgré tous les évènements récents ? Je me repris et me dis qu'il marquait son territoire. Il n'éprouvait aucune gêne parce qu'ici, c'était chez lui. *CQFD*.

— Chris m'a raconté ce qui s'est passé ce matin, commença-t-il. Il dit qu'il a été frappé par une magie puissante qui a torturé son esprit. Votre avis ?

Ah, on était revenus aux échanges formels…

— C'est une description assez juste, je trouve, confirmai-je.

— Mais Gordon dit que l'homme qui attaquait Angus n'était pas un hybride. D'ailleurs on a retrouvé son corps dans les gravats, et ça a été confirmé rapidement. Je ne comprends pas bien. Est-ce que vous avez été attaqués par deux personnes ?

— Non, dis-je.

— Et Angus a dit que l'homme l'avait attaqué sans raison.

Je m'étais posé les mêmes questions plus tôt et j'avais une idée un peu folle et incomplète…

— Il y a quelque chose d'encore plus étrange, ajoutai-je. J'ai vu la trace de cet humain qui voulait descendre Angus… C'était la même que celle du vampire de Salem.

Il réfléchit.

— J'ai une théorie, finis-je par lancer à contrecœur, enfin c'est plus une ébauche de théorie en fait…

Il me regardait avec une expression qu'il m'était impossible de déchiffrer.

— Je pense que cette nuée n'était pas la signature énergétique produite par ces gens qui ont attaqué mais plutôt qu'elle est le résidu de la chose qui les a poussés à attaquer. C'est ce qui se passe quand quelqu'un a été ensorcelé, je vois sur lui une énergie qui ne lui appartient pas. Elle a été posée là et la victime subit son effet sans le savoir, de façon permanente. Là c'est différent mais sur le même principe, c'est comme si les victimes recevaient en temps réel les directives d'un sort posé ailleurs, sans que je puisse voir le sorcier qui agit à distance.

L'image que j'avais eue en méditation me revint tout à coup. J'avais tout ça en tête depuis le matin mais les pièces du puzzle ne voulaient pas s'imbriquer et le fait d'avoir prononcé les mots qui allaient avec mes pensées m'avait éclairée.

— Mais oui, dis-je, il doit utiliser un catalyseur pour étendre sa magie comme un réseau. Sûrement une pierre. Est-ce que le vampire en portait une ?

— Oui, répondit-il directement, une pierre bleue dans une chevalière, je l'ai lu dans le rapport, je cherche le nom…

— Bleue ? Lapis Lazuli ?

— Non, dit-il, sodalite.

— Ça ne colle pas. Je pensais à un truc qui pousse à l'action…

— Un désinhibiteur… pensa-t-il tout haut.

— Ce serait un catalyseur parfait, renchéris-je. Le sorcier balance son message de haine et tous les porteurs de la pierre se mettent à tuer leurs voisins. Quand j'essayais de protéger Chris de cette énergie, je l'ai ressentie. C'est une sensation dégueulasse. Ça va chercher au fond de soi tout ce qui nous a fait souffrir à un moment ou à un autre et ça nous le fait revivre puissance mille. C'est vraiment fort, difficile à maîtriser.

— C'est ce qu'il a dit aussi.

Il me regardait avec une expression compatissante et inquiète. J'étais partagée entre l'envie irrépressible de me lover dans ses bras et celle de lui hurler d'arrêter de jouer avec moi comme si j'étais une poupée. J'esquivai son regard, tant pis pour mon orgueil.

— Puisque cette magie a été utilisée pour tuer Rosie Pritcher, dis-je, on peut raisonnablement se demander si l'auteur de ce sort est lié à toute cette théorie débile de complot d'extermination des hybrides.

— C'est aussi ce je me disais, soupira le loup.

— Du coup maintenant on a une piste, souris-je. On va pouvoir remonter la trace de cette nuée jusqu'à sa source. Ça peut prendre du temps mais c'est toujours mieux que rien.

La discussion était terminée, et pourtant, nous ne bougions pas. Nous restions là, à nous regarder avec curiosité. Je pouvais voir l'énergie sauvage qui émanait de lui. Ses cheveux châtain clair, presque blonds, brillaient sous la lumière de l'ampoule de la chambre et faisaient ressortir ses yeux noirs, qui n'avaient plus rien de dur. Je me dis que cet homme provoquait chez moi un syndrome de bipolarité assez inconfortable. J'avais en permanence envie de le tuer et de le consoler, de le fuir et de le chercher, de le frapper et de l'embrasser. *Tu t'égares Math.* Il finit par se redresser subitement.

— Bon, on en reparlera demain, fit-il.

— Oui, dis-je.

Quelle répartie...

Il prit le plateau et se dirigea vers la porte.

— J'allais le descendre, dis-je.

— Je descends, de toute façon, répondit-il.

Au matin, je m'étais apprêtée pour une longue marche et du combat. Chaussettes hautes confortables, jean noir, t-shirt bien serré pour ne m'accrocher nulle part, veste en cuir, bottes. J'avais noué mes cheveux en une longue tresse, et pris du temps pour me refaire un stock de parchemins explosifs. J'avais revêtu tous mes bracelets de cuir, méticuleusement remplis d'aiguilles.

Après tous ces préparatifs, j'étais descendue à la cuisine et y avais trouvé Ray en train de faire griller des saucisses, et de casser des œufs dans un gros saladier. Il m'avait assuré que tout allait bien, et j'avais filé vers le mini-service médical high-tech. Benjamin y était, endormi dans un canapé. Quelqu'un l'avait couvert avec soin d'une jolie couverture en polaire. Il avait passé la nuit là. Il était tellement beau. Un mec charmant dans un corps parfait. Le rêve quoi. Beaucoup trop bien pour moi. J'aurais pu le réveiller et l'embrasser jusqu'à ce que l'équipe censée partir avec moi ne signale ma désertion et qu'ils ne viennent m'arracher à ses bras, mais quelque chose en moi préférait l'éviter pour le moment.

J'avais fouillé un peu partout pour me faire un petit stock de matériel de base ; compresses, désinfectant en dosettes individuelles, pansements, tulle gras, bandes, kit de suture. J'avais chargé tous ces petits articles de survie dans mon sac à dos. J'avais ensuite quitté le cabinet en prenant grand soin de ne pas réveiller Ben.

La cuisine s'était remplie pendant ce temps. Anton, Paul (l'ours polaire), deux autres *switches* dont j'ignorais les prénoms et Gordon étaient assis sur les tabourets hauts, autour du plan de travail, alors que Ray continuait de faire griller et de brouiller des œufs.

— Salut les gars, dis-je en m'installant à côté de Gordon.

Ils ne levèrent même pas la tête, soit ils me snobaient, soit je faisais déjà partie de leur décor… Je ne savais pas trop dire quelle hypothèse je préférais…

— Tu as mieux dormi cette nuit ? demandai-je au jeune loup.

— Beaucoup mieux, dit-il, vu que ce n'était pas mon tour de te garder.

Il eut un sourire insolent et je croisai le regard de l'Alpha sans le vouloir, il avait l'air fatigué. Tout le monde s'esclaffa et je compris qu'il devait s'être plaint de moi avant que je n'arrive.

— Mais j'ai dormi cette nuit ! me défendis-je.

Tout le monde se tourna vers Anton.

— Ah, dit Paul, alors ? Qu'est-ce que tu as vraiment fait de ta nuit pour avoir cette tête ?

Tous rirent, sauf moi.

Chris fit son entrée.

— Salut, dis-je.

— Qu'est-ce que tu fais là ? demanda Gordon sans faire le moindre effort pour être agréable.

— J'ai entendu dire que vous alliez partir en chasse.

— Et ? dit le jeune loup.

— Et je voudrais en être.

Tous se turent. Je me demandais ce qui pouvait bien clocher.

— Pourquoi pas ? sourit enfin Gordon, on pourrait avoir besoin d'un appât.

Ils rirent à nouveau. Ray me jeta un coup d'œil entendu. Il devait s'agir d'une de ces rivalités interclans dont il m'avait parlé.

— Tu m'étonnes, c'est sûr que je ferais mieux l'affaire du coup, avec votre odeur, vous ne risquez pas d'attirer grand monde, envoya le magicien.

Les autres s'agitèrent et regardèrent Gordon en attendant de toute évidence qu'il ne reste pas sur le carreau. Ils mangeaient dans la bonne humeur en somme. Je pris quelques pancakes et des œufs brouillés.

— Mange un peu quand même, si tu veux vraiment faire l'affaire, dis-je.

Paul émit de nouveau un ricanement, et Gordon me sourit à pleines dents. Chris plissa les yeux et articula le mot « traîtresse », sans qu'aucun son ne sorte de sa bouche, en se laissant tomber à côté de moi.

— Ne rigolez pas trop, ajoutai-je, c'est vrai qu'il est le seul à sentir bon.

— Et à être civilisé, reprit Chris. Tu veux me sentir de plus près ?

— N'en fais pas trop quand même, dis-je.

— Être civilisé, ça n'attire pas les femmes, dit un *switch* que je ne connaissais pas.

— Ça dépend du genre de femme qu'on cherche à attirer, répondit Chris en me regardant.

Ils suivirent son regard et sourirent tous, sauf l'Alpha. Certains sourires avaient l'air de dire « Tu as raison, moi aussi je la boufferais bien. », d'autres, « Il a vraiment des goûts de chiotte. » et celui de Gordon disait clairement « Lâche l'affaire blaireau, t'as aucune chance, et c'est un tas d'emmerdes cette fille. ». Je leur rendis leur sourire :

— Ne me mêlez pas à ça, je ne cherche à attirer aucune femme.

Paul faillit s'étouffer avec la saucisse qu'il venait d'engouffrer. Les autres pouffèrent.

Nous finîmes notre petit-déjeuner gargantuesque sans nous presser, puis Anton se leva. Tout le monde l'imita. Il était temps d'aller chasser. Nous convînmes de quadriller le centre-ville à la recherche de la traînée meurtrière dans un premier temps. Je n'avais plus ma moto donc j'étais montée dans le fourgon comme tout le monde, et avais dû retirer mon sabre de mon dos pour m'asseoir. Les petits problèmes quotidiens des tueurs... *Je devrais peut-être écrire un manuel pratique...* J'avais troqué mon bâton coincé dans la structure écrasée de feu ma Monster pour un bâton télescopique attaché à ma cuisse. Paul avait lancé un CD de Metallica et Gordon chantait à côté de moi "*and nothing else matteeeeers...*", et plutôt juste en plus. Il avait une jolie voix en plus d'être joli garçon... Il ne manquait plus qu'il sache jouer de la guitare... Il devait faire fureur auprès des jeunes louves. Je surpris un regard d'Anton dans le rétroviseur. Il se remit à regarder la route avec attention, ce que je fis aussi. Je me concentrai sur les alentours, cherchant la trace rougeoyante. Le centre-ville de Norfolk était plutôt sympa, fait de bâtisses basses, maximum trois étages, pour la plupart en briquette rouge.

Tout à coup, alors que nous venions de passer la salle de concert la *Norva* sur *Monticello avenue*, je vis la traînée. Elle était déjà légère mais encore visible et s'étirait devant nous vers le parking couvert près du *Scope Arena*. Nous nous garâmes en vrac dans le parking à moitié vide. Tout le monde descendit du fourgon, et Chris et moi nous équipâmes. Je remis mon sabre en place et il sortit une arbalète d'un sac pour l'arrimer sur une espèce de harnais qu'il avait intégré sur sa veste. J'avais aussi remarqué une lame attachée à sa cuisse, comme je l'avais fait pour mon bâton. La finesse de son visage lui donnait, en mode combat, un air sournois et assassin qui me fit frissonner. Son pantalon en cuir venait parfaire son look de tueur, j'étais scotchée. Il avait remarqué mon étonnement et m'avait gratifiée d'un clin d'œil et d'un sourire aguicheur.

— La trace est bien dense par-là, dis-je en montrant un local technique au fond du niveau zéro. Mais faites attention quand même, c'est un *switch* à l'intérieur.

Ils levèrent les yeux au ciel et Gordon dit tout haut ce que tous pensaient tout bas, juste au cas où je serais débile...

— On est tous des *switches*.

— Enfin sauf Mathilda et moi qui sommes des surhumains, dit Chris, hey Math ? enchaîna-t-il, ça devrait donner des sursensations toi et moi, qu'est-ce que t'en penses ?

— Qu'il est temps que je quitte la ville.

Les *switches* pouffèrent.

— C'est un bison, rappelai-je à l'ordre.

Ils se regardèrent une seconde et haussèrent les épaules.

— S'il s'est enfermé là, ajoutai-je, c'est qu'il a conscience de son état et qu'il veut éviter de croiser des gens et de les blesser. Il doit faire partie de l'équipe technique puisqu'il connaît cet endroit...

— C'est Reese, dit Paul en approchant de la porte, je reconnais son odeur.

Anton hocha la tête pour confirmer. On l'entendit s'agiter à l'intérieur, il avait dû les sentir lui aussi.

— Vous croyez qu'on pourra juste lui parler ? demanda-t-il.

— Je sais pas, dis-je.

— Non, répondit Chris, j'ai lancé des éclairs à Mathilda alors que je n'avais aucune envie de lui faire du mal en réalité. Que du bien, ajouta-t-il à mon intention. *Too much Chris.* Non sérieusement, il voudra juste frapper.

Le loup noir s'approcha de la porte.

— On essaie de ne pas le blesser, dit-il.

Il ouvrit le local en grand, et le bison sous sa forme humaine émit un son guttural à la vue de la lumière. Il ne s'attendait pas à être dérangé ici, et de toute évidence, ça le foutait en rogne. Il se transforma en une seconde, envoyant des morceaux de polo *Ralph Lauren* et de jean partout. Il ne restait que ses chaussettes et ses chaussures parterre, les seules survivantes. Il rua vers nous. Le groupe se disloqua instantanément. Chris avait sauté rapidement sur un véhicule hors de la trajectoire du bison, alors que j'avais roulé dans le coin opposé. Les loups tournaient autour du dénommé Reese, qui avait stoppé sa course au beau milieu du parking, et Paul se déshabillait tranquillement. *Normal.* Je me sentais un peu démunie face à un animal qui dépassait la tonne. En d'autres circonstances, j'aurais réfléchi en termes d'énergie mais là, il valait mieux que je ne tente pas le diable une deuxième fois, si le parking s'écroulait sur nous, aucune chance que j'arrive à nous sauver tous avec mes bulles. Le bison chargeait tour à tour chacun des loups, puis revenait au centre de l'immense hangar pour reprendre de l'élan. Je me disais combien c'était inutile d'être un *switch* bison… L'ours blanc, magnifique, chargea à son tour sur le bovidé en le prenant sur le côté, sûrement pour lui faire perdre l'équilibre, mais le bison tourna légèrement et parvint à rester debout, bien ancré au sol. Chris descendit d'un bond de son perchoir et s'avança vers l'énorme bête d'un pas nonchalant, presque un pas de danse. Il leva les bras vers le ciel, et un éclair prit forme au-dessus de lui. L'arc électrique prenait rapidement en puissance et le bruit qui résonnait dans le parking me faisait plisser les yeux… *C'est idiot ce réflexe, non* ? Je me rappelai l'effet que m'avait fait le tout petit impact de la veille, et pensai que ça allait être très douloureux… Il lâcha tout à coup toute cette énergie directement sur le bison qui courait déjà vers lui. La bête se crispa dans une position plus qu'improbable, saccadant les mouvements de ses pattes comme si elle tentait un peu de *breakdance*. Le bison lutta de longues secondes avant que son système nerveux ne décide de lâcher l'affaire, et qu'il ne tombe finalement, inconscient. Nous vînmes tous au plus près du *switch,* qui reprit malgré lui sa forme humaine, celle-ci devait consommer moins d'énergie.

— Qu'est-ce qu'on fait maintenant ? dit Paul derrière moi.

Je me retournai instinctivement pour lui répondre et tombai sur sa version humaine, nue comme un ver. *Gloups.* Je pouvais aussi lui parler sans le voir, donc je reportai mon attention sur le bison. Je l'entendis rire dans mon dos.

— Eh bien, il doit avoir une pierre sur lui je pense, il faudrait l'en éloigner le plus possible, déjà. Malheureusement, les sentiments que le sorcier lui a fait éprouver resteront dans sa mémoire… Il va falloir l'aider…

Chris se grattait l'avant-bras nerveusement, sûrement en repensant à sa propre expérience, et je vis le loup noir sonder mon regard pour détecter des traces de traumatisme. *On se fait du souci pour son jouet ?* J'inspectai le corps rapidement mais ne vis aucune excroissance, aucune incision qui aurait pu m'indiquer qu'on avait inséré un corps étranger où que ce fut. Je passai en mode scanner énergétique et sentis tout de suite une vibration anormale dans sa bouche. Je l'ouvris. Anton s'avança pour m'aider et la tint ouverte pendant que je passai en revue chaque dent. Une molaire avait été remplacée par une couronne en métal, je l'arrachai. Gordon eut un recul de dégoût. L'intérieur de la couronne était rempli de morceaux d'un minéral écarlate. Je le regardai de plus près.

— Jaspe rouge, dis-je en me tournant vers Anton, utilisé pour aider à vivre le moment présent sans crainte, pour arriver à s'affirmer dans l'action…

— Ça colle cette fois, sourit-il.

— OK… dit Chris, je vois que vous avez des petites conversations persos tous les deux… Des petits moments privilégiés tout ça…

Il faisait traîner ses mots.

Anton et moi eûmes le même réflexe de recul, comme si le souvenir de notre proximité de la veille avait eu quelque chose de perturbant. Ce qui apporta de l'eau au moulin du magicien, qui se mit à brailler d'étonnement.

— C'est quoi l'histoire avec cette pierre ? demanda Paul.

— Il y a un sorcier quelque part qui lance un sort malveillant de désinhibition à grande ampleur, et les gens qui portent cette pierre sur eux sont directement impactés, expliquai-je. Jusque-là on pouvait se dire que ça touchait les gens au hasard, ceux qui avaient du jaspe rouge sur eux, mais on dirait que quelqu'un les implante, comme pour étendre le signal.

— C'est pas con, histoire d'être sûr que le gars même en forme animale garde la pierre sur lui, fit remarquer Chris. Mais on peut revenir sur la conversation précédente ?

— Non, dis-je en même temps que le loup.

À quatorze heures, nous avions ramené le bison à Léonie et à son fan, Benjamin, au cabinet médical de la maison bleue. Anton était allé rendre compte de tous les nouveaux éléments qu'on avait trouvés à sa copine la bombasse celte. J'avais traîné avec Ray en l'aidant à la cuisine, sans parler, en cohérence avec sa règle « pas en public », et j'avais déjà eu le temps de me morfondre une bonne heure, seule dans mon coin. J'avais donc fini par me réfugier à la salle de sport, où j'avais tiré une colonne de frappe d'un angle du dojo pour m'acharner dessus sans aucune modération. Je ne m'étais pas battue au final aujourd'hui, et ça faisait un bien fou de sortir tout ce trop-plein d'énergie. Je profitais habituellement de ces moments pour me vider l'esprit, mais là, mon cerveau turbinait à plein régime. Si le sorcier maléfique, que j'avais baptisé *Saroumane*, maintenait son sort actif en permanence il devait être 1. Très puissant, 2. Très fatigué. S'il travaillait avec Satan, alias Baker, pour anéantir toute forme d'hybridation, quelle était la suite de son plan au juste ? S'il avait un plan… Parce que bon, c'était un peu brouillon quand même de mettre tout le monde en colère en espérant qu'ils tuent les hybrides… En fait, je ne comprenais toujours rien à cette histoire. D'ailleurs, je n'étais même pas sûre qu'elle était liée à ce délire de rêve collectif. Enfin bon, d'après mon expérience, ce genre de rêve existait bel et bien, était un avertissement, et ne devait pas être pris à la légère. Néanmoins, j'avais assez d'expérience en matière de ressentis pour savoir que je n'étais pas concernée par la prophétie dont on me chargeait. Je ne comprenais pas pourquoi la grenouille se montrait obstinément sûre de sa position. La barre mobile que je faisais valdinguer depuis un moment était soudain tombée, sans aucune discrétion. Je m'étais alors rendu compte en me retournant que j'avais du public, et aussi que j'étais trempée de sueur. Gordon et trois autres *switches* aussi jeunes que lui me regardaient comme si j'étais en feu. J'avais vérifié vite fait que ce n'était pas le cas... Depuis combien de temps ils étaient là ? J'avais ramassé le bag en m'excusant maladroitement pour le désordre et Gordon s'était approché de moi.

— Tu es énervée ? avait-il demandé.

— Non, pourquoi ?

Il avait croisé les bras et m'avait toisée un instant. Je m'étais sentie mal. J'avais eu l'impression qu'il me prenait pour une tarée. Il m'avait ensuite proposé d'aller manger en ville avec sa bande de potes ! Je m'étais dit qu'il devait penser que j'étais fragile et que je ne devais pas rester seule... Puis je m'étais aperçu que ses amis avaient l'air d'être passionnés par ma personne. Il devait leur raconter ses journées, et j'avais été propulsée « sujet le plus intéressant du moment » au sein de la jeune communauté *switch*. C'était adorablement gentil, mais j'avais d'autres plans pour la soirée. Ce que je ne lui avais pas dit, bien sûr, sinon il se serait empressé de faire un rapport à son boss, ou de me suivre comme une deuxième ombre. Or, j'avais besoin d'un peu de tranquillité, pas envie de me faire du souci pour quelqu'un qui zonait avec moi. Une bonne vieille mission en solo.

Dès notre retour en milieu de matinée, l'Alpha avait envoyé des hommes chercher qui avait fait la couronne que l'on avait trouvée dans la bouche du bison. Les gars étaient revenus avec le cadavre d'un dentiste, qui avait apparemment affirmé avoir été fourni gratuitement en matériel médical par *Central Paramedics*, une société associée au nouveau gouvernement émergeant, avant d'arrêter brusquement de respirer. La raison de cet arrêt inopiné n'avait pas été très claire dans le rapport oral, étouffement accidentel par ingestion d'un torchon, ou d'un poing… Je n'avais pas tout compris. Enfin bref, la finalité était que le fournisseur était mort, mais qu'il était indirectement lié à Baker. Ça commençait à faire beaucoup. Une idée m'était passée par la tête. J'avais besoin d'aller rendre visite à mes contacts dans le Portsmouth sauvage, et j'avais besoin d'y aller seule. De respirer. De retrouver ma vie normale, loin de mes nounous à poils longs.

Au prix d'un argumentaire interminable, j'avais réussi à convaincre Gordon d'aller en ville avec ses amis sans moi. Il avait accepté à la condition qu'Anton reprenne le flambeau… Je lui avais alors assuré que j'avais déjà vu ça avec l'Alpha. Il ne m'avait cru qu'après que j'aie pris Ray à témoin malgré lui… Ce dernier m'avait vu parler avec le loup un peu plus tôt, et en étant assez évasive, il avait cru que je parlais de cet entretien et avait confirmé ma version sans le vouloir, avant d'aller à la cuisine entamer ses préparations du soir. Je m'étais aussi aidée d'une dose d'énergie douce, que je lui avais insufflée pour m'assurer qu'il reste serein et confiant, sans quoi il n'aurait jamais cédé. Il avait vraiment été formaté par Anton. Bref, personne n'était plus sur mon dos, et j'avais toute latitude pour m'évanouir dans la nuit.

8

Solo

J'étais allée prendre une longue douche brûlante. J'avais pris le temps par mesure de sécurité de faire savoir à Ray, dans une discussion faussement fortuite, que j'allais aller me coucher avec une migraine, et que je comptais dormir tout mon soûl. Je m'étais rééquipée pour le combat, puis j'avais amassé juste assez d'énergie pour me rendre la plus discrète possible, et juste assez peu pour ne pas éveiller les soupçons des sorciers qui traînaient dans les parages avec des perturbations. Je m'étais enveloppée dans mon petit manteau énergétique protecteur, et j'avais rasé les murs avec précaution, pièce par pièce, couloir par couloir, jusqu'à la sortie arrière de la maison bleue.

Je sentais la présence de deux sentinelles à une trentaine de mètres chacune, une au sud-ouest et une au sud-est. Un *switch* puma, ouïe surnaturelle, odorat surdéveloppé et agilité démentielle… *Génial.* Et un vampire. *Encore mieux.* L'avant de la maison serait sûrement moins bien gardé, mais dans tous les cas, comme je n'avais pas de bateau, je devrais faire le tour pour traverser les bois soit vers l'ouest, pour rejoindre directement la terre ferme en contournant les bras d'eau à environ sept kilomètres, soit vers le sud-est, pour atteindre le seul pont encore debout, sur *Moses Grandy Trail*, à deux kilomètres et demi. Comme j'étais à pied, le deuxième itinéraire semblait meilleur si je voulais atteindre le centre de Portsmouth avant que la nuit ne soit trop avancée, et avoir une chance de tomber sur l'homme que je voulais voir… Mais le pont serait certainement encore mieux gardé. J'allais donc opter pour le premier itinéraire, et faire un long footing… Pour l'heure, je devais trouver un moyen de passer sans que les deux hybrides ne me voient. Pas une mince affaire. Ma couverture énergétique leurrait en général les humains quelques minutes, mais pour ces deux-là… Ça ne fonctionnerait pas.

Il me fallait une diversion. Je lançai une onde d'énergie pour ressentir les alentours, sonder ce qui pourrait me donner un coup de pouce. Du sang devrait faire l'affaire pour détourner l'attention des bêtes quelques minutes, en espérant qu'ils ne soient pas aussi rigides que l'Alpha responsable de la sécurité. Je comptais sur le fait que le site n'avait apparemment encore jamais été attaqué. Les gardes devaient avoir l'habitude qu'il n'y ait aucune menace, j'espérais qu'ils se reposeraient sur cette habitude, et baisseraient leur garde.

J'avais repéré des daims. Je pouvais les faire se battre pour que l'un d'eux saigne et attire les hybrides, mais je rechignais à tuer ce pauvre animal, et puis la réaction des gardes était trop aléatoire. J'avais reculé de quelques pas pour pouvoir me mettre en tailleur et me lancer dans une méditation profonde, sans être repérable depuis le couloir, derrière moi. Une fois dissimulée dans un coin sombre, je m'étais connectée à la terre et avais appelé l'énergie. La nature de ma demande était peu courante, et je n'avais encore jamais essayé de détourner l'attention d'êtres aussi affûtés avec cette technique, si bien que je m'étais appliquée à canaliser beaucoup d'énergie, pendant de longues minutes, pour travailler mon intervention le mieux possible. Je m'étais reconnectée à la carte énergétique des environs, avais choisi un endroit idéal, à bonne distance sans être assez loin pour ne pas éveiller la curiosité des guetteurs, puis je lui avais fait prendre vie. Un avatar cent pour cent fait d'énergie. Je le voyais depuis ma position grâce à mon troisième œil, il était vraiment magnifique. On aurait pu penser qu'il s'agissait d'un être virtuel, puisqu'il n'était pas fait de chair, pourtant, il existait bel et bien. Toute chose étant constituée d'énergie par définition, il était un être parfait. Je m'étais dit que je devrais peut-être m'en créer un comme compagnon, puis m'étais reconcentrée. L'« homme » était grand et puissant. Je l'avais fait marcher un peu autour de lui, puis courir carrément vers la maison bleue, en lui intimant d'attaquer. Très vite, j'avais noté les réactions stupéfaites des deux sentinelles qui avaient commencé par tendre l'oreille, puis s'étaient cherchées du regard, interloquées, puis avaient bondi dans un même élan vers la menace qu'elles sentaient à la fois lourde et irréelle. Je m'étais levée, avais renforcé mon manteau de protection, et avais couru à travers les bois avant qu'ils ne rencontrent mon avatar, qui commençait déjà à s'estomper.

J'étais à peine à quelques dizaines de mètres de la maison quand j'avais entendu le puma lancer un appel de renfort dans la nuit. Le cri m'avait glacé le sang. J'avais pris une seconde pour jauger la situation, et avais vu mon humanoïde énergétique sonner sévèrement le vampire avant de disparaître ! Il avait tenu bien plus longtemps que je ne l'aurais cru, et avait montré beaucoup plus de force aussi. Il faudrait que je m'entraîne à créer ce leurre au calme, pour plus de précision. Je m'étais tout de suite remise à courir. Les gardes étaient trop sidérés pour me repérer tout de suite, mais les renforts n'allaient pas manquer de fouiller les alentours. D'ailleurs j'avais sorti une fiole de mon sac pour m'en asperger. Une préparation que j'avais achetée à une sorcière pour faire disparaître les traces olfactives. La potion était censée remonter la trace jusqu'à son point de départ, j'espérais que ce serait le cas, sinon l'équipe du loup allait très vite savoir qui était responsable de tout ce bazar... Il y avait fort à parier qu'il allait retourner la ville dans sa colère d'avoir perdu son paquet à protéger... *Bah*. J'avais d'autres chats à fouetter pour le moment.

J'avais couru à un rythme soutenu près de quarante minutes sur un terrain accidenté à travers les bois, quand j'avais enfin atteint *Yadkin*, la commune la plus proche après le bras de la rivière. L'air du milieu de soirée était doux, idéal pour courir. J'étais arrivée à la civilisation, mais il me restait encore une dizaine de kilomètres pour atteindre mon objectif, soit l'ancienne prison municipale de Portsmouth, recyclée en bar/maison/repère d'un gang de motards qui se faisaient appeler les *Grill Riders* avant « l'Éveil », et qui avaient décidé de diversifier leurs activités après les aurores magiques, en chassant les non humains, sur demande. Pour rester en vie, ils avaient dû s'entraîner et s'armer à outrance. Ils n'étaient pas connus pour leur tolérance, mais plutôt pour leur violence.

Je n'avais eu à courir sur l'asphalte que quatre kilomètres, puisque sur *Washington Highway*, une ambulance avait pilé quelques mètres après m'avoir doublée. Mon pote Andrew m'avait reconnue, et m'avait proposé une course... Il n'avait même pas posé de question sur le fait que je me trimballe un katana, ou que je demande à me faire déposer près du repère d'un gang. Trop cool cet Andrew. En même temps, le gang était situé seulement à deux rues de mon appartement, alors je lui avais parlé de l'arrêt de bus où il me larguait habituellement. Il m'avait fait monter à l'avant avec lui et m'avait appris qu'il y avait tout un tas de rumeurs qui couraient à l'hôpital sur notre double disparition, au docteur Montgomery et moi... Chacun avait sa théorie, mais la majorité s'accordait à dire qu'on filait le parfait amour dans une immense maison en Floride. *Si seulement...* Je me pris à m'imaginer nue dans ses bras, allongée sur un immense lit, à ne rien faire sinon l'amour. Apparemment, Benjamin avait parlé de sa propriété du sud à Josie, et même s'il avait appelé pour expliquer qu'un évènement tragique un peu particulier nous avait obligés tous les deux à quitter la ville quelque temps, elle jurait à tous qu'elle avait entendu le son de l'amour dans sa voix. Enfin bref, le trajet de quelques minutes m'avait paru interminable. J'avais fixé les lignes blanches sur le sol pendant tout le monologue d'Andrew. Lui qui était si peu bavard d'habitude... Il m'avait bien sûr demandé quelle était la version officielle, avant que je ne descende, pour avoir un truc à raconter à la pause quoi, rien de bien méchant. Je l'avais regardé une seconde, et lui avais dit :

— Oh, des illuminés ont fait un rêve dans lequel un gars veut détruire le monde, mais une fille le tue, et ils ont pensé intelligent de mettre mon nom en dessous du visage de cette pétasse... Ouais, ne me demande pas pourquoi, j'en sais rien, je te signale que j'ai commencé en disant qu'ils étaient illuminés... Enfin bref, du coup, tu sais ce que c'est... Tout le monde s'est mis à vouloir me tuer et comme Montgomery avait eu la mauvaise idée de m'inviter à dîner, ils se sont dit qu'il devrait mourir lui aussi, au cas où, alors là bin on attend qu'on nous tue... Mais ça traîne... C'est chiant, du coup il faut bien qu'on s'occupe... Je vais boire un verre avec le gang des motards du coin... Tu veux venir ?

Il avait ri. Je l'avais regardé sans bouger. Il avait arrêté de rire.

— Qui avait la théorie la plus proche ? avais-je demandé.

Il était resté de longues secondes à réfléchir, puis avait secoué la tête de droite à gauche. J'avais sauté hors de l'ambulance, direction *Crawford street*.

L'ancienne prison était un gros bloc sans fenêtre, posé sur un autre gros bloc, rectangulaire celui-là, et avec de fines ouvertures vitrées, type meurtrières. Les deux ailes étaient en briquettes, comme la plupart des bâtiments officiels américains. Les trois mâts qui devaient autrefois permettre de hisser les couleurs du drapeau national et celles du pavillon de la ville, ou peut-être de l'état, arboraient trois drapeaux identiques, celui des *Grill Riders*. J'avais croisé plusieurs gangs de ce type pendant mes pérégrinations de survie, mais je devais bien admettre que le logo de celui-là était de loin le plus moche que j'avais eu l'occasion de détailler. Un clown dégueulasse, affublé d'une casquette ridicule, tenait de ses deux mains tatouées la grille incandescente d'un barbecue. Un clown cuistot *gangsta* ? Sérieux ? *Ne pas dire tout haut ce que tu penses de ce dessin…* J'avais monté les quelques marches qui donnaient accès à l'entrée principale, après une placette sur laquelle des dizaines de motos étaient garées dans tous les sens, dans un joyeux bordel. Je pouvais entendre de la musique qui arrivait jusque sur la place, depuis le rez-de-chaussée. L'accueil était constitué d'une longue baie vitrée qui tranchait avec le reste du bâtiment fermé et austère. Je pouvais voir l'intérieur, rempli de gens portant le même blouson de cuir avec le clown immonde dans le dos. Personne ne gardait la seule porte qui n'était pas condamnée… Ils étaient confiants. Un peu trop à mon goût dans un monde où on pouvait à tout moment croiser des animaux géants dans la rue ou voir prendre vie une des plaies d'Égypte. J'avais traversé toute la place en slalomant entre les bécanes rutilantes et observai les *bikers* à l'intérieur. Ils avaient disposé des billards au milieu de l'immense salle d'accueil, sur la mosaïque géante de l'administration pénitentiaire qui devait faire la fierté des agents de l'état par le passé, et qui faisait office de peau de bête, trophée, piétinée allègrement par une bande de gros balourds.

Comme personne n'avait prêté attention à moi, j'avais ouvert la porte et m'étais avancée tout droit vers l'ancien comptoir d'accueil, qui était maintenant un bar sur lequel étaient collées des centaines de bougies dont la cire dégoulinait partout. Ça avait un certain style gothique étonnamment beau, créant une ambiance presque chaleureuse. J'avais aperçu Jordan derrière le bar, en train de parler avec une serveuse d'âge mûr, qui avait teint une partie de ses cheveux en rouge et rasé l'autre partie sans aucune logique apparente, je me disais que ces *riders* étaient décidément d'un niveau trop avancé en art pour être compris, des visionnaires… L'atmosphère se fit tout à coup pesante, quand un petit gars avait tapé dans le bras d'un plus grand et m'avait montrée du doigt, attirant tranquillement l'attention de toute l'assemblée sur ma petite personne, dans un joli effet de dominos. La musique continuait de taper dans mes tympans. Je ne reconnaissais pas le morceau. Mon katana semblait faire de moi une agression envers le gang, ou alors, c'était peut-être le simple fait que je ne portais pas de blouson clownesque. J'avais levé les bras en signe de reddition, la musique s'était arrêtée. *OK*. J'avais montré mon mécano préféré du doigt en lançant :

— Je suis une amie de Jordan, je viens juste pour lui parler.

La réaction collective avait sonné étrangement. Tous les motards avaient cherché de qui je pouvais bien parler, en suivant la trajectoire de mon bras. Certains avaient étouffé des rires, d'autres avaient affiché des mines perplexes. Je commençai à me demander quel était le taux de consanguinité dans ce groupe... Ou s'ils parlaient la même langue que moi... Puis Jordan avait sauté le comptoir dans un geste rapide et sûr, fort de la tonicité de sa musculature de jeune hooligan. Les gars proches du bar s'étaient alors écartés rapidement, et chacun faisait de même sur le passage de mon Adonis. Plus il s'approchait de moi, et plus son visage me paraissait différent de celui que je voyais d'habitude, beaucoup plus dur, beaucoup plus assuré. J'eus un frisson. Quand il fut devant moi, il se fendit d'un sourire qui eut l'effet très clairement perceptible de détendre tout le monde dans le bar géant.

— Salut bébé, dit-il. Allons dans mon bureau, on sera plus tranquilles.

Bébé ?! Des exclamations viriles s'étaient fait entendre. Un nouveau passage s'était formé à travers les *riders,* telle la mer rouge face à Moïse, et Jordan m'avait invitée d'un geste à le précéder vers un escalier de verre qui montait tout droit à un bureau dominant la salle depuis l'étage. Nous entrâmes dans la pièce, et un grand gars se mit en poste à l'extérieur. C'était un très vaste bureau moderne, à moitié vide, dans lequel avait été ajouté un frigo, un canapé qui détonnait complètement avec le style épuré de l'ancienne administration, une table basse, et une espèce de capitonnage d'insonorisation qui donnait l'impression d'être dans une mallette thermo-moulée pour accueillir une arme de précision. Il alla directement tourner les lamelles des stores qui pendaient sur la fenêtre, donnant sur le hall, puis me fit face. Il n'avait rien perdu de sa toute nouvelle assurance, donc c'était sa version normale, dans son habitat naturel... *Schizophrénie* ? Je m'affalai dans le canapé.

— Qu'est-ce que tu fais là Mathilda ? On a une procédure bien rodée pour se contacter...

— Tu veux dire que t'es pas content de me voir, bébé ? lançai-je.

Il s'approcha de moi en gesticulant d'irritation, il cherchait ses mots. J'étais en train de me refaire notre rencontre dans ma tête, il était seul face à une quinzaine de malabars cette nuit-là, et il ne paniquait pas le moins du monde. Il frappait, prenait des coups, et se relevait sans relâche. Je m'étais alors vaguement demandé pourquoi autant de bonshommes pouvaient vouloir aussi fort qu'il meure, mais bon, la violence étant monnaie courante, j'étais passée à autre chose au moment de prendre part au combat. Il était en fait beaucoup plus haut dans la hiérarchie de ce gang que je ne l'avais imaginé. Une *Indigo* flouée par un mec... Je m'étais vraiment relâchée ces derniers mois. Il s'assit à côté de moi.

— Je peux plus rien pour ta moto Math, dit-il.

Il devait être aussi bien renseigné que le loup noir sur les évènements qui avaient cours dans cette ville. J'étais en train de me dire que je commençais à connaître pas mal de gratin.

— Je suis pas là pour ma moto, Jordan, hésitai-je. Tu t'appelles vraiment Jordan ?

Il eut une moue irritée. Non, il ne s'appelait évidemment pas comme ça.

— C'est quoi le titre de noblesse d'un chef de gang ? Baron ? Roi ? Boss ? Je dois te donner du Monseigneur ?

Il râla.

— OK, repris-je, je te lâche. Tu sais sûrement qu'il y a eu des dégâts au restaurant « *La Trattoria* » et au condo *The myrtles at oldetown* ?

Il hocha la tête.

— Des gars essaient de me tuer.

Je marquai une pause pour déchiffrer sa réaction, il n'avait l'air ni surpris, ni inquiet, *OK…*

— J'ai des raisons de penser qu'ils travaillent pour le gouverneur Baker, continuai-je. Je sais pas bien comment je me suis retrouvée dans son viseur, et j'aimerais bien comprendre. Je pensais venir ici boire une bière avec toi et te demander de m'orienter vers quelqu'un qui saurait ce qui se passe en ville, quelqu'un qui aurait des yeux qui traînent un peu partout… Mais quelque chose me dit que ce quelqu'un, c'est toi… Le top de la chaîne alimentaire des clowns.

— Mathildaaaaaa, je te déconseille tes blagues sur les clowns ici, tout le monde n'est pas aussi cool que moi, souffla-t-il.

J'avais toujours trouvé « Jordan » habité d'une intelligence extraordinaire qui pétillait dans ses yeux au même endroit qu'un abîme qui remplissait ses iris d'un noir un peu plus profond que la moyenne. Je comprenais mieux cette impression. Comment avais-je pu être aussi sourde à mes propres intuitions ? Au moins, je n'avais pas cédé à ses assauts, quelque chose m'avait dérangée, c'était déjà ça de bien vu.

— Quelle info je pourrais bien avoir qui pourrait t'aider à y voir plus clair ? dit-il.

— Et bin en fait, j'aimerais bien pouvoir avoir une discussion civilisée avec les agents de Baker, avant qu'ils ne me foncent dessus en détruisant la moitié de la ville.

Il réfléchissait déjà.

Je me demandais pourquoi il m'avait couru après ces derniers mois. Les femmes devaient se l'arracher. Beau, intelligent, charismatique, et chef d'un gang, plein de pouvoir. J'avais dû représenter un défi. Une femme qui n'avait pas besoin de lui, et qui ne savait pas qui il était.

— On m'a effectivement fait remonter que des hommes arrivent régulièrement dans une maison qui aurait appartenu à la famille du gouverneur, à Virginia Beach. On la surveille en permanence à cause du profil des occupants, toujours des soldats, et aussi parce qu'il y a toujours un bon pourcentage d'hybrides parmi eux, expliqua-t-il.

— C'est pile ce qu'il me fallait, dis-je en me levant.

Il m'imita presque simultanément.

— Mais qu'est-ce que tu comptes faire là-bas Mathilda ? dit-il. On y a compté huit soldats hier dont trois qu'on soupçonne fortement d'être des abominations, tu vas te pointer et leur demander du sucre ?

— Pourquoi pas ? ris-je.

— Arrête tes conneries, dit-il d'un ton ferme.

OK, le nouveau « Jordan » était autoritaire, voilà qui changeait.

— Tu veux la version sans filtre ? Je vais aller à l'adresse que tu vas me donner, je vais étudier l'endroit le temps qu'il faudra, et puis je vais entrer pour découper tout ce petit monde en pièces, jusqu'à ce qu'ils me disent pourquoi leur patron me déteste autant. C'est tout bénef pour toi, tu me donnes un tuyau qui ne te coûte rien, et je te débarrasse de nuisibles sans que tu aies à engager des vies inutilement. Même si tu doutes de ma réussite, dans tous les cas, tu ne prends aucun risque.

Il sourit.

— T'es folle.

Je souris. Il me tendit la main, je la pris. Nous avions un accord.

La maison était loin, et j'avais déjà pas mal profité de l'air à présent rafraîchi de la nuit printanière, il mit donc une moto à ma disposition. Nous allions sortir pour aller la chercher au garage, quand je lui demandai :

— Pourquoi bébé au fait ?

Il eut l'air gêné pendant une demi-seconde, puis reprit un ton plein d'assurance en s'approchant de moi.

— Réflexe idiot. Plusieurs de mes gars savent que je vois une fille en dehors, et qu'elle demande Jordan quand elle appelle. Je sais pas pourquoi j'ai dit ça.

— Tu voulais pas avoir l'air d'un naze… ris-je.

— Estime-toi heureuse, s'irrita-t-il, j'aurais pu te rouler une pelle.

— Mais t'avais bien trop peur que je te tue, dis-je.

Son regard avait confirmé. Il savait ce que j'étais. Ses hommes avaient dû me surveiller. Décidément. J'avais dû dormir ces neuf derniers mois… Le réveil était cuisant. Je réalisais combien ma nature m'obligeait à ne pas avoir une vie simple. Je ne pouvais plus me permettre ce genre de nonchalance, plus jamais.

La maison de Baker se trouvait au 1816 *Eden Way*, à Virginia Beach. *Eden Way*… Très drôle Silas, si la maison faisait effectivement penser au paradis, presque sur le bord de l'eau, au cœur d'une végétation luxuriante, au bout d'un petit chemin pavé, ses habitants m'avaient fait froid dans le dos avant même que je ne coupe le moteur de la moto, une centaine de mètres avant la propriété. La moto que « Jordan » m'avait prêtée - il ne m'avait pas donné d'autre nom alors il restait Jordan pour moi - était super ! Très maniable, plus légère que ma Monster. Une Hornet, rien n'avait l'air d'être d'origine, bien sûr, elle dépotait vraiment. Je m'étais dit que j'aurais le plus grand mal à la restituer à son propriétaire.

J'avais pris position dans la zone boisée qui séparait la maison des horreurs de la précédente, au sommet d'un petit mont, entre trois arbres au moins centenaires. Je m'étais assise en tailleur et m'étais connectée au réseau. J'avais ressenti la puissance de l'énergie de l'océan, derrière la maison, celle des arbres autour de moi, celle omniprésente de l'univers tout entier qui se manifestait dans ma tête par des volutes de couleurs qui ondulaient dans le ciel comme des aurores boréales. Je m'étais concentrée sur ma respiration, lente et apaisante. J'avais commencé à emmagasiner de l'énergie en moi, petit à petit, pour en stocker le plus possible.

À force de combattre, j'avais remarqué que plus la charge d'énergie était lente et tranquille, plus je stockais efficacement, à la manière d'un fichier zip, bien que cette notion ne soit plus qu'un lointain souvenir. Les couches d'énergie s'entassaient paisiblement, dans un ballet si lent, que j'étais au bord de l'inconscience. J'avais chargé mon katana en même temps que moi, si bien qu'il aurait pu couper un rocher sans effort. Quand il m'avait semblé avoir presque atteint ma limite, j'étais revenue à moi.

Toujours dans la même position, j'avais scanné la maison une seconde fois, plus en détails, et avais revu les neuf mêmes battements cardiaques, mêmes auras, mêmes ennemis aux mêmes endroits. Ils dormaient tous. J'étais arrivée aux alentours de minuit et il était presque trois heures et demie. Un hybride était échoué au rez-de-chaussée, c'était sûrement son tour de garder l'endroit mais il n'avait pas bougé depuis mon arrivée et son cœur battait très lentement, il devait s'être assoupi. À l'étage, sept autres soldats étaient répartis dans les différentes chambres de la maison. Je comptais trois humains, un *switch* rat, et trois hybrides non identifiés, sûrement des créations magiques pures. Une dernière créature était seule dans les combles... Ce n'était jamais bon ça... Un monstre isolé, c'était un monstre dangereux.

Bon, j'étais prête.

Je me levai. Pas besoin de miroir pour savoir que dans cet état, je devais être effrayante. Mes yeux devaient irradier une lumière violette diffuse, et mon regard devait être difficile à entrevoir derrière elle.

La maison avait été piégée. J'avais senti la garde magique censée empêcher toute intrusion au rez-de-chaussée. Je m'étais approchée du point sur lequel j'avais senti la force du sort, et avais recréé l'espace que la garde devait protéger à plus petite échelle pour la superposer à la zone prise en compte par le glyphe. De cette façon, la garde n'était pas rompue, elle continuait de faire son office, sauf qu'elle ne protégeait plus qu'un petit cube énergétique qui se faisait passer pour la maison entière. Dès mon astuce en place, j'avais senti la magie refluer, et aucune porte n'avait plus été protégée. Je m'étais alors dirigée vers l'entrée la plus fragile, soit la petite porte latérale qui menait à la cuisine.

Je pouvais voir le loquet à travers la vitre. J'attrapai mon sabre. Je libérai une infime quantité d'énergie pour pousser la languette en fer sur le côté, puis une autre pour tourner le verrou de la poignée de l'intérieur. J'ouvris la porte. La maison était silencieuse, comme prévu. Je traversai la cuisine sans un bruit, tous les sens en éveil. J'arrivai derrière l'hybride endormi devant la télévision dont le son était presque au minimum. Il devait avoir une ouïe extraordinaire. Je n'eus pas le temps de finir de me faire cette réflexion, il avait bondi sur ses jambes et s'apprêtait de toute évidence à pousser un cri à l'attention de ses collègues à l'étage, le loquet avait dû le réveiller. Je fis un pas en avant en me baissant, et enfonçai mon katana dans son cœur d'un coup sec et facile, comme si j'avais posé mon couteau à bout rond sur un morceau de beurre déjà à moitié fondu au soleil. Son cri ne sortit pas, son regard se posa sur moi une seconde, puis il se laissa retomber dans le canapé, comme pour finir de regarder son émission, en paix. Pas d'interrogatoire pour celui-là.

Je pris le chemin de l'étage. J'allais poser mon pied sur la première marche de l'escalier, quand je réalisai que ça allait sûrement faire beaucoup de bruit, étant donné que c'était un escalier en bois, comme dans la plupart des vieilles bâtisses coloniales, même rénovées.

Dans une maison normale, peuplée de gens normaux, des pas dans les escaliers n'auraient sûrement pas réveillé grand monde, mais cette maison-là était remplie de soldats aguerris, qui avaient sûrement un protocole, l'hybride chauve-souris d'en bas n'était certainement pas censé monter sans raison… Je me concentrai un instant sur les marches pour les recouvrir d'un tapis d'énergie, comme une couche de moquette. Je montai rapidement, sans un bruit. J'arrivai sur un large pallier traversé par un long couloir, il y avait cinq portes, les trois humains dormaient dans la même chambre, tous les autres s'étaient mis dans des chambres séparées. J'aurais bien commencé par descendre le gros balaise du grenier, mais ça risquait de faire un vacarme de tous les diables, et j'aurais tout le monde sur le dos bien trop vite. Il me fallait quand même commencer par un gros morceau, je passai la chambre des humains en prenant soin de la verrouiller de l'extérieur avec un glyphe en plus de la cage énergétique que j'avais commencé à poser dès mon arrivée à l'étage. Je devais compartimenter la maison pour y accéder couche par couche, je transformai la baraque en un gros oignon que j'allais émincer pièce par pièce, et qui ne manquerait pas de me tirer quelques larmes.

Quand j'eus fini de poser mes cages, en m'appliquant tout particulièrement sur celle du grenier, je m'introduisis dans la pièce qui contenait l'hybride dont émanait le plus d'énergie, en dehors du gros du grenier. Il ne me donnerait probablement pas d'informations, mais je devais m'en occuper au meilleur de ma forme. Une obscurité totale régnait dans la chambre, on avait obstrué les fenêtres, ça ne me dérangeait pas vraiment, je pouvais passer en mode énergétique pur, comme avec une lunette optronique, mais intégrée dans ma rétine et constituée d'un dégradé de milliers de couleurs au lieu des tons de vert. L'hybride sentit presque immédiatement ma présence, il se leva et envoya ses bras vers moi, effectuant de grands mouvements circulaires à mon intention. Il avait l'air de ne rien voir ! Apparemment, il avait besoin d'obscurité pour dormir, mais n'était pas spécialement à l'aise avec. Il frappait à l'aveuglette, essayant de m'atteindre avec ses longues griffes. C'était presque trop facile, tant mieux, ça m'aiderait à tenir la distance.

Je m'accroupis dans le noir et roulai derrière lui pour enfoncer ma lame dans la chair tendre, je lacerai ses tendons pour l'immobiliser. Il tomba à genoux contre la porte d'entrée, à l'endroit où je me trouvais quelques secondes plus tôt. J'aurais pu le tenir en lui envoyant de l'énergie pour maintenir ses bras le long de son corps et éviter ses griffes, mais je pouvais déjà sentir du mouvement dans la pièce d'à côté, la maison commençait à s'éveiller, et je devais utiliser mes réserves avec parcimonie. J'imposai ma pensée à son esprit : « *Quelle est ta mission ? »*. Il se figea un instant en comprenant que j'avais forcé la porte de son esprit.

« Va te faire foutre ! »

Il cracha partout où il pouvait dans une fureur légèrement exagérée. Bon, comme prévu il n'était pas très coopératif... J'hésitais encore sur la suite à donner quand il se leva tout à coup, prenant presque tout l'espace jusqu'au plafond. C'était une espèce d'énorme bête velue, un taureau sans cornes et avec des griffes ? Ses tendons s'étaient de toute évidence régénérés à vitesse grand V. Il rua et je reçus un coup de sabot en plein plexus qui me fit m'écraser contre le mur du fond de la petite chambre. Ma bulle de protection fit son office mais je sentis mon ossature craquer anormalement à l'intérieur. *Faux départ.* Comme il essayait de sortir de la pièce pour retrouver la lumière, je me précipitai pour empêcher sa fuite en reposant une cage invisible sur la porte, l'enfermant avec moi, ou m'enfermant avec lui... Qui avait ce genre d'idée ?

La taille de la pièce m'obligeait à me trouver très proche de lui, si bien qu'avant que je n'aie pu le contourner à nouveau, je sentis ses griffes traverser d'un coup sec ma protection et venir lacérer mon biceps. Je renforçai ma garde, tranchai dans la zone où il balançait ses griffes, agrippai sa toison pour me permettre de prendre appui sur le mur à la *Spiderman* et arrivai à mon objectif, derrière l'hybride. J'enfonçai alors mon sabre entre ses côtes, dans son dos, jusqu'à son cœur qui pulsait jusqu'alors à tout rompre. Il s'éteignit. Puis les battements revinrent doucement. OK, il n'y avait pas que les tendons qui se régénéraient. Je pris mon katana à deux mains et entrepris de séparer sa tête du reste de son corps…

Je sortis de la pièce à moitié couverte de sang pour voir la porte de celle d'à côté se soulever à intervalles réguliers ; le monstre voisin essayait de sortir, et il n'était pas loin de réussir. Mon bras saignait abondamment. Je pris une seconde pour router un peu de mon stock d'énergie vers mes plaies. Le sang arrêta de me quitter. Le pallier serait un meilleur terrain pour s'affronter qu'une autre chambre exiguë, je déverrouillai une seconde porte en me mettant hors de la trajectoire logique du projectile.

L'hybride défonça la porte sans qu'il s'y soit attendu, il se prit le retour de ce qu'il restait de celle-ci, et hurla de douleur. J'aurais bien ri, si la scène ne m'avait pas permis d'entrevoir le monstre. Il avait une forme grossièrement humaine, mais son corps était couvert d'écailles bleues luisantes comme si elles étaient humides. Je me demandais si mon sabre allait glisser dessus ou les traverser. Je sortis de l'angle dans lequel je m'étais réfugiée, pour lui faire face. Il faisait presque deux têtes de plus que moi. Il ne portait aucun vêtement. Ses yeux n'étaient pas reptiliens, on aurait dit un dragon dans un corps presque humain, trop petit pour lui et trop grand pour moi. Bien trop grand. Comme il me regardait avec curiosité, je fis tourner mon sabre devant moi dans un mouvement défensif pour lui faire savoir qu'il y goûterait en s'approchant. Ça n'eut pas l'air de l'effrayer. En réponse, il fit un mouvement à son tour, enroulant son dos sur lui-même puis se relevant dans un effort qui fit dresser ses écailles partout sur son corps. *Génial.* Maintenant il ressemblait à un porc-épic géant, et je ne doutais plus du fait qu'il serait difficile à embrocher.

— Je parie que tu n'as pas envie de me dire tout simplement pourquoi ton boss veut me tuer, ou quel est son but ? dis-je.

Il sauta en avant et je m'aperçus alors qu'il avait une queue pointue qu'il n'avait pas oublié de hérisser. *Je prends ça pour un non.* Il avait lancé sa queue comme un fouet en se tournant à proximité de moi, elle m'avait frôlé grâce à mon bond en arrière mais je sentais sur mon visage la brûlure du contact de l'autre côté de ma protection. Il s'était ensuite appuyé contre le mur pour donner plus de force à son impulsion, et s'était jeté vers moi, me présentant son dos écaillé. *Un dragon catcheur ?*

Je roulai sur le côté pour atterrir juste devant l'escalier tout en balançant un coup de katana dans la jambe bleue, tranchant péniblement un tronçon de chair ridicule. Le dragon poussa un grognement au contact chaud de la lame qui avait découpé son muscle en surface, pas aussi profondément que je l'avais espéré, et la résistance râpeuse que j'avais ressentie dans mon poignet m'avait fait peur pour mon sabre. Il balança sa queue pour m'obliger à faire un nouveau saut. Cette fois-ci je m'étais retrouvée dos à un mur, il fondit sur moi sans même se donner la peine de prendre de l'élan. Je n'eus pas le temps de parer et je sentis son poids inhumain s'abattre sur moi. Il ne cherchait pas à me frapper, à m'étrangler ou à me griffer, il s'affalait juste sur mon corps, m'étouffant presque, mollement.

Bien que déjà au sol, je pouvais voir ses écailles s'enfoncer dans la couche de protection que je renforçai légèrement au moment où je m'aperçus que du liquide sortait des extrémités piquantes et s'enfonçait dans ma carapace énergétique en y dessinant de petites stries orangées. Du poison. D'accord, donc tout contact direct avec cet hybride serait sûrement mortel. Je ne pouvais pas rester sous lui… Je me délestai à regret d'une autre salve d'énergie pour le repousser d'un coup sec et violent, et profitai des quelques secondes de répit que cela m'avait accordé pour sortir de la sangle de mon katana mon parchemin stock de *bô* tout en rangeant ma lame. J'activai la magie du précieux papier et pris mon bâton de combat des deux mains, commençant mon ballet le plus intense. J'aimais manier le bâton, ça avait quelque chose d'artistique, mais pour l'heure, il fallait que je sois précise et méthodique pour me permettre d'affaiblir la bête tout en trouvant par où l'embrocher plus facilement, sans risquer d'abîmer mon matériel. C'était le sabre d'Aiko, il avait une grande valeur sentimentale… *Quelle pauvre fille !*

J'arrivais à contrer tous les coups qu'il tentait de m'asséner avec sa queue monstrueuse grâce à la rapidité avec laquelle je maniais mon bô. Je lui infligeais moi aussi de sacrés coups à chaque occasion. Nous tournions lentement, dans une transe tranquille et puissante. Tous les muscles de mon corps étaient chauds et même si ma respiration était calme, mon cœur était légèrement boosté, prêt à fournir les efforts nécessaires à tout moment… J'étais dans mon élément, le seul que je connaissais vraiment ou du moins le seul dans lequel je me connaissais vraiment. La sérénité selon Mathilda, en gros.

Les extrémités de mon bâton commençaient à donner des signes de faiblesse, ils étaient tout écorchés, comme si j'avais frappé dans du barbelé pendant des heures et ils ruisselaient de poison. Je me demandais combien de temps le composé était dangereux après qu'il soit sorti du corps de mon nouveau copain. J'eus tout à coup une révélation et me morigénai de ne pas y avoir pensé plus tôt. Je sortis deux aiguilles de mon bracelet de cuir et les envoyai droit dans l'œil du dragon, le seul endroit qui n'était pas protégé. Il hurla et porta ses longues mains bleues à ses yeux, après avoir rétracté instantanément toutes ses écailles. Ses fonctions motrices étaient visiblement altérées par des lésions cérébrales aussi minces fussent-elles car il avait des gestes saccadés et anormaux. Je ressortis mon sabre, le lui enfonçai dans le cœur, m'éloignai rapidement, rangeai le katana dans son étui et déverrouillai la porte suivante.

Une espèce de très gros humain en sortit sans hâte. Il s'arrêta net devant la récente dépouille bleue et ouvrit une bouche béante de stupéfaction. Comme je voulais tester le venin, je lui assénai un grand coup de bâton sur l'épaule en sortant de l'ombre dans laquelle j'avais tenté de me fondre, plutôt avec succès vu sa surprise. Le coup n'eut pas l'effet escompté. Au lieu de lui injecter le venin incrusté dans le bois déchiqueté, il avait juste fait un bruit sourd et allumé une lumière sadique dans les yeux du block. Il élança son bras plus vite que je ne m'y étais attendue et m'envoya valdinguer contre une cloison avec une force qui me brisa deux côtes à travers ma couche de protection. *Aïe*. Mais comme j'étais une fille plutôt entêtée et jusqu'au-boutiste, je me relevai comme si de rien n'était et fis quelques pas de course dans le couloir pour prendre de l'élan.

Je fis tourner le bâton au-dessus de ma tête et le rabattis sur lui en y ajoutant une bonne dose de force qui n'était pas la mienne. Cette fois-ci, le choc fut si violent que le *bô* explosa entre mes mains. L'extrémité qui était entrée en contact avec le trapèze disproportionné de l'hybride ne s'était enfoncée que très légèrement dans l'épaisse peau tannée, mais les échardes créées par les multiples lacérations qui avaient torturé le bois s'étaient fichées dans le muscle. La douleur n'avait dû être que minime parce que le type me regardait avec une indolence irritante. Il esquissa le début d'un mouvement dans ma direction mais s'arrêta aussitôt avec une expression d'incompréhension totale, il avait l'air tout à coup d'avoir un vertige. Le poison faisait donc toujours effet. *Yataaaaa*. Il ne restait plus qu'à vérifier à quel point il était venimeux. Je m'avançai vers le colosse sonné et finis d'enfoncer les échardes fichées dans sa peau avec l'autre extrémité du bâton brisé, ce qui ne manqua pas d'instiller encore un peu plus de la toxine dans l'organisme déjà en lutte. Je déchiffrai bientôt la panique sur le visage calleux. Ses organes vitaux lâchaient les uns après les autres. Vingt sur vingt pour le poison dragonesque, une grande réussite ! Plus qu'un hybride en plus du monstre du grenier et j'aurais été plutôt efficace pour cette nuit.

Je repris mon katana avant de déverrouiller la porte suivante, bien que je puisse sentir que le *switch* rat n'était pas d'humeur à livrer bataille… Effectivement, il sortit d'un pas léger, les mains dans les poches. Il s'arrêta un instant pour m'observer, puis balaya la pièce du regard en prenant bien soin de s'arrêter sur chaque corps. C'était un homme de grande taille mais extrêmement maigre. Il était brun corbeau avec des cheveux trop longs et fins. Il portait du maquillage, des bijoux en métal, un jean gris délavé troué, des chaussures avec des clous et un blouson de cuir sans manches sur un t-shirt avec un visage déformé imprimé sur tout le côté face, façon ado gothique. Je me disais que ça devait être un sacré branleur. Même se défendre, ça avait l'air de l'ennuyer au plus haut point. Il émit un long sifflement et se mit à applaudir lentement et très brièvement, un clap lui parut bien assez pour faire son petit effet.

— Alors là je dis respect, coula-t-il. C'était des putains de morceaux ces deux-là… Je peux sentir le sang de l'autre tâche d'ici, un enfoiré aussi… Et t'es toute seule ?

Son attitude avait quelque chose de carrément énervant.

— Non, dis-je, mais tous les autres se sont cachés quand t'es sorti… La trouille sûrement…

Il eut un rictus blasé.

— Bon, reprit-il, je suppose que si tu te donnes la peine de faire tout ce bordel c'est que tu cherches quelque chose… J'ai pas prévu de crever ce soir pour protéger quelqu'un dont j'ai rien à foutre, alors demande.

OK. Ça avait le mérite d'être clair. Il avait croisé ses bras et s'était adossé contre le mur du couloir, comme pour commencer une petite conversation entre potes. Le monstre du grenier s'était mis à taper contre sa porte lui aussi… Des bonnes bourrasques de poings qui n'auguraient rien de bon.

— Tu travailles pour qui ? demandai-je.

— C'est une question un peu chiante. *Euh bin excuse-moi de te déranger ducon.* Je sais pas trop en fait. Les gens comme moi, on trouve des riches qui ont envie de tuer les gens qui les emmerdent et on prend leur fric ou les choses qu'ils peuvent nous fournir en échange, et puis voilà. Qui ils sont, on s'en tape.

— Le gouverneur Baker, tu sais pas qui c'est ? coupai-je.

— Ah, soupira-t-il, voilà, je me disais bien qu'il me disait quelque chose. Ouais, c'est ça, c'est le boss.

— Et il vous a envoyés là pour tuer qui ?

— Deux meufs. Je me disais qu'il délirait grave le vieux, à envoyer neuf types pour deux poules mais je comprends mieux maintenant…

Ta gueule.

— Et tu vas vraiment m'obliger à te demander le nom de ces « meufs » ? m'exaspérai-je.

— Une sorcière, fit-il en me désignant du doigt. *Quel con.* Deana je sais plus comment, sans te manquer de respect, ah oui Andrews, et une humaine, Mathilda Shade, un nom de chienne je trouve, non ? Tu la connais ?

— Ta gueule, avertis-je poliment. Tu as entendu quelque chose sur la raison pour laquelle il voudrait nous tuer ?

Il entreprit de se gratter la tête dans une volonté de paraître en pleine recherche active de souvenirs, mais le seul effet qu'il obtint sur moi fut un dégoût sans fin à l'écoute du bruit de ses doigts squelettiques sur ses cheveux gras. Un bruit déjà fortement révulsif auquel s'ajoutait celui du fracas incessant auquel s'adonnait le monstre d'en haut.

— Bon, t'accouche oui ou merde ? m'impatientai-je.

— Bin j'ai vaguement compris que vous étiez comme un caillou dans sa chaussure quoi… Après… Sa vie moi je m'en bran…

La porte du grenier céda tout à coup dans un bruissement de bois accompagné d'une secousse qui me fit sursauter et me repositionner sur mes appuis. La chose dévala les marches de l'escalier étroit qui montait au grenier dans un roulé-boulé grotesque, éraflant profondément le mur du couloir des deux côtés pendant sa chute. Il se rattrapa avec aplomb sur la fin et parvint à arriver debout entre le rat et l'escalier. Il était grand, athlétique et magnifique. Une espèce de créature de l'Olympe, un demi-dieu pour lequel le sculpteur aurait pris comme modèles Hercule et un chat de race. De grands yeux félins et de fines moustaches sur un visage rond et adorablement mignon jonché sur un corps à la musculature démesurée. Quelqu'un avait eu la charmante idée de souder des cages de fer sur ses avant-bras et ses mollets et une énorme plaque recouvrait son torse. Ça ne devait pas être une mince affaire de trouver son équilibre affublé d'autant de métal.

Le rat choisit ce moment pour tenter de se faire la malle sans aucune discrétion. J'attrapai le morceau de mon bâton le plus proche de moi et le propulsai dans son dos. L'impact le sonna et le sang qui avait vite souillé son épaule me fit savoir qu'il avait certainement reçu du venin de dragon… En espérant qu'il fasse encore effet… Le rat continua son chemin dans l'escalier en titubant et je l'entendis tomber. *Bien.*

Le chat sans poils avait suivi la scène et s'était tourné vers moi en affichant une mine plutôt courroucée. J'avais remarqué, quand je suivais le *switch* des yeux, que le nouveau déboulé avait une marque dans la nuque, l'image m'avait fait froid dans le dos. En effet, cet hybride portait à la base de sa nuque, le tatouage caractéristique de ceux qui avaient été emprisonnés dans l'arène volante… Un galion avec des ailes, traversant des nuages. J'avais eu une boule au ventre instantanément et l'envie de le prendre dans mes bras pour le consoler était née en moi sans crier gare, malgré la situation. Je me rendis compte que je m'étais mise à me balancer d'avant en arrière nerveusement à l'instant même où son bras de ferraille me percuta la tempe dans une violence inouïe, qui me fit penser que j'allais mourir, tuée par ma propre empathie. Mais à peine cette pensée était-elle apparue dans mon esprit que j'étais déjà en train de me rouler sur moi-même pour me dégager et revenir sur mes appuis. Je sentais le sang cogner partout dans ma tête mais je me mis tout de même à riposter avec furie. La bête arrêtait mes coups de sabre avec les barres fixées autour de ses avant-bras et m'assénait entre chacune de mes attaques, des crochets, des uppercuts en veux-tu en voilà et des coups de massue. J'esquivai, je me faufilai entre ses poings telle une anguille, je parai et ripostai machinalement, je ne pensais plus qu'en coups, en mouvements, en survie.

J'étais de retour dans l'arène. Toujours face au même problème. Je devrais donner la mort à une autre victime ou être tuée. La chaleur entêtante de mes muscles qui s'activaient dans la cadence de ma transe assassine me rassurait étrangement. J'étais dans ce que je maîtrisais, je sentais monter en moi la plénitude que me procurait la poussée au maximum de mes capacités. Je me sentais vivante, puisque sur le palier de la mort. L'hybride se dégagea tout à coup de mon étreinte de violence et envoya son pied de face, dans ma ceinture abdominale. Comme il n'avait encore utilisé que ses poings, je ne m'étais pas attendue à ce qu'il soit aussi mobile, ce qui avait été stupide car il avait une agilité toute naturelle pour un félin, simplement un peu alourdie par sa corpulence.

L'impact avait fait faire une pause à l'ensemble de mes fonctions vitales, y compris à mon rythme cardiaque. Une pause assez longue pour que j'en prenne conscience avec une netteté qui aurait été alarmante si j'avais eu peur de mourir. Il avait ensuite profité de ma torpeur pour ajouter un coup de poing très haut, qui atterrit lourdement sur mon épaule droite, provoquant un craquement monstrueux dans mon omoplate. J'avais poussé un cri sans m'en apercevoir. Je me dégageai rapidement en voyant le second poing monter vers le plafond, au-dessus de mon épaule gauche. Tous les petits voyants dans ma tête de folle étaient au rouge, mon corps entier me suppliait de lâcher l'affaire et de courir, mais mon ego, lui, faisait encore le malin.

Je repris ma danse autour du monstre en tenant mon katana de la main gauche. J'avais déjà été obligée d'en arriver là et je savais bien que ce ne serait pas une franche réussite, mais il me fallait gagner un peu de temps pour concentrer de l'énergie dans mon omoplate en miettes et essayer de retrouver un semblant de coordination dans mon bras droit. Mes techniques de combat étaient rendues grossières par l'utilisation de mon côté faible, si bien que je ne pus éviter un nouveau coup de pied qui me balaya littéralement et me fit tomber dans l'escalier.

Je dévalai les marches jusque dans la cuisine. J'ouvris les yeux pour me rendre compte que je commençais à voir de petites étoiles lumineuses en fond… *Merde*. Le *switch* avait disparu. *Re merde*.

L'hybride de l'Olympe apparut au-dessus de moi, il s'était jeté dans l'escalier à ma suite. Je roulai sur le côté pour me relever en plein milieu du salon. Je sentis une présence. Jordan, il avait dû se pointer pour voir où j'en étais… Il restait à l'écart de l'affrontement, retranché dans la cuisine. *T'embête pas Jordan, je vais me démerder…* Le chat bondit sur moi pour reprendre son déluge de poings là où il l'avait laissé, je plongeai au sol, tins mon sabre le plus fermement possible et le lui plantai avec une extrême concentration dans la cuisse en passant sous l'immense bête. Il feula. J'espérais avoir touché sa fémorale mais je pus vite constater au peu de sang qui coulait de sa plaie qu'il n'en était rien. Ses points vitaux étaient bien protégés, il se montrait très vigilant sur mes attaques proches de son cou et sa tête, et mon échec allait maintenant le pousser à renforcer aussi la garde de ses jambes. Le temps jouait contre moi vu mon état. Je devais le surprendre et frapper fort. La seule partie qu'il ne se donnait pas la peine de protéger, étant donné la plaque de métal qui la recouvrait, c'était son cœur.

Je me remis en branle dans un corps à corps rapproché qui devait lui faire penser que j'étais à bout et que je tentais n'importe quoi dans mon désespoir. J'avais enchaîné un ensemble de coups de sabre maladroits quand je me mis soudain en retrait, comme résignée. Il s'arrêta.

Je pris un instant, yeux clos, pour sentir mon omoplate droite bouger à nouveau selon mes directives et pour faire affluer l'énergie dans le katana. Je vis l'aura du chat s'apprêter à me donner le coup de grâce à travers mes paupières. Je profitai du moment où il écartait les bras pour lancer un latéral, pour repasser ma lame dans ma main forte et m'élancer contre lui en lâchant de l'énergie sans restriction dans le coup que je portai directement à sa poitrine.

Le sabre entra dans la ferraille dans un éclat rougeoyant, comme s'il traversait une crème très épaisse et je sentis la résistance disparaître au contact de la matière organique, dessous. Les pupilles droites du félin s'étrécirent alors que ses paupières s'ouvrirent en grand, et je sentis mon propre cœur s'arrêter un instant à l'idée de prendre une âme qui avait partagé les tourments de la mienne. Il avait posé ses mains sur les miennes, sur le manche du katana et j'étais restée figée par ma honte, si bien que je n'avais pas pu éviter les lames noires qui étaient sorties des bracelets de métal qui tenaient la structure des cages de ses avant-bras, entrant d'un coup sec dans mon abdomen, de part et d'autre de mon nombril. La douleur physique n'avait fait que valider la peine immense qui me tiraillait déjà les viscères.

Le chat lâcha finalement prise pour tomber lentement sur le sol, sans un bruit, arrachant dans sa chute les lames fichées dans mon ventre. Mon corps était au bord du *shutdown*.

Je passai en mode régénération d'urgence en libérant le reste d'énergie que j'avais entassée en fines couches avant le combat directement dans mon corps. Je souffrais déjà de mes blessures, mais la douleur due au déferlement dans mes tissus abîmés, fut si intense que je dus serrer les dents pour ne pas hurler. Jordan m'observait avec frayeur depuis la porte de la cuisine.

L'énergie condensée soudain livrée à elle-même tourbillonnait si fort en moi que tout mon corps l'irradiait, je pouvais voir la lumière qu'il produisait autour de moi. Je sentais mes cheveux me suivre sans toucher mes épaules alors que je me déplaçais dans la pièce pour ramasser le glock de l'hybride que j'avais tué en premier en arrivant, devant la télé.

Je déverrouillai la dernière porte à l'étage et nous entendîmes tout de suite des pas précipités dans les escaliers. Les trois humains déboulèrent à la file indienne comme des vaches dans un couloir d'abattoir. Je levai le pistolet et pris ma visée. La tête du premier explosa, éclaboussant celle du second, puis celle du troisième repeignit la rambarde et le mur derrière lui. Le seul toujours debout se mit à vomir en comprenant que ce qu'il sentait de tiède sur sa langue n'était autre que la cervelle de son collègue. J'attendis qu'il ait fini.

— Regarde-moi, dis-je calmement.

Il releva péniblement la tête en essuyant du revers de sa manche les substances visqueuses qui s'étalaient sur son visage. Il faillit vomir encore. Il me fixa avec une expression intraduisible. Sa terreur ne me surprit pas, et ne m'émut pas non plus.

— Je te laisse partir à la condition que tu retournes chez celui qui t'a engagé et que tu lui rapportes ce qui s'est passé ici.

Il se mit à opiner nerveusement.

— Dis-lui que la sorcière et l'humaine ont moyennement apprécié ses attentions et désapprouvent son projet en ce qui concerne les hybrides, ajoutai-je. Est-ce que tu comprends ?

Il s'agita et répéta mes paroles en quatrième vitesse.

— OK, maintenant retiens bien ça, dis-je, s'il décide d'en rester là, nous ferons de même, mais s'il s'entête, nous le traquerons, et nous le tuerons.

Il sembla prendre toute la mesure de mes propos en posant les yeux sur la mare de sang dans laquelle il pataugeait. Je lui fis signe de partir. Il se mit à courir furieusement dans un bruit de semelles collées plutôt écœurant.

La douleur de la régénération d'urgence me donnait envie de m'arracher la peau aux endroits qui essayaient de se refermer, tissant de nouvelles fibres, de nouvelles veines, dans un tiraillement inhumain, comme si des milliers de fourmis rouges me dévoraient de l'intérieur. Les morceaux de mon t-shirt lacéré par les couteaux allaient poser problème dans mes plaies, si bien que je l'arrachai en dessous de ma brassière, en prenant soin d'extraire tous les bouts de tissu.

— Comment tu peux être sûre qu'il va aller voir son employeur pour lui donner ton message ? dit Jordan sans s'approcher.

— Il ne va pas le faire, répondis-je, il aura trop peur que Baker le tue, mais comme il aura aussi peur que je le tue, il s'assurera que le message parvienne bien aux oreilles du gouverneur, avant de quitter ce continent.

J'avais levé le bras en direction du *biker* pour l'intimer au silence pendant le reste de mon soin. Après seulement un gros quart d'heure, la réserve d'énergie montra les premiers signes d'épuisement au moment précis où je pus sentir le loup noir en approche, si bien que je stoppai la régénération. Je me mis à distiller les dernières réserves lentement, afin de pouvoir rentrer sans perdre connaissance. Mes cheveux retombèrent sur mes épaules, les radiations de couleurs s'évanouirent. Je redevins l'humaine lambda, avec une mine affreuse, et du sang partout. L'immense loup fit son entrée, haletant.

— Voilà la cavalerie, sourit Jordan, toujours après la bataille…

Le loup me fixa de ses yeux de bête, à l'expression si humaine, et ressortit précipitamment pour refaire son entrée sous sa forme humaine. Il avait passé un bas de survêtement en vitesse, il devait l'avoir gardé dans sa gueule tout le long de sa course, parce qu'il était plein de bave. Il était pieds et torse nus et je ne pus m'empêcher de me dire qu'il était magnifique, avant de me rappeler qu'il m'énervait. Il se précipita vers moi.

— Tu es gravement blessée, constata-t-il.

Tiens, retour aux familiarités.

— Pas tant que ça, dis-je.

Il s'était encore avancé et je devinai à son attitude qu'il s'apprêtait déjà à me porter, pour me ramener à la maison bleue, comme l'objet perdu que j'étais…

— Tu dois rentrer immédiatement retrouver Deana, elle était la cible de ces hommes et l'un d'entre eux s'est échappé, m'exclamai-je en lui barrant le chemin de ma main.

Il eut une moue de désapprobation comme s'il pensait que je délirais.

— Je ne peux pas te laisser là, dit-il sur un ton professionnel qui m'irrita.

— Je suis là sans aucune protection depuis des heures et je suis toujours vivante, tu remarqueras.

Une flamme de colère apparut dans son regard. L'Alpha était aux aguets.

— Tu es en charge de sa sécurité à la base, non ? ajoutai-je avec froideur. C'est un *switch* rat de grande taille mais fin avec un look gothique… Je n'ai rien à voir avec la Guilde moi, et je ne demande aucune protection.

Il avait l'air d'hésiter.

— Va faire ton job, Loup.

Il tressauta et me fixa.

— Je vais m'occuper d'elle si ça peut te rassurer, intervint Jordan.

L'Alpha grogna. Il n'avait pas quitté mes yeux. Je ne savais pas dire quelle émotion remuait en lui pour qu'il reste tendu de cette façon, tout son corps était crispé. Je pouvais deviner ses épaules et son torse nu contractés sans pouvoir y jeter un œil, il aurait pris ça pour de la faiblesse. Il baissa tout à coup les yeux sur mon ventre et ses deux trous béants.

— Tu as besoin des soins d'un médecin mage compétent, reprit-il. Va au quai, Gordon t'y attendra et t'emmènera à Léonie.

Il prit le temps de capter mon regard encore une fois puis se tourna vers Jordan.

— Pourquoi tu n'as pas de sang sur toi ? dit-il.

Le chef de gang haussa les épaules nonchalamment. Le loup reprit tout à coup sa forme animale, sans préambule, nous faisant sursauter, et s'approcha de l'humain en grognant tranquillement. Il avait l'air furieux. J'eus peur quelques secondes qu'il ne le déchiquette mais il se dirigea vers la porte après avoir provoqué une sacrée chair de poule chez le motard.

Il dit sans la moindre différence dans sa voix :

— Gordon t'a cherché partout, il était fou d'inquiétude, ne t'attends pas à un accueil chaleureux.

Il sortit.

J'étais restée immobile, comme hypnotisée.

— Et bin, me réveilla Jordan, y'a de l'ambiance… C'est chaud entre vous deux, encore un peu et vos yeux foutaient le feu à la maison.

Il s'approcha pour regarder à son tour mes blessures de plus près. J'allais faire payer l'attraction si ça continuait comme ça…

— Ah ouais c'est vrai que c'est pas beau, il a raison, il te faut des soins.

Il sortit des clés de sa poche et les tint haut devant mes yeux.

— Je te ramène, bébé ?

On entendit plus haut dans la rue le cri d'un loup. Il devait donner ses ordres à la meute…

— Pourquoi tu veux me ramener ? demandai-je. Tu as peur pour ta moto ?

— Tu pourras jamais conduire comme ça ! Tu te videras de ton sang au premier virage avec les bras sur le guidon.

— On n'en sait rien tant que j'ai pas essayé, tentai-je.

— Ouais bin on essaiera une autre fois, dit-il. Tu vas mettre tes mains autour de moi et ça ira bien comme ça.

— Et qui va te ramener la moto alors ?

— T'inquiète pas pour ça, sourit-il.

Comme je grondai il ajouta :

— C'est que tu comptais partir avec et oublier de me la rendre, pas vrai ?

Nouveau grondement.

Il s'approcha de moi et attrapa le bas de la fermeture éclair de ma veste en cuir ouverte. Il ferma le zip en prenant bien soin de ne pas frôler mes plaies.

— Je te la donne va, dit-il.

Je fronçai les sourcils.

— Quoi ? ajouta-t-il. Je l'avais préparée pour toi de toute façon, tu crois vraiment que je conduis ce genre de trottinette ?

— Tu comptais m'avoir avec ça ? réalisai-je.

Il acquiesça dans un soupir qui en disait long.

— Mais maintenant, repris-je, tu me la donnes mais tu n'as plus tellement envie de m'avoir... Pas vrai ?

Il haussa les épaules en attrapant son casque dans la cuisine.

— T'aimes pas les trous dans mon ventre ? plaisantai-je en le suivant vers l'extérieur.

Il eut l'air de réfléchir un moment.

— Je te fais peur ? tentai-je.

Il s'arrêta et me fit face.

— Tu sais que tu es complètement folle Shade ?

— Pourquoi tu dis ça ? souris-je. Je me trouve adaptée au monde dans lequel on vit.

Il sourit à son tour en baissant la tête en signe de reddition.

— C'est tout à fait ça, dit-il. Parfaitement folle.

Nous montâmes sur sa moto, effectivement beaucoup plus massive que la Hornet qu'il m'avait prêtée, sans que je puisse reconnaître le modèle, ce n'était pas celle sur laquelle je l'avais déjà vu. Avant que nous soyons sortis du quartier résidentiel huppé, je sentis des *switches* passer dans l'ombre en contresens. Ils allaient à la maison que nous venions de quitter, sûrement l'équipe de la sécurité de la Guilde qui allait récolter des informations pour le loup noir. Je reconnus tout à coup une aura familière parmi les bêtes en mouvement...

Gordon.

Il s'immobilisa au passage de la moto, et changea instantanément de direction. Je ne savais pas si Jordan l'avait repéré ou non, mais le jeune loup était impressionnant à observer. Il nous suivait avec une rapidité étourdissante. Il coupait à travers les résidences pour ne pas nous perdre alors que nous filions sur les axes routiers, passait sous les ponts quand nous devions faire des détours pour les emprunter, grimpait sur les immeubles pour nous filer en ville... J'essayai de sonder son humeur mais la fatigue était trop grande, je n'étais plus connectée à l'énergie que par un fil fragile et même avec la concentration la plus appliquée, je ne parvenais pas à lire quoi que ce soit. Nous arrivâmes sur le quai que j'avais indiqué au *rider* seulement quelques secondes avant Gordon. Nous descendîmes précautionneusement de moto.

— Je croyais que quelqu'un devait t'attendre ici ? dit Jordan en levant la visière de son casque intégral.

— Il arrive, répondis-je en montrant le loup qui avançait sans se presser derrière le motard.

Le chef de gang eut un sursaut presque imperceptible en apercevant la bête.

— Ils savent être vraiment très silencieux…

— Oui, en espérant que ça dure… murmurai-je.

Je sentais que j'allais passer un sale quart d'heure, je n'avais jamais vu Gordon aussi lent. Il était allé dans la cabane où était rangé le bateau pneumatique et il s'y était habillé avec un soin démesuré. Après qu'il eut fini, il avait attendu quelques instants à l'intérieur.

Il sortit brusquement la tête pour nous regarder avec curiosité.

— Il va rester là longtemps le clown ? dit-il sur un ton irrité qui l'avait fait monter d'une octave.

— Je crois qu'il est en colère contre moi, dis-je en faisant signe à Jordan qu'il pouvait partir.

— Et du coup il est obligé d'être impoli ? demanda ce dernier.

— Il est jeune, chuchotai-je, n'en fais pas toute une histoire s'il te plaît. Merci pour la course et aussi pour la moto, je l'adore ! Tu pourras la faire déposer ici si tu ne changes pas d'avis pour ça aussi…

Je n'avais pas pu m'en empêcher. Il rit.

— J'ai pas dit que j'avais changé d'avis, en fait, j'ai jamais vraiment eu d'avis. Juste des envies. Je suis un mec basique. Allez, je te laisse avant de me faire bouffer par ton gamin. Salut Math, à plus.

Ouais, salut Jordan. Adieu.

— Tu as un don pour traîner avec des connards, dit Gordon tout à coup juste à côté de moi.

Mon cœur avait failli se faire la malle.

— Comment t'as fait ça ?! criai-je presque.

— Quoi ? dit-il. Arriver discrètement ? En marchant sur la pointe des pieds. La vraie question c'est comment, toi, tu as fait pour partir discrètement… Oh mais attends une minute, je sais : tu m'as menti !

Voilà, on y était. J'allais vraiment vivre ça ? J'avais vingt-sept ans, j'avais été orpheline, esclave, fuyarde, exilée… Toute une vie désespérément seule, dénuée des relations humaines les plus simples, et la première scène à laquelle j'allais avoir droit allait m'être faite par un gosse ? Ah non, il y avait eu celle de Montgomery aussi… Quelle semaine riche en découvertes… Ça allait être quoi ensuite ? Mon premier goûter d'anniversaire ?

— Et alors ? dis-je. J'ai brisé quelque chose au fond de ton petit cœur de loup ?

Il ouvrit la bouche pour répondre mais rien n'en sortit à part une voyelle étouffée, comme écrasée dans un hoquet de colère.

— Et ta remarque sur mes fréquentations est un peu déplacée quand on sait que ces derniers jours c'est avec toi et ta bande que je traînais, appuyai-je.

— Ça ne te plaisait pas trop on dirait, dit-il dans une voix étranglée.

Et voilà, il m'avait eue. Ils finissaient toujours tous par m'avoir de toute façon, saleté d'empathie ! Je l'aimais déjà ce gosse et j'avais beau me dire qu'il valait mieux qu'il ne s'attache pas à moi et vice versa, je me torturais déjà à l'idée de lui faire de la peine. J'avais envie de l'envoyer voir ailleurs et en même temps de le serrer contre moi.

— Je suis une fille indépendante, soufflai-je.

Il sortit le zodiac en quelques secondes. Nous montâmes dedans, et il mit le moteur en marche. Je pouvais sentir le ressentiment de Gordon depuis le boudin où je m'étais assise dans une position aux antipodes de la classe… J'étais épuisée et, comme souvent dans ce cas-là, j'avais tendance à me ramasser sur moi-même. Il dirigeait le pneumatique avec tempérament, poussant le moteur à sa puissance maximum en donnant des coups secs dans le gouvernail pour rectifier la trajectoire régulièrement. Un faux plat sur la rivière, pris de côté un peu trop vite, nous fit faire un petit saut dont l'atterrissage me mit au tapis. J'avais vu venir la secousse et m'étais cramponnée aux cordons sur la toile tendue, mais mes efforts avaient été vains et mon corps balancé dans le fond de l'embarcation, comme un fétu de paille au fond d'une grange. Un arc de douleur m'avait parcourue, et léchait tranquillement les terminaisons nerveuses de ma peau à vif, sur mon bras et sur mon ventre. Je m'étais traînée maladroitement contre le boudin de nouveau mais sans retourner dessus, je m'étais dit que la prochaine secousse pourrait bien m'envoyer de l'autre côté, et je n'avais aucune envie de faire trempette. Je sentais mes cuisses humides, en bas de ma veste en cuir qui commençait à coller. Gordon n'avait pas tourné la tête vers moi en entendant le fracas de ma chute, mais l'avait fait en humant l'odeur de mon sang. Son visage était passé par plusieurs expressions avant que ma vue ne commence à se troubler.

Une voix familière me fit revenir à moi dans un sursaut. J'étais toujours dans le bateau, que le jeune loup arrimait prestement au quai rutilant. Les premiers rayons de soleil faisaient briller le petit ponton, créant une ambiance surréaliste. Je me demandai tout à coup si c'était bien le soleil que je voyais, ou si j'étais en train de mourir. Gordon s'était approché pour m'attraper. Je me mis sur mes pieds sans réfléchir.

— C'est bon ! dis-je.

Il fit une grimace et leva les yeux au ciel.

— On sait, tu es une fille indépendante... Vas-y, marche comme une grande, prends tout ton temps et vide-toi de ton sang avant d'arriver chez la doc.

Il avait sauté du zodiac en parlant et j'avais failli finir à l'eau dans la secousse. Ray s'approcha du bord et me tendit la main.

— Viens là Mathilda, murmura-t-il, ne fais pas l'idiote, donne-moi la main, tu as vraiment l'air dans un sale état.

Je pris sa main et il me hissa sur le quai de bois sans le moindre effort. Il ne me fit pas l'affront d'essayer de me porter mais passa son énorme bras de bûcheron autour de ma taille et me fit signe de m'appuyer sur lui. Nous claudiquâmes jusqu'à la maison bleue.

— Tu sens bon, dis-je.

Il sourit et me regarda comme si j'étais ivre.

— Fondant au chocolat ? demandai-je.

— J'ai terminé celui que j'avais préparé pour le dîner, je mange quand je suis stressé, marmonna-t-il.

Stressé pour quoi ? Il s'était peut-être passé quelque chose à la Guilde pendant mon absence. J'espérai que ce n'était rien de grave.

— Et tu vas mieux ? m'enquis-je.

Il ralentit un instant et m'observa de haut en bas.

— Je ne sais pas trop encore.

— Ça va s'arranger, souris-je, tu me raconteras après ma sieste et je t'aiderai.

Il avait semblé perplexe. Nous avions passé la grande porte pour nous rendre au cabinet médical.

Le docteur Montgomery était penché sur l'épaule de Léonie, qui semblait être en train de charger énergétiquement un morceau de compresse ou une bande ; mes sens n'étaient pas opérationnels à cent pour cent, surtout ma vue qui semblait grésiller de temps à autre. Le médecin mage se leva précipitamment pour courir à ma rencontre alors que Benjamin ne m'avait pas encore remarquée, il n'avait d'yeux que pour elle. Mes sens étaient encore assez vaillants pour me faire remarquer ça… *Merci !* J'étais partagée entre une vague tristesse et un sentiment de soulagement. La solitude m'était confortable. Triste constat.

— Mathilda ! dit-il enfin.

— Elle est en forte anémie, conclut Léonie qui m'avait déjà scannée avec ses yeux insensibles à la lumière mais apparemment pas à l'énergie universelle.

— Et c'est grave ? demanda Ray.

— Pas si on la transfuse, dit-elle.

— Pas la peine, dis-je. Je vais aller m'allonger et ça ira mieux demain.

Ils me regardèrent comme si j'avais crié des insultes… Oui, même Léonie et ses yeux blancs. Je ne l'avais encore jamais vue les paupières ouvertes. Ses iris étaient couverts d'un épais film blanc si bien qu'elle avait l'air d'un spectre, un très joli spectre cela dit… *Normal que Benjamin la préfère à moi.*

— Je suis sérieuse, repris-je. J'ai déjà été bien plus gravement blessée. Je dois juste me mettre en sommeil pour être sur une autre fréquence et laisser la main à l'énergie. Elle réparera… Si je dois vivre.

Ray croisa et décroisa les bras avec anxiété puis finit par poser ses mains sur ses hanches en fixant le sol. Gordon émit un grognement et Benjamin fit claquer ses mains sur ses cuisses en levant les yeux au ciel et en s'exclamant :

— N'importe quoi !

Au moment même où Léonie dit :

— Ça paraît logique…

— Quoi ?! beugla Ben.

— En théorie, le passage en onde alpha fait entrer sur un autre système énergétique, expliqua-t-elle à son élève un peu moins attentif que d'habitude, c'est ce qui doit la guérir.

— Voilà, dis-je, je peux aller me coucher s'il vous plaît ? Je me sens légèrement vaseuse. Un nettoyage des plaies pour éviter la surinfection devrait suffire.

— Je vais regarder, dit Léonie.

Personne ne releva.

Elle entreprit de m'ôter ma veste de cuir et je vis tous les regards s'agiter, les corps suivirent aussitôt. Ray mit une main sur sa bouche. Gordon quitta la pièce. Benjamin s'empourpra.

— Tu vas aller t'allonger ?! Tu vas aller t'allonger et ça ira mieux demain ?? Mais t'es pas bien !? On peut presque voir à travers toi !

Il eut le réflexe de fouiller dans les tiroirs autour de lui à la recherche de matériel pour désinfecter et recoudre tout ça. Léonie ne l'arrêta pas, bien qu'elle ne fût pas aussi catastrophée que lui. Elle m'exhorta à m'allonger sur la table, et finit de découper le haut de mon t-shirt pour découvrir les lacérations encore profondes dans mon bras, et l'hématome géant qui couvrait mon épaule droite. Ray était sorti. Benjamin avait poussé d'autres cris. Elle avait ensuite pris une paire de ciseaux et découpé mon jean du bas vers le haut, me laissant en sous-vêtements. J'avais essayé de protester, mais elle m'avait fait remarquer que j'avais de petites plaies sur les genoux et le haut des cuisses, elle voulait s'assurer qu'il n'y avait aucun corps étranger dedans, et les nettoyer aussi. Je m'étais demandé quand je les avais faites, et avais conclu que ce devait être lors de la décapitation du taureau, il s'était débattu et c'était le seul avec des griffes assez pointues pour que je n'aie pas senti les coupures à travers ma protection, que je n'avais fortifiée que sur le haut à ce moment-là. Les deux médecins avaient presque terminé de vérifier et aseptiser toutes mes blessures quand le loup noir fit son entrée, Gordon sur les talons. *La petite balance !* L'Alpha ne me jeta pas le moindre coup d'œil, il devait être fâché. En y repensant, j'avais peut-être été un peu désagréable…

— Léonie ? dit-il.

— Elle a perdu beaucoup de sang, commença-t-elle, trop pour un humain normal, je n'explique même pas qu'elle puisse encore parler, son cerveau devrait bugger avec un si petit afflux sanguin.

— C'est qu'il n'a pas besoin de beaucoup de sang vu ce qu'elle s'en sert, cracha Gordon, à mi-voix quand même…

— Je t'entends Gordon tu sais, dis-je. Moi aussi je t'adore.

— Elle délire. Elle refuse d'être transfusée, cafta Gordon à l'Alpha qui m'ignorait toujours.

— Ça engage son pronostic vital ? demanda celui-ci à Léonie.

— Si c'était une humaine normale, je dirais que oui mais là je ne suis pas sûre, répondit-elle.

— Elle a dit qu'elle ne mourrait pas si le destin voulait qu'elle vive… Ou un truc débile comme ça, renchérit le jeune loup. Ça veut dire que même elle, elle ne sait pas si elle peut survivre !

— C'est vrai, dit Léonie.

— Tu as du sang pour elle ? demanda Anton.

— Bien sûr, dit-elle.

— Alors transfuse-la, ordonna-t-il.

— Mais qu'est-ce qui va pas chez toi Loup ? m'étranglai-je.

Tout le monde se tourna vers moi. Il me fixa.

— Tu décides peut-être de tout pour les gens de la Guilde mais ça te donne pas le droit de prendre des décisions pour le reste de l'humanité…

J'avais commencé à m'emporter et le simple fait de me redresser sur mes coudes en haussant le ton m'avait fait voir des étoiles. Je sentais que j'allais perdre connaissance et il allait s'en sortir tranquille… Tous les regards étaient rivés sur moi et Léonie bondit de sa chaise pour aller chercher quelque chose.

— Tu ne peux pas… J'avais postillonné du sang et je ne parvenais pas à me rappeler ce que je comptais dire dans cette phrase. Mes pensées se firent floues, distendues, lointaines. *Blackout.*

9

Le goûter d'anniversaire

Je me réveillai doucement après avoir senti une présence à mon chevet, et une main repousser doucement les mèches de cheveux sur mon visage. Mon corps était reposé, je sentais mes abdominaux de nouveau tissés et chauds. Je réalisai où j'étais et ouvris les yeux dans un sursaut pour voir qui était dans la pièce. Personne.

Je levai la couette et mon t-shirt blanc pour jeter un œil à mon ventre. Les trous étaient toujours là, mais seulement en surface. Les plaies étaient propres et la douleur endormie. Je soupirai et me rallongeai, regardant le plafond. Je me sentais rechargée à bloc. C'était l'effet de la régénération spontanée qu'entraînaient toujours des blessures trop importantes. Un jour j'étais presque morte, et le lendemain je sautais partout en souriant à la vie et en chantant, et j'adorais ça. Je sautai du grand lit à baldaquin, et tirai les immenses rideaux sur le bois, magnifiquement éclairé par la lumière douce de fin d'après-midi. J'avais envie de courir. Je fouillai mon sac à dos à la recherche de ma mini-enceinte MP3. Je vérifiai les piles, et la mis en marche en poussant le son à fond. Macklemore, parfait ! Je laissai tomber mes vêtements sur le sol et montai dans l'immense baignoire. Je pris ma douche en chantant *I feel glorious gloriouuuuuuuuuuuuuuuus* et en sniffant le parfum fleuri du gel douche généreusement fourni par la Guilde. Je sortis, emmaillotée dans le peignoir molletonné, et sondai la grande armoire à la recherche de vêtements sympas, j'étais d'excellente humeur. Je me dis qu'il fallait à tout prix que j'évite les contacts avec les autres pour le reste de cette journée, dans cet état je faisais toujours n'importe quoi, genre aimer tout le monde. En général j'étais ridicule et je me retrouvais engagée dans diverses entreprises dangereuses, toutes contractées pour aider quelqu'un…

Je tombai sur une grande poche à vêtement sur un cintre. Il y avait un mot dessus : « J'ai pensé à toi en la voyant, tu seras magnifique avec. À ce soir. Vassilissa. » *Merde*. On était déjà vendredi. Apparemment, mon évasion et ma convalescence ne l'avaient ni refroidie, ni émue, un engagement restait un engagement. Je me demandai une seconde ce que « l'astucieuse » pouvait bien manigancer, puis la curiosité me fit ouvrir la longue fermeture éclair pour découvrir une robe tellement belle que je rougis. Je la sortis de la pochette avec une infinie précaution.

Le haut était dans une matière transparente couverte de motifs brodés intégrés pour la rendre opaque par endroits seulement sur le buste, créant un décolleté en deux matières. Le fin tissu transparent montait jusqu'au cou et descendait jusqu'aux poignets sur le devant mais évitait tout le dos. Le bas était satiné et droit, allant jusqu'aux pieds. Un fin bandeau de tissu cintrait la taille pour finir par former un joli nœud à l'arrière, tout en bas du dos nu. L'ensemble était bleu indigo, ce qui avait dû lui faire penser à moi… Parce que pour le reste, je me demandai ce qui lui était passé par la tête ! La robe était magnifique, tout à fait le genre que pourrait sublimer Deana, la lionne celte auréolée d'une beauté troublante, mais moi… Je serais ridicule. Je savais bien que je n'avais rien de vraiment disgracieux, mais rien d'extraordinaire non plus. En temps normal, j'aurais eu un rire nerveux et remis la robe là où je l'avais prise. Mais voilà, je n'étais pas du tout dans mon état normal... J'étais dopée à l'endorphine de compète et je respirais tellement l'optimisme que j'avais une forte envie de l'essayer. Juste pour voir. Une minute.

Je l'avais passée avec la plus grande peine, me donnant l'impression d'être coincée devant le plan d'un meuble à monter sans pouvoir comprendre dans quel sens il fallait le prendre. Toutefois, ce moment de solitude ne m'avait pas fait perdre ma bonne humeur. J'avais attaché le petit bouton délicat dans mon cou et fait le nœud dans mon dos très cérémonieusement. Je m'étais étonnée de ne pas me sentir engoncée, c'était plutôt confortable... Je n'osai pas regarder mon reflet dans le miroir. J'avais une boule au ventre, une appréhension inexplicable et complètement irrationnelle. La robe touchait le sol. Je vérifiai dans l'armoire, il y avait les chaussures assorties, je montai sur les petits talons. Je me dirigeai vers le grand miroir de la salle de bain, les yeux fermés. Je soufflai et les ouvris.

J'eus un frisson de plaisir. La robe était tellement fine, travaillée, une œuvre d'art... Qu'elle me rendait... Belle. Son bleu redonnait de l'éclat à mes yeux qui étaient passés avec les années du vert profond au vert-de-gris fatigué, ses motifs brodés cachaient les imperfections de ma peau mais dévoilaient mes formes féminines, parce que oui, quoi que j'en pense, j'étais bien une femme après tout. Le bandeau rendait ma taille plus fine, le dos nu me rendait presque séduisante. J'étais choquée. J'avais envie de sortir me montrer à quelqu'un mais l'idée qu'on me voit comme ça me terrorisait en même temps.

On frappa à la porte de ma chambre. J'avais sursauté. Je sentais l'aura de Ray.

— Entre, criai-je depuis la salle de bain.

Je l'entendis ouvrir la porte, la refermer, traverser la chambre en marmonnant :

— Je ne voudrais pas t'énerver en étant le messager malheureux mais tu te souviens sûrement que ce soir il y a…

Il s'était tu en m'apercevant. Il s'était arrêté dans son mouvement aussi, le figeant dans une position étrange, les bras encore dans le mouvement de sa démarche volontaire, un pied pas tout à fait en appui au sol. Il finit ses gestes brusquement et me servit un sourire communicatif dont il avait le secret.

— Tu es resplendissante, dit-il tout doucement comme s'il avait peur que le compliment ne déclenche chez moi un compte à rebours avant explosion. Cette couleur te va à ravir, tu vas faire sensation au dîner.

J'eus un petit haut-le-cœur. Je n'avais pas du tout envisagé d'aller au dîner.

— Je suis obligée d'y aller ? demandai-je.

— Comment ça ? s'étonna-t-il. Pourquoi tu t'es faite aussi belle si tu ne comptes pas y aller ?

Je rougis. Il vit mon embarras et s'approcha pour poser ses mains sur mes épaules et attirer mon regard.

— Mathilda, dit-il, tu es invitée ici, la moitié des gens qui vivent dans cette maison t'adore déjà en ne t'ayant croisée que quelques fois. Tu es tellement gentille. *Moi ?!* Je ne comprends même pas comment tu peux t'aimer si peu toi-même… Et, crois-moi, tu es à tomber dans cette robe.

J'avais envie de pleurer, j'étais déjà hypersensible en temps normal mais avec mon overdose d'endorphine… Un carnage. Je lui sautai dans les bras.

— C'est toi qui es trop gentil Ray.

Il me reposa vite. Il paraissait un peu gêné par ma familiarité, il devait penser que je pourrais me faire des idées. Je souris.

— Tu sais que je suis empathe Ray ?

— Oui… dit-il en fronçant les sourcils.

— Je peux sentir ton attirance et je sais bien qu'elle n'est pas pour moi.

Il s'empourpra et expira longuement comme s'il avait retenu sa respiration pendant trop longtemps. Il hésita un moment à m'en demander plus, puis se ravisa et me proposa de me coiffer ! J'étais en avance pour la soirée et il avait déjà terminé toutes les préparations qui ne se faisaient pas au dernier moment donc il avait un créneau pour s'occuper de ça… Il tira une chaise dans la salle de bain pour me faire asseoir, prit le sèche-cheveux et une brosse et commença à me faire de belles boucles.

— C'est marrant parce que je crois que ton empathie ne fonctionne que de façon sélective, dit-il tout à coup alors qu'il venait d'arrêter le sèche-cheveux, entre deux boucles.

— Comment ça ?

— Tu peux sentir les sentiments des autres envers les autres mais pas ceux qu'ils ont envers toi.

Il ralluma le sèche-cheveux et je réfléchis à ce qu'il venait de dire. Il éteignit à nouveau.

— Hier soir j'étais angoissé à cause de toi, Mathilda, j'étais tellement inquiet ! Et ça ne t'a même pas effleuré l'esprit, que je puisse m'en faire pour toi.

Il se remit au travail. Il prit tout son temps pour me faire de magnifiques boucles, qu'il remonta sur ma tête en un chignon large et élégant dont il avait tressé quelques mèches pour une touche de poésie. J'avais l'impression de m'être tout à coup transformée en fée.

— Je sais ce qu'il te faut ! s'écria-t-il en quittant la pièce.

Une empathe handicapée ? Je m'étais repassé ces derniers mois dans ma tête, puis ces dernières années, puis toute ma vie. J'avais toujours été un mauvais récepteur pour tout ce qui me concernait directement. Je savais que l'ego pouvait brouiller la réception. Je pensais ne pas avoir un ego trop encombrant mais je découvrais que pas assez était aussi incapacitant que trop. Je manquais d'équilibre. Ce n'était pas vraiment une surprise.

La tête de Gordon apparut dans la porte de la salle de bain. Il se figea comme l'avait fait Ray avant lui. Je lui souris.

— Ray est sorti en courant en laissant la porte ouverte, dit-il, j'ai cru que tu avais un problème.

Il restait là, dans sa gêne.

— Tu es toujours fâché contre moi ? demandai-je.

— Je dois aller me préparer, dit-il.

Il sortit et j'avais ma réponse : un pincement au cœur.

Ray reparut avec un spray en main. Il me constella de paillettes. Le cou, le visage, le dos, toutes les parties qui n'étaient pas couvertes par la robe. Je me demandai pour quelle occasion il pouvait bien avoir un spray à paillettes, puis chassai toutes les images qui étaient arrivées trop vite dans ma tête.

— Tu crois que Gordon me déteste ? dis-je.

— Gordon t'adore.

Dix-neuf heures vingt.

Les invités affluaient dans le grand hall, je pouvais sentir l'agitation qui y régnait depuis un moment. J'aurais déjà dû descendre mais je devais terminer les petits cadeaux que je m'étais mis en tête de préparer. La soirée était organisée pour fêter le double anniversaire des jumeaux russes... J'avais failli m'étouffer quand Ray me l'avait appris...

Je venais de terminer quand Gordon tapa doucement à la porte pour la quatrième fois.

— Oui, j'arrive, dis-je.

Quand j'ouvris, je découvris un jeune homme magnifique, vêtu d'un smoking, parfumé et tout et tout. La tenue le vieillissait légèrement mais son attitude et sa peau lisse trahissaient toujours sa jeunesse. Ses yeux francs et sa position bien droite me donnaient envie de lui pincer les joues et de le serrer sur mon cœur mais je n'en fis rien, bien sûr.

— Tu es renversant ! souris-je.

Il me désigna l'escalier du doigt. Nous nous y engageâmes en file indienne, puisqu'il persistait à jouer le garde du corps parfait. Il marchait derrière moi. Anton et Viktor étaient en bas des marches, debout face à l'entrée, en pleines mondanités. Ils accueillaient les invités à grands coups de poignées de main et de tapes sur les épaules. Ils étaient tous les deux extrêmement séduisants avec leurs smokings. Habillés de la même façon, leur gémellité sautait aux yeux. Les cheveux d'Anton étaient assez longs pour lui permettre de les coiffer, c'était la première fois que je le voyais apprêté, il était très élégant et un peu plus humain. Je m'étais arrêtée après n'avoir descendu que quelques marches pour pouvoir les observer de loin… Anton se tenait droit, empreint d'une prestance princière, il avait du gel dans les cheveux et je pouvais sentir son parfum enivrant de là où j'étais. Je n'arrivais pas à dévisser mon regard de sa carrure rassurante.

L'homme qui attendait son tour juste derrière celui auquel les jumeaux étaient en train de parler attira mon attention en me faisant un sourire si intense que je me tins à la rambarde. Il était très grand, bien bâti, avait des cheveux bruns, une grande mèche couvrait son front qui surplombait un regard plein d'intelligence. Il n'était ni un *switch* ni un vampire, sûrement un sorcier, peut-être du clan de Chris, ce qui expliquerait son assurance débordante… Comme il n'avait pas quitté cette position alors que son tour était arrivé, les jumeaux s'étaient tournés dans ma direction pour voir ce qui intéressait tant leur convive. Viktor écarquilla les yeux et se retourna complètement pour mieux me voir, il promena son regard sur chaque partie de mon corps puis me sourit en mimant un sifflement d'admiration. Anton n'avait pas bougé, il s'était comme statufié en m'apercevant et me regardait avec une expression triste, comme s'il se demandait à quel point il était fatigué de moi. Je leur fis un signe pour les saluer et me mis en tête de descendre cet escalier de malheur le plus vite possible pour aller vers le dîner, qu'on en finisse !

La fête avait lieu dans la salle de l'hémicycle, transformée pour l'occasion. La porte s'ouvrit devant moi et je la redécouvris, en salle de bal.

Des tables rondes, dressées avec goût, avaient été disposées un peu partout. On y avait mis des nappes blanches, de la vaisselle fine, des serviettes brodées et des fleurs, en plus d'avoir décoré chaque chaise d'un tissu satiné. Les couverts étaient joliment travaillés mais en plastique, pas d'argent ni d'armes blanches… Les fleurs étaient artificielles, le parfum aurait risqué de déranger les convives aux sens surdéveloppés. L'estrade normalement destinée à accueillir le trône de la sorcière avait été investie par des musiciens, qui jouaient un air classique des plus agréables. Plusieurs serveurs arpentaient la grande salle avec des plateaux remplis de verres de vin et de bouteilles de bière.

Je notai qu'une partie de la salle avait été laissée vierge de tables, buffets et décorations, j'espérais qu'il n'allait pas falloir danser… Je comptais douze tables avec entre cinq et six couverts dressés dessus, une soixantaine d'invités, c'était déjà une sacrée fête. Je me fis la réflexion qu'on aurait juré une réception de mariage quand Deana apparut dans mon champ de vision. Elle portait une robe ivoire toute droite, qui la rendait encore plus svelte et grande, et qui collait parfaitement avec le thème. Son décolleté en dentelle lui donnait un effet presque vaporeux. Ses cheveux avaient été lissés et remontés en une queue-de-cheval impeccable dont le nœud était caché par un métal doré. Son maquillage était très marqué et rendait son regard captivant. Anton avait dû laisser son frère s'occuper des mondanités parce qu'il consultait les mini-écriteaux sur une table centrale. Deana lui fondit dessus armée d'un sourire à faire fondre n'importe qui, ils se lancèrent dans une conversation aimable que je ne pouvais m'empêcher d'observer avec curiosité. Ils avaient l'air proches et en même temps distants, tous leurs gestes l'un envers l'autre étaient contradictoires, elle lui touchait le bras, il se retirait mais lui souriait, elle s'éloignait, il revenait et lui prenait la main…

— J'étais certaine que vous vous marieriez parfaitement toutes les deux, m'alpagua Mamie Grenouille en désignant ma robe.

Elle était dans sa plus charmante apparence humaine. Elle portait un ensemble pourpre qui la rendait un peu austère mais avait découvert sa tête et lâché une épaisse chevelure cendrée, ce qui lui rendait sa douceur habituelle.

— C'est drôle que vous employiez ce mot, dis-je, c'est exactement celui que j'avais en tête. J'ai l'impression d'assister à un mariage.

Elle avait suivi mon regard et souri tendrement.

— Mais c'est exactement ça !

Elle put clairement voir ma déception et je me morigénai d'être aussi expressive. Elle rit.

— Les garçons ne fêtent leur anniversaire qu'en privé d'habitude, voire pas du tout en ce qui concerne Anton, cette soirée est un prétexte pour rassembler les clans en dehors du cadre strict du Conseil et ainsi introduire le plus naturellement possible les nouveaux venus dans la Guilde.

Elle m'avait fait un signe de tête pour identifier lesdits nouveaux. Trois hommes et une femme formaient un cercle dans un coin de la salle, ils n'avaient pas de verre à la main et semblaient observer le flot progressif de l'arrivée des invités. L'homme qui m'avait fait rougir dans l'escalier dominait le groupe par sa taille et m'observait à la dérobée.

— Il semble que tu lui plaises, s'amusa Vassilissa, je me félicite de l'avoir mis à notre table.

J'eus le réflexe de jeter un coup d'œil vers l'endroit où le loup noir et la sorcière flirtaient quelques secondes plus tôt, ils n'y étaient plus.

— Allons les saluer, dit Mamie Grenouille en m'entraînant avec elle.

Nous approchâmes tranquillement. Le cercle s'ouvrit à notre arrivée dans un élan accueillant, je ne sentais aucune animosité de la part de ces humains, seulement de la curiosité. Il y avait toutefois quelque chose de perturbant chez eux. J'avais beau chercher quoi, je ne trouvais pas… Je les sondai. C'était comme s'ils étaient là sans être là, je ne voyais pas leurs auras ! Et le pire, c'est que je ne l'avais même pas remarqué avant de me concentrer sur eux avec plus d'attention.

— Madame, Messieurs, commença Mamie Grenouille, je suis Vassilissa Kachtcheï, représentante des créatures de magie pure au Conseil de la Guilde, et voici Mathilda Shade, une amie.

Les quatre se penchèrent respectueusement, ce que je fis aussi.

— C'est un plaisir de faire enfin votre rencontre Madame Kachtcheï, dit le plus grand, je me suis passionné pour votre rôle de stratège pendant la formation de la Guilde. C'est une réussite.

Maminouille hocha la tête en remerciement. Il posa son regard sur moi.

— Quant à vous Mademoiselle Shade, c'est un enchantement.

Je ne pouvais pas dire merci, j'aurais été ridicule, je pris le parti d'être naturelle.

— C'est bien la première fois qu'on emploie ce mot en parlant de moi, souris-je, je parie que vous changerez vite d'avis.

Vassilissa eut un rire cristallin. L'attention des trois compères sembla s'être éveillée et ils m'observèrent plus attentivement. Je vis une lumière s'allumer dans les yeux de l'homme. *Oups.* Il tendit la main pour attraper la mienne et la porter à ses lèvres.

— Jacob Grimm, dit-il après avoir effleuré la peau du dessus de ma main et avoir pris de longues secondes pour la libérer tout en me regardant dans les yeux.

J'avais eu un tressautement. Il y avait quelque chose de très fort chez cet homme, un charisme démesuré, alors même que je ne voyais pas son énergie… C'était pour le moins intriguant.

Je sentis tout à coup le contact d'une main dans mon dos nu et un autre frisson me parcourut, plus intense, j'eus presque un vertige et m'agrippai par réflexe au bras de celui qui venait d'arriver contre moi.

— Ça va ? demanda-t-il tout près de mon oreille.

Je levai les yeux et relâchai immédiatement mon étreinte en voyant le visage d'Anton. Il avait retiré sa main de mon dos instantanément si bien que nous n'avions plus aucun contact autre que visuel. Je me décalai un peu.

— Nous faisions connaissance, dit le géant. Siégez-vous au Conseil ? me demanda-t-il.

— N... Non, bredouillai-je avant de me reprendre, je ne suis que de passage ici. Un concours de circonstances m'oblige à leur faire subir ma présence pour l'instant, mais c'est temporaire.

Mamie Grenouille me regarda un instant. Je sentis Anton se raidir. Ils devaient craindre que je ne me montre désagréable avec leurs invités...

— Comme c'est dommage, dit Grimm. J'espérais que nous aurions le temps de faire plus ample connaissance.

Ses amis parurent surpris, ils lui jetèrent tour à tour des regards interrogatifs.

— Il y a ici tout un tas de gens bien plus dignes d'intérêt, souris-je, c'est un excellent endroit pour faire des connaissances. Cela dit je n'ai pas encore fait mes valises, et je suis d'un naturel curieux.

— J'espère que nous serons assis à côté, dit-il.

— Vous êtes à la même table, répondit Vassilissa, d'ailleurs, si nous allions nous asseoir ?

Je sentis à nouveau la main d'Anton dans mon dos pendant que nous marchions devant le groupe d'étrangers. Il ne l'avait pas posée sur moi mais la tenait près de ma peau si bien qu'on eut pu croire qu'il me tenait. Est-ce qu'il marquait son territoire ? Je m'arrêtai tout à coup pour le regarder dans les yeux. Il fut surpris, sa main s'écrasa dans mon dos puisqu'il s'était arrêté avec une seconde de décalage. Il ne la retira pas. Je savourai son contact malgré moi, la chaleur de sa peau irradiait la mienne d'une façon incompréhensiblement délicieuse. Il me rendait mon regard, imperturbable.

— À quoi tu joues, Loup ? chuchotai-je.

Il retira sa main et je vis quelque chose mourir dans ses yeux. Je regrettai immédiatement mon agressivité. Le reste du groupe nous contourna pour rejoindre la table en nous laissant un moment d'intimité. Notre proximité avait dû leur faire penser que nous avions un genre de querelle d'amoureux, rien que ça ! Il s'était lancé dans la prononciation de plusieurs mots qui n'étaient pas sortis de sa bouche et avait fini par murmurer :

— Tu es magnifique, Mathilda.

Ô misère. Il pensait vraiment m'avoir par la flatterie ?...

Aaaargh ! Il avait fait très fort, c'était une stratégie très efficace puisqu'elle m'avait fait oublier les griefs dont j'avais l'intention de lui parler, j'avais même rougi, comme une gosse.

J'avais soupiré d'énervement et avais rejoint le groupe. Jacob Grimm terminait de faire asseoir Deana en poussant sa chaise vers la table avec galanterie. Il avait dû faire de même avec Vassilissa pendant que je me perdais dans les yeux du loup de mes cauchemars... Je pouvais sentir sur moi le regard lourd d'inquiétude de Mamie Grenouille. *Compris Maminouille, tu m'as à l'œil, pas de bobo au petit cœur du fils prodigue... Mais quand est-ce qu'on parle de ce qu'il me fait, lui ?* Il ne restait que trois chaises vides, je m'approchai pour voir les noms sur la jolie table et constatai avec effroi que j'allais être pile entre Charybde et Scylla. *Super.* Je fusillai la mère Kachtcheï du regard. Elle prit une expression innocente, elle semblait mécontente du plan de table, elle aussi. Anton attrapa ma chaise et la recula pour me faire asseoir. Le grand Grimm eut l'air penaud de s'être fait devancer. Je m'assis en me disant que ce n'était que l'histoire d'une heure ou deux, qu'est-ce qu'il pouvait y avoir de difficile à se comporter de façon civilisée à la même table qu'un inconnu sans âme, une grenouille de conte russe, un loup qui avait essayé de me tuer, une sorcière en dépression et un loup qui allait finir par me tuer à force de vouloir me protéger de tout et n'importe quoi ?

Vassilissa orientait les conversations avec brio. Elle avait passé en revue les banalités d'usage, introduit les nombreux avantages d'une politique d'entraide interclans et reçu l'approbation de chacun par ses talents d'orateur et son discours simple. Elle laissait volontiers la parole à ses interlocuteurs, qui se sentaient instinctivement entendus et en confiance. La voir à l'œuvre me fit me demander si elle avait déjà usé de ce pouvoir sur moi. L'armada de serveurs nous apporta toute une ribambelle de mets plus succulents les uns que les autres, et à chaque nouvelle arrivée sur la table, je me disais combien je serais mieux dans la cuisine à bavarder avec Ray en l'aidant à dresser les assiettes. Deana était détachée, elle regardait dans le vide la plupart du temps et soupirait à chaque fois que quelqu'un l'obligeait à participer à la conversation en s'adressant à elle.

Chacun était concentré dans la tâche qui lui tenait à cœur si bien que personne ne prêtait attention à la sorcière, à part moi, et Viktor, qui tentait quelques mots gentils et quelques plaisanteries par-ci par-là, sans grand succès. Malgré mon désintérêt manifeste pour les sujets abordés, Jacob Grimm n'avait de cesse de me solliciter, il voulait connaître mon avis sur chaque question abordée, comme si ma réponse pouvait lui faire découvrir qui j'étais. Vassilissa jetait des coups d'œil anxieux vers Anton de façon régulière. Quelque chose ne devait pas se passer comme prévu. L'alliance avec le clan de ces gens sans aura avait l'air en danger bien que je ne puisse comprendre par quel rouage elle s'enraillait.

Anton remplit mon verre de vin, que j'avais vidé un peu trop vite par ennui. Deana sembla prendre ce détail très au sérieux, elle s'irrita tout à coup et se leva en envoyant presque valser sa chaise. Elle dit nerveusement qu'elle adorait la chanson que les musiciens jouaient et avait très envie de danser. La surprise générale figea la scène de longues secondes lors desquelles je me sentis mal à l'aise pour elle, j'étais à deux doigts de me lever pour l'inviter à danser moi-même, quand Viktor se dressa et lui prit la main en souriant calmement. Elle avait failli le rejeter mais s'était détendue en sentant la main du jumeau sur son épaule. Elle l'avait suivi sur la piste. Vassilissa avait fait les gros yeux à Anton, celui-ci avait rempli son verre en haussant les épaules. *Ambiance.* Je n'avais plus alors eu qu'une angoisse, et le grand Jacob s'était empressé de lui faire prendre vie.

— C'est vrai que ce morceau se prête parfaitement à la danse, dit-il en reculant sa chaise, Mademoiselle Shade, me feriez-vous cet honneur ?

Pourquoi moi ? Je sondai Vassilissa en quête de soutien, si elle me faisait le moindre signe de désapprobation je serais couverte pour la réponse que je mourais d'envie de faire… Elle ne fit rien. Je faillis chercher du soutien du côté d'Anton mais je me ravisai, jamais je ne lui demanderais, même silencieusement, une autorisation pour quoi que ce soit. Je l'entendis se racler la gorge en claire désapprobation. *Je t'ai rien demandé.* J'aurais dû me servir de ça pour justifier mon refus mais je ne pouvais pas. Jamais. J'étais coincée. Je me levai.

— Bien sûr.

Je posai ma main dans celle de Grimm, tendue vers moi et il m'attira sur la piste. Avant de m'éloigner, j'aperçus Anton vider son verre d'un trait.

J'étais beaucoup trop petite pour me serrer contre l'étranger, il avait posé une main dans mon dos et m'avait approchée de lui pour me faire valser lentement. Je ne pouvais pas m'appuyer sur son épaule comme j'étais censée le faire alors j'avais posé ma main libre sur son torse. Il était tonique. Nous ne pouvions pas nous parler dans cette configuration vu notre différence de taille. Je profitai de cet instant de calme pour respirer un peu. Il était bon danseur et me guidait bien, je décidai de me laisser emporter par la musique et rêvassai en tournant, c'était plutôt agréable. La musique s'arrêta le temps que les musiciens changent leur partition pour passer au morceau suivant. La tête perchée tout en haut du tronc auquel je faisais face se pencha vers moi.

— Alors, vous êtes d'accord que la Guilde est une bonne chose pour tout le monde mais vous n'en faites pas partie ? dit-il.

C'était donc ça qui le préoccupait…

— Je suis… indépendante, rabâchai-je.

Il sourit.

— C'est ce qui vous rend si attirante, je suppose.

Subtil.

— Oh non, ris-je, ça, c'est à cause de mon charmant franc-parler.

Il me présenta son bras pour me ramener à notre table. Comme si j'avais besoin de ça. Il rit en voyant l'expression sur mon visage et replaça son membre contre lui. Je m'élançai devant lui. Il me caressa soudain le cou sans que je m'y sois attendue. J'eus un réflexe défensif et faillis lui faire un petit cours de Krav Maga improvisé. Il s'excusa rapidement de m'avoir surprise et s'approcha pour parler doucement.

— J'ai remarqué votre tatouage, le bateau volant… Est-ce que c'est celui auquel je pense ?

— Oui, coupai-je.

Il prit une expression atterrée. Sa bouche ne se refermait pas, si bien que je haussai les épaules pour dédramatiser.

— Je n'en avais jamais vu un aussi… coloré, souffla-t-il.

Ouais, normal, il n'y en a pas.

— Je comprends mieux votre côté…

— Revêche ? dis-je.

— Brisé.

Sympa.

Il planta ses yeux dans les miens et je compris qu'il voyait en moi un reflet de ses propres maux.

— Entrez dans la Guilde, dis-je pour en finir, ne suivez pas mon exemple, il est mauvais, je suis seule et désespérée, la solitude me permet de ne m'engager auprès de personne, je me repais ainsi de mon malheur encore et encore mais j'ai bien l'impression que vous ne pouvez pas vous permettre ce luxe, vous avez un clan, faites ce qu'il faut pour lui.

Je fis volte-face et retournai à ma place.

Je restai assise l'heure qui suivit, à attendre en silence qu'on veuille bien me libérer, évitant régulièrement les tentatives de discussions de Grimm. Des groupes s'étaient formés un peu partout après la fin du service. Deana avait enchaîné les verres et les danses avec tous les hommes présents. Anton était resté inexpressif, discutant tour à tour avec chaque représentant de la Guilde. Viktor avait passé son temps à chaperonner la sorcière. Gordon était resté toute la soirée dans un coin de la salle à me surveiller. *La fête de l'année…* Je finis par craquer et sortis de la maison bleue pour aller marcher un peu dans le bois, à l'arrière. La nuit était déjà avancée, et le ciel sans nuage offrait une voûte étoilée à couper le souffle. L'air était frais mais l'odeur du bois donnait une impression de confort chaleureux. J'avais avancé sous les arbres, vingt mètres avant les sentinelles en place. Un *switch* et un sorcier. Je m'étais installée contre un arbre, où je grelottais sans m'en apercevoir. Des images de la prison volante avaient fait des apparitions dans ma tête à un rythme d'abord cool, puis de plus en plus soutenu, depuis ma conversation avec Grimm. Des impressions, des sentiments, des doutes et des peurs. Des larmes s'étaient mises à couler sur mes joues sans crier gare. J'entendis un froissement dans l'herbe derrière moi et Gordon vint s'asseoir en râlant.

— Tu fais chier Mathilda.

Il me serra contre lui. Je pleurai en silence. Nous restâmes ainsi un long moment.

— Tu me fais penser à mon frère, dis-je.

— Il est super beau ?

— Il était super gentil.

Nous nous tûmes de nouveau.

Gordon tourna légèrement la tête comme si quelqu'un lui avait parlé sans que je puisse l'entendre.

— Anton te cherche, dit-il. En essayant de me faire lever.

— Faut qu'il fasse gaffe, répondis-je pour moi-même, sinon il va finir par me trouver.

Gordon fit une moue que je ne pus interpréter, et de toute façon, je n'en avais aucune envie.

— Elle est dehors avec moi !cria-t-il presque tout à coup, meurtrissant mon oreille droite. Faites remonter.

Pffffff.

Je m'apprêtai à faire un commentaire désagréable quand je sentis un arc énergétique au loin. Quelque chose de violent. Je me figeai.

— Qu'est-ce qu'il y a ? fit Gordon.

— Qui garde le pont ce soir ?

— Drew et Mark je crois, réfléchit-il.

— Un loup et un vampire ? demandai-je avec appréhension.

— Oui…

— Ils sont morts, à l'instant, préviens Anton, la maison bleue est attaquée.

Une alarme sonna seulement quelques secondes plus tard, alors que nous remontions vers la maison.

— Il nous écoutait, dit Gordon quand je l'interrogeai du regard.

Nous entrâmes en courant et je montai directement à l'étage pour chercher mes armes. J'avais déjà ouvert ma robe à la moitié de l'escalier, j'avais été en sous-vêtements à peine la porte passée, et en tenue de combat environ deux minutes plus tard. J'avais attaché mon sabre, sorti mon bô et passé mes bracelets d'aiguilles. Je me concentrai pour commencer à me charger le plus possible en énergie et redescendis en laissant le travail se faire automatiquement, c'était moins efficace mais je n'avais pas le temps de méditer. L'hémicycle était passé du mode VIP au mode cellule de crise en quelques minutes, comme si une tornade s'était chargée de changer le décor et tous les beaux convives faisaient leur réapparition un à un en tenue de combat. Je fis un tour d'horizon et ne vis ni Deana ni Viktor. Je fonçai vers Anton dès son entrée.

— Il y a du lourd qui arrive, s'ils sont là à cause de ce que j'ai dit au gouverneur ils vont cibler Deana, elle est où ?

— Elle vomit dans la chambre de Viktor.

Oups.

— Est-ce qu'une évacuation est prévue ? demandai-je en pensant à Ray, Benjamin, Léonie, Gordon et même Chris alors que je savais qu'ils étaient tous des combattants.

— Elle a déjà commencé, dit-il, et Deana et toi allez en faire partie.

Quoi ?! C'était une chose de me transfuser dans mon sommeil, mais me balancer une poignée d'ordre à la figure alors que j'étais consciente et en pleine forme, c'était carrément téméraire ! Je lui mis un coup de poing dans l'épaule qui le fit reculer de plusieurs mètres. Ouh que ça faisait du bien ! Toute l'assemblée se glaça. Il se stabilisa et soupira. J'entrepris de marcher lentement vers lui.

— Écoute-moi bien, Loup, dis-je calmement, il est clair que tu n'as pas bien saisi que je ne suis pas sous tes ordres, ni sous ceux de personne d'ailleurs. Quelqu'un vient ici pour détruire cet endroit et les gens qui s'y trouvent. Je ne fuirai pas mes responsabilités. Si tu tiens vraiment à t'opposer à moi, fais-le maintenant.

Tout le monde le fixait, attendant sa décision pour savoir quelle attitude il conviendrait qu'ils adoptent envers moi. Je pouvais clairement me faire tuer ici avant même de livrer combat contre les assaillants. Il passa sa main sur l'endroit où je l'avais frappé comme pour défroisser le tissu et s'adressa à moi sans colère.

— Loin de moi l'idée de te contrôler, Mathilda, j'ai bien compris que personne ne le pouvait, pas même toi. Fais comme tu veux, comme d'habitude. Je ferai en sorte que tu ne meures pas, c'est mon job.

Pleine lucarne. Je ne l'avais pas volée celle-là.

Vassilissa fit son entrée sous une forme humaine jeune et athlétique. Elle portait une combinaison de cuir et des sabres légèrement courbés, des *chachkas*. Viktor apparut, traînant une Deana au bord du gouffre, son maquillage avait coulé, sa robe était parsemée de taches suspectes.

— Emmène-la et veille sur elle, dit Anton à son frère qui opina.

— Ah ! fit-elle. Même ça, tu veux plus t'en occuper… Tu as mieux à faire…

Personne n'y prêta attention et Viktor l'entraîna vers l'avant de la maison pour rejoindre le quai. Sur les cinquante invités, une trentaine était restée pour le combat, dont Jacob Grimm et ses acolytes. Chris s'était pointé comme une fleur après avoir entendu l'alerte. Je pris un instant pour me connecter et sonder la zone. Je pouvais voir la carte énergétique sur des kilomètres alentour s'allumer de dizaines de petits points de lumière critique, m'indiquant des présences belliqueuses en approche, dont une partie n'était pas humaine. J'en avais compté quarante-deux mais il semblait que d'autres entraient dans la zone au compte-gouttes, par le sud. Je donnai ces informations à Anton et Paul, qui discutaient répartition des combattants. Ils décidèrent de morceler nos forces en plusieurs fronts pour attaquer depuis différents angles la colonne qui s'abattait sur la maison bleue. Ils appelèrent tout le monde et donnèrent les missions à chacun. À ma grande surprise, Gordon se retrouva propulsé chef d'un groupe qui devait remonter la colonne pour frapper par le côté, près du pont. Quand tout le monde se dispersa, j'interpellai Anton.

— Attends, dis-je.

Il se tourna patiemment.

— Ne me dis pas que tu attendais des ordres ? railla-t-il.

— Non. Tu envoies Gordon quasiment seul sur un front exposé ?

— Non, il mène une équipe réduite sur une ligne stratégique.

— C'est pareil, coupai-je.

— C'est un excellent élément, j'ai toute confiance en lui, dit-il.

— Et il sait bien qu'il aura du soutien, ricana Paul.

D'accord… Il venait de réussir à me contraindre à suivre son plan en envoyant Gordon là où il voulait que je me trouve. Machiavélique. Je ne lui fis pas le plaisir d'ajouter le moindre commentaire et disparus à la suite du groupe cinq. Le groupe un, commandé par Anton, allait s'interposer entre la colonne ennemie et la maison bleue, il constituerait la zone d'impact. Le groupe deux, commandé par un sorcier qui imposait le respect à Chris, et donc à moi aussi, devait avancer par le bois vers l'ouest pour affaiblir l'afflux de la colonne. Le groupe trois, guidé par l'Alpha des pumas, devait assurer la communication entre les groupes et tuer le plus d'éléments isolés possible, par la même occasion. Le groupe quatre, pris en charge par le vampire le plus haut placé qui était resté sur site, car la plupart avaient préféré s'évanouir dans la nuit, devait encadrer la maison pour éliminer les quelques chanceux qui auraient éventuellement réussi à passer entre les mailles du filet. Et enfin le groupe cinq, celui de Gordon, se préparait à remonter la berge d'*Elizabeth River* jusqu'au pont pour couper l'afflux à la source, après un délai. J'avais noté mentalement que Chris se trouvait dans le groupe deux, à l'ouest, et que Ray s'était porté volontaire pour armer le groupe un qui était le groupe le plus important en volume de combattants. J'essayais de repérer et accrocher leurs énergies respectives pour pouvoir être alertée si jamais ils étaient en mauvaise posture.

— Qu'est-ce que tu fais là ? s'étouffa Gordon en me repérant en train de cavaler derrière son groupe.

— Tu sais que j'ai un problème avec l'autorité, et t'étais le seul chef de groupe dont j'aie pas les jetons alors…

— Pourquoi Anton ne t'a pas pris avec lui ? Je croyais qu'il te voulait près de lui pour pouvoir te protéger. Je pourrais jamais faire les deux en même temps moi !

— Ça fait tellement plaisir de se sentir aimée, grommelai-je.

Nous marchions le long de la berge et je pouvais sentir les énergies bestiales des dizaines de soldats que nous croisions, avançant plus loin, sur le petit chemin qui serpentait dans le bois jusqu'à la maison bleue. J'étais complètement frustrée de devoir laisser passer tout ce petit monde pour ne frapper que plus haut. J'eus un doute tout à coup, je remontai le groupe pour arriver près de Gordon.

— On doit attaquer quand exactement ? demandai-je.

— Quand Jester, groupe trois, nous le confirme, dit-il.

OK. Tout était clair. Anton m'avait envoyée hors de la zone de combat. Il s'était servi de Gordon comme appât et j'avais plongé la tête la première. Il ne comptait jamais donner l'ordre d'attaquer, ce qui expliquait le petit nombre de combattants envoyé pour cette tâche. *Idiote !* Le pire c'était que dans un souci de crédibilité, il avait menti à Gordon. Ce qui n'allait pas manquer de me retomber dessus…

Je m'éclipsai.

Je pouvais ressentir les vibrations des premiers affrontements, à environ un kilomètre au nord de ma position. Le groupe de l'Alpha devait se prendre les troupes de la mort de plein fouet.

J'avais beau essayer de sonder les énergies de Chris et Ray, c'était le sort du loup noir qui m'obsédait. J'avais couru comme une perdue vers le combat sans réfléchir et je tombai tout à coup sur une échauffourée qui engageait le puma que j'avais vu dans la maison de la voyante à Salem, un *switch* rat que je ne connaissais pas, et un énorme hybride qui ressemblait à un arbre. Il avait dû se fondre avec la végétation pendant une aurore magique parce que je pouvais sentir sa nature humaine quelque part ; c'était elle qui lui donnait le potentiel haineux qui l'avait amené ici. Il était consumé par la rage. Le rat avait tout le côté gauche lacéré mais continuait ses assauts dans la souffrance pour ne pas laisser tomber le puma. J'attirai de l'énergie pour me créer une pellicule de protection et surtout pour rendre ma lame plus tranchante encore, je gageai que le corps torsadé de l'hybride devait être très solide.

Le soldat végétal envoya son lourd bras branche vers le puma pour le balayer, celui-ci sauta et planta ses griffes dans l'arbre.

Il fut instantanément propulsé au sol plusieurs mètres plus loin. Je me concentrai sur l'énergie du géant, cherchant le point névralgique le plus proche de la surface et c'était son artère fémorale, peu profonde sous l'écorce. J'attendis quelques secondes, le temps de repérer son rythme de déplacement puis fondis par-dessous lui, effectuant une glissade dans l'herbe fraîchement humidifiée par la rosée en levant mon katana. Je tranchai la fémorale avec fureur, enfonçant la lame dans une décharge d'énergie qui la fit entrer si profondément dans la chair fibreuse que je faillis couper la jambe entière. L'hybride hurla et s'étala de tout son long. Le rat sortit un briquet de sa poche et alluma ce qui devait être des cheveux sur le sommet de la tête ridée. Le feu prit beaucoup plus vite que je ne m'y étais attendue et l'immense arbre se mit à tourner dans tous les sens. J'enfonçai mon sabre dans sa gorge. Le hurlement s'étrangla doucement.

— Tu devrais le ramener à l'équipe du vampire, dis-je au puma en lui désignant son collègue.

Ils disparurent dans la nuit. J'appelai un peu d'énergie pour étouffer le feu naissant. J'eus un frisson en entendant le cri de douleur d'un loup à quelques mètres en avant. Je sprintai vers l'appel.

J'arrivai en quelques secondes sur une minuscule clairière dans laquelle une vingtaine d'individus se battaient à mort dans une débauche de violence ahurissante. Des giclées de sang partaient en tous sens. Je dus prendre un temps pour établir où étaient les gens de la Guilde et où étaient les assaillants. Anton n'était pas là. Je me mis à tailler, à trancher, à faire pleuvoir des radiations d'énergie douloureuse, à planter des aiguilles d'argent, à activer des parchemins explosifs, à ajouter des giclées de sang. Il fallut un temps interminable pour venir à bout des huit hybrides enragés et j'avais collecté quelques hématomes, lacérations et traumatismes osseux qui commençaient déjà à me ralentir puisqu'ils venaient se cumuler à mes blessures encore fraîches de la veille.

J'avançai dans le bois vers la maison, en cherchant cette fois-ci l'énergie de l'Alpha, il se passait quelque chose avec lui. Il était à une centaine de mètres vers l'est, presque au bord de la rivière. Je me remis à courir. Quand j'arrivai assez près pour le voir, je me figeai. Anton avait la forme ultime du *switch*. J'en avais déjà vu quelques-uns, dans l'arène volante, mais jamais en dehors de ce contexte de violence extrême. Il s'était transformé en quelque chose à mi-chemin entre le loup et l'humain, un immense humanoïde partiellement poilu, à la musculature extraordinairement développée et à la taille démentielle, se tenant debout. Il faisait presque un mètre de plus qu'en temps normal et son poids n'était même pas chiffrable pour mon esprit éberlué. La perturbation que j'avais ressentie dans son aura n'était pas due à des blessures extérieures mais à des changements profonds à l'intérieur de son corps. Seuls les *switch*es les plus puissants et les plus entraînés parvenaient à atteindre cette forme, je comprenais mieux pourquoi la grenouille pensait qu'il était le plus fort du clan loup.

Je revins à moi quand une branche arrachée par l'hybride qui faisait directement face à Anton tomba presque sur mon pied. Je sautai dans la mêlée. Le loup noir tenait tête à trois soldats, tous disproportionnés, je comprenais qu'il se soit transformé en machine à tuer. Je grimpai rapidement sur celui qui venait de manquer de m'estourbir et tentai d'atteindre la carotide. Il ne m'avait pas vue, il avait failli me tuer par accident et mon ascension ne l'avait pas franchement perturbé. Il m'aperçut une demi-seconde avant que je n'enfonce mon sabre dans la chair de son cou. Un geyser rouge prit forme immédiatement et il porta ses mains à sa plaie. Je sautai pour rouler plus loin. Anton m'avait repérée.

— Qu'est-ce que tu fais là ? s'étrangla-t-il.

— Il semble que moi aussi, j'aime bien secourir les petites choses en détresse, dis-je en m'extirpant de la trajectoire d'un coup de pied que venait d'essayer de m'assener un autre hybride.

— Tu devais être avec le groupe cinq ! hurla-t-il en fracassant son poing sur le même monstre pour le dissuader de s'attaquer à moi.

— Le groupe cinq est hors de la zone de combat, comme tu le sais, et j'ai senti que tu rencontrais des problèmes ici.

Il haussa les sourcils avant de se jeter en avant sur l'espèce de gorille que nous tyrannisions en chœur pour lui planter ses crocs dans l'épaule. La bête poussa un cri accompagné de longs filets de bave qui firent un saut très graphique avant de s'étaler sur le sol dans un bruit de flaque. Le gorille se débattit un instant puis Anton passa ses mains monstrueuses autour de son cou pour le faire craquer bruyamment. Le troisième soldat se mit à écumer de rage alors qu'il tentait depuis le début de se défaire d'un câble qui l'enserrait autour d'un arbre.

— Je ne rencontre aucun problème, dit le loup, retourne avec Gordon.

Prétentieux. Le dernier monstre encore debout arracha tout à coup la corde que quelqu'un avait posée sur lui, la force qu'il avait mise dans son mouvement fit claquer le câble dans l'air.

C'était la parfaite réplique du géant que j'avais égorgé quelques minutes plus tôt, une fratrie peut-être ? Il était très énervé. Il s'élança dans notre direction en hurlant et en jetant ses poings dans tous les sens. La technique n'était certes pas très recherchée, mais vu sa corpulence, elle s'avérait efficace. J'eus tout juste le temps de me jeter sur le côté pour éviter sa jambe énorme, puis il entra dans le loup avec panache. Celui-ci recula à peine ! Il était un peu moins haut que l'espèce d'ogre si bien qu'il était pile poil au bon endroit pour mordre sa trachée, ce qu'il fit sans attendre. Le géant lui mit une droite incroyable et Anton lâcha la prise un instant. Je courus vers eux pour attaquer les tendons du monstre, enfin du monstre ennemi, pas de l'autre quoi. Le géant émit un grondement en sentant ma lame dopée à l'énergie entrer dans sa chair. Anton gronda également :

— Mais qu'est-ce que tu fais ? Tu vois bien que tout va bien, retourne avec Gordon je t'ai dit ! s'irrita-t-il.

Oh et puis merde. Je mis mon katana sur mon épaule, ramassai mon bâton, et m'éloignai vers l'ouest.

J'avais entendu la bataille prendre en intensité derrière mon dos alors que j'avais pris de la distance, puis plus rien. Le loup apparut tout à coup à côté de moi. Enfin, ses cuisses, parce que c'était tout ce que je pouvais voir de lui quand il était aussi près.

— C'est un peu gênant, dis-je.

Il se pencha.

— Où est-ce que tu vas ? s'irritait-il. Gordon est de l'autre côté.

— Je vais voir comment va Chris.

Il eut un grognement.

— Chris est un grand garçon, il n'a pas besoin de ton aide.

— Et Gordon encore moins, conclus-je.

Il fit un bond en avant pour me barrer le chemin.

— OK, tu veux te battre ? Reste avec moi alors.

— Qu'est-ce qu'on dit ?...

— Quoi ?!

— S'il te plaît, dis-je.

— J'ai pas le temps pour tes conneries.

Il me fit pivoter et se mit à galoper vers la zone qu'il devait nettoyer. Je l'avais suivi sans discuter. J'avais sondé les parages et je savais qu'il n'y avait plus que des soldats humains qui se faisaient décimer par la horde de sauvages qui constituait la Guilde. Une énergie sombre et froide apparut soudain dans mon radar, quelque chose d'assez fort et d'assez noir pour me faire hérisser tous les poils. C'était près du pont. *Non !* Je fis volte-face et me mis à courir comme une dératée.

— Mathilda ! soupira-t-il, excédé.

Je m'étais tournée un quart de seconde dans ma course, si bien qu'il avait pu voir mon expression affolée.

— Gordon !

Le loup avait alors hurlé dans la nuit et quelqu'un avait répondu plus loin derrière nous. Il avait prévenu son groupe qu'il allait sur un autre front, avais-je deviné en l'entendant me suivre dans un premier temps puis en le voyant me doubler, courant à toute vitesse vers le groupe cinq.

Quand j'arrivai enfin sur la berge où le groupe de Gordon aurait dû être en train d'attendre le signal fantôme, je ne vis en premier lieu que du sang. Une longue traînée brune qui parcourait toute la berge aussi loin que ma vue me permettait de voir dans la semi-obscurité. La panique m'empêcha quelques secondes de trouver l'énergie vitale de Gordon, si bien que je m'étais mise malgré moi à faire les cent pas dans l'hémoglobine, à la recherche du jeune loup. Je repérai soudain son aura un peu plus loin, au sol. Mon cœur fit un bond dans ma poitrine, puis je vis qu'il tenait le corps déchiqueté d'un autre *switch* dans ses bras mais que lui-même n'avait pas l'air gravement blessé. Il pleurait à chaudes larmes.

— J'ai pas pu le protéger, dit-il. C'est allé trop vite. Sauve-le Mathilda, s'il te plaît.

Je sondai immédiatement le garçon dont la forme humaine était difficile à voir tant il était en charpie, cherchant désespérément une trace de ses fonctions vitales mais je ne voyais plus rien… Il ne formait plus qu'une bouillie organique odorante, plus aucune énergie ne pouvait circuler en lui, tout était détruit. Même en suppliant l'univers de dérouter toute l'énergie qu'il pourrait trouver disponible dans la zone, je ne pourrais pas réparer les dégâts. Je fis non de la tête et Gordon se mit à hurler. Une longue plainte éraillée qui montait dans la nuit.

J'eus tout à coup envie de tuer. Je sentis une onde me traverser de part en part, je vis mes racines se déchaîner à travers la terre pour devenir des lianes puissantes et piquantes, je sentis chaque os, chaque muscle de mon corps se charger d'une puissance violette qui me fit vibrer. Le monde prit une autre teinte à travers mes yeux. Je savais que je devais avoir une apparence effrayante. Je quittai Gordon sans qu'il ne s'en rende compte et remontai la piste sanglante laissée par l'hybride à l'appétit pantagruélique.

Je me mis à trottiner. Au bout du sang, je vis deux bêtes énormes qui se tenaient face à face. La chose dominait le loup en taille mais pas en carrure, il était plutôt fin. Il ressemblait à un dieu égyptien. Un corps d'ébène, la taille enveloppée dans une tunique courte, comme tissée de fils d'or, avec une tête de chien aux longues oreilles pointues et couverte d'un tissu avec des bandes noires et or qui retombaient sur ses épaules comme des cheveux. Sauf erreur de ma part, il s'agissait d'Anubis, dieu des nécropoles. Anton avait déjà dû prendre des coups parce qu'il se tenait le flanc et haletait bruyamment. Je cherchai dans ma mémoire des éléments qui pourraient m'indiquer comment tuer l'égyptien mais je ne parvins pas à retrouver quoi que ce soit qui puisse m'orienter. Le loup recula pour se donner une impulsion et bondit sur le chien impassible. Il avait lancé ses mains griffues en avant pour blesser le torse de peau noire mais une couche de protection s'était éclairée au moment du contact et avait comme électrocuté Anton. Celui-ci s'était vu immobilisé par la décharge pendant quelques nanosecondes que l'autre avait mises à profit pour envoyer une impulsion jaune qui propulsa Anton à une bonne quinzaine de mètres, engourdi.

Je m'avançai entre eux, marchant calmement, en appelant l'énergie à moi. La représentation d'Anubis fixa son regard noir et or sur moi. J'entendis l'Alpha revenir à la charge. Il me dépassa, se jeta sur le surhumain et fut renvoyé au loin avec davantage encore de violence.

— Arrête, Loup, dis-je.

Je crus déchiffrer quelque chose comme « Dégage de là, idiote ! » entre ses gargouillis de douleur pendant que je continuais de marcher vers le chien noir. Je m'arrêtai à quelques mètres de lui et levai mes paumes vers le haut. Des volutes violettes prirent forme, comme deux petites tornades au creux de mes mains et la lumière de mes yeux forcit. Je ne voyais plus que les énergies. Tout autour de moi n'était plus que flux, lumières et halos.

Je vis le réseau à l'intérieur d'Anubis. Brillant, éblouissant, nervuré d'or coulant tranquillement en lui alors même qu'il avait semé le chaos et la mort partout autour. J'entendis la course de Gordon qui avait vu Anton à terre et s'était empressé d'aller vérifier son état, je sentais la pulsation rapide de son pouls dans l'air, il allait bien. Le dieu égyptien me regardait avec curiosité. Il leva tout à coup la longue canne qu'il tenait dans sa main et la pointa dans ma direction. Un éclair accompagna son mouvement et s'abattit sur ma bulle de protection dans un fracas qui me fit sursauter. Il était sacrément puissant. L'éclair ne dura qu'une seconde mais ma bulle se fêla. Une longue ouverture juste devant mon visage. Je m'appliquai à lui rendre la politesse et déchargeai une quantité faramineuse d'énergie, en plein sur sa tête. La secousse obligea les loups à se protéger le visage de leurs bras. L'incarnation divine vacilla à peine. Les nervures dans son corps furent légèrement perturbées quelques secondes. Il examina son buste avec étonnement puis me dit tout simplement :

— Que cherches-tu à faire, humaine ?

Oh bin je voulais te faire un petit massage, ducon. J'étais plutôt mal barrée… Il s'approcha tout à coup avec une vitesse que je n'avais pas anticipée et m'envoya un coup de pied qui manqua de peu de me broyer entièrement. Je m'étais juste assez décalée pour ne pas mourir sous le coup mais pas assez pour l'éviter complètement, et le choc fut si violent que j'en sentis l'impact comme un tsunami, touchant chaque partie de mon corps une à une et se terminant dans une explosion brutale qui me fit échapper un cri. Les loups m'encadrèrent instantanément. Le chien d'ébène balaya Gordon d'un coup de canne que l'Alpha parvint à éviter avant de recevoir l'énorme pied dans les côtes et de voler à nouveau vers l'endroit dont il venait de revenir. Je me relevai rapidement et renforçai ma protection. Je me mis à me déplacer autour du chien.

Je devais trouver un moyen de l'atteindre. Il me frappa une nouvelle fois, trop vite pour que je puisse l'esquiver efficacement, et je sentis les os de ma cage thoracique craquer. J'étais bien trop petite pour l'atteindre. Je reculai rapidement d'une dizaine de mètres et me posai au sol, en tailleur, joignant mes poings. Je visualisai ma propre énergie sortant de mon corps physique pour former une version plus grande de moi-même.

Une Mathilda géante apparut debout au-dessus de moi, faite d'une matière étrange, comme de l'eau mais d'un bleu turquoise presque luminescent. Je pris possession de mon avatar, en fis bouger les bras et les jambes pour calibrer mes mouvements et l'avançai sur le chien. Nous avions dès lors à peu près la même taille, voilà qui était plus juste. Je levai mes bras bleus et formai dans mes mains la réplique de mon katana dans la même matière. Je recommençai à tourner autour d'Anubis, balançant mon sabre dans ses flancs, sautant, esquivant ses coups. Nous nous affrontâmes sans que l'un ou l'autre ne prenne le dessus pendant quelques minutes puis il parvint à me devancer sur une attaque et mon avatar fut propulsé en arrière. Je sentis mes abdominaux douloureux. J'avais le goût du sang sur ma langue. Mon géant avait un genou à terre, je reprenais ma respiration. J'entendis tout à coup une voix que j'eus un peu de mal à reconnaître, chuchotant à l'oreille de mon corps physique, au sol.

— Empêchez son énergie d'avoir un impact sur vous, je sais que vous pouvez le faire, concentrez-vous, vous savez commander l'énergie.

C'était Jacob Grimm. Je compris tout à coup quel était son pouvoir, celui que Vassilissa l'astucieuse voulait absolument allier à la Guilde… Il n'était pas sans aura ; il bloquait l'énergie. Le chien avait foncé sur mon avatar pendant cet intervalle et je fis rouler ma poupée sur le côté pour éviter une attaque frontale. Le bâton d'or s'écrasa sur le sol, déchirant la terre humide et en faisant voler d'énormes mottes dans une espèce de chorégraphie ridicule.

J'avais approché la Mathilda géante d'un seul mouvement vif et lui fis envoyer un uppercut dans lequel j'avais visualisé une espèce de trou noir, aspirant l'énergie dorée du chien, qui avait été surpris par la réaction et qui vacillait, cherchant ce qui pouvait lui causer cette sensation étrange… La douleur. Le loup Alpha s'était relevé et avait enchaîné avec une série de crochets dont le dieu avait eu du mal à se sortir tant il était abasourdi. Il se reprit tout à coup et envoya un nouvel éclair assassin sur Anton. Je le déviai autant que possible et revins à la charge avec un coup de sabre préparé comme mon coup précédent. La lame déchira le muscle pectoral du chien, qui poussa un hurlement qui le surprit lui-même. Je pouvais voir des trous noirs se former dans le réseau doré qui constituait la divinité jusqu'à présent. Il entra tout à coup dans une rage folle. Je vis un faisceau de lumière descendre du ciel sur lui, il faisait comme moi, il se rechargeait ! *Non !* Je sentis la présence proche de mon corps physique se lever pour approcher du combat de titans. Jacob vint se poster près d'Anubis et le rayon doré qui le régénérait depuis le ciel se coupa brusquement. Le chien parut hébété une seconde, puis il fixa Grimm et se dirigea vers lui d'un pas décidé. Malgré sa grande taille dans le monde des humains lambda dont je faisais partie, le nouveau venu paraissait petit par rapport au chien noir, comme un enfant de dix ans à côté de son père.

J'envoyai l'avatar pour empêcher l'impact en même temps que l'Alpha revenait à la charge. Nous nous mîmes à frapper tour à tour, lui, déchaînant toute sa force de *switch* en mode guerrier, moi, coupant son flux d'énergie partie par partie. Et Jacob Grimm courait au milieu de ce bazar pour éviter les coups tout en s'assurant qu'Anubis ne refasse pas le plein. Notre trinôme avait rapidement trouvé un rythme efficace, si bien que le chien commençait à ne plus pouvoir répondre à nos coups. Il s'arrêta soudainement pour tenir ses flancs. Je pouvais voir son énergie morcelée, vidée, éclatée, qui tombait en morceaux et retournait petit à petit à la terre. Sa voix monocorde résonna comme un gong.

— Cela ne se peut…

Puis il s'évapora lentement, rendant toute cette débauche d'énergie à l'univers pour façonner quelque chose d'autre, ailleurs.

Le loup mit un genou à terre. Je pouvais voir sa poitrine monstrueuse monter et descendre rageusement, il se tenait un bras ensanglanté et un de ses yeux était fermé. Je fis disparaître la géante bleue et me relevai. Un éclair parcourut mon corps d'un bout à l'autre et je retombai sur mes fesses, temporairement aveugle. J'entendis des pas s'approcher rapidement.

— Vous êtes dans un sale état, dit Grimm, n'essayez pas de vous lever, je vais vous ramener à la maison bleue, tous les combats ont cessé maintenant.

Je sentis des mains m'enserrer alors que ma vue revenait déjà, c'était Gordon qui avait poussé l'étranger pour me prendre en charge à sa place. J'avais ouvert les yeux juste à temps pour voir Anton lui faire un signe de tête pour l'y enjoindre.

— Ça ne devrait pas être nécessaire, dis-je, laissez-moi une seconde et je rentrerai moi-même.

Gordon comprit à mon ton qu'il ne devait pas insister, il ne le fit donc pas. Je scannai les trois hommes pour constater l'ampleur des dégâts. Gordon avait voulu me porter en bon petit loup obéissant alors que son fémur gauche et quatre de ses côtes étaient fracturés, il avait aussi un léger traumatisme crânien déjà partiellement endigué. Anton était dans sa version en kit, presque tout était cassé à l'intérieur, il se concentrait pour ne pas bouger alors même que le virus lycanthrope luttait pour colmater une énorme hémorragie interne, son foie avait éclaté partiellement. Son œil qu'il gardait fermé avait été crevé, les tissus bouillonnaient pour remettre tout ça en ordre, il devait souffrir le martyre mais restait tranquille, silencieux. Pour ce qui était de Grimm, je ne pouvais même pas connaître son état physique, il était invisible à mes capteurs quels qu'ils soient. Je visualisai le terrain autour de nous et constatai que tous les combats étaient effectivement terminés, il ne restait un peu partout que des gens de la Guilde qui rentraient pour la plupart vers la maison bleue. Je pris un instant pour évaluer mon état. Ma structure osseuse était un peu de travers, comme si elle avait été décalée par un coup, et je pouvais voir de nombreuses fêlures. Ma boîte crânienne avait aussi été malmenée et je sentais les flux sanguins l'irriguer à toute allure. Les muscles de ma ceinture abdominale étaient tous en vrac sans exception et mes plaies s'étaient remises à saigner abondamment, mais aucun point vital n'était atteint. J'avais beaucoup canalisé et mes batteries étaient à plat. Je me relevai, ravalant l'expression de la douleur fulgurante que procura ce mouvement dans mes os. Grimm me prit le bras en souriant.

— Allons, ne faites pas la mauvaise tête, dit-il, je sais bien que vous n'en avez pas besoin mais ça me fait tellement plaisir de prétendre le contraire.

M'appuyer contre lui me soulagea immensément. Il le savait bien, je le savais bien, il s'était quand même assuré que je ne trouve rien à y redire. J'acceptai son bras avec gratitude. Nous prîmes tous le chemin du retour, dans une claudication générale peu reluisante, mais nous étions vivants.

Muladhara

10

Ciao

À l'heure du bilan, il s'avérait **que** la Guilde avait subi de lourdes pertes. Le clan loup était celui qui avait été le plus sévèrement touché puisqu'il avait perdu cinq membres. Un rat, un puma et un sorcier étaient également tombés en défendant la maison bleue. Nous étions tous passés entre les mains expertes de Léonie ou de Benjamin, selon la gravité. Ils n'avaient pas été évacués. Puis nous étions revenus au compte-gouttes dans la salle de l'hémicycle, où nous squattions les tables rondes du bal funèbre. Après avoir été rafistolée au cabinet, j'avais aidé Raymond à la cuisine, nous avions préparé des cafés, thés, cappuccinos pour tout le monde et les avions servis dans la grande salle, accompagnés de gâteaux que l'ours avait en réserve et d'un monceau de steaks saignants pour requinquer les semi-animaux.

— Vous voulez boire quoi ? avais-je demandé au groupe de Jacob Grimm.

Au lieu de répondre à ma question, le grand coupeur d'énergie m'avait regardée en souriant.

— Mathilda Shade la maîtresse de maison maintenant… dit-il. Alors vous vous battez comme une lionne, vous commandez l'énergie, vous dansez, vous êtes absolument charmante et vive d'esprit et vous faites le café… Y a-t-il quelque chose que vous ne sachiez pas faire ?

— Se faire des amis, intervint Gordon.

Je souris. Il faisait toujours semblant d'être fâché. Grimm eut un air dubitatif. Son groupe l'avait regardé, médusé. Apparemment ils n'étaient pas habitués à l'entendre faire des compliments… Et moi je n'étais pas habituée à en recevoir. J'étais restée la bouche ouverte, telle une carpe hors de l'eau.

Les portes de la salle s'ouvrirent tout à coup sur Viktor. Il fondit directement sur moi. Je posai la carafe de café sur la table.

— C'était quoi ce bordel ?!

J'avais vu Ray poser également ce qu'il tenait, à l'autre bout de la salle. Gordon s'était approché en un instant pour s'interposer. L'Alpha, surpris par la réaction du jeune, lui sourit nerveusement.

— Qu'est-ce que tu fais, gamin ?

— Anton m'a chargé de sa protection.

— Anton t'a chargé de la défendre des attaques extérieures abruti ! Sûrement pas du chef de ton clan ! Reste à ta place si tu ne veux pas que je t'y remette.

Mon garde du corps entêté ne bougea pas. Viktor gronda de colère et frappa Gordon en plein visage, le faisant basculer à plusieurs mètres de là. Je me mis entre eux.

— Anton n'est rien ! Tout juste le jouet de Deana, criait-il. Je siège au Conseil, je suis l'Alpha du clan des loups et tu me dois respect et obéissance ! Si ça ne te plaît pas, exile-toi de la meute, comme lui !

Gordon revenait déjà pour reprendre sa place, je l'arrêtai.

— Tu as un problème avec moi Viktor ? demandai-je.

Il s'approcha calmement, bien que je puisse voir la colère et la frustration parcourir sa peau. Il se colla presque à moi, son visage au-dessus de ma tête, que je relevai pour ne pas le quitter des yeux. Jacob Grimm se leva à son tour. Je savais qu'une intervention extérieure serait inutile, Viktor était juste fou de douleur d'avoir perdu des siens. Il n'était pas méchant.

— Tu as provoqué Baker, Mathilda, tu as fait venir ces hommes ici… La Guilde t'a accueillie temporairement parce que Vassilissa pense que tu as un rôle à jouer mais ça ne veut pas dire qu'on est tous de cet avis. La grenouille ne te protégera pas toujours… Et mon frère non plus.

Je le jaugeai un instant, me demandant ce qui pouvait bien lui passer par la tête. Puis je reculai d'un pas pour croiser mes bras sur ma poitrine en signe d'ennui.

— Je n'ai pas besoin qu'ils me protègent, dis-je. Et tu te rends bien compte que tu te trompes, non ? C'est pas moi qui ai fait venir ces hommes ici alors que je suis même pas censée y être. Baker veut éliminer les hybrides, je ne peux pas être retenue comme la cause de vos problèmes alors que j'en suis même pas un…

— Tout ce que je vois, coupa-t-il, c'est que depuis que tu es là, tout part en vrille. On a perdu cinq loups ce soir…

— Elle en a sauvé au moins deux, grommela Gordon.

Viktor avait sursauté en entendant le jeune loup intervenir dans la conversation alors qu'il avait déjà montré une effronterie intolérable. Il fulminait de colère. Il entreprit de me contourner pour s'approcher de Gordon, dans un pas lent et maîtrisé qui me rappelait celui d'un prédateur. Je bougeai pour m'interposer à nouveau quand une autre voix s'éleva d'autre part dans la pièce.

— Elle a aussi sauvé un puma, dit un garçon blond dont je reconnus l'aura comme étant celle du combattant qui avait tenu tête à un arbre. Et un rat, ajouta-t-il.

— Et un Grimm, dit Jacob.

Viktor reporta son regard sur moi, son expression avait changé sensiblement, sans que je puisse identifier les sentiments qui l'animaient. Nous nous toisions en silence. Il était immensément triste.

— Je comprends ton inquiétude, dis-je finalement, en tant que chef de clan, il est normal que tu cherches des solutions à la situation, pour les tiens. Si tu estimes que je représente une menace pour les clans unis au sein de la Guilde…

— Ça ne fait aucun doute, dit-il.

On entendit du raffut dans le couloir. Je pouvais sentir le loup noir en approche, je me pressai.

— Me demandes-tu de quitter la Guilde ? expédiai-je.

— Oui, répondit-il en même temps que Gordon et Vassilissa avaient crié « Non ! ».

— Très bien, repris-je, je ne vois aucune raison de ne pas te donner satisfaction.

Anton entra dans un fracas théâtral. *Surjoué Loup, et trop tard en plus*. Il traversa la pièce en quelques pas, se dépêtrant encore des bandages chargés de magie qu'il avait traînés depuis le cabinet, Léonie sur les talons. Elle levait les bras au ciel dans une expression de consternation. Le blessé fugueur à l'œil bandé vint se mettre entre Viktor et moi. *Ça va pas recommencer ?*

— Tu ne représentes pas toute la Guilde à toi tout seul, gronda-t-il pour son frère, tu n'as pas le pouvoir de prendre cette décision.

— C'est exact, renchérit la grenouille qui s'était avancée.

— Mais toi, tu ne sièges même pas au Conseil, souffla Viktor.

Ils gonflèrent perceptiblement leurs torses sous mes yeux ahuris. *Non mais sérieux ?* Je reculai un peu pour être sûre qu'ils me voient bien tous les deux.

— Si aucun de vous n'a le pouvoir de faire chier l'autre officiellement, moi j'ai toujours celui de faire ce que je veux…

Ils se tournèrent vers moi. Anton leva le bras pour me demander de me taire. *Échec.*

— Si l'Alpha des loups préfère, pour la sécurité de son clan, que je ne reste pas à proximité pour le moment, ça me va. En gage de ma bonne volonté, j'accepte même de quitter la ville…

— Non, coupa le loup noir.

— Non ? demandai-je.

— Tu ne peux pas, dit-il.

— Si, je peux, m'irritai-je, et c'est exactement ce que je vais faire.

— Tu ne peux pas ignorer le rêve, insista Vassilissa, tout abandonner, toutes les vies qui sont en jeu…

— Je n'ai fait aucun rêve, crachai-je, je n'ai même pas rencontré quelqu'un qui l'ait fait. Je ne suis concernée par tout ce bordel que parce que vous m'y avez mise. J'ai plus rien à abandonner puisque j'ai déjà tout perdu quand vous avez fait penser à Baker que je représentais une menace.

Mamie Grenouille s'empourpra et je pus sentir pour la première fois un début de sentiment de colère en elle, qui me fit frissonner. Je me demandais si elle allait se transformer en monstre et m'enfermer dans une cellule, quand elle finit par regarder le sol, puis Viktor. Celui-ci parut penaud un instant. Il n'était vraisemblablement pas sûr de ce qu'il venait de faire.

Je traversai la pièce vers Ray et l'enlaçai tendrement. Je revins en sens inverse jusqu'à Gordon, qui se recula, inquiet à l'idée que je puisse faire la même chose devant tout le monde. Je lui tendis la main mais il refusa de la serrer. Mon cœur s'étrécit. Chris traversa la salle bruyamment et me prit dans ses bras en me chuchotant quelques insanités à l'oreille. Je souris. Je saluai la grenouille puis me dirigeai vers la sortie en prenant le temps de croiser chaque regard respectueusement. Un au revoir silencieux à chaque personne que j'avais rencontrée ici. Enfin presque chaque personne. Au moment de percuter le regard du loup noir, je ne pus me résoudre à affronter son amertume, je savais qu'il pensait que je resterais jusqu'au bout, au cas où je devrais bien tuer le gouverneur. J'esquissai une révérence et tournai les talons rapidement, pendant qu'ils étaient tous encore sous le choc de la surprise.

Jacob Grimm me suivit dans le couloir et me rattrapa par le bras.

— J'en suis, dit-il.

Je l'avais regardé un instant, me demandant comment il pouvait être aussi perspicace sans rien émaner.

— Quand ? demanda-t-il.

Comme il avait noté mon hésitation, il avait ajouté :

— Je bloque beaucoup plus de choses que vous le pensez, ils ne nous entendent pas.

— À la tombée de la nuit chez moi, vous trouverez ?

Il sourit.

— J'y serai.

Il repartit vers la salle. Je traversai la maison pour sortir par l'avant, en quête d'un bateau pour me ramener au port, où j'espérais que Jordan avait bien fait livrer la moto qu'il m'avait promise.

Le puma qui avait pris la parole contre le loup Alpha dans l'hémicycle avait été le seul volontaire pour me ramener en bateau sur la berge. Il n'avait pas dit un mot mais m'avait gratifiée d'une longue poignée de main, lourde de sens, avant de repartir vers la maison bleue.

J'avais fait le tour de la cahute à zodiac de la Guilde, non sans une petite pointe d'anxiété, avant de découvrir avec une joie non dissimulée la Hornet préparée par Jordan, qui m'attendait dans l'ombre du petit bâtiment. J'étais montée dessus, direction l'ancienne prison.

Le bâtiment était exactement dans la même configuration que lors de ma visite de la veille, si bien qu'en posant mes pieds sur la place, j'eus la sensation désagréable d'être revenue dans le temps. J'avais dû, encore une fois, slalomer entre les motos garées n'importe comment pour arriver devant la baie vitrée de laquelle s'échappait la même musique... J'entrai directement et me dirigeai vers le bureau, à l'étage. Personne ne m'avait arrêtée jusqu'à ce que je tombe sur le malabar qui gardait la porte.

— Je viens voir Jordan, dis-je.

Il ne bougea pas. Je me mis à m'agiter sous son nez. Son visage était le plus inexpressif que j'aie vu de ma vie.

— Est-ce que tu comprends quand je parle ? demandai-je.

Il frappa doucement à la porte sans se tourner. Après quelques longues secondes, je vis les lames du store s'écarter légèrement derrière la vitre. Je dus attendre encore plusieurs minutes avant que la porte ne s'ouvre sur une poitrine voluptueuse, trop serrée dans un décolleté en cuir. Le tout appartenait à une petite blonde à la bouche gonflée et couverte d'un rouge à lèvres qui me fit mal aux yeux. Elle finissait de redescendre sa jupe sur le haut de ses cuisses en même temps qu'elle quittait les lieux. Elle me fit un sourire désinvolte et se mit à rouler des hanches dans l'escalier. Jordan apparut dans la porte du bureau.

— Math... Je ne pensais pas te revoir aussi vite...

Il me fit entrer d'un signe et referma la porte derrière nous. Une forte odeur d'alcool vint me titiller les narines immédiatement. Je me retournai pour le regarder et constatai avec étonnement qu'il était déjà tout contre moi, s'apprêtant à serrer ses mains sur mes fesses, qui étaient devenues une autre partie de mon anatomie après mon demi-tour. Je le stoppai d'un mouvement rapide et le fis basculer sur son canapé. Il se mit à rire.

— Tu t'es faite toute belle pour moi, je suis touché, dit-il, vient par là bébé.

Je réalisai que même si mon chignon féerique s'était éclaté pendant les combats de la nuit, j'avais toujours les magnifiques boucles dessinées par Ray, mon maquillage, et des paillettes partout dans mon cou. *Super.*

— Je suis pas venue pour ça, pestai-je. J'ai besoin d'informations.

Il se redressa sur ses coudes et prit une mine renfrognée.

— Comment ça t'es pas venue pour ça ? J'ai viré l'autre blonde parce que j'allais enfin goûter à Mathilda... Et là tu me dis non ? Tu peux pas m'allumer et puis rien... Allez viens là, on parlera plus tard.

Je fis déferler une douche d'énergie sur lui. Lui arrachant les cochonneries qu'il avait ingérées et les renvoyant à la terre. Il émit un sifflement d'inconfort et fit un bond de stupeur.

— Qu'est-ce que tu m'as fait ? brailla-t-il après avoir repris ses esprits.

— Un petit lavement, dis-je avec un clin d'œil.

— Putain Mathilda, tu m'attaques chez moi ?

— Je t'ai juste remis dans ton état normal pour pouvoir te parler, dis-je tout en me demandant si j'étais bien sûre de quel était son état normal…

— Tu peux pas faire ça ! s'irrita-t-il.

Je m'approchai de lui. Il se redressa. Je passai ma main sur son torse et il se tendit, prenant une respiration rauque.

— Non seulement je peux faire ça, Jordan, mais je pourrais aussi faire bien pire.

J'envoyai une nouvelle décharge d'énergie par la paume de ma main. Il échappa un cri puis se leva pour s'éloigner de moi. Je me mis à rire.

— Merde Mathilda ! À quoi tu joues ? Tu me menaces ?

— Rooooo, tout de suite les grands mots, dis-je en le suivant. Ça va c'était juste pour rire. Excuse-moi.

J'avais joint mes mains devant moi, comme une petite fille sage, une expression innocente sur le visage. Il se frictionnait la poitrine pour effacer la douleur tout en reculant encore un peu derrière son bureau pour s'assurer de ne plus entrer en contact avec moi. *C'est bien Jordan, tu voulais me goûter, c'est fait.* Je m'installai dans la chaise en face de lui.

— Bon, repris-je, j'ai besoin d'une information. Je sais bien qu'elle ne sera pas gratuite. Je te propose un deal. Je te dis ce qu'il me faut, si tu l'as, tu me dis ce que tu veux en échange et je vois si c'est jouable.

Son regard s'illumina d'une façon qui me fit froid dans le dos. J'eus tout à coup l'impression d'être au bureau du diable, en train de signer un pacte dégradant sévèrement l'intégrité de mon âme.

J'avais retrouvé mon appartement avec délectation. Je savais qu'il n'était plus surveillé, j'en avais fait le tour une bonne dizaine de fois pour m'en assurer. Les hommes de Baker reviendraient peut-être dans quelques heures, mais pour l'instant ils n'étaient pas là et je me vautrais dans mes draps après avoir vidé l'eau chaude de mon cumulus. Le jour s'était levé depuis un moment déjà et je n'avais même pas pris la peine de baisser mes stores. Je rêvassais sur mon lit en regardant les reflets des rayons de soleil qui animaient tout un tas de jolies formes sur mon plafond. Je me sentais libérée, exempte de tout lien envers la Guilde et ses membres. Et aussi terriblement seule et malheureuse. J'étais en colère contre moi-même d'avoir suivi mon instinct de survie et de m'être enfuie de cet endroit que je commençais à aimer. Je me repassais les bons moments là-bas et commençais à somnoler. J'avais pas mal de blessures à finir de cicatriser.

L'odeur du loup. Je me raidis et me levai pour ouvrir la fenêtre. À peine l'avais-je fait, je dus m'écarter pour le laisser passer, il avait sauté depuis le toit. Il portait juste son bas de jogging. Il avait dû venir sous sa forme animale. Il était beau à tomber. La vue de son torse nu m'avait fait trembler et je m'y étais collée sans réfléchir.

— Excuse-moi, je voulais pas te blesser, murmurai-je en l'enlaçant, je me suis enfuie parce que je suis une trouillarde, j'avais tellement peur de m'attacher, mais tu me manques déjà.

Il n'hésita qu'une seconde, puis me serra contre lui avec passion. Il passa sa main dans mes cheveux et pencha ma tête en arrière pour plonger sa bouche presque dans la mienne. Nous nous embrassâmes avec empressement, nous caressant fiévreusement l'un l'autre. Il me saisit tout à coup par les hanches et me fit monter contre les siennes sans faire le moindre effort. Il recula et nous tombâmes sur le lit. Je voulais être sûre que nous nous comprenions bien mais je n'arrivai pas à accrocher son regard. Il y eut du bruit dans le couloir. Je ne voulais pas me détourner du corps d'Anton, je pris conscience que j'avais un besoin avide de son contact. J'étais tiraillée entre la menace approchante et l'extase que j'entrevoyais.

Le bruit se fit plus clair. Quelqu'un était dans mon escalier sans que mes glyphes ne l'aient arrêté. Je me relevai d'un seul coup, réalisant que je m'étais assoupie et que j'étais dans un rêve. La déception fut presque aussi grande que ma réaction de défense fut rapide. J'avais sauté du lit et me trouvai derrière la porte d'entrée, mon sabre à la main. La porte s'ouvrit sur une immense silhouette. Grimm.

Il eut un mouvement de panique d'une demie seconde en apercevant mon sabre levé sur lui.

— J'aurais pu vous tuer ! dis-je sèchement, emportée par ma frustration. On ne vous a jamais parlé de cette coutume qui veut qu'on frappe à la porte pour s'annoncer ?

Il sourit. Il me regardait avec amusement. Je pris conscience que je ne portais qu'un shorty et un débardeur.

— Vous dormiez ? demanda-t-il.

Le souvenir déjà flou de mon rêve me fit rougir malgré moi. Je fis oui de la tête. J'avais jeté un coup d'œil sur mon réveil en retournant vers mon lit, il indiquait dix-huit heures dix.

— On n'avait pas dit à la tombée de la nuit, pour le rendez-vous ? fis-je.

— Si, dit-il derrière moi.

Je pouvais sentir son regard sur mes fesses tant il était appuyé. Je lui fis face en m'asseyant sur le bord de mon lit.

— Oui, reprit-il, mais j'ai apporté de quoi vous faire un dîner !

Il avait levé son bras chargé d'un sac de courses dont dépassaient des feuilles de coriandre pour illustrer ses propos. Je pris une mine dubitative.

— Je sais, dit-il, ce n'était pas dans le deal mais je n'ai pas pu résister. Vous ne m'inviterez peut-être jamais une deuxième fois dans votre appartement alors… Et je fais très bien la cuisine…

Je haussai les épaules en signe de reddition. Il se mit à déballer ses denrées sur le plan de travail de ma petite cuisine. Je me levai pour passer un short, ça couvrait tout juste ma culotte mais c'était moins gênant, et enfiler un sweat. J'ouvris la fenêtre pour aérer un peu puis allai m'installer sur un de mes tabourets hauts, à côté de Jacob. Il me servit un sourire charmant et me désigna du doigt une bouteille de vin qu'il avait apportée. Je descendis de mon perchoir pour sortir un tire-bouchon de mon tiroir à couverts et le lui donner. Il ouvrit la bouteille.

— Je ne savais pas ce que vous aimiez alors dans le doute j'ai pris du blanc.

— C'est parfait, dis-je.

— Je sais que vous aimez le poisson, du coup j'ai acheté deux filets de saumon.

— Vous n'auriez pas dû, fis-je en me disant que je devrais lui dire tout de suite qu'il ne se passerait rien entre nous.

— Ça me fait plaisir, assura-t-il en lavant les tomates et le céleri pour commencer à les découper. J'ai pris des olives.

Il m'avait fait signe de fouiller dans le paquet et j'avais trouvé un pot d'olives marinées dans des herbes et de l'huile d'olive. Il avait remarqué que je piquais volontiers celles du dîner de la veille… J'ouvris la boîte et la lui tendis. Il me montra ses mains pour me faire comprendre qu'il ne pouvait pas se servir avec le jus de tomates qui coulait partout. J'en pris une et la lui mis devant la bouche. Il la prit entre ses dents et la mangea en souriant. Je sortis deux verres et les remplis à moitié. J'en posai un près de lui.

— Vous savez, commençai-je…

— Oui, je sais, dit-il. Je ne vous intéresse pas.

Je ne pouvais pas nier sans mentir si bien que je me tus. Il eut un petit rictus de déception mais continua ce qu'il était en train de faire.

— Tout le monde s'accorde à dire que je suis folle, vous savez ? souris-je. Un aimant à emmerdes. Ne soyez pas triste.

Il s'arrêta un instant pour me regarder d'une façon intense, sondant mon âme. Je pouvais presque ressentir sa lecture à travers moi.

— Vous êtes tellement plus que ça, susurra-t-il.

Il se reprit soudainement. Il passa ses mains sous l'eau puisqu'il avait terminé ses découpes et les essuya dans un torchon. Il prit son verre et le tendit vers moi pour que nous trinquions.

— À notre amitié, dit-il.

— À notre amitié.

Nous bûmes en silence, sans nous quitter des yeux. Il finit par décrocher pour me demander un plat, de l'huile d'olive, du sel, du poivre, des épices... Nous avions terminé de préparer le poisson et l'avions mis au four. Ensuite, nous avions continué de boire l'excellent vin moelleux qu'il avait amené en discutant de tout et de rien. De la vie, de la mort, de nos responsabilités et de nos envies. Il était très cultivé et vraiment intéressant. Son côté curieux de tout le rendant passionnant à écouter. Nous avions sorti le plat du four en discutant et dégusté nos morceaux de saumon et nos légumes caramélisés, juchés sur mes tabourets, côte à côte contre mon bar. Ça avait réellement été un moment délicieux.

— Alors, dit-il, quel est le plan ?

— Je sais où se trouve Baker.

— Je m'en doutais, opina-t-il.

— Je vais aller le tuer, admis-je sans préambule.

— Huuuuuum, ça paraît un peu...

— Fou ? souris-je. Je vous l'avais dit...

On frappa tout à coup à ma porte. J'essayai de sentir les auras bien que le vin m'ait un peu grisée, ce qui me rendait toujours moins efficace. Chris et Gordon. Alors que je me levai pour aller leur ouvrir, une silhouette se faufila par la fenêtre que j'avais oublié de refermer. Anton. J'eus un moment de faiblesse, sentant une vague de désir me parcourir en posant mes yeux sur son torse nu, il avait voyagé sous sa forme animale et se tenait à l'endroit où il était arrivé dans mon songe... Il croisa les bras sur sa poitrine et me lança un regard noir, enfin, encore plus noir que d'habitude... Les jeunes avaient arrêté de tambouriner à ma porte, sûrement parce qu'ils avaient dû apercevoir le loup noir entrer par ma fenêtre.

Il promena son regard sur mon lit en désordre, mon short extrêmement court, mes cheveux détachés, les assiettes sur le bar, la bouteille de vin, puis sur Jacob Grimm.

— Quoi ? dis-je enfin.

Il soupira longuement.

— Je viens avec toi, dit-il simplement.

— Où ça ? fis-je.

— Chez Baker.

Je me tournai vers Grimm.

— Je croyais que vous bloquiez nos conversations ?

— J'ignorais que j'avais à le faire chez vous, dit-il, je n'avais remarqué aucune surveillance en arrivant et entre-temps, j'étais... un peu distrait.

Anton se racla la gorge.

— J'ai bien compris que tu me considères comme un problème, fit-il à mon intention, (*noooooooooon ?*) et c'est sûrement ma faute, mais je suis de ton côté. Arrête de faire comme si on était ennemis. Baker est une menace, on veut tous les deux s'en débarrasser. Pourquoi tu pars seule en mission suicide alors que tu sais que j'irai avec toi ? Que la Guilde te soutiendra.

Dommage, ça partait tellement bien...

— Elle n'allait pas partir seule, dit Grimm en se levant.

Anton me fusilla encore du regard. Je me mis à débarrasser le bar nerveusement et à laver les assiettes.

— Mon histoire avec la Guilde a plutôt mal commencé, comme tu le sais, expliquai-je. Je suis habituée à me débrouiller... Et puis Deana a l'air au bord du gouffre. Je voulais vous laisser un peu d'espace.

— Bien sûr, cracha le loup en levant les yeux au ciel.

— En tout cas, dit Grimm, c'est une bonne chose qu'il soit là, notre association a bien fonctionné contre le faux dieu égyptien, il y a fort à parier que ce sera encore le cas.

— Hors de question que Chris et Gordon viennent, intervins-je.

On entendit des protestations sous la fenêtre.

— Ce sont d'excellents combattants, objecta Anton.

Grimm se mit, lui aussi à débarrasser, il prit un torchon pour essuyer la vaisselle que je posai sur l'égouttoir. Anton nous regardait, médusé.

— Je sais, admis-je, mais…

Des pas se firent entendre dans l'escalier puis les deux sujets de discorde débarquèrent dans l'appartement. Gordon me dévisageait avec une mine furieuse. Chris inspecta ma tenue vestimentaire avec attention et me fit un clin d'œil d'approbation, puis il regarda Grimm.

— C'est qui celui-là ? dit-il. Qu'est-ce qu'il fait chez toi ?

Grimm leva un regard surpris vers le jeune sorcier, Anton et moi eûmes en chœur un mouvement d'humeur.

— Je veux venir, Mathilda ! s'énerva Gordon. Je suis un vrai emmerdeur moi aussi, j'ai beaucoup appris de toi, je fais ce que je veux. Et je veux venir.

J'eus un sourire imperceptible de l'extérieur.

— OK… soufflai-je. J'abandonne. Tu peux faire ce que tu veux… Mais pas n'importe comment hein ? Tu seras prudent, pas de risques inutiles.

Il trépigna, visiblement irrité que je lui parle comme à un enfant. Chris s'en amusait.

— Pareil pour toi Chris, coupai-je.

Il stoppa son ricanement dans un hoquet.

— Comment tu as trouvé où est Baker ? demanda Anton. D'après mes renseignements il bouge souvent et n'a été vu dans aucune de ses habitations officielles depuis des mois. J'ai envoyé des loups surveiller chacune d'elles.

Je soupirai.

— J'ai dû vendre mon âme à Jordan, le chef du gang des *Grill Riders*.

Ils me fixèrent tous.

— Le bon point c'est que si je meurs chez Baker, je n'aurai pas à faire ce que je lui ai promis, raillai-je.

— Qu'est-ce que tu lui as promis ? s'enquit Chris.

Tous les yeux étaient braqués sur moi, apparemment c'était l'information la plus intéressante du jour. Je soupirai de nouveau.

— C'est notre petit secret, dis-je sans entrain.

— Tu veux que je le tue ? proposa le sorcier.

— Non merci, Chris, mais je suis touchée, souris-je. Bon, si ça ne vous dérange pas messieurs, j'aimerais bien m'habiller maintenant.

Ils ne bougèrent pas tout de suite, puis Grimm donna l'impulsion aux jeunes ; ils descendirent l'escalier ensemble après m'avoir indiqué qu'ils m'attendraient en bas. Anton n'avait pas bougé. Je levai les sourcils, l'interrogeant du regard.

— Je sais que la vue de mon anatomie ne te perturbe pas le moins du monde, mais on n'est pas obligés d'en faire une habitude… dis-je, et puis là j'ai pas de sous-vêtements donc ce sera plus gênant.

Ses yeux parcoururent mon corps à la dérobée. *Vu !*

— Je pensais que tu ne croyais pas à la prophétie ? dit-il.

— Je n'y crois pas, répondis-je.

— Pourtant tu vas l'accomplir…

— Je vais y mettre un terme, disons. Je commence à me lasser de ce jeu.

Il me fixa de longues secondes. Cherchant à comprendre ce qui se passait dans ma tête. Son investigation silencieuse me mit mal à l'aise. J'avais l'impression qu'il allait découvrir que tout ce que j'avais envie de faire depuis que les autres étaient sortis, c'était de me jeter dans ses bras. Il se tourna pour se diriger vers la fenêtre. Relâchant un peu la pression qu'il exerçait sur moi sans le savoir. Il s'arrêta à mi-chemin pour me demander :

— Pourquoi… Pourquoi tu me détestes ? Pour la transfusion ?

Ô misère !

— C'est pas le cas, bafouillai-je. J'ai un sale caractère, c'est tout.

Il s'approcha rapidement sans prévenir. Je faillis perdre l'équilibre.

— Je te fais peur ? dit-il, bien trop près de moi.

— Non, pourquoi ? Tu cherches à me faire peur ?

— Pas du tout.

Il resta un temps interminable à me jauger, à quelques centimètres de moi et j'eus le plus grand mal à ne pas le toucher. J'avais envie de caresser ses abdominaux, ses bras, de sentir son cou, de passer ma main dans ses cheveux, d'embrasser l'os saillant de sa mâchoire sur toute sa longueur jusqu'à sa bouche, de palper ses fesses musclées. J'avais envie d'oublier Baker et de partir m'enfermer sous ma couette avec Anton. Mais quelle mouche me piquait ?

Mes aptitudes au combat avaient toujours tendance à me rendre désirable pour les hommes forts, ceux qui n'avaient pas de problème de confiance en eux. Je faisais peur aux autres. J'avais l'habitude d'être un objet de convoitise pour cette simple raison. Les hommes ne cherchaient jamais à connaître ma personnalité, ils étaient excités par mon côté aventureux. Je n'y prêtais généralement pas attention, et voilà que ces derniers temps j'étais affectée par eux. D'abord Montgomery, qui continuait de faire battre la chamade à mon petit cœur de tueuse, puis Anton, qui lui, n'avait pas montré le moindre intérêt pour moi et qui m'obsédait malgré tout. Je n'étais plus toute jeune, j'avais déjà passé ma petite période fleur bleue, sauf que je l'avais eue alors que j'étais prisonnière d'une arène de combats clandestins et que je devais tuer tous mes prétendants… La loose. Mais j'avais compris depuis longtemps qu'une vie sympa, une histoire d'amour et un quotidien tranquille, ce ne serait jamais pour moi. L'univers m'avait donné un pouvoir et il attendait un retour sur son investissement à chaque instant. « Tiens, Mathilda, y'a des gens qui sont menacés ici, va risquer ta vie. Oh attend, il y en a encore d'autres là, vas-y aussi, tu te reposeras quand tu seras morte. » J'étais tombée amoureuse une fois. Et l'univers m'avait susurré à l'oreille « Tu crois vraiment que tu as le temps pour ça ? », avant de me le prendre avec une violence qui m'avait quelque peu fait perdre les pédales. Beaucoup de gens étaient morts pour ça… Perdre les pédales était hors de question.

Je reculai brusquement pour mettre fin à cet échange hormonal intense. Il inspira profondément et s'extirpa par la fenêtre.

Je mis quelques longues secondes à reprendre pied avant de filer à la salle de bain pour me préparer.

11

Sortie

Nous nous retrouvâmes tous devant chez moi, sur *High Street*. Gordon m'avait indiqué que son chef et mentor lui avait ordonné de nous faire attendre là pendant qu'il était allé chercher un véhicule dans lequel nous pourrions tous monter. Quand il revint, une vingtaine de minutes plus tard, Paul était au volant, et lui côté passager d'un gros fourgon noir.

— Cool, dis-je en montant, Jordan voulait m'en prêter un mais j'avais pas vraiment envie d'alourdir ma dette... Salut Paul.

— Salut Math, dit-il en me gratifiant d'un grand sourire franc qui disait clairement « Je savais bien que t'allais pas te barrer sans finir la mission. ».

Le fourgon avait trois rangées de sièges. Gordon s'était carré seul sur la rangée du fond. Grimm était monté à ma suite et Chris, monté en dernier, nous avait enjambés tous les deux pour venir se mettre de l'autre côté, près de moi. J'étais donc coincée entre le coupeur d'énergie et le sorcier magicien aux mains baladeuses.

— T'es sérieux Chris ? dis-je. Y'a plein de places libres et faut qu'on se mette à trois sur la même rangée ?

— Il peut aller avec Gordie, s'il ne craint pas les mauvaises odeurs, répondit-il en montrant Grimm du doigt.

— Ta gueule, maugréa Gordon.

Je soupirai, me levai et enjambai la rangée pour atterrir à côté de Gordon. Celui-ci me regardait avec des yeux ronds.

— Quoi ? dis-je. C'est réservé ?

Il fit non de la tête puis sourit au sorcier. Chris se mit à râler. Paul m'interpella :

— J'ai pas l'adresse Mathilda…

— J'espère que t'as fait le plein parce qu'on va à Covington.

— Quoi ? intervint Chris, mais c'est à au moins trois heures d'ici !

— Quatre heures je dirais, fit Paul en regardant la carte qu'il avait dépliée sur le volant puisqu'il n'y avait plus de satellites en état de fonctionner.

— T'as qu'à faire une sieste, raillai-je, comme ça, tu seras bien en forme pour botter des culs.

— Mais c'est pour ça que je voulais être à côté de toi ! Je peux pas dormir sans doudou, fit-il en battant des cils.

Je lui jetai mon bâton télescopique, qu'il reçut en plein abdomen.

— Tiens, je peux te prêter ça si tu veux.

Gordon pouffa.

— Je te préviens, dit Grimm, ne te colle pas sur moi.

— T'es pas mon style, sourit Chris.

Jacob se tourna pour me lancer un regard interrogateur, il avait l'air de trouver le comportement du magicien complètement surréaliste.

— Ne me regardez pas comme ça, j'y suis pour rien, ris-je. On finit par s'y habituer, il s'est mis dans la tête qu'il était irrésistible.

— Faut vraiment qu'il soit con, dit Gordon.

Paul éclata de rire et démarra sur les chapeaux de roues.

— Covington, c'est le trou du cul du monde, reprit Chris.

— Oui, c'est à peu près ce que j'étais en train de me dire, ajouta Grimm.

— C'est dans la forêt Washington et Jefferson, dis-je, tout près d'une énorme aurore magique, une de celles qui ne sont pas encore refermées. Ça expliquerait comment il peut avoir autant d'hybrides dans ses rangs.

— Ils sont quand même débiles les types, dit Chris, ils se font tuer pour servir un mec qui veut qu'il n'y ait plus d'hybrides…

— Bien vu, se moqua Gordon, parfois je me dis que t'es un putain de génie en fait…

Le magicien se tourna et commença à envoyer des coups de poing à la volée, ce qui fit rire le jeune loup, qui rendait tout ce qu'il pouvait.

— Arrêtez de vous chamailler c'est pénible, dis-je, la prochaine fois qu'on part en vacances on laisse les enfants, Loup.

Anton me fixa dans le miroir qu'il avait laissé ouvert au-dessus de sa tête pour surveiller l'arrière. Il était clairement surpris que je m'adresse à lui dans ce contexte. Je réalisai que tout le monde s'était figé de surprise du fait que j'aie pu induire une supposée relation personnelle entre le loup noir et moi. Je crevais d'envie de préciser que c'était juste une plaisanterie mais je savais d'expérience que ça ne ferait qu'empirer les choses. Jacob reprit son air triste. Chris se mit à bouder dans son coin, collé à sa fenêtre. Paul eut un sourire en coin. Gordon eut une moue étrange, entre l'indignation et la satisfaction… Impossible à décoder. J'aurais payé pour que quelqu'un lance un nouveau sujet de conversation. Anton avait replié le miroir au-dessus de lui et s'employait à regarder en détail tout ce qui passait sur le bord de la route que nous arpentions. *Super.* De toute évidence, cette possibilité n'enchantait personne. Je me renfrognai dans mon coin, puisque c'était de mise.

Je profitai de ce moment de bouderie générale pour commencer à canaliser de l'énergie. J'avais quatre heures pour me charger le plus possible. Si Baker se trouvait bien à l'endroit de sa source de combattants monstrueux, il y avait fort à parier que nous allions avoir de gros ennuis, et même si j'étais contente d'avoir de la compagnie, la présence de tout ce monde me donnait déjà des sueurs froides. Je ne supporterais aucune perte. Je repliai mes jambes, en position de méditation et fermai les yeux. Je me connectai à l'univers en prenant tout mon temps. Je devais faire le vide pour recevoir les informations qui me seraient utiles le moment venu. Je demandai à mes guides, ces voix qui me répondaient ou m'interpellaient parfois, s'ils m'envoyaient bien vers cet homme pour arrêter sa folie meurtrière et protéger l'équilibre puis je retournai dans le vide, en attendant leurs indications ; faisant taire mon esprit.

La voiture s'arrêta tout à coup. J'ouvris les yeux. Gordon dormait contre mon épaule. *Je savais bien que tu faisais semblant de faire la gueule.* Grimm s'était affalé contre sa vitre et j'entendais sa respiration lente. Chris n'était plus là. Paul descendait tranquillement. Ils faisaient une halte sur une aire de repos. Le complexe qui avait été jadis un *7-eleven* était à moitié écroulé mais le minuscule bâtiment à la devanture jaune qui y était adossé avait tenu bon. Je vérifiai l'heure, ça faisait deux heures que nous roulions, deux heures que je chargeais mes batteries d'énergie. Je m'extirpai doucement de ma position, en installant délicatement Gordon contre la banquette et sortis de la voiture par la porte de Chris, rejoignant Paul.

— On va manger un morceau, dit-il. Anton est dedans, je vous rejoins, je vais pisser.

J'entrai dans le petit restaurant surchauffé et m'approchai du loup noir. Il lisait les menus, au-dessus des caisses. Il portait un Lévis, des Converse et une chemise à carreaux sous une veste en cuir marron. Il avait mis du gel dans ses cheveux. Un beau mec, tout ce qu'il y avait de plus normal… Je me repris et vins faire la queue à côté de lui. Il ne m'avait pas vue arriver et fut surpris en me sentant aussi près. Il s'écarta un peu. *Waou, quel succès…* J'évitai son regard. L'idée super étrange de lui prendre la main pour attendre notre tour me passa par la tête. *N'importe quoi.* J'hésitai à retourner à la voiture en prétendant que rien ne me tentait tant j'étais gênée d'avoir pensé à ça. Chris vint se mettre entre nous deux. *Ouf.*

— Qu'est-ce que je t'offre Mathilda ? dit-il.

— Je me laisserais bien tenter par un muffin jambon œuf, un jus d'oranges pressées et une grande bouteille d'eau, répondis-je.

— OK, va t'asseoir si tu veux et je te ramène tout ça.

Je lui mimai un grand merci et fis mine de lui envoyer un bisou imaginaire, qu'il attrapa au vol et appuya sur ses lèvres avec passion avant de faire genre d'être gêné. Je ris et filai m'engouffrer au fond d'une banquette, le plus loin possible de l'Alpha. Je regardais par la fenêtre en rêvassant quand il me rejoignit. Il eut l'indélicatesse de s'asseoir juste en face de moi. *Merde*. Il avait commandé deux menus juste pour lui et deux autres pour Paul, qui vint s'installer à côté de lui.

— Merci, dit l'ours polaire.

Gordon entra en se frottant les yeux et vint s'asseoir à côté de moi. Chris arriva avec son plateau.

— Ah non mec, pas encore, va te trouver une autre place, c'est moi à côté de Math.

— Passe côté mur Gordon, je vais me mettre au milieu, dis-je.

En proposant le mouvement, je m'étais levée et m'étais faufilée entre la table et les genoux de Gordon pour passer de l'autre côté de lui. Le jeune loup avait tenté de se faire le plus petit possible et avait regardé ailleurs pour ne pas bloquer sur mon postérieur, qui était passé juste sous son nez dans la manipulation. Chris, lui, n'avait rien perdu de la scène.

— Tu feras ça sur moi après ? dit-il.

Anton donna l'un de ses deux menus à Gordon. Grimm fit son entrée. Il se mit dans la queue pour se commander de la nourriture. Je mangeai mon muffin en prenant soin de ne pas croiser le regard du loup noir. Quand Jacob vint s'asseoir au bout de la table, après avoir tiré une chaise depuis une autre table, je lui fis un signe qu'il comprit tout de suite. Il bloquait nos voix.

— Il va sûrement y avoir beaucoup de monde là-bas, dis-je. Je préfère qu'on se mette d'accord tout de suite. C'est pas une mission suicide. Si on est débordés, on se retire. Personne ne meurt, en tout cas personne qui se trouve à cette table.

Tous opinèrent.

— C'est drôle que tu dises ça, dit Anton, parce que quelque chose me dit que s'il y a bien une personne qui ne va pas se retirer facilement, c'est toi.

— Une vraie tête de mule, ajouta Gordon, la bouche pleine.

— Dis donc toi, t'as oublié ton respect à la maison bleue ? soufflai-je. Bon, taisez-vous deux secondes et concentrez-vous. Je vais vous envoyer un message, une petite impulsion d'énergie. Vous me direz après si vous l'avez bien reçue, on fait un test radio quoi.

— Avec tout ce bruit ? demanda Chris.

— Il y aura sûrement du bruit aussi quand j'aurai à vous l'envoyer… Si ça arrive, répondis-je. Il vaut mieux que je sois sûre que vous puissiez le sentir en toutes circonstances.

J'envoyai un signal énergétique, visualisé dans mon esprit comme une petite flamme de lumière, chargée du message clair

« On s'en va. », tout droit vers leurs têtes respectives. Chris sursauta.

— Pourquoi tu l'envoies si fort ? dit-il.

— C'était un petit message, tu dois être particulièrement réceptif, pensai-je tout haut.

— Je me tue à te le dire, coula-t-il en caressant mon bras.

— Arrête tes conneries ou je t'en envoie un qui sera vraiment très fort, m'agaçai-je en me décalant. Tout le monde l'a reçu ?

Ils opinèrent.

— C'était assez clair ou vous voulez que je force un peu ?

— Clair, dit Anton.

— Clair, fit Paul.

— Limpide, admit Jacob.

— Je l'ai entendu aussi… hallucinait Gordon. Ça fait vraiment très bizarre, on dirait qu'une partie de toi est quelque part à l'intérieur de nous… C'est…

— Génial, finit Chris. Et d'ailleurs en parlant de partie de soi à l'intérieur de…

— La ferme, coupa Anton.

C'était la première fois que le loup noir reprenait le magicien quant à son comportement vis-à-vis de moi. Il devait avoir épuisé son stock de patience. Je me demandais si Chris allait braver l'autorité du chef de la sécurité de la Guilde, mais le ton sans appel qu'avait employé le loup me laissait penser que personne n'aurait envie de ne pas écouter sa consigne, pas même mon petit effronté de sorcier. Et de fait, il n'en fit rien.

Nous finîmes de manger tranquillement, avant de reprendre la route. Je me remis au même endroit, en méditation. Plus on approchait de Covington, plus je sentais la haine, la fureur, la peur de centaines de personnes affluer vers ce secteur, comme pour nourrir un funeste dessein. L'atmosphère se faisait de plus en plus pesante. J'ouvris les yeux tout à coup, effrayée par ce que je sentais. Anton me jeta un coup d'œil interrogatif dans le miroir qu'il avait rouvert. Je lui fis signe qu'il y avait de mauvaises choses qui nous attendaient. Il comprit tout de suite et hocha la tête pour me signifier qu'il était prêt. Je sentis une angoisse naître au fond de moi. Et s'il mourait ? L'image d'Aïko sans vie dans mes bras me revint à l'esprit sans crier gare, un frisson glacial me parcourut l'échine. J'étais clairement en train de tomber amoureuse de ce fichu loup. *Quelle connerie.* Je ne pouvais quand même pas être assez idiote pour faire deux fois la même erreur ? Je jetai un coup d'œil à Gordon qui s'était assoupi à côté de moi. J'avais envie de le balancer hors de la voiture pour être sûre qu'il ne soit pas blessé… Je me mis à respirer doucement, essayant de me calmer. Il ne servait à rien de stresser si tôt. Je devais d'abord jauger la situation sur place. Il serait alors temps de m'organiser pour qu'ils s'en sortent. J'avais beau rationaliser, je savais que j'étais moins efficace quand je paniquais pour les autres.

Nous arrivâmes aux environs de Covington quelques minutes avant minuit. Paul s'était garé bien avant la ville, par précaution. Il avait mis le fourgon sur le bord de la route principale, un peu en retrait, derrière des arbres. Tout le monde était bien réveillé. L'adrénaline commençait à affluer chez chacun. Je m'étais assise en tailleur dans la terre, à quelques mètres du véhicule où tous les hommes attendaient, sauf Anton, qui s'était adossé à la carrosserie, juste derrière moi. Je m'étais ancrée, puis avais appelé l'énergie à moi. J'avais visualisé la zone. Les volutes colorées habituelles étaient plus intenses dans ce coin du fait de la proximité de l'aurore magique qui lézardait le ciel au-dessus de nous. Tout était distendu, étiré de façon grotesque, brouillé. Je pris mon temps pour sentir les environs, ressentir les énergies. Je confirmai et reconfirmai mes informations, espérant chaque fois m'être trompée.

Je me levai soudain.

— Il n'est pas ici, dis-je, il savait qu'on venait.

— Comment tu peux en être sûre ? demanda Anton.

— Parce qu'on est au beau milieu d'un piège, râlai-je. Des hommes arrivent de tous côtés pour nous prendre en sandwich. On ne peut plus s'en aller. On va devoir les affronter.

Je m'approchai du loup noir pour parler plus bas. Je lui chuchotai à l'oreille :

— Dès la première occasion, partez.

Il me regarda d'un air offensé.

— Je t'en prie, Loup, ordonne-le au moins aux jeunes. À la première occasion…

Il me prit la main sans que je m'y sois attendue.

— N'aie pas peur, dit-il.

Je le regardai un instant, éberluée. Je caressai sa main dans un moment d'égarement, puisqu'il me l'avait donnée, tant pis pour lui.

— Tu comprends pas, dis-je, j'ai pas peur pour moi…

Grimm sortit de la voiture et vint se poster près de nous. Je lâchai la main du loup.

— Ils arrivent en grand nombre, dit-il.

— Combien ? me demanda Anton.

— Une soixantaine, je dirais, fis-je.

— Oui, il y a une minute, précisa Jacob, et maintenant j'en compte soixante-neuf, ça n'arrête pas d'augmenter.

Anton enleva sa veste en cuir, puis sa chemise, ses chaussures, ses chaussettes, son jean. Je me tournai pour ne pas en voir plus. J'entendis le bruit impressionnant des os qui mutent pour prendre la forme de ceux d'un homme loup. Quand je me retournai, je découvris qu'il était passé directement en forme guerrière, que Paul avait laissé place à un magnifique ours polaire démesuré et Gordon à un grand loup brun. Chris armait son arbalète alors que des arcs électriques parcouraient déjà son corps. Je me connectai un instant au réseau universel, visualisant son quadrillage coloré montant vers le ciel et couvrant le globe, pour me concentrer sur l'aura de Vassilissa. Elle m'apparut tout de suite. « *Nous sommes tombés dans un piège, je suis inquiète pour Anton, Gordon, Chris, Paul et Jacob Grimm. Si je suis trop blessée, ce qui va sûrement être le cas, je ne pourrai pas les soigner… Nous sommes à Covington, envoyez un médecin si vous pouvez.* » Je vis la grenouille bondir du sofa sur lequel elle grignotait des biscuits secs. Je revins au champ de bataille et sondai les parages pour constater que les assaillants étaient presque sur nous. Je lançai une impulsion pour rendre toutes les armes à feu inopérantes. Chris eut un petit cri, il était vraiment très sensible à l'énergie... Je mis ensuite en place des bulles de protection sur chacun jusqu'à Grimm, qui me fit signe d'arrêter.

— Ça ne tiendra pas sur moi, dit-il, je peux sentir les énergies et les couper, pas m'en servir.

Merde.

— Reste tout le temps près de moi alors, indiquai-je.

— En faisant ça, je risque d'altérer votre propre protection... Et puis j'ai apporté ma petite bulle moi aussi, dit-il en levant deux tomahawks.

— Altérer mais pas annuler, insistai-je, je ferai avec une demi-protection et toi aussi, je serai ta bulle partielle, juste en renfort.

Je mis une double garde personnelle en place, une bulle autour de moi, pour prévenir les coups, et une épaisse couche sous et sur ma peau, pour les atténuer s'ils parvenaient malgré tout à m'atteindre.

Les cris de fureur des ennemis en approche se firent tout à coup plus clairs, les premiers monstres avaient passé la dernière ligne d'arbres qui les séparaient de nous. Nous avions formé un cercle, dos à dos. La horde qui nous encerclait était composée exclusivement d'hybrides, la zone devait être très fertile en magie, et la haine canalisée semblait être un fabuleux catalyseur. Comme ils s'étaient arrêtés un instant pour nous étudier avant de nous hacher menu, je les surpris en m'attaquant sans attendre à ceux situés le plus près de moi. Je lançai une impulsion énergétique qui balaya les plus faibles, je l'avais faite si tranchante que trois d'entre eux tombèrent au sol alors que leurs jambes tenaient toujours debout, d'autres furent salement abasourdis. Le groupe hurla et déferla sur nous. Je boostai mon sabre à grands coups de renfort énergétique et commençai à le faire tourner dans tous les sens, tranchant, arrachant, piquant, traversant des corps à une cadence infernale. Autour de moi, je sentais la puissance conjointe de mon équipe de guerriers, déchaînant une force colossale dans un ballet épique. Après seulement quelques minutes d'affrontements, j'étais déjà presque entièrement couverte de sang et il y avait un monceau de corps entassés devant moi. Grimm s'activait juste à côté, maniant ses haches avec une aisance envoûtante.

Tout à coup, une espèce de cyclope géant fit s'écarter la foule d'assaillants en approchant. J'étais déjà aux prises avec deux hybrides, qui me lacéraient lentement mais sûrement les bras grâce à de longs cheveux coupants qu'ils m'envoyaient sans relâche même si Grimm et moi n'avions de cesse de les trancher. Les liens m'enserraient chaque fois un peu plus, brûlant et coupant ma peau en glissant sur elle. Je ne pus me défaire de leur emprise assez vite pour empêcher Gordon de se faire percuter par le géant.

J'avais hurlé en voyant l'impact projeter le jeune loup hors de notre cercle, soit en plein milieu du groupe ennemi. J'explosai une boule d'énergie destructrice pour me défaire de mes liens et courus à travers la mêlée. Taillant tout ce qui se présentait sur mon chemin, me faisant aussi taillader sans y prêter attention. Je m'aperçus en arrivant sur lui, que Gordon s'était vite relevé de sa chute et était en train d'éventrer de ses crocs les quelques inconscients qui s'étaient jetés sur lui. Je fis tourner mon sabre, annihilant toute résistance, puis exhortai le loup à revenir derrière nos lignes, où il serait moins exposé. Nous y retournâmes ensemble et il émit un grognement derrière moi.

— Je sens l'odeur de ton sang, dit-il, par-dessus ceux des autres… Tu en perds beaucoup trop.

— Excuse-moi, criai-je en envoyant de nouveaux coups aux deux méduses que j'avais eu l'indélicatesse de laisser à Grimm, je vais essayer de me battre plus proprement.

Le géant revenait à la charge, écrasant au passage quelques-uns des siens. J'allai m'élancer pour essayer de grimper dessus, quand je vis Anton bondir par-dessus mon épaule, ficher ses griffes dans le torse du monstre et lancer sa mâchoire démesurée sur la chair poilue, arrachant des morceaux énormes, qui tombaient sur le sol dans un bruit écœurant.

Le cyclope se mit à hurler et à frapper son torse avec fureur. L'Alpha s'extirpa de là dans un saut vif et remonta sans perdre une seconde sur le dos du monstre pour continuer de le mettre en pièces. Je repris ma découpe méthodique, tout en gardant en fond les énergies vitales de mes compagnons. J'eus soudainement une douleur aiguë au côté gauche. Je baissai la tête pour voir le bout d'une pique sortir de mon flanc. Elle avait dû traverser ma rate.

Je tirai la pique vers l'avant pour la faire ressortir, puis me tournai vers son propriétaire, une espèce de lutin ridicule qui avait dû tenir la lance au-dessus de sa tête pour pouvoir l'enfoncer dans le bas de mon dos. Je le coupai en deux. Il y avait trop d'ennemis à tenir à distance en même temps. J'étais contrainte à détourner un peu de mon énergie accumulée vers mon corps blessé pour ne pas perdre connaissance. J'allais devoir utiliser moins de ressources alors que l'afflux d'hybrides assassins ne tarissait pas. Ça ne devait faire qu'une demie heure que nous nous battions mais je sentais que tous nos muscles étaient endoloris, pleins à craquer d'acide lactique comme si nous avions couru un marathon. Je décidai de morceler un peu ma réserve pour envoyer de l'énergie réparatrice à tous les corps pendant que je le pouvais, même à celui de Grimm. Chris poussa un cri qui avait ressemblé à celui d'un orgasme et me regarda quelques secondes, comme transfiguré, puis son halo électrique prit en puissance et son périmètre létal s'élargit d'un bon mètre. Je vis les plaies sur le torse d'Anton se refermer sous mes yeux. Les lycanthropes cicatrisaient très vite, je venais de découvrir que je pouvais rendre leur régénération quasi instantanée.

J'avais commencé à voir de petites étoiles blanches il y avait plusieurs minutes mais je tenais bon, continuant de canaliser en plus de mes réserves restantes.

— Tu as l'air à bout de forces, me dit Anton entre deux attaques. Arrête de m'aider, occupe-toi de tes plaies.

Ces loups alors, pas un pour rattraper l'autre. Alors que je venais de transpercer le cœur d'un monstre poilu sans aucune forme reconnaissable, mon corps passa de lui-même en mode survie. L'énergie commença à bouillonner, ne me traversant plus de façon passive, mais dans une secousse assourdissante, prenant sa source directement dans l'aurore magique. Mes yeux d'abord, puis ma peau, se mirent à irradier de la lumière mauve. La même lumière se mit à couler de mes mains pour former deux longues lames tranchantes des deux côtés. J'envoyai un message mental à tous, comme testé au restaurant « *C'est maintenant que vous partez les gars, dans cet état je pourrais vous tuer sans m'en apercevoir, montez dans le van et éloignez-vous tout de suite ! »*

Ils partirent en courant, sauf Anton, qui me fixait sans pouvoir bouger. Je me tournai vers lui, il sursauta en croisant mon regard. *« S'il te plaît ! »* Il détala.

J'avais conscience tout à coup de tous mes corps en même temps. Mon corps physique, mon corps éthérique, mon âme, l'énergie universelle qui les traversait... En fait j'avais conscience de tout ce à quoi je pouvais avoir accès dans ce monde et dans les autres. Je sentais la terre, les arbres, la brise, les insectes, la nappe phréatique sous nous, l'aurore magique plus haut, le monde derrière l'aurore. J'avais accès à tout en même temps.

J'inspirai lentement et demandai tranquillement aux éléments de m'apporter leur aide. Une colonne d'énergie brune, comme un gros nuage de tempête, prit forme au-dessus de moi. Il était tellement énorme... Je me disais que cette fois, je n'y survivrais pas. Des larmes coulèrent de mes yeux violets. J'appelai la colonne à moi alors que je pouvais sentir les hybrides essayer d'attaquer mon corps physique et que je le sentais, comme indépendamment de moi, agiter les lames lumineuses, tuer sans retenue, rapidement et précisément. L'aurore continuait de vomir ses créatures haineuses comme si quelqu'un avait oublié de relever le levier de la chaîne de production. Mon corps physique ne diminuait leur nombre qu'au compte-gouttes par rapport au rythme de leurs arrivées, et ce même si je les tuais par demi-douzaines. Je fis tourner l'énergie autour de moi, puis la fis prendre en force au fur et à mesure qu'elle prenait de la vitesse et qu'elle puisait l'énergie des hybrides que je tuais. En fait, je recyclais petit à petit la magie qui avait servi à créer ces choses pour fournir de la puissance à ma rustine. Quand elle fut assez forte pour ne plus pouvoir être arrêtée par qui que ce soit, je lui susurrai ma consigne, utilisant toutes les forces qui me restaient et même un peu plus. L'immense auréole grise qui avait pris de l'altitude et de la circonférence gronda, aspirant l'énergie vitale de tous les combattants du champ de bataille et les renvoyant d'un seul coup vers l'aurore magique, la colmatant dans un fracas équivalent à plusieurs coups de tonnerre simultanés. Je ressentis quelque chose qui m'était jusqu'alors inconnu. Je fus remplie de vide. Je me fis penser un instant à un vampire. J'étais l'inverse de moi-même. Un trou dans le réseau universel. De l'anti-énergie…

Ça me parut étrange et inquiétant.

Puis plus rien.

Muladhara

12

Post mortem

Je me demandais où j'étais. Tout était flou. Mes sens n'arrivaient à trouver aucun repère. Je flottais, quelque part, dans une autre temporalité, sur une fréquence que je ne connaissais pas. Est-ce que j'étais dématérialisée ? Est-ce que l'énergie de mon ancienne personnalité en gardait encore un peu le souvenir avant d'être redispatchée dans d'autres vies ? Je me souvenais de ce que j'étais avant, est-ce que c'était normal ? Je ne souffrais plus. Je baignais dans une lumière intense et chaude et c'était agréable. Je pensais à mon existence charnelle et à tout ce qui l'avait constituée. Mes rencontres, mes combats, mes doutes, mes interrogations, mes efforts, mes sentiments. J'avais beaucoup souffert. Mais les moments de joie, même s'ils n'avaient pas été nombreux, avaient valu le coup. J'avais eu le plus important. Je partais sereine. Pas de regret. Ou peut-être un ou deux, bien que je ne puisse pas me les remémorer.

J'entendais au loin un appel. Je voulais l'ignorer pour continuer de couler paisiblement vers la source universelle, mais il avait quelque chose qui me dérangeait. L'intonation, même à cette distance, me paraissait plaintive. Un appel à l'aide ? Même dans la mort, fallait-il encore que je parte en croisade ? J'avais la ferme intention de ne pas y prêter attention. Je fredonnais un mantra paisible pour ne plus l'entendre. Malgré mon stratagème, l'appel se faisait plus ténu, plus strident, plus inquiétant. Et plus son volume montait, plus j'avais le sentiment dérangeant d'en reconnaître la voix. Je finis par craquer et par me concentrer dessus pour percer son secret. Le son répétitif, même plus fort, n'avait aucun sens, comme si quelqu'un me parlait en ayant sa tête sous l'eau. Ne pas pouvoir déterminer les mots commença à m'irriter davantage que le fait que l'appel persiste. Je m'adressai à lui. *« Qu'est-ce que tu veux ? Je ne peux pas t'aider, je suis morte. »* La complainte s'arrêta net. J'attendis un instant, dans l'expectative, puis je me dis que son auteur avait reçu le message, et qu'il me laissait tranquille, finalement. Puis l'appel reprit plus fort, me faisant sursauter et brisant la douceur de mon état brumeux.

— Non Mathilda ! Ne meurs pas ! Ne meurs pas ! Reviens ! S'il te plaît !

Gordon. Gordon pleurait. Mon instinct me fit tressaillir et chercher la source de sa voix dans la lumière. Elle ne venait pas de ce plan, elle venait d'ailleurs. Je me dirigeai vers elle sans réfléchir.

Une douleur abominable me traversa de part en part. J'ouvris les yeux et remplis mes poumons avidement d'un air qui brûla tout à l'intérieur de mon corps. Je voyais des taches informes au lieu de voir des images claires. Je me mis à trembler et à tâtonner autour de moi. Je sentis une main attraper la mienne.

— Gordon est blessé ?! hurlai-je presque en sentant le goût du sang sur ma langue.

— Non, murmura la voix cristalline de Léonie, il va bien, il n'a rien, il est là, calme-toi, ne bouge pas.

Je l'entendais effectivement renifler à côté de moi. Je compris qu'il pleurait à cause de mon état et pas à cause d'une menace extérieure. Je devais être au moins coupée en deux pour qu'il geigne comme ça. J'essayai de faire le point mais je ne voyais rien. Rien du tout. Sur aucun plan.

— Tu m'as fait revenir ? bafouillai-je. Comment ? Pourquoi tu as fait ça ? J'étais morte... J'étais vraiment morte... Et ça m'allait très bien.

Je perçus plusieurs hoquets de stupeur autour de moi.

— Je sais que tu dois énormément souffrir, reprit Léonie calmement, je suis désolée. Je vais faire tout ce que je pourrai pour calmer ta douleur. Il faut que tu t'accroches, s'étrangla-t-elle.

Elle entama une psalmodie. J'avais senti qu'on m'avait hissé sur un brancard, non sans m'arracher une longue plainte cassée. Mes membres étaient endormis, à tel point que je soupçonnais ne plus en avoir, mais mon buste me procurait une douleur innommable, et le mouvement m'avait fait pleurer malgré moi. Plusieurs mains avaient serré les miennes. Plusieurs lèvres avaient baisé mes joues. J'avais été installée dans un véhicule, avec une infinie précaution, qui ne m'avait pas empêché de supplier Léonie de me laisser mourir.

— Je n'ai rien fait de spécial pour te sauver, Mathilda, chuchota-t-elle à mon oreille. C'est toi qui es revenue. Tu as dit l'autre fois que l'univers te ramènerait si tu devais rester en vie...

Je perdis à nouveau connaissance.

Quand je me réveillai, j'étais dans une chambre que je ne connaissais pas. Dans un lit aux draps sombres. La pièce paraissait grande et remplie de meubles et tableaux anciens bien que je ne puisse pas en être sûre dans la pénombre. L'odeur de l'atmosphère était caractéristique des vieilles maisons en pierre, aux murs épais. Tout mon corps était encore engourdi et je ne parvenais pas à bouger ni à me connecter à quoi que ce soit. J'envoyai mes racines vers le sol, sans voir les petites fleurs habituelles remonter le long de celles-ci. Je me concentrai sur le schéma énergétique et ne pus pas le voir.

Je visualisai mes chakras et ne les vis pas tourner. Je sondai les alentours et ne vis que du noir. Je fus prise de panique. Peut-être étais-je censée mourir, peut-être avais-je déjà commencé la redistribution de mon énergie quand j'avais échappé à la mort en décidant de revenir vers Gordon. Peut-être alors que je n'étais plus qu'une partie de moi-même ? Plus une Indigo, mais juste une humaine. Je me mis à pleurer sans savoir pourquoi. Ma particularité m'avait permis de survivre à « L'Éveil », puis elle avait été une malédiction, faisant de moi un objet de convoitise, de jalousie, de haine. Elle m'avait obligée à me battre encore et encore, à ne jamais avoir de vie personnelle, à toujours être seule. Elle m'avait fait souffrir, et pourtant elle avait fait de moi ce que j'étais. Si je me levais un jour de ce lit sans plus jamais pouvoir canaliser, aider qui que ce soit… Mon existence serait encore une fois remise en question. Quelle serait alors ma place dans ce monde ? Mon utilité ? Je sanglotai en silence.

Du bruit se fit entendre de l'autre côté de la porte puis celle-ci s'ouvrit sur la silhouette impossible à confondre de Jacob Grimm. Il tourna doucement l'interrupteur progressif pour faire naître une lumière douce et me faire découvrir que j'étais sous perfusion, et que des broches en fer sortaient de mes jambes. Il me sourit tendrement.

— Bonjour Mathilda, dit-il. Je suis ravi que vous reveniez enfin à vous. Vous êtes chez moi, dans le manoir de la famille Grimm, à Virginia Beach. Comment vous sentez-vous ?

Je haussai les épaules sans réfléchir et regrettai tout de suite mon geste douloureux.

— Vous seriez passée sous un rouleau compresseur, vous n'auriez pas été dans un état plus grave, je pense, fit-il. C'est un miracle que vous ayez survécu. Essayez de ne pas bouger. Vous êtes nourrie et hydratée par la perfusion mais vous avez peut-être envie de boire ?

Je fis oui en clignant des paupières, ne voulant pas prendre le risque de m'infliger un nouvel éclair de douleur. Il prit un verre dans un plateau sur la commode derrière lui et le remplit de l'eau d'une carafe à côté, il y inséra une paille et vint me la glisser entre les lèvres. J'aspirai doucement, le contact de l'eau sur ma langue blessée m'obligeant à restreindre le filet de liquide. Je fis merci des yeux et je vis Jacob ébranlé par mon état. Les larmes revinrent perler à la commissure de mes paupières, mais je les retins.

— Vous devez vous demander pourquoi vous êtes chez moi…

En fait je comprenais très bien pourquoi j'étais là, mais je ne pouvais pas parler pour le lui faire savoir, j'étais trop fatiguée.

— Le Conseil de la Guilde est farouchement décidé à vous protéger. Ils ont décidé que pour votre sécurité il valait mieux que vous restiez avec moi. Je cache vos émissions énergétiques.

Personne ne peut savoir que vous êtes ici, d'ailleurs ils doivent sûrement croire que vous êtes morte. Ils ne viendront pas vous chercher ici pendant votre convalescence.

Je me fis la réflexion que la tâche ne devait pas lui être ardue étant donné que je ne devais plus émettre grand-chose...

— Vous devez aussi vous demander comment vous avez survécu... C'est grâce à vous-même. Madame Kachtcheï avait reçu votre appel à l'aide. Elle a mis un peu de temps à trouver ses médecins, qui s'étaient absentés, mais dès qu'elle a mis la main dessus, elle a activé un sort qu'elle a mis au point il y a longtemps en cas d'urgence, elle avait fait tatouer les deux frères Brown, des signes incantatoires... Elle s'est servie de celui sur Anton pour se téléporter avec ses médecins sur place. Elle avait au préalable envoyé des véhicules, qui sont arrivés un peu plus tard... Je sais que ça va sûrement vous rendre triste mais vos amis de la Guilde ne pourront pas vous rendre visite.

J'eus effectivement un petit pincement au cœur, bien que ce soit complètement irrationnel au bout du compte.

— Ils pourraient être surveillés par les hommes du gouverneur, ce serait trop dangereux tant que vous n'êtes pas remise.

Ce qui risquait de ne jamais arriver.

— Gordon m'a demandé de vous dire qu'il n'était plus fâché, à condition que vous reveniez vite.

Je ne pus retenir mes larmes plus longtemps. Le grand Grimm se leva et vint les essuyer délicatement. Il se pencha sur moi et déposa une bise sur mon front.

— Vous nous avez tous sauvés. Vous êtes une incroyable force de la nature. Je vais bien prendre soin de vous. Prenez tout votre temps pour guérir. Vous sortirez d'ici bien assez tôt pour aller retrouver vos loups. Ne vous en faites pas.

Il s'en fut en éteignant à nouveau la lumière. Je luttai quelques instants contre la fatigue puis elle m'emporta encore dans un sommeil que j'espérais réparateur.

Je dormais, me réveillais, voyais Grimm, l'écoutais me raconter les journées de son groupe de bloqueurs d'énergie, buvais un peu, puis me rendormais. Je ne parlais pas. Je ne rêvais pas. Je ne sentais pas. Je ne ressentais plus rien. Un trou noir. Je n'étais plus que l'ombre de moi-même et je n'avais aucune envie d'essayer d'y changer quoi que ce soit. J'étais épuisée et j'avais l'impression que rien ne rechargerait jamais plus mes batteries.

Grimm entra sans frapper, ce qui n'était pas dans ses habitudes. Il ouvrit les rideaux, agressant mes yeux creusés, avec les rayons du soleil, que je n'avais pas vus depuis longtemps.

— Allez Mathilda, dit-il. Vous perdez chaque jour un peu plus de poids. Vous ne pouvez pas rester sous perfusion. Vos muscles sont atrophiés à force de rester alitée. Le médecin a dit que vos os étaient nickel. Vous n'avez plus les broches pour vous empêcher d'essayer de marcher. Je suis sûr que vous êtes assez remise pour vous lever depuis longtemps. Je vous ai laissé le temps de vous préparer à l'effort, maintenant ça suffit. Je ne vais pas vous regarder vous laisser mourir.

Et pourquoi pas ? me dis-je. Qu'est-ce que ça pouvait bien lui faire ?

Il vit à ma tête qu'il ne m'avait pas convaincue.

— Anton s'impatiente, lança-t-il en faisant mine de replier mon dessus-de-lit, l'air de rien.

Il croyait vraiment m'avoir comme ça ? J'avais quand même relevé la tête malgré moi et j'avais vu son visage se fendre d'un petit sourire triomphant. *Merde.*

— Il vient après chaque réunion du Conseil me demander de vos nouvelles. Je l'ai même entendu avoir une discussion avec Madame Kachtcheï à propos d'une visite exceptionnelle qu'il voulait vous faire.

Il mentait… Pas besoin de feu mes dons pour le savoir.

— Je pense qu'il ne me fait pas vraiment confiance, il doit se dire que c'est bien trop long. Si ça se trouve il s'imagine que je vous séquestre pour mon plaisir… Comme si je le pouvais…

Je vis soudain l'étincelle d'une idée éclairer son regard. Je pariai avec moi-même qu'il allait faire quelque chose de débile. Il fit le tour du lit et vint s'asseoir près de moi.

— Je me demande comment je n'y ai pas pensé plus tôt ! s'exclama-t-il en se penchant sur moi, décidé à m'embrasser.

Je me relevai rapidement, l'attrapai par les épaules et le basculai par-dessus moi, le faisant atterrir de l'autre côté du lit. Il eut le souffle coupé et son grand sourire se transforma en un sourire fébrile, déçu.

— Je savais que je ne vous plaisais pas, je ne savais pas que c'était à ce point-là, souffla-t-il.

— Je ne me suis pas lavé les dents depuis une éternité, je viens de te sauver la vie… Et puis Stella se meurt d'amour pour toi et tu la tourmentes chaque jour, à chaque fois que tu laisses entendre à quel point tu me trouves merveilleuse alors même que je me laisse mourir dans un lit et qu'elle passe tout son temps à s'occuper de toutes les affaires des Grimm, dis-je dans une voix caverneuse.

Il balbutia quelque chose d'incompréhensible, regardant en l'air, cherchant de toute évidence dans ses souvenirs des éléments qui pourraient étayer mon affirmation. Je le lâchai et me tournai pour laisser pendre mes jambes maigrichonnes sur le bord du lit. Comme elles étaient blanches et squelettiques ! Elles me firent peur en premier lieu, puis elles me glacèrent le sang quand je m'aperçus qu'elles étaient constellées de cicatrices. J'étais restée allongée des semaines, des mois même, presque trois mois, pour être exacte, et l'énergie universelle n'avait pas régénéré ma peau. Ça sonnait définitivement le glas de mon statut d'Indigo. Je n'étais plus que Mathilda, une humaine cabossée et seule. Je fus partagée entre l'envie de pleurer et celle de frapper quelqu'un.

— Est-ce que je peux prendre une douche ? dis-je.

— Mais bien entendu ! cria-t-il presque, tant il était content que je prononce enfin cette phrase.

Le médecin mage de la famille Grimm passait chaque jour me faire des soins et une toilette incantatoire mais je n'en pouvais plus de ne pas me passer sous un jet d'eau chaude pour délasser mes muscles. Le grand Jacob sauta littéralement du lit et sonna le clairon à travers le manoir, entraînant une réaction en chaîne qui fit passer dans ma chambre toute une armada de personnel de maison. On me déposa des serviettes propres, on me fit choisir des vêtements neufs, on me présenta un kiné qui me proposait déjà des massages pour redynamiser tout ça, on me régla la température de la douche (comme si j'étais attardée). Je fis oui à tout et sautai dans la douche en changeant la température pour qu'elle soit brûlante. Je pris tout mon temps pour me laver, m'épiler, me relaver avec tous les gels douche parfumés de la salle de bain, me sécher, me passer de la crème hydratante, me démêler les cheveux...

Je regardai mon corps dans le miroir. Je n'étais plus qu'une silhouette fantomatique, parsemée de marques dessinées dans ma peau. Je pris la mesure de l'ampleur des dégâts. Il n'y avait pas une seule partie de moi qui n'avait pas été abîmée. Je passai des sous-vêtements et une robe légère puisque le printemps et presque tout l'été étaient passés mais qu'il faisait encore une chaleur étouffante. Je trouvai des jolies tongs en cuir dans ma chambre, les enfilai et partis pour le jardin du manoir. Alors que je passai l'angle d'un couloir, j'eus la surprise de tomber nez à nez avec Viktor, qui sortait en douce d'une pièce. Il me fit un grand sourire et me serra contre lui.

— Je suis content que tu ailles mieux, murmura-t-il, je suis désolé, j'ai été un vrai connard.

Il me lâcha et partit sans un bruit. J'étais si choquée de l'avoir trouvé ici qu'une envie furieuse de découvrir ce qu'il y avait derrière cette porte me brûlait les mains... Je posai mes doigts sur la poignée... Les retirai... Je frappai à la porte.

— Entrez.

J'ouvris doucement, entrant sur la pointe des pieds. Je pénétrai de toute évidence dans une chambre, même si celle-ci n'avait rien à voir avec la mienne. Il y avait ici du papier peint rose perlé, des cadres blancs, un lit patiné, des petits coussins partout. Une femme sortit de la petite salle d'eau attenante. J'eus un autre choc. Deana, le mannequin aux pouvoirs magiques, apparut, défigurée. Elle portait un peignoir sur sa peau nue, laissant entrevoir les traces profondes d'une brûlure qui avait parcouru sa joue, sa mâchoire, son cou, et qui descendait sûrement sur son sein, qui ne faisait pas la même bosse que l'autre sous le tissu léger. Elle prit une mine mortifiée en découvrant qui avait pénétré dans sa chambre.

— Mathilda Shade… Je vois que tu t'en sors mieux que moi…

J'étais catastrophée. L'offense faite au travail magnifique de la nature me donna envie de crier de rage.

— Qui t'as fait ça ? m'étranglai-je.

Étonnamment, elle ne fit aucune manière. Elle s'assit simplement devant sa coiffeuse et m'invita à me mettre sur le bord de son lit, ce que je fis.

— Baker… dit-elle dans un sanglot. Après qu'on t'ait amenée ici, il a continué d'attaquer la Guilde pour finir le travail. Anton a essayé de me protéger mais ils venaient toujours plus nombreux. À la troisième attaque, une espèce de monstruosité qui crachait de l'acide m'a eue. Anton et Viktor l'ont tuée mais cette marque ne part pas. Léonie l'a réduite de moitié mais elle a beau tout essayer, rien n'y fait.

Elle regarda un instant dans le vide, perdue dans sa tristesse. Je posai une main sur son épaule. Elle se reprit.

— C'est pas si grave tu sais, dit-elle, je suis toujours en vie.

J'eus un peu honte de mon comportement de ces dernières semaines.

— Et Viktor m'aime quand même… finit-elle.

J'avais eu un sursaut.

— Viktor a été autorisé à te rendre visite malgré le risque d'être suivi par les hommes de Baker ?

— Non, chuchota-t-elle, mais il s'en fiche bien. Rien ne l'empêchera de venir me remonter le moral… Il fait très attention…

— J'en doute pas, fis-je.

Personne n'avait bravé l'interdiction pour venir me rendre visite. Je ne savais pas bien encore ce que je devais éprouver à cause de ça… En temps normal je me serais dit tant pis et j'aurais changé de ville, mais rien n'était plus normal ces derniers temps.

— Je ne suis pas la seule à être visitée clandestinement, sourit-elle. Gordon est venu chaque nuit quand tu étais encore inconsciente. Il a demandé à Léonie de lui apprendre une psalmodie simple et il est venu la répéter pendant des heures… Mais Anton s'est mis en colère en découvrant que son protégé ne respectait pas les règles.

— Évidemment, fis-je avec amertume.

— Oui, enfin moi je me demande quand même comment Anton a su que Gordon venait. Ça ne m'étonnerait pas qu'il l'ait pris la main dans le sac... Du coup qu'est-ce qu'Anton faisait ici...

Cette idée fit naître une flamme d'espoir quelque part en moi et je trouvai instantanément cette réaction si ridicule, que je verdis de honte, d'autant plus que je m'aperçus que la rousse espérait la même chose pour elle-même. Je passai à autre chose.

— Mais alors ils t'ont cachée ici et après ? demandai-je.

Deana ouvrit la bouche, puis la ferma. Elle soupira puis haussa les épaules.

— On reste planquées dans notre trou et on laisse Baker tuer un par un tous les hybrides et les surhumains ? insistai-je.

— On a essayé de faire face Mathilda, mais sans toi, on n'est pas vraiment de taille...

J'avais eu un tremblement d'effroi. *Merde.* Sans moi... Mais si elle savait...

— Tu te remets bien ? demanda-t-elle. Tu penses pouvoir te battre à nouveau bientôt ?

— Hummmm...

— Tu me diras, je pense qu'Anton ne voudra jamais te remettre sur un champ de bataille, il a été tellement secoué de te voir mourir. Tu étais vraiment morte ? C'est comment la mort ?

C'est beaucoup plus cool que cette conversation. Oups. Je redevenais moi-même plus vite que prévu.

— Je suis encore un peu dans le gaz, excuse-moi, dis-je en me levant. Je vais aller marcher un peu dehors et on reparlera de ça une autre fois si ça ne te dérange pas.

Elle fit non de la tête et je me précipitai dans le couloir.

Au lieu de sortir, je filai vers le centre de la maison, à la recherche de Grimm. Je tombai sur une gouvernante chargée de draps et lui demandai mon chemin, elle me l'indiqua sans sourciller. Je me fis la réflexion que c'était la première fois que j'avais à demander à quelqu'un de m'indiquer où se trouvait une personne... Je suivis ses indications et entrai sans cérémonie dans le bureau du propriétaire du manoir. Jacob était assis, en train de lire un document manuscrit. Il leva la tête et me sourit, jusqu'à ce qu'il se rende compte que j'étais un tantinet désappointée.

— Il y a un problème ?

— C'est quoi le plan pour Baker ? questionnai-je.

Il eut l'air embarrassé.

— Je ne sais pas trop, avoua-t-il.

— Comment ça ?

— Eh bien on ne le trouve pas, on n'a pas la moindre idée de la façon de l'atteindre... Il continue de rendre des gens fous un peu partout même si on a passé le mot à tout le monde de se séparer de leur jaspe rouge, et de réduire la population hybride et on ne peut que regarder ses dégâts, impuissants. C'est un triste constat, malheureusement nous sommes démunis.

Je me mis à faire les cent pas à travers l'immense bureau aux boiseries magnifiques et aux bibliothèques gigantesques, affublées d'échelles coulissantes. J'avais beau retourner le problème dans tous les sens, je ne voyais pas comment je pouvais changer quoi que ce soit à la situation avec mon nouveau statut d'humaine. À moins que… Je finis par m'asseoir dans l'un des splendides fauteuils capitonnés qui faisaient face au bureau en merisier. Je pris mon visage amaigri entre mes mains et regardai Jacob Grimm.

— Je vais devoir partir, annonçai-je.

Il se leva tout à coup. Il s'apprêtait à poser une rafale de questions mais je ne lui en laissai pas le temps.

— Tu ne dois pas prévenir la Guilde, ni qui que ce soit.

Il referma la bouche, puis s'apprêta à nouveau à m'assaillir de questions.

— Ne pose pas de question, dis-je. Tu as dit que tout le monde me croyait morte. Parfait. Ma signature énergétique n'est pas différente de celle d'un humain lambda tant que je ne sollicite pas d'énergie qui ne m'appartient pas, et crois-moi, aucun risque que je le fasse. Je saurai être totalement invisible pour Baker et ses hommes. Je dois trouver des réponses aux questions que je me pose. Rester ici est une perte de temps. Des gens meurent. Je suis restée à me morfondre assez longtemps, c'est toi qui l'as dit.

— Mais…

— Fais-moi confiance, Jacob. Je suis inutile là… Au pire, je serai perdue, et puis quoi ? Toi et moi savons que je ne suis pas la personne de leur prophétie à deux balles… Laisse-moi essayer quelque chose, on n'a plus rien à perdre.

Il réfléchit un long moment, pesant le pour et le contre minutieusement. Je connaissais déjà sa réponse. C'était un homme cartésien, le calcul était en ma faveur.

— D'accord, fit-il enfin. Mais je risque de m'attirer les foudres de la Guilde. Anton me tuera s'il apprend que je vous ai laissée livrée à vous-même.

— Il ne fera rien du tout. Il sait que je suis ingérable.

Je vins faire une bise au géant.

— Je suis désolée de t'avoir bousculé, dis-je.

Il sourit.

— Je suis tellement content que tu l'aies fait ! admit-il.

Je m'éloignai déjà… J'ajoutai avant de sortir :

— Encore une chose…

— Tout ce que tu veux, fit-il.

— Dis à Gordon que j'étais une fille indépendante, mais que ça me plaît de moins en moins, il comprendra.

Il sourit d'un air entendu. Je filai.

Je pris quelque temps pour retrouver ma chambre, y collecter tout ce dont j'avais besoin, faire mon sac, et quitter le manoir.

13

Réveil

Quand on travaille dans un service d'urgences, on voit passer tout un tas de monde. Quand on travaille dans un service d'urgences et qu'on a des facultés de guérisseur, on voit passer tout un tas de monde bizarre avec des blessures encore plus bizarres. Et quand on peut voir les auras des gens par-dessus le marché, dans un endroit tel que celui-là, on en apprend beaucoup sur le genre de population qui arpente les rues de la ville.

J'avais vécu deux ans à New-York avant d'échouer ici. Là-bas, les hybrides devaient être affiliés à un groupe quel qu'il soit, ils étaient tenus de faire partie d'une meute, d'un clan ou d'un coven officiels, sans quoi ils étaient considérés hors la loi et traqués. La Virginie était pour le moment plus laxiste dans ce domaine. La Guilde accueillait différents clans gérés indépendamment les uns des autres par leurs chefs respectifs et selon leurs propres règles. Les hybrides n'avaient aucune obligation de rejoindre les différents groupes qui siégeaient au Conseil, d'ailleurs l'existence même de celui-ci n'était pas connue du grand public. Cela dit, être un hybride seul pouvait vite être un problème, ce qui faisait que la plupart d'entre eux appartenaient par la force des choses à des clans. Toutefois, il existait un monde parallèle, un genre de *dark network*, regroupant les hybrides marginaux, et ceux qui préféraient se servir de leurs spécificités pour exceller dans des activités criminelles. Ce genre de hors-la-loi évitait en général les hôpitaux, mais il arrivait parfois qu'un bon samaritain ou une ambulance en ramasse un inconscient, et qu'il finisse dans un box du NMCP. C'était arrivé à un métamorphe nommé Archibald. Il était arrivé un soir, à moitié mort, son corps coincé entre une apparence humaine et une silhouette monstrueuse qui avait fait crier d'effroi le premier médecin qui était intervenu. Je m'étais occupée de lui, comme à chaque fois que personne d'autre ne voulait s'approcher d'un patient... Il avait mis plusieurs jours à reprendre conscience, et encore plusieurs autres à bouger à nouveau. Il n'avait pas parlé. Il n'avait supporté personne d'autre que moi après qu'il eut repris forme humaine. Il était parti un jour, sans dire au revoir.

Je m'étais inquiétée pour lui... Comme d'habitude. Mes aptitudes me permettaient de retrouver quelqu'un grâce à son énergie caractéristique où qu'il soit, si je me concentrais assez. J'avais mis du temps à le pister, il changeait souvent d'apparence, amenuisant les traces de son aura. Un soir, je l'avais senti effrayé. Je m'étais empressée de suivre son énergie jusqu'à un petit immeuble dans le centre-ville de Norfolk. Un bloc bétonné qui tombait en décrépitude, avec des fenêtres barricadées, derrière l'ancien local de l'armée du salut. J'y avais découvert une maison close, au-dessus d'un bar où des hommes jouaient à des jeux d'argent en inhalant des rails de poudre. Archibald en était sorti sanguinolent avant même que je n'y entre. En me voyant près de l'entrée, il m'avait fait des gros yeux et indiqué d'un non de la tête que je ne devais surtout pas m'approcher. Il était parti dans une voiture avec d'autres hybrides, les yeux dans le vague.

J'avais surveillé l'endroit régulièrement, histoire de découvrir s'il y avait un moyen d'extraire le métamorphe de ce milieu. J'avais découvert, à force d'épier les va-et-vient, les entrées, les soirées, qu'il s'agissait du repère du chef des hybrides esseulés, des laissés-pour-compte. Ils venaient tous à cet homme, « le Padre », comme il se faisait appeler, lui demandant de leur fournir un moyen de subsistance hors du sectarisme d'un clan, et il leur donnait bien pire que ça, la dictature violente d'une mafia. Ils s'attendaient à trouver le *Padre Pio* et signaient un pacte avec un padre sicilien... En quelques semaines de renseignements, j'avais vu des dizaines de personnes entrer là et ne jamais ressortir. Cet endroit m'avait donné la gerbe.

J'avais essayé d'établir le contact avec Archibald à plusieurs reprises, mais il avait farouchement refusé de m'entraîner dans son monde hostile. J'avais quand même remarqué qu'il me suivait aussi parfois. J'avais longuement songé à entrer dans le bordel pour tout mettre en pièces... Et puis je m'étais demandé ce qu'il y aurait de bien à faire ça...

Aujourd'hui, je n'étais plus une Indigo, et il était assez cocasse de penser que c'était dans cette condition ridicule de fragilité que j'allais finalement pousser les portes du Padre... J'étais passée chez moi pour prendre mes vêtements les plus *badass* histoire de leur faire croire que j'étais toujours ce que j'avais été, au cas où ils me connaîtraient. Je tentais un coup de bluff quoi. J'avais mis mon seul pantalon en cuir, qui bâillait un peu sous mes fesses maintenant ! J'avais sorti mes bottes hautes, un haut noir à manches longues lacées sur le dessus, un corset renforcé bardé d'une série de couteaux, une veste de moto en cuir épais et mon katana. J'avais tressé mes cheveux et mis du fond de teint pour paraître moins exsangue et du noir aux yeux pour faire plus méchante. Je me regardai dans le miroir collé à l'intérieur de la porte de ma salle de bain. J'étais déguisée en la version ultime de ce que je n'étais plus.

J'avais hésité un moment à prendre la moto, qui risquait de me faire remarquer, et puis je l'avais finalement prise. De toute façon, mon espérance de vie était faible quoi que je fasse, à bien y réfléchir, elle était même nulle puisque j'étais morte trois mois plus tôt. J'avais fait le trajet jusqu'au centre de Norfolk en appréciant chaque bosquet, chaque carrefour, chaque maison, chaque ruine… respiré l'air à pleins poumons et apprécié les rayons du soleil sur mon visage (oui je m'étais dit que le casque, ça ferait fragile…).

C'était la fin d'après-midi. Le soir, le petit bâtiment était surpeuplé de racailles et le matin tout le monde devait dormir là-dedans… J'avais choisi la fin de journée en espérant que j'en serais avantagée, les prenant au saut du lit. En arrivant sur les lieux, je m'étais félicitée de mon choix ; le bordel venait à peine de se réveiller et l'activité avait repris au ralenti. Je vins avec ma moto vrombissante jusque devant la porte du mafieux, pour faire remarquer à quel point j'avais confiance en moi. *Pauvre débile.* J'en descendis sans baisser les yeux face au gorille qui gardait seul l'entrée à cette heure habituellement tranquille. Je l'avais vu fracasser tellement de crânes celui-là… J'avais envie de le tuer tout de suite. Il resta un moment immobile de surprise devant tant de bravoure, puis s'approcha de moi avec la ferme intention de me barrer la route. J'ouvris mon bâton télescopique dans un geste rapide et m'en servis pour le dévier de sa trajectoire et lui faire perdre l'équilibre grâce à la force de son propre poids lancé vers l'avant. Il trébucha et se releva en grommelant. J'avais déjà ouvert la porte dans un fracas théâtral et fait quelques pas à l'intérieur. Le hall était à la limite de l'insalubrité… Le Padre n'avait pas l'air d'être à cheval sur l'hygiène. L'odeur me torturait les narines et je ressentis l'envie dérangeante de me gratter. Comme le videur m'avait rattrapée, je lui dis d'un ton impérieux d'aller dire à son patron que Mathilda Shade voulait lui parler, tout de suite. Il se figea au beau milieu de ce qui allait apparemment être sa deuxième tentative de m'assommer, soit il connaissait mon nom, soit son ignorance le mettait devant un choix cornélien… Me frapper malgré tout ou m'introduire auprès du boss en sachant qu'une des deux options pourrait bien lui causer quelques fractures si ce n'était pas celle qu'aurait choisie le vieux.

— Si je dois attendre je préfère me barrer, enfonçai-je, j'ai pas de temps à perdre, à vrai dire ça m'emmerde déjà…

J'avais fait mine de me diriger vers la sortie et le gaillard s'était mis en branle, me proposant d'entrer dans une pièce pour attendre quelques minutes, tout au plus. Je le suivis dans une espèce de petit salon, un peu moins sale mais de mauvais goût. Le papier peint rouge était écorné dans les coins, le parquet taché un peu partout avait certaines zones grattées, sûrement pour enlever les tâches les plus importantes… Deux canapés en forme de lèvres s'affaissaient en leurs centres, fatigués d'avoir accueilli trop de derrières puants. Il ne comptait pas que je me mette là ? Il y avait encore des verres à moitié pleins d'un alcool fort sur l'une des tables basses, un cendrier y dégueulait des mégots jusque parterre. L'odeur ici aussi me donnait une envie de douche à la biseptine. Je commençai à gigoter. Ma peau me grattait réellement. Sérieux ? J'allais récolter des problèmes de peau atopique avec ma condition d'humaine standard ? J'étais en train de me contorsionner dans mon pantalon en cuir pour frotter ma peau quand le grand gars refit son entrée, un petit gros à ses basques.

Je n'avais jamais vu le Padre d'aussi près, il était déjà vraiment ridicule de loin mais là... Mon espoir de survie avait clairement changé de côté à mon avantage, même si je savais qu'il était aussi vicieux qu'il paraissait faible et était moche. Le Padre était le fils d'une prostituée italienne et d'un poivrot. Il était court sur pattes, plus petit que moi, poilu comme s'il était coincé entre l'humain et le caniche, mais pas royal... Il avait de gros yeux globuleux qui me donnaient invariablement envie de lui mettre des gouttes de sérum physiologique dedans pour les soulager. Une calvitie avancée sur le sommet de son crâne, ajoutée aux fines boucles que formait le reste de ses cheveux, lui donnait un air de vieux clown effrayant. Il était en caleçon, sur lequel il avait passé un peignoir rouge en satin, affublé de dragons noirs qui n'arrivaient pas à se rejoindre là où ils étaient censés le faire une fois le peignoir fermé... La boule que formait son ventre était parsemée de poils aussi frisés que ceux de son torse. Afin de parfaire son total look beauf, il avait fourré ses pieds dans des charentaises d'un autre âge. Il ajusta ses minuscules lunettes au bout de son nez pour me scruter rapidement et s'exclama :

— Mais qu'est-ce que tu racontes ! Je la connais pas cette dinde ! Tu m'as dérangé pour rien, t'es vraiment un crétin, c'est pas possible ! J'en veux même pas dans mon bordel, elle est squelettique, elle fera jamais bander personne.

Ça me brise le cœur, je peux oublier cette piste pour ma reconversion du coup... Je perdis patience, sortis mon sabre et le plantai dans le cœur du gorille, puis j'attrapai le petit grassouillet par l'encolure et le collai de toutes mes forces contre le mur sans lui laisser le temps d'appeler à l'aide. Je mis ma lame ensanglantée sous son cou.

— T'as pas bien compris, ducon, dis-je, je vais t'expliquer une seule fois alors concentre-toi bien. Je suis ici pour t'apporter mon aide, pour la première, et la dernière fois. Manque-moi encore de respect et je te tue. Tu comprends ? Fais oui avec ta tête de gland.

Il fit oui. Je venais de signer mon arrêt de mort. Ça avait été plus fort que moi. Je ne pouvais pas supporter ce genre de type, le genre qui ne respectait pas la race humaine. Je relâchai un peu ma prise après lui avoir planté une seringue de tranquillisant dans l'épaule, il se dandinait fébrilement en bredouillant quelque chose d'incompréhensible.

— T'as perdu pas mal de gars ces derniers temps, non ? fis-je sans attendre la réponse, bien que son regard m'ait confirmé l'information. Comme t'es un abruti t'as pas fait le lien entre les décès… Bon, je vais te le donner alors… Le gouverneur Baker. Il a lancé une grande campagne d'éradication de la « menace hybride » et mis des cibles dans vos dos à tous, toi et tes petits copains. Il ne se reposera qu'une fois que vous serez tous morts, pas avant. Alors tu sais ce que tu vas faire, si t'es pas trop débile ? Tu vas envoyer tes gars partout, sillonner ton réseau, voir tous leurs contacts, menacer s'il le faut, et trouver où se cache ce tordu. Ensuite tu vas me dire où c'est, et je vais aller le tuer. T'es pas obligé de me remercier, un prêté pour un rendu.

Je m'avançai plus près encore de son visage hideux pour lui susurrer :

— Pour une fois dans ta vie, *Padrecito*, fais ce qu'on te dit. Dans tous les cas, si tu le fais pas, tu crèves… Je t'ai à l'œil.

Je sentais que je n'avais pas beaucoup de temps devant moi, les autres commençaient à s'agiter dans la maison, quelqu'un devait avoir remarqué la disparition du boss… Je filai presque en courant. Mon corps me grattait de plus en plus, j'avais envie de m'arracher la peau.

Quand j'enfourchai ma moto, je vis Archibald passer dans le hall. Il se figea en m'apercevant. J'eus le réflexe de lui envoyer un message mental pour lui dire que tout allait bien puis m'irritai en me rappelant que ça n'avait pas pu marcher. Je démarrai et fis demi-tour direction mon appartement. Avant que j'aie terminé de prendre mon virage, je crus recevoir une réponse du métamorphe. Je ralentis une seconde pour me concentrer. L'impression n'était déjà plus là. Ce devait être des réminiscences de mes réflexes du passé. Mon cœur battait à tout rompre. J'aurais pu mourir une deuxième fois… Je me sentis tout à coup humaine, fragile, et tellement vivante ! J'avais envie d'aller danser, de boire du vin, de faire l'amour. De vivre un peu avant la fin.

Tout le chemin du retour avait été marqué par une euphorie grisante. J'avais fait une longue balade à moto pour finir sur la plage, à Virginia Beach. Il y avait encore des promeneurs un peu partout étant donné que la chaleur de fin d'été permettait toujours la baignade. L'ancienne fête foraine avait même repris du service. J'avais cherché un coin un peu tranquille pour me retrouver seule, puis avais garé la moto, tout au bout de la plage, au plus près du sable.

Comme je ne supportais plus mes vêtements je les avais retirés pour ne plus porter que mes sous-vêtements. Une envie de me gratter au sang m'avait immédiatement parcourue alors j'avais couru jusqu'à l'océan. Je m'étais jetée dedans, appréciant le contact apaisant de l'eau salée sur ma peau irritée. J'avais avancé dans un long soupir de soulagement jusqu'à n'avoir plus qu'à me baisser légèrement sur mes jambes pour immerger mon corps entièrement. J'étais restée quelques longues secondes sous l'eau, me concentrant sur le reflux lent et inébranlable de l'océan.

Essayant, comme autrefois, de m'intégrer à son énergie pour me renforcer par elle. Je m'étais ensuite allongée, me laissant flotter, les oreilles dans l'eau, comme si j'avais des écouteurs branchés sur un CD zen.

Les derniers rayons de soleil de la journée avaient caressé tranquillement mon ventre rougi pendant que j'avais regardé le ciel, imaginant y voir encore les volutes de couleurs qui avaient été mon quotidien. Je m'étais laissée dériver longtemps, observant les nuages se former, s'éloigner, imaginant quelle pourrait bien être ma vie à l'avenir. J'avais fini par grelotter. La nuit était tombée doucement, dévoilant encore une autre beauté de la nature, la voûte céleste, qui s'était penchée au-dessus de moi comme pour me regarder avec curiosité... *Ouais, t'as vu, je fais un peu pitié...* J'avais lutté encore un peu contre le froid, restant le plus possible dans le giron de l'océan, comme pour qu'il me protège de la réalité. J'allais me forcer à repartir chez moi quand j'avais senti quelque chose de bizarre à proximité, comme un pressentiment. Ça m'avait rappelé quand je pouvais sentir arriver le loup noir… J'avais été encore un peu plus triste, voulu me relever mais m'étais rendu compte que je n'avais plus pied. J'avais alors commencé à nager vers la plage…

J'avais eu un sursaut en apercevant l'ombre au loin, sur le sable.

Il semblait m'avoir vue au même moment. Il n'avait pas pris le temps d'enlever son sempiternel pantalon de jogging, il était entré dans l'eau, venant droit vers moi. Au fur et à mesure que je m'étais approchée, j'avais senti son énergie. J'avais sondé son corps pour vérifier par réflexe qu'il allait bien. J'avais reniflé son aura pour me réconforter… Plus ses traits avaient été visibles plus je m'étais sentie rassurée. Il s'était arrêté de venir vers moi quand j'avais eu assez marché pour que l'eau m'arrive à la taille.

Quand nous n'avions plus été qu'à deux mètres l'un de l'autre je m'étais figée aussi, prenant le temps de le redécouvrir. Son visage fin et fort, ses lèvres parfaitement dessinées, sa carrure rassurante, ses bras musclés, son air farouchement volontaire. Nous avions passé de longues minutes à nous observer en silence, pour la première fois sans retenue. J'avais regardé son corps sans me gêner et il avait fait la même chose, laissant traîner ses yeux sur mes hanches, sur mon ventre, sur ma poitrine, mon cou, ma bouche. Il avait fini par planter ses iris profonds dans les miens. J'avais senti l'énergie passer en moi, un long frisson intense. Tout mon corps était en feu à l'intérieur.

Il avait hésité trop longtemps sur le choix de ses mots et l'occasion était passée.

Le charme avait été rompu brutalement par l'arrivée sur le sable d'un grand loup fin au pelage brun. Gordon. Le jeune loup s'était mis à sautiller de joie et à hurler à la lune. Je réalisai que j'avais pu lire Anton et que je pouvais voir l'aura de ma tête de pioche préférée sur la plage. Le visage d'Anton avait éclaté en un grand sourire.

— On a eu tellement peur que tu meures, dit-il.

J'avais souri à mon tour alors que je venais de jeter un œil à mes bras encore lacérés de cicatrices violacées quelques heures auparavant. Ils ne grattaient plus, et étaient revenus à la normale.

— Moi aussi, soufflai-je en clignant des yeux pour être bien sûre que les volutes de couleurs n'étaient pas que dans ma tête, moi aussi, j'ai eu franchement peur…

Il avait voulu s'approcher pour m'enlacer et mon rythme cardiaque s'était emballé ; mais comme d'autres *switches* étaient arrivés en nombre et s'étaient mis à imiter Gordon, il avait refait un pas en sens inverse et gardé ses distances. Stoïque. J'avais failli perdre patience, puis le bonheur de découvrir que je n'étais peut-être pas tout à fait morte, conjugué à celui de voir Gordon sauter partout comme un enfant m'avait forcé à sourire gaiement. J'étais remontée jusqu'à ma moto en évitant de croiser à nouveau le regard du loup noir, j'y avais ramassé mon haut à manches longues pour me sécher un peu et me réchauffer. Une voiture était arrivée sur le parking voisin dans un crissement de pneus. Le docteur Montgomery en avait sauté avant qu'il ne fût totalement à l'arrêt. Il avait parcouru toute la distance entre nous en quelques immenses foulées et m'avait prise dans ses bras, me faisant décoller du sol et tournoyer dans les airs autour de lui en criant de joie. Son élan spontané m'avait rendue si heureuse que j'avais éclaté de rire et éclaté en sanglots simultanément. J'avais réalisé que j'avais désespérément espéré que quelqu'un ferait ça. Une réaction en adéquation avec mon euphorie de fin d'après-midi. Il m'avait reposée délicatement quand ses bras n'avaient plus pu me tenir si haut, avait retiré sa veste pour m'en couvrir, puis il avait posé ses mains sur mon visage, souriant comme le jour de notre rencontre.

— Mathilda, je suis tellement heureux que tu sois saine et sauve !

Il avait ensuite pressé ses mains autour de ma taille pour me hisser tout contre lui et pouvoir m'embrasser avec tendresse. J'avais d'abord voulu éviter l'étreinte, puis le contact de ses lèvres sur les miennes m'avait rappelé à quel point je me sentais seule. La douceur avec laquelle il avait caressé mes lèvres m'avait envoûtée. Je m'étais sentie aimée et j'avais trouvé ça délicieux. Bien sûr, le visage de Léonie était immédiatement apparu dans ma tête mais j'avais égoïstement attendu la fin du long baiser de Benjamin pour me reculer en lui faisant comprendre d'un geste qu'il ne devait plus faire ça. En reculant, j'avais croisé le regard livide du loup noir. Il s'était éloigné rapidement et était revenu avec mes vêtements à la main.

— Tiens, dit-il, tu dois avoir froid. Tu reviens à la maison bleue ? Ta chambre est prête… Et il faut qu'on parle.

Son ton avait été dur. Gordon était venu coller sa fourrure contre moi, je l'avais serré machinalement.

— Tu m'as manqué p'tit con, lui avais-je murmuré avant de faire face à son chef. Non, fis-je, je vais rentrer chez moi. J'ai besoin d'un peu de solitude. Je viendrai vous voir demain. Sans faute.

Il eut l'air défait. Je remis mes vêtements, fis un signe à chacun de ceux qui étaient gentiment venus, saluai Montgomery en lui disant que lui aussi, je le verrais le lendemain, puis je partis.

En arrivant chez moi, j'étais gonflée à bloc, heureuse, en colère, excitée, frustrée, douloureuse, et merveilleusement vivante. J'avais attrapé mon vieux coussin de méditation, l'avais posé en plein centre de mon appartement et m'étais assise en tailleur, le dos bien droit, les mains sur les genoux, paumes ouvertes vers le ciel, yeux clos. J'avais respiré lentement, visualisant paisiblement les basiques, l'énergie de la terre, celle du ciel, mon ancrage, mon corps physique, mon énergie, mes chakras, étape par étape, le plus doucement possible. J'avais senti le flux repasser en moi. Faiblement au début, puis de plus en plus fort. J'avais débranché ma conscience, mes interrogations, et m'étais mise en mode réception illimitée, appréciant l'instant présent.

Je m'étais concentrée sur l'instant présent jusqu'au lendemain… Le rechargement avait été intense, bienfaisant, et douloureux aussi. Plus l'énergie avait repris ses droits, plus le vide qu'elle avait comblé s'était fait lourd et insupportable. J'avais réalisé combien il m'avait été difficile d'être coupée du réseau universel. La plupart des humains n'avaient même pas conscience de son existence… Ça m'avait rendue tellement triste de le réaliser. La vie humaine sans l'énergie était si noire, si froide, si misérable… Je m'étais finalement endormie dans la gratitude vers quatre heures du matin. J'avais dormi quelques heures dans une béatitude délicieuse et avais émergé un peu après huit heures. Le soleil avait chauffé mon salon à vitesse grand V après qu'il se fut levé et la chaleur m'avait réveillée, dérangée par la transpiration qui coulait le long de mon dos. Tout de suite après avoir ouvert les yeux, j'avais sauté de mon lit et m'étais précipitée à la salle de bain pour prendre une douche fraîche et entreprendre des fouilles dans mes placards pour trouver une tenue décontractée, une tenue fraîche aussi, en accord avec mes nouvelles préoccupations de bien-être personnel. Être morte m'avait fait comprendre que je n'avais pas vraiment vécu.

J'avais sorti un pantalon blanc, parfaitement de circonstance en cette fin d'été, un chemisier fin, sans manches, dont le bas se nouait sur l'avant, trouvé des converses basses, kaki comme le haut, et avais remonté le bas de mon pantalon. J'avais attaché mes cheveux en une queue-de-cheval très haute qui me donnait un air bien plus jeune que mon âge. Quelques mèches blondes retombant nonchalamment sur mon front. Je m'étais mis un peu de maquillage et de parfum, puis avais pris mon casque, mon katana, et sorti ma moto. Je m'étais engagée à aller à la maison bleue… Mais il y avait quelque chose d'autre que je devais faire avant. Je l'avais vu en méditation, c'était une consigne, **je** respectais toujours ce genre de consigne.

En arrivant à la demeure Grimm, à Virginia Beach, je pouvais clairement voir la démarcation entre la zone normale et celle dont les coupeurs avaient fait disparaître toute forme d'énergie. Voir le vide qu'ils avaient créé me fit froid dans le dos. Imaginer que j'y étais restée pendant trois longs mois me donna la chair de poule.

J'y avais pénétré. J'avais passé la clôture du domaine sans même avoir demandé quoi que ce soit. L'imposante porte de métal forgé, représentant des arbres enchevêtrés, s'était ouverte pour moi sans que j'aie pu comprendre comment. Les Grimm me sentaient de loin sans pourtant être reliés à quoi que ce soit… Cela resterait sûrement le plus grand des mystères pour moi. J'avais laissé ma moto et mon casque dans la magnifique entrée pavée du manoir, sous une arche de pierre de laquelle pendaient des grappes de glycine, et étais allée directement à la chambre de Deana. J'avais frappé à la porte. Elle avait ouvert.

— Mathilda…

Elle avait cligné des yeux un nombre incalculable de fois avant de s'exclamer :

— Tu as l'air d'aller beaucoup mieux !

— Totalement ! m'exclamai-je. Tu peux t'habiller et venir avec moi s'il te plaît ?

— Maintenant ?

— Oui, maintenant, fis-je avec un grand sourire.

Sa curiosité fut clairement piquée par mon entrain, elle me fit signe d'attendre et referma la porte. Je n'eus que quelques minutes à patienter avant qu'elle n'ouvre à nouveau pour sortir vêtue d'un jean slim, d'un tee-shirt ample avec une bouche pulpeuse dessinée dessus, de baskets à la mode, affublées de brillants de la même couleur que la bouche. Moi qui m'étais crue plutôt bien accordée… Elle avait aussi mis du rose à lèvres du même ton et un *headband* élégamment noué sur le dessus de sa tête. Elle était vraiment très jolie. Je me mis en route et elle me suivit sans poser la moindre question, visiblement amusée. Nous traversâmes les grilles de l'entrée dans l'autre sens, mais à pieds cette fois.

— Je croyais qu'on ne devait pas sortir du domaine ? s'inquiéta-t-elle à moitié.

— C'est là tout le problème, souris-je, j'adore faire ce que je ne dois pas…

Elle avait gloussé et je m'étais dit que c'était ce à quoi devait ressembler une sortie entre copines. Nous avançâmes sous les arbres du jardin de la maison d'en face et je lui fis signe de s'asseoir. Elle se laissa tomber en tailleur sans la moindre hésitation. Je pris place debout derrière elle.

— Je vais te reconnecter à l'énergie, expliquai-je. Tu es restée trop longtemps dans le vide des Grimm.

Comme j'avais avancé mes mains au-dessus de sa tête elle avait pris une inspiration profonde et s'était redressée. Elle avait aussi posé ses mains sur ses genoux.

— C'était ma toute première mission, dis-je, quand j'étais enfant, avant tout ce bordel. Je me suis réveillée un matin et je savais que je devais rebrancher, ou brancher, les gens sur le réseau universel. Le monde se mourait et je devais essayer de l'équilibrer au maximum.

Elle opina. Elle comprenait, c'était une sorcière, l'énergie n'était pas une étrangère pour elle. Je me mis à appeler les volutes à moi pour les faire passer en elle. Quand je faisais ça sur quelqu'un, il y avait toujours un message dans l'énergie, ou un retour sur moi. En temps normal, je devais expliquer le message à la personne, mais pour Deana, je sentis en même temps que je le reçus, qu'elle y avait accès aussi. Une avalanche d'énergie bleu turquoise vint la réchauffer et faire tourner les petites ellipses de ses chakras. Le bleu turquoise étant la couleur du chakra gorge, et donc de la communication, le message était clair. L'énergie voulait l'aider à débloquer ses angoisses.

— Je te demande pardon Mathilda, dit-elle soudain. J'ai pété un câble à la réunion du Conseil... C'est que, depuis que j'ai l'âge de penser par moi-même je suis amoureuse d'Anton...

Elle se mit à pleurer en silence. C'était une réaction courante lors d'une reconnexion. Parfois les gens pleuraient, parfois ils riaient aux éclats, parfois ils s'endormaient ou tombaient en avant... Rien d'inhabituel, mais cette réaction ne me plaisait pas tellement. Je n'aimais pas apprendre des choses sur la vie privée des autres par ce biais. En plus je ne voyais pas le rapport.

— On était voisins, avant le bordel, comme tu dis, reprit-elle. *Et merde.* Mon père s'est barré quand j'étais gosse et ma mère était hypnothérapeute et herboriste... L'originale du quartier quoi. Anton était le seul à m'inviter à venir jouer avec lui et sa bande.

J'essayai de me concentrer davantage pour accélérer le processus.

— Viktor était plus beau, parfait, toutes les filles l'adoraient. Mais moi je bavais sur Anton, le courageux, le teigneux, le buté, celui qui ne faisait pas de différence entre les gens et qui protégeait son frère et sa sœur. Sa sœur, Alina, était la plus belle fille du quartier. Je peux te dire que les gars faisaient la queue pour pouvoir lui parler. Sauf qu'Anton veillait. Toujours. Dans le fond ça a toujours été un garde du corps quand j'y pense...

Je pouvais sentir l'énergie arracher morceau par morceau la substance noire qui nécrosait les tissus de la jolie Celte. Ça allait prendre tu temps à ce rythme... Et ça me désolait d'avance.

— On traînait tout le temps ensemble tous les quatre. Les deux beaux gosses et les deux bizarres.

Je ne l'aurais jamais vue dans cette catégorie...

— Alina avait eu un peu pitié de moi alors elle m'avait prise sous son aile. J'étais tellement contente de devenir jolie au fur et à mesure qu'on grandissait, je voulais tellement qu'Anton me remarque comme autre chose que sa super pote.

Elle se tut un long moment, regardant dans le vide. J'avais eu un profond soupir de soulagement. Puis elle s'était remise à raconter, la voix perdue quelque part, loin d'ici...

— Et puis c'est arrivé. J'étais dans la boutique avec ma mère, je lui avais promis de l'aider à faire les poussières sur les étagères. La vague magique. Tous les objets, toutes les plantes, tous les livres, tout a pris vie tout à coup sous nos yeux. Ma mère est tombée de l'escabeau et s'est rompu le cou, comme ça, en une seconde. Elle était en train de faire les poussières que j'avais rechigné à faire parce que personne ne les voyait tout en haut des étagères, et hop elle était par terre, morte. C'est pas la mort la plus débile de la vague ça ?

Elle avait secoué sa tête comme on secoue une ardoise magique pour l'effacer.

— Anton s'est occupé de moi. Il est venu, il m'a ramassée. Il n'a rien demandé, il a attendu que j'aie envie de parler. Il a attendu des semaines, alors même que ses parents se déchiraient parce que sa mère et les enfants avaient commencé à muter... Il a pris soin de moi en plus de tous les autres, en plus de devoir se gérer lui-même. Je ne pourrais jamais arrêter de l'aimer, c'est mal pour Viktor, je le sais...

Je sentis des picotements dans le bout de mes doigts. L'énergie s'amenuisait. Ce qu'elle devait recevoir était passé. Une lassitude extrême me parcourut les membres. J'inspirai profondément et rouvris les yeux. Je posai une main sur son épaule.

— C'est terminé, chuchotai-je.

Elle se tourna vers moi et je vis que toute la chair suintante avait rendu sa place à une peau lisse et parsemée de ses adorables petites taches de rousseur. Je souris d'aise.

— Je vais à la maison bleue, dis-je, tu veux que je t'emmène ?

Elle attrapa mon bras avant que je ne m'éloigne. Je l'aidai à se relever. Elle me regarda avec une certaine anxiété.

— Tu devais formuler ces mots pour qu'ils arrêtent de t'entraver, murmurai-je, ça portera sûrement ses fruits. En attendant, je n'ai rien entendu, ça ne me concerne pas.

Elle opina en se remettant à respirer, puis me suivit vers ma moto.

Muladhara

14

Fête foraine

Nous arrivâmes sur le quai vers dix heures et demie pour y trouver Gordon, assis sur le bord du ponton, devant le zodiac déjà à l'eau. Il sauta sur ses jambes en entendant le bruit du moteur de la Hornet et vint à notre rencontre. Nous descendîmes et je rentrai ma moto dans le local à bateau pendant que Deana retirait mon casque. Gordon s'arrêta dans sa marche en apercevant la sorcière. Il lui fit un signe pour la saluer respectueusement et vint m'enlacer. Il resta quelques longues secondes, enroulé autour de moi.

— Tu as soigné Andrews, glissa-t-il à mon oreille, ça veut dire que tu vas mieux ?

Il me lâcha enfin et referma le garage avant de nous inviter à monter dans l'embarcation.

— T'es là depuis quelle heure ? m'enquis-je.

— Sept heures et demie. Tu avais dit que tu viendrais aujourd'hui...

— Oui mais enfin... t'es pas un peu extrême comme garçon ? Faut que tu te détendes.

— On sait jamais avec toi, fit-il en souriant, c'est toujours plus ou moins n'importe quoi...

Sympa.

Pendant le trajet, dont je réalisai qu'il était déjà une habitude, Deana affichait un sourire radieux. Elle avait l'air de vouloir profiter de chaque rayon de soleil, de chaque centimètre cube du courant d'air sur nos visages, se tenant droite et inspirant toutes les trois secondes. Elle m'agaçait à nouveau sans que je puisse mettre le doigt sur la raison de cette inimitié. Elle avait oublié Baker, était heureuse d'avoir retrouvé son corps et s'impatientait de retrouver sa maison, de retrouver Viktor peut-être, ou plutôt de retrouver Anton... Ça m'énervait un peu et en même temps je la comprenais tellement, comment ne pas aimer Monsieur « Je Passe Mon Temps À Sauver Le Monde » ? Elle était vraiment en mauvaise posture entre les deux frères... Je me disais que je n'aimerais pas être à sa place quand le visage de Montgomery me vint à l'esprit. *Oups.* Je risquais d'avoir à gérer quelques moments gênants en arrivant. J'espérais fortement qu'il se serait repris durant la nuit parce que mon état émotionnel actuel représentait un réel handicap. J'avais tellement envie de ne plus être seule. Il m'avait attirée dès notre rencontre et c'était assez rare pour me faire oublier Léonie si jamais il continuait à se montrer entreprenant.

Nous arrivâmes au ponton et descendîmes du pneumatique. Alors que nous marchions vers la maison, la grande porte blanche s'ouvrit sur le loup noir, qui avança sur la terrasse. Il croisa les bras sur son torse et me toisa. Deana s'élança en courant et se jeta à son cou. Comme il ne s'y était pas attendu, il eut tout juste le temps d'ouvrir ses bras. Viktor passa la porte à son tour et attendit patiemment que la grande rousse daigne relâcher son jumeau. Anton était resté droit comme un I, apparemment embarrassé. Il me regardait et je détournai mon attention sur Gordon.

— Vous avez subi des attaques pendant ma convalescence, dis-je. Tu n'as pas été trop blessé ?

Il me sourit et tapa de son poing dans sa cage thoracique.

— C'est du solide ça...

Je l'avais scanné par réflexe et avais eu un sursaut de surprise. Je pouvais sentir que quelque chose avait changé en lui. Son essence *switch* s'était renforcée. Il était bien plus bestial que la plupart de ceux que j'avais eu l'occasion de croiser. Il atteindrait sûrement le mode ultime, lui aussi. Anton avait bien choisi son apprenti. Ils étaient faits du même bois. Deux hommes courageux, droits et humains, deux forces de la nature au service de la paix. Je ressentis une grande fierté. Je devais certainement afficher une mine ridiculement joyeuse parce qu'il gigota de gêne.

— Il paraît que tu as désobéi aux ordres pendant que j'étais mourante ?

Il rougit et me fit nerveusement signe d'avancer puisque Deana avait fini par stopper son cinéma et était entrée. Je passai devant le loup noir qui était resté là... Il me regardait toujours... *OK...* Il voulait quoi ? Un bisou ? Sûrement pas. Je m'arrêtai face à lui et le scannai.

— T'es pas au meilleur de ta forme... dis-je, tu t'es battu cette nuit ? T'aurais pu m'appeler.

— Je n'ai pas ton numéro, répondit-il sans sourire. Tu as l'air en pleine forme, ajouta-t-il en regardant ma tenue de touriste.

— Oui, mourir a tendance à remettre les idées en place, fis-je, je suis en mode « j'aime la vie », d'ailleurs si on ne devait pas avoir une conversation sérieuse à propos du gouverneur fou je serais sûrement sur la plage en train de manger une glace ou en train de préparer un pique-nique.

— Peut-être après ? sourit-il.

J'eus un frémissement de plaisir malgré moi rien qu'à l'idée qu'il ait pu parler d'une sortie avec lui. J'entrai rapidement pour me diriger vers l'hémicycle. Viktor m'arrêta dans le couloir pour me remercier chaleureusement d'avoir guéri la sorcière de son cœur. J'eus de la peine pour lui.

Anton et moi entrâmes dans la salle de réunion du Conseil, où Vassilissa était seule. Je la saluai.

— Je suis ravie de voir que tu es de nouveau toi-même, dit-elle.

— Et moi donc ! fis-je. Jacob Grimm coupait si bien l'énergie que j'étais incapable de me reconnecter, et donc de me régénérer.

— Ton caractère rebelle t'a été salvateur, sourit-elle. Jacob m'a dit que tu étais partie faire « quelque chose » en solo malgré ton état ?

— Le mauvais côté de son caractère rebelle… murmura Anton.

— J'étais à moitié morte, dis-je pour ma défense, j'avais plus rien à perdre…

Il grogna, Vassilissa haussa les sourcils.

— Vous connaissez le *switch* qui se fait appeler « le Padre » ?

Ils opinèrent dans une même expression de surprise.

— Je suis allée le trouver.

Leurs doutes étant confirmés, Vassilissa siffla d'admiration et Anton posa sa main sur son front avant de marmonner quelque chose sur ma santé mentale. J'ignorai la réflexion.

— Je lui ai expliqué le plan de Baker et demandé de mettre ses gars sur le coup pour trouver sa planque.

— Comme ça ? s'étrangla Vassilissa. Tu as tapé à sa porte et tu lui as demandé son aide ?

— Pas exactement… dis-je.

— Tu m'étonnes… railla Anton.

— En fait, explicitai-je, je suis entrée, j'ai planté ma lame dans le cœur de son garde, je l'ai collé au mur et je l'ai peut-être légèrement menacé.

Ils levèrent tous les deux leurs yeux au ciel.

— Oui, bon bin faut savoir s'adapter à son auditoire… ajoutai-je.

— Il aurait pu te tuer avec une facilité effrayante, souffla le loup.

— Je sais, j'ai tenté un coup de poker. Qui ne tente rien n'a rien. Et puis le fait est que je suis toujours vivante, et qu'il a bien lancé ses gars sur la piste de Baker.

Dès que j'avais commencé à raconter cette histoire, j'avais compris que Vassilissa était déjà au courant que le Padre avait sollicité son réseau pour établir la position de l'ennemi des hybrides, elle voulait juste savoir si ça venait de moi. Elle devait avoir un espion à l'intérieur. Elle était clairement satisfaite de la tournure des évènements. J'en avais déduit que ma menace avait été prise au sérieux par le petit mafieux puant.

— Je lui ai demandé de me tenir au courant mais quelque chose me dit que vous aurez des nouvelles avant moi… dis-je.

Ils ne répondirent pas, confirmant mon hypothèse.

Viktor entra tout à coup dans la pièce, faisant claquer la lourde porte contre le mur à l'intérieur ! Je me dis qu'il fallait une sacrée force pour faire ça… Il m'épatait de plus en plus.

— Une nouvelle attaque est en cours, cria-t-il, des humains lourdement armés contre le coven de Hampton Roads.

Je m'étais levée pour suivre le mouvement mais Anton m'avait arrêtée d'un geste.

— Il te croit toujours morte… Il vaudrait mieux que tu restes ici. Et puis Gordon reste aussi, tu n'auras personne à protéger là-bas…

J'avais soupiré longuement puis avais fini par opiner du chef.

— OK, fis-je, de toute façon je voulais pas salir mon pantalon blanc.

Il sortit avec son frère. Je regardai Vassilissa avec insistance, jusqu'à ce qu'elle craque :

— Oui ? soupira-t-elle.

J'avais réfléchi à comment lui poser mes milliers de questions, et puis j'avais eu la flemme.

— Non rien.

J'étais sortie pour m'asseoir dans l'herbe, sur un plaid piqué dans le hall d'entrée. Je m'étais mise en position de méditation. Je m'étais concentrée sur l'aura du loup noir et avais commencé à le suivre vers sa destination sur Hampton Roads. Je pouvais sentir sa force, ses muscles en mouvement, son courage. J'attendais qu'il soit assez proche de la zone de combat pour que je sache où envoyer une impulsion pour neutraliser les armes de ses adversaires, histoire de m'assurer qu'il n'y ait pas de blessé dans son camp. Quand il réduisit sa cadence, je lui indiquai ma présence et envoyai la vague d'énergie. Puis je me mis à renforcer son corps. Il se mit à gigoter et je sentis son irritation me revenir, parcourant mes nerfs et me faisant trembler.

— *Sors, Mathilda, dit-il, et ne fais plus ça !*

Je sortis en moins de temps qu'il ne m'en fallait pour le faire proprement. J'éprouvai une douleur lancinante, comme un début de migraine.

— Qu'est-ce qui se passe ? s'inquiéta Gordon, qui n'était évidemment pas loin.

Je massai mon cou et mes tempes.

— Rien, finis-je par répondre. Je me suis fait jeter…

— Quoi ?! Par qui ?

— Personne… fis-je. Laisse tomber. On va se promener ?

— Comment ça ?

— Et si on allait à la fête foraine ? demandai-je.

Ses yeux s'illuminèrent.

— Tu as bu Mathilda ?

J'éclatai de rire.

— Non, mais on peut si tu veux.

Il éclata de rire à son tour, et nous partîmes.

Nous avions fait le grand huit trois fois, nous étions presque blessés dans les autos tamponneuses, avions ri aux larmes dans le train fantôme, avions épaté tous les badauds au tir à la carabine, nous étions collés de la barbe à papa partout, avions passé une journée fantastique ! Nous marchions sur le ponton en charriant nos énormes peluches gagnées à la kermesse, Gordon un lion et moi un loup… Heureux comme des gosses, quand Anton sortit de la maison et vint à notre rencontre. Nous arrêtâmes de rire instantanément.

— Je la protégeais, dit Gordon. Tout va bien.

L'Alpha fit un signe que je ne perçus pas, une fois de plus, et mon acolyte disparut. *Merde.*

— Je vais me faire engueuler ? demandai-je.

Il baissa les yeux au sol puis fixa l'immense loup noir, dans mes bras.

— C'est Gordon qui l'a choisi pour moi, expliquai-je.

Il commença à chercher ses mots.

— Mathilda, pour tout à l'heure…

— J'ai bien compris, je ne le ferai plus, dis-je en commençant à m'éloigner.

Il m'attrapa par le bras et me relâcha tout de suite.

— Non, je voulais dire que je suis désolé, j'ai réagi un peu… démesurément.

Une grande première ! Je ne savais pas trop quoi faire de ça.

— C'est rien, dis-je en haussant les épaules, j'ai trouvé de quoi occuper ma journée autrement et c'était plutôt cool, ajoutai-je en montrant la peluche.

J'avais filé le plus vite possible vers la chambre au lit à baldaquin, sans vraiment savoir pourquoi, puisque je comptais rentrer chez moi chaque soir, je m'étais juste retirée dans mon sanctuaire le plus proche, par réflexe. Je m'étais posée sur le bord du lit, le loup noir aux yeux doux dans mes bras. Je l'avais regardé un moment, puis je l'avais serré contre moi. Je sentis l'aura de Montgomery en approche. Il allait taper à la porte.

— Entre ! criai-je.

Il ouvrit doucement et referma derrière lui. Il s'approcha et bloqua un instant sur la peluche. Je la posai de l'autre côté du lit.

— Alors ça y est ? fit-il. Tu craques ? Tu couches avec le loup ?

Je mis quelques secondes à comprendre qu'il plaisantait sur la peluche. Je souris fébrilement. Il ne nota pas ma gêne et vint s'asseoir tout près de moi.

— Écoute, dit-il, pour hier… Je ne suis pas du tout désolé.

Tuez-moi. J'avais l'impression de vivre dans un épisode des Feux de l'Amour…

— Oh Benjamin, suppliai-je, j'ai vraiment pas la tête à ça, j'ai que des problèmes en ce moment… Avec ma mort et tout ça, y'a un truc qui tourne pas rond chez moi… Tu sais que tu m'attires et tu sais que ce n'est pas bien, tu vas pas profiter d'une femme amoindrie hein ?…

— Ça veut dire que tu ne lutterais pas ? fit-il avec le sourire.

Il passa sa main dans mon dos, ce qui me fit me redresser en une seconde.

— Moi aussi je pars en vrille, chuchota-t-il si près que je sentis son souffle sur mes lèvres.

Je me rappelai le soir après le restaurant, quand il m'avait embrassée, faisant naître en moi des tressautements de désir que je n'avais plus connus depuis Aïko. J'avais très envie de contact physique en ce moment, pourtant je savais que me laisser aller aurait des conséquences potentiellement désastreuses… Mais je savais aussi que je pouvais mourir demain, ou après-demain, ou n'importe quand. Il plongea ses lèvres dans mon cou et je ne pus résister plus longtemps, je lui rendis ses baisers avec empressement. Je passai sur lui, lui permettant de serrer ma taille entre ses bras forts. Je le laissai détacher mes cheveux et passer ses mains sur mon corps pendant que je continuais de l'embrasser. Il ouvrit les boutons de mon chemisier et embrassa mes seins. Il haletait déjà. En allongeant son dos sur le lit, il tomba sur le loup et râla, il le dégagea de derrière lui en le jetant au sol. Je sentis tout à coup l'aura de Léonie au sous-sol, qui prenait de l'ampleur. Je me figeai. Benjamin me fit un regard interrogateur et se remit à caresser la peau de mon visage. Il était tellement beau et désirable... J'étais tellement seule et malmenée, c'était une torture.

— Arrête Benjamin.

— Quoi ?

Je sautai du lit en luttant de toutes mes forces pour ça, tant j'étais déjà en feu.

— Arrête.

Il se releva sur ses coudes.

— Mais pourquoi ? demanda-t-il.

— Je ne sais pas ce qui s'est passé entre Léonie et toi mais je sens sa colère...

Il eut un sursaut et se releva comme si je lui avais jeté un seau d'eau froide à la figure.

— Comment ça ? balbutia-t-il.

— Elle a l'habitude de scanner les gens, c'est son job, dis-je. Et de toute évidence elle est liée à toi puisqu'elle te sonde en permanence. Elle a senti ton... excitation bien que tu ne sois pas avec elle... Et elle a l'air en rogne... Mais merde Benjamin, à quoi tu joues ?

— Je...

— Tu ?... Tu quoi ?... Je vois bien à quel point elle te plaît. Pourquoi tu reviens vers moi maintenant ? Qu'est-ce qui s'est passé ?

Il se mit à marcher de long en large à travers la pièce. Il avait l'air de réfléchir à toute allure. Il était clairement perturbé et se sentait doublement coupable. Je pouvais voir combien il regrettait son comportement, je me sentis vraiment débile.

— Sors, Benjamin, s'il te plaît.

— Je suis vraiment désolé Mathilda... Vous me plaisez toutes les deux et...

— N'aggrave pas les choses. Sors.

Je vis le visage rougi de Gordon à l'extérieur quand Montgomery passa la porte, il m'interrogeait du regard. Il n'y avait vraiment aucune intimité dans cette baraque ! Je sortis de la chambre en reboutonnant mon chemisier, passai devant le jeune loup et sortis de la maison. Je sautai dans le zodiac, Gordon à mes basques. Il me regardait comme si je m'étais rendue coupable de haute trahison, ce qui était vraiment dérangeant. Il ne dit rien pendant le trajet et ne descendit à Chesapeake que pour ouvrir le garage d'où je sortis ma moto. Quand je montai dessus il essaya de m'arrêter.

— Mathilda...

Je rentrai chez moi.

J'étais vraiment très énervée après moi en arrivant dans mon appartement... Puis j'avais allumé mon poste CD, mis *These Days* sur le volume maximum, ouvert une bouteille de rosé et m'étais fait cuire une pizza surgelée. Ça pouvait être pire après tout... Je m'étais calmée rapidement, retrouvant mes esprits. J'avais été débile, ce n'était pas la première fois, et sûrement pas la dernière. Je m'étais installée confortablement pour siroter mon vin en enchaînant les morceaux de musique et en fredonnant… J'avais respiré lentement, pensé à ma journée à la fête foraine… Je m'étais dit que je pourrais appeler Gordon pour m'excuser de mon attitude et puis je m'étais rappelé que je n'avais effectivement aucun numéro de téléphone. *Merde !* J'avais relancé l'album déjà terminé et avais recommencé à chanter, et même à danser, je crevais d'envie d'aller danser…

Je n'avais pas eu le temps d'apprécier ma tranquillité bien longtemps. Des hommes avaient encerclé mon appartement à peine un peu plus de deux heures après mon arrivée. Je venais de remplir mon deuxième ballon de vin quand je les avais sentis. Deux humains et trois hybrides. Ils n'étaient pas là pour me tuer. Ils avaient l'intention de me faire prisonnière. *Allez-y les gars, essayez.* Je m'apprêtai à lancer une première impulsion de douleur quand je reconnus l'une des auras, celle d'Archibald. S'il était là, c'était que ces hommes avaient pour mission de me ramener au Padre… Je me focalisai sur le métamorphe.

— *Salut Archie, ça roule ?*

— *Salut Mathilda. J'ai pas une bonne nouvelle pour toi.*

— *Tu dois me livrer à ton roquet de chef ?*

— *Oui.*

— *OK, fis-je.*

J'avais senti sa surprise aussi clairement que je pouvais entendre ses pensées.

— *Tu as un moyen de faire savoir à tes gars que je vais vous suivre sans faire d'histoire ou il faut que j'en tue un ou deux pour la forme ?*

Il hésita un moment, je compris qu'il n'aurait pas été triste de la mort d'un des deux humains et de celle de l'hybride qui me donnait la nausée.

— *Comme tu veux, lâcha-t-il.*

Je me concentrai sur l'hybride en premier, visualisant ses points vitaux. J'instillai une énergie électrique jusqu'à son cœur, provoquant d'abord des palpitations qui le surprirent, puis modifiant complètement son rythme cardiaque jusqu'à ce que son myocarde se fige, dans une crampe mortelle. Comme ils n'étaient pas encore entrés, j'avais tout mon temps pour ce genre d'intervention de précision. Je lus clairement le contentement d'Archibald.

L'étau se resserrait déjà sur moi, si bien que je décidai de sortir pour rendre les choses plus simples. Je descendis tranquillement dans la rue, arrivant tout droit sur l'humain blacklisté… Dommage pour lui. Je sortis sabre à la main, bondis dans la rue directement vers lui sans lui laisser réaliser ce qui se passait et lui tranchai la gorge. Clair, net, concis. Oui bon j'avais bu du vin, ça laissait place à quelques fantaisies.

Le deuxième humain me tomba dessus comme la misère sur le monde. J'eus tout juste le temps de stopper la balle qu'il m'avait tirée dans la tête avec un bouclier énergétique d'urgence avant de me jeter sur lui et de lui trancher un pied sans vraiment faire exprès, dans un réflexe défensif un peu brouillon. Comme il se mit à hurler, je lui transperçai le cœur pour abréger sa souffrance. Archibald descendit du toit avec un autre hybride à l'apparence humaine, bien qu'un peu trop costaud pour sembler honnête.

— Salut les gars, fanfaronnai-je, à ce que je comprends je dois être invitée chez le Padre ? C'est un peu encombrant comme carton d'invitation, fis-je en montrant les deux corps, faudrait qu'il revoie un peu son style... Mais bon comme j'ai rien de mieux à faire ce soir, et que j'ai hâte de savoir ce qu'il a comme cadeau pour moi...

L'hybride que je ne connaissais pas avait l'air complètement hilare. Quel genre de débile pouvait s'amuser de voir ses collègues coupés en morceaux ?

— *C'est pas drôle Mathilda, il ne compte pas te laisser partir vivante, dit Archibald dans ma tête. Il est furax contre toi.*

— *Archie, il y a ce qu'on compte faire, ce qu'on arrive à faire, ce que les autres perçoivent, et encore tout le merdier de destin qui fout le bordel là-dedans... Alors bon... Laisse-moi m'amuser un peu.*

— *Je vois pas ce qu'il y a d'amusant à risquer ta vie... ronchonnait-il.*

— *C'est tout ce que je sais faire je crois...*

L'euphorie du premier verre de vin laissait déjà place à l'amertume... J'étais nulle comme alcoolique. Je les suivis dans un *Dodge Ram* tout cabossé. Nous prîmes la route dans les rues de Portsmouth direction le centre-ville de Norfolk. Je m'étonnais au passage que le mafieux me fasse quérir si tôt dans la soirée, l'activité dans sa petite entreprise devait encore être au ralenti... Peut-être n'était-il pas aussi sûr de lui qu'il aurait dû l'être. L'hybride au volant n'avait pas cessé de pouffer de rire tout seul en conduisant, sans la moindre raison apparente, et Archibald n'avait pas cessé de se renfrogner... Quoi que je fasse, de toute façon, tout le monde faisait la gueule... Je me mis à regarder le paysage défiler sous les quelques lampadaires qui n'avaient pas été éclatés par les années d'émeutes et de chaos. J'avais fait tranquillement le bilan de cette journée et l'avais officiellement classée dans la catégorie « journée de merde », restait plus qu'à espérer que la soirée prendrait le parti de remonter un peu le niveau. Nous avions parcouru les quelques kilomètres qui nous séparaient de l'endroit puant beaucoup trop vite à mon goût. Retrouver la façade blanchâtre et décrépie sous le néon rouge informe me donna directement la nausée.

J'avais conscience de ne pas être au mieux de ma forme. Malgré la régénération profonde en cours, le fait qu'elle n'ait pas eu le temps de prendre fin me plaçait dans une espèce de flou permanent. Je pouvais canaliser, mais pas comme d'habitude. Et déjà qu'en temps normal j'étais assez vite limitée si je n'avais pas médité au préalable... Je me dis que j'avais été idiote de ne pas profiter du trajet pour le faire ! *Hummmm.* La soirée avait l'air d'être du même acabit que l'après-midi... Est-ce que j'étais devenue folle ? J'avais dû griller pas mal de neurones à Covington pour être dans un tel état végétatif.

Je me morigénai en marchant derrière Archibald. J'étais en train de me dire qu'il serait de bon ton que je fasse, pour le reste de la soirée, preuve de parcimonie, de retenue, voire même d'ingéniosité (pourquoi pas ?), quand l'hybride qui m'avait tout l'air d'une hyène voulut me prendre par le col pour faire savoir à son patron qu'il avait bien accompli sa mission en me ramenant ici *manu militari.* J'attrapai la grosse main velue et la tirai violemment en avant pour déséquilibrer le molosse, je plaçai ensuite mon coude sur son cubitus, os contre os, juste avant le coude, pour lui tirer un petit cri qui n'eut cette fois rien à voir avec ses rires exaspérants ; puis je le fis s'allonger au sol en maintenant la pression tout en accélérant le pas. Je sentis la désapprobation du métamorphe.

Si je laisse croire que je suis faible, je suis morte, lui répondis-je par la pensée.

Nous entrâmes en enjambant la hyène, qui se releva derrière nous pour frictionner son avant-bras dans un ricanement sauvage. Je suivis la carrure imposante d'Archie dans des couloirs sombres, agrémentés de petites veilleuses lugubres, qui avaient l'air sur le point de rendre l'âme, comme le reste du bâtiment d'ailleurs.

Nous débouchâmes assez rapidement sur une salle plutôt vaste, bien que remplie de ce qui pouvait être qualifié, au premier abord, d'une belle bande d'enfoirés. Des hommes pétris de haine et d'envie, des hybrides puant la testostérone (et un peu l'urine aussi), des *switches* qui avaient du mal à cacher leur côté animal, même sous leur forme humaine... Ils avaient tous été alignés autour du tout petit Padre, sans aucun doute dans l'unique but de m'intimider, et même s'ils ne pouvaient pas s'en douter vu ma mine enjouée, c'était assez efficace. J'avais instinctivement posé une double protection sur moi, et avais aussi enduit d'une bonne couche d'énergie le métamorphe, au cas où. Ils étaient douze, plus le Padre, qui était quand même un loup... Et Archibald, que je comptais pour l'instant dans mon camp, c'était peut-être un peu naïf de ma part, le temps nous le dirait. Ce qui faisait treize contre deux, ça me paraissait juste. Enfin, en temps normal ça m'aurait paru juste. Là, j'avais l'impression d'être ivre. Cette sensation ne m'avait pas quittée depuis le moment où j'étais partie du manoir Grimm, la veille. Ça n'avait pas été très dérangeant au début, légèrement amusant par la suite, mais ça commençait à carrément m'entraver. Je n'étais pas sûre à cent pour cent de ce que mes sens me rapportaient et c'était handicapant. Enfin bref, personne n'avait remarqué ma diminution et ça devait rester ainsi.

— Salut Padrecito, lançai-je avec une fausse assurance, je suis contente que tu me recontactes si tôt, non pas que ta vue me soit agréable mais je suppose que tu l'aurais pas fait si t'avais pas eu des informations à me donner ?

Les autres invités étouffèrent des exclamations de stupeur et se tournèrent vers le mafieux, s'attendant certainement à une réaction sans appel. Celle-ci ne se fit pas attendre puisque le loup obèse leva un revolver, un *Desert Eagle*, beaucoup trop joli dans son poignet bouffi, et ajusta son tir en plein vers mon front. Le coup siffla dans la pièce après que la balle se soit déjà heurtée à mon bouclier pour y ricocher avant de traverser la face du troisième humain sur ma gauche. Elle était entrée juste sous son nez, éclatant la mâchoire supérieure en deux parties bien nettes, traversant le crâne sûrement à moitié vide et ressortant se ficher dans le mur ; en dessinant au passage une jolie fleur rouge autour du point d'impact. L'homme s'effondra sous la fleur. *Hop, voilà la tige !* Les autres convives avaient eu le réflexe de se baisser au moment du coup de feu et se relevaient doucement, partageant leurs regards hébétés entre le corps avachi et ma petite personne souriante.

— Ça, c'est pas super poli, Simus.

J'avais découvert la véritable identité du Padre seulement quelques heures après l'avoir ciblé comme le chef de l'organisation. Peu de gens la connaissaient mais je l'avais facilement lue dans son propre esprit parce qu'il pensait souvent à lui-même... « Qui aurait pensé que Simus Hul aurait monté un tel empire... hein ? » *Ridicule.*

En tout cas l'emploi de son prénom avait fait son petit effet et il avait balancé les huit autres balles de son chargeur sur ma bulle de protection, que j'avais dû renforcer très rapidement, puisant des ressources que je n'avais pas. J'étais déjà à crédit... *Pas bon.* Dans sa rage, il avait tué un second garde humain, un hybride, et amoché deux gros lards qui n'avaient pas eu la présence d'esprit d'essayer de se mettre à couvert. La moitié de l'assemblée s'était carapatée par les deux portes latérales alors que je n'avais pas bougé. Je pris des aiguilles d'argent dans mon bracelet et les jetai droit dans les yeux des deux hommes qui s'étaient tenus de chaque côté du Padre depuis le début. Enfin j'avais cru leur lancer dans les yeux mais j'en avais raté un, je dus m'y reprendre à deux fois, avec la difficulté de ses mouvements apeurés en plus. Il eut des gestes saccadés, comme son collègue avant lui, et s'affaissa lentement en gémissant. Le loup bedonnant se mit à gesticuler de panique, sans pour autant oser s'enfuir.

— Je **suis** un peu ennuyée par ton comportement, Padrecito, dis-je en faignant de n'avoir rien perdu de mon assurance. Je te propose mon aide et tu essaies de me buter ? C'est un peu rustre non ? Je sais bien que tu viens de la campagne mais quand même...

En réalité mes jambes commençaient à trembler à cause de ma fatigue et j'étais écœurée de cet endroit. J'avais juste envie de m'enfuir en courant, mais au lieu de ça, je le regardai avec défi. Je devais avoir une tête à baffer là, même moi je m'énervai...

— Je devrais te tuer, soupirai-je, l'idée m'avait déjà traversé l'esprit en voyant ta gueule mais je m'étais dit que c'était un peu léger comme argument. Sauf que là, tu me donnes une justification en béton armé...

Il jeta son revolver au sol.

— J'aurai les informations que tu demandes, renonça-t-il.

— Pardon ? continuai-je tout en me disant que je poussais peut-être le bouchon un peu trop loin. Tu veux dire qu'en plus tu n'as aucune information à me donner ?

Il se mit en branle et approcha fébrilement, les mains en l'air comme si je le visais avec une AK 47.

— Je peux le trouver, affirma-t-il, j'ai des hommes partout, des raclures qui furètent comme personne, ça ne me prendra qu'un jour ou deux.

— Un, accordai-je.

Il souffla.

— Et puisque j'ai perdu deux aiguilles en argent, je prends ça, dis-je en désignant Archibald des yeux.

— Quoi ? Mais c'est du vol !

— Très drôle, raillai-je, j'imagine que tu sais de quoi tu parles… Tu as menacé ma vie, estime toi heureux que je prenne la sienne au lieu de la tienne.

— Mais…

— Mais quoi ? m'impatientai-je.

— Il est très utile, je peux te proposer un autre gars en échange.

— Non, coupai-je. Celui-là me plaît bien. Je le prends et c'est tout.

Il s'agita un instant puis haussa les épaules.

— Très bien… cracha-t-il.

— Tu veux dire que tu consens à me le céder devant témoin ? insistai-je.

— Oui.

— Très bien ! fis-je un peu trop fort en claquant des mains alors que j'étais à deux doigts du malaise. Donc, à partir de maintenant, toute personne qui s'en prendra à lui devra me rendre des comptes directement. Il n'a plus aucun lien avec cette « organisation ». C'est clair ?

Tous les présents hochèrent la tête, apparemment ravis de s'en sortir à si bon compte.

— À demain Simus, conclus-je.

Je tournai les talons et m'extirpai de ce taudis aussi vite que je le pus, le métamorphe s'appliquant à bien rester dans mon sillon.

Archibald prit le volant du Dodge. Je pouvais percevoir une cacophonie d'onomatopées de joie dans sa tête. Il se demandait comment j'avais pu faire ça, comment j'avais pu survivre et même les bluffer alors que je tenais à peine debout. Je m'étais posé la question aussi quelques secondes, du coup, et m'étais dit que ce qui était fait n'était plus à faire. Le métamorphe se gara à l'arrêt de bus *High & Crawford,* au bout de la rue de mon appartement, et laissa les clés sur le contact. Il me suivit ensuite d'un pas léger. J'ouvris la double porte de la rue, nous fis entrer et refermai le tout. Nous montâmes nous installer à l'étage où je sortis une autre pizza surgelée et un deuxième verre à vin pour fêter ça. Il avait fait tout le tour de mon studio pendant que j'avais ouvert le carton de pizza, caressant mon sac de frappe, touchant les tranches de mes livres en les lisant une par une, fouillant ma pile de CDs, sautillant comme un enfant dans un magasin de bonbons. Quand je lui fis signe de se laver les mains et de s'asseoir au bar pour manger, il me regarda intensément.

— *Pourquoi ?*

J'avais compris sa question mais pris une expression innocente.

— Pour avoir les mains propres…

— *Pourquoi tu m'as pris avec toi ?*

Je réfléchis un instant.

— Tu aimais ta vie là-bas ? demandai-je.

— *Oh non ! dit-il dans ma tête. Je la détestais, mais c'est tout ce que j'avais et il ne m'aurait pas laissé partir.*

— Et bien maintenant tu m'as moi, soupirai-je, et c'est pas vraiment mieux…

J'avais regardé dans le vide, en face de moi, essayant de définir ce que m'avoir dans sa vie pourrait bien lui apporter, et aussi d'établir si je tanguais toujours. Oui, je tanguais. Ce que j'appréciais vraiment avec Archibald, c'était que tout était toujours clair, sans ambiguïté. Il lisait en moi comme dans un livre ouvert. D'ailleurs il savait très bien pourquoi je l'avais sorti de là. Il avait su dès le début que mon empathie pour lui le mettrait en danger jusqu'à ce que mon obstination me fasse trouver un moyen de l'arracher définitivement à ce monde.

Quand je l'avais soigné quelques mois plus tôt, j'avais été perturbée en scannant son aura chaleureuse et sa physiologie étrange. Il était humain en apparence, mais intrinsèquement autre chose. Son ossature, sa musculature et son derme n'étaient pas fixes ; ce qui lui permettait de changer d'apparence à volonté. Il n'avait pas de cordes vocales, seulement un clapet pour éviter que les aliments qu'il ingère ne passent du côté des poumons au lieu d'aller vers son énorme estomac qui précédait un intestin ridicule, un système digestif de carnivore. Pour communiquer, il avait développé une forte capacité télépathique, qui fonctionnait très bien avec moi, bien sûr. Ne pas parler, ça m'allait très bien. J'avais déjà remarqué que les mots étaient souvent étrangement handicapants en matière de communication. Ils créaient les incompréhensions, les jalousies, les colères, les tristesses… Les actes silencieux avaient quant à eux tendance à unir, tranquilliser, instiller une émotion profonde, sincère, indélébile.

Nous mastiquâmes notre pizza en écoutant un album de Pentatonix. Un pur bonheur de partage désintéressé. Il accepta un grand verre de vin et s'enthousiasma à l'idée d'une bonne douche chaude et d'un passage de ses vêtements à la machine à laver, en mode lavage intensif. Je lui avais dégoté un short tout détendu, bien trop grand pour moi dans lequel il était rentré difficilement quand même, et un tee-shirt ample avec un arbre de vie doré dessus. Il avait souri et avait haussé ses épaules carrées. Il était bâti comme un rugbyman italien, mais si son ancien boss ne flattait pas cette nation, Archie lui rendait ses lettres de noblesse sans le moindre effort.

J'avais débarrassé pendant qu'il avait pris sa douche puis j'étais allée à mon tour me prélasser sous l'eau. J'avais profité du flux liquide sur mon corps pour y faire passer plus d'énergie et m'en imprégner afin de récupérer un peu. J'étais vidée. Je devais bien reconnaître que je n'avais pas recouvré mes capacités *ante mortem*. J'avais passé un débardeur de sport et un short, essuyé mes cheveux longuement dans une serviette avant de les démêler, puis m'étais étalée sur le lit, à côté du métamorphe. Je n'avais pas eu à lui dire de s'installer, il l'avait fait de lui-même. Il rêvassait les yeux ouverts, fixant le plafond sans le voir. J'avais senti son excitation mêlée d'angoisse à l'idée d'être libre.

— Tu n'as pas à être seul, dis-je, demain je t'emmènerai rencontrer la Guilde… Le leader des êtres de magie pure sera aux anges de te rencontrer et je suis sûre qu'elle va te trouver un vrai job en deux temps trois mouvements. Si c'est ce que tu veux. Quoi que tu veuilles, elle sera là pour t'aider.

Je me calai sur le côté, la jambe gauche relevée, à moitié hors du lit et commençai à somnoler.

— *Et toi ? pensa-t-il. Tu fais partie de la Guilde ? Ou tu vas me jeter à leurs bons soins et tracer ta route ?*

Je me tournai vers lui et plongeai mon regard dans le sien. Je compris que j'étais le seul et unique lien humain qu'il avait tissé de toute son existence.

— Je compte pas tracer, dis-je, je me suis attachée à trop de gens ici, mais ne le dis à personne ou je devrais te tuer.

Il me servit le sourire le plus franc et le plus lumineux qu'il m'ait été donné de recevoir. Il colla son doigt sur sa bouche en opinant, puis se mit sur le ventre pour s'endormir comme un immense bébé.

Quelque temps après être partie dans le monde onirique, je revins à moi brusquement en sentant l'énergie du loup noir planer au-dessus de moi. J'avais d'abord cru à un nouveau rêve puis m'étais aperçu que c'était la réalité. Il devait être sur le toit. Son aura n'avait pas réveillé mon petit métamorphe, qui avait l'air de faire la première nuit paisible de sa vie, ronflant tranquillement. Je sentais l'Alpha agité, si bien que je finis par prononcer tout bas :

— Y'a un problème Loup ? Si tu as besoin de moi pour un combat saute une fois, je sortirai. Si tu viens juste pour me surveiller, c'est pas la peine, tout va bien.

J'attendis sa réponse. Il ne sauta pas mais hésita un moment interminable avant de prendre son élan pour descendre de mon bâtiment d'un bond et retourner d'où il était venu.

Au matin, je me réveillai en humant l'odeur de pain grillé qui flottait dans mon appartement. J'ouvris les yeux pour voir Archibald en train de brouiller des œufs, torse nu, serré dans mon vieux short. J'éclatai de rire. C'était de loin l'un de mes meilleurs réveils. Il se tourna vers moi.

— *Petit-déjeuner ! Je savais pas ce que tu voulais alors j'ai fait de tout.*

— T'es pas mon esclave, dis-je en m'étirant comme un chat, tu devrais arrêter tout de suite d'être trop gentil sinon je vais m'habituer.

Il sourit et vint m'apporter un verre de jus d'oranges pressées jusque dans le lit. Je fis une moue de désapprobation avant de me jeter gaiement sur le breuvage. Il avait étendu ses vêtements un peu partout à travers l'appartement, tels des parchemins himalayens. Nous prîmes notre petit-déjeuner ensemble, accoudés au bar, toujours en silence et en harmonie. Après mon café, je m'étais lavé les dents et avais proposé une brosse à dents neuve à mon « coloc ». Il l'avait prise comme si je lui avais offert un paquet enrubanné. Après cette petite séance émotion, nous nous étions habillés et j'avais entrepris de sortir ma moto. Il était intervenu tout de suite pour terminer mes gestes et avait demandé s'il pouvait conduire. Je l'avais laissé faire et avais reçu les effluves de l'énergie produite par son contentement. Il avait cabré au démarrage, m'obligeant à m'accrocher à lui. Il avait conduit comme un ado, slalomant sans qu'il y ait d'obstacles à éviter, accélérant à la première ligne droite assez longue pour le faire, dérapant pour s'arrêter aux stops. J'avais adoré le voir heureux. Pour les empathes, se trouver à proximité d'une personne heureuse c'est comme sniffer un rail de coque. *Enfin j'imagine.* Ça nous connecte à l'énergie la plus intense. Ça fait vibrer tous nos chakras. Ça nous maintient en vie.

Nous étions arrivés au petit ponton à une vitesse déraisonnable. Il n'y avait personne et j'avais envoyé un appel énergétique jusqu'à la maison bleue, sans destinataire particulier, juste pour signifier que nous étions là et que si quelqu'un voulait venir nous chercher, nous l'attendrions sur le quai. Nous nous assîmes sur le ponton, jetant des cailloux sur l'eau calme d'*Elizabeth River*. Nous avions apprécié l'attente au soleil. Ne partageant rien sinon la joie d'être là.

J'étais subitement sortie de ma langueur en sentant l'aura de l'Alpha exilé, en route sur le zodiac, seul. Une petite angoisse était née en moi, comme une ombre au tableau. Archibald m'avait regardée avec curiosité. *Putain de livre ouvert...* Le pneumatique était apparu au loin, avec la silhouette imposante d'Anton à son bord. Le métamorphe l'avait regardé, puis était revenu vers moi.

— *Il te fait peur ?*

J'avais un peu paniqué, tentant de cacher mes propres pensées sans vraiment savoir comment faire ça.

— Non, dis-je.

Il me sembla un instant qu'il allait insister, puis il reporta son attention sur le bateau. Nous nous étions levés pour rejoindre l'embarcation. Le loup noir était presque sur nous et je n'avais pas encore croisé son regard, je me dis qu'il vaudrait mieux le faire tout de suite, comme on retire un pansement. Je le fixai, déterminée à le prendre de court, mais je tombai dans un regard noir. Pas noir de colère, non, d'autre chose, quelque chose que je ne pouvais pas identifier. Il me regardait et semblait fixer un point derrière moi. Archibald se mit d'instinct entre nous. Je vis le loup le dévisager avec une expression de défi. Je contournai le métamorphe et sautai dans le zodiac en lui faisant signe de me suivre.

— Archibald Moose, présentai-je. Il est de magie pure, c'était mon contact chez le Padre, il est avec nous maintenant.

L'Alpha le toisa un moment puis hocha la tête à son endroit pour se présenter à son tour.

— Anton Brown, dit-il.

— Il est muet, précisai-je.

Le loup leva un sourcil.

— Il est aussi un télépathe très doué, ajoutai-je, mais je sais que tu n'aimes pas trop qu'on te parle dans ta tête.

Anton relança immédiatement le bateau dans l'autre sens pour nous emmener à la maison bleue. Je pouvais sentir le regard interrogateur d'Archibald sur nous, je savais qu'il essayait d'établir si le loup allait être son ennemi, ou plus précisément quel était mon ressenti par rapport à lui. J'étais mal à l'aise.

— J'ai reçu un rapport sur une bagarre meurtrière au Casino hier soir, dit Anton en me jetant un coup d'œil… Un de mes hommes m'a aussi parlé de corps devant chez toi…

Je fis oui de la tête. Il se remit à regarder devant, puis il ajouta :

— C'est pour ça que je suis passé voir si tu étais toujours vivante. Je ne voulais pas te déranger…

Ah.

J'avais voulu lui expliquer que j'étais allée chez le Padre parce qu'il ne m'avait pas donné le choix de la date du rendez-vous et pas pour me la jouer solo, qu'Archibald et moi étions amis, qu'on pouvait dormir ensemble parce qu'il n'y avait aucune arrière-pensée entre nous, que je lui avais dit qu'il pouvait partir parce que je n'étais pas en danger et pas parce que je ne voulais pas le voir… Mais je me tus. Aucune de ces informations ne me parut présenter un quelconque intérêt pour le loup. J'avais erré dans l'entrelacement de mes pensées torturées le reste du trajet.

Sur le ponton neuf de la maison bleue, Anton prit ma main pour me faire descendre du zodiac. Il ne me regarda pas et continua sa route après ça, à quelques pas devant nous.

— J'aimerais présenter Archibald à Vassilissa, dis-je.

— En tant que ?

Qu'est-ce que c'était que cette question ?

— En tant qu'être de magie pure, haussai-je les épaules.

— Elle doit déjà l'attendre, confirma le loup.

Dans le hall, Ray nous accueillit poliment, fidèle à lui-même. Je ressentis tout à coup une puissante vague de désir, faisant vibrer l'énergie dans les moindres recoins de mon corps. Je pris une seconde pour établir d'où avait pu venir ce flux, me tournant naturellement vers Anton, qui me rendit mon expression étonnée. Je m'aperçus alors que Ray ne bougeait plus. Il était gelé dans son mouvement pour prendre la veste d'Archie, qui avait rougi. J'eus un sourire intérieur et me fis la réflexion que la vue du métamorphe aux fourneaux le matin m'avait fait penser au majordome sans que je sache pourquoi... Maintenant je savais, un lien subtil. Je n'en avais pas vus beaucoup.

Mamie Grenouille débarqua tout à coup sous une forme humaine, ruinant la magie du moment.

— Bonjour jeune homme, coula-t-elle, bienvenue à la Guilde. Je suis Vassilissa Kachtcheï, guide des êtres de magie pure. Je suis si contente de t'accueillir parmi nous ! Je peux te l'emprunter Mathilda ?

— Mais je vous en prie, dis-je.

— *Tu ne lui dis pas que je ne parle pas ? me demanda Archie en pensée.*

— *Inutile, répondit Maminouille de la même façon.*

— Je reste dans le coin, dis-je.

Ils s'éloignèrent bras dessus bras dessous. Je jetai un coup d'œil à Ray.

— J'imagine que le petit-déjeuner est fini, dis-je, un coup de main pour débarrasser ?

Le nounours géant dégela et parut enchanté de ma proposition, il avait de toute évidence des tas de questions à me poser sur le charmant métamorphe. L'Alpha posa sa main sur mon épaule pour se faire remarquer. J'eus un tressautement.

— Je me demandais si ça te dirait une séance d'entraînement ? demanda-t-il.

J'avais eu du mal à réaliser ce qu'il me proposait... Se battre contre moi ? Sérieux ? C'était déjà Noël ? J'avais eu tellement de fois envie de le frapper... Et maintenant j'avais peur de pouvoir le toucher. J'étais tiraillée entre la curiosité, l'excitation et la terreur. J'avais dû hésiter très longtemps parce que Ray décida de venir à mon secours.

— Tu es sûre d'être assez remise pour ça ? avait-il dit.

Anton l'avait regardé comme s'il l'avait insulté, il n'avait pas l'habitude que qui que ce soit aille contre sa volonté. Et là, à ce moment précis, sa volonté avait l'air d'être de taper sur moi... J'avais dû finir par le pousser à bout. En même temps, ça avait une odeur de défi contre laquelle j'avais du mal à lutter.

— Non, dis-je.

Ils me fixèrent tous les deux.

— Je ne suis pas complètement remise...

Ray souffla en premier lieu, puis retint sa respiration en croisant le regard de l'Alpha.

— Mais bon, en même temps, qui sait si je me remettrai un jour... ajoutai-je. Et puis il paraît qu'il vaut mieux ne pas attendre pour se remettre en selle.

— Et puis c'est pas comme si t'étais restée bien tranquille chez toi hier soir, dit Anton.

Ray fit une grimace.

— Je viens te voir après, lui dis-je.

Il ronchonna.

Le loup tendit sa main vers le couloir pour m'inviter à descendre devant lui vers le dojo souterrain. Deux jeunes étaient en train de faire des séries sur les machines de musculation quand nous poussâmes la première porte. Anton fit mine d'émettre un son et ils déguerpirent.

— Tu veux pas de témoin, raillai-je, c'est au cas où je te mettrais une branlée ou tu comptes me tuer ?

Il ne sourit pas, j'en eus froid dans le dos. J'enlevai mes chaussures et les posai à l'entrée du dojo, m'inclinai, puis posai mes pieds sur le tatami vert. Je commençai à échauffer mes muscles et articulations en sautant et en effectuant des mouvements rotatifs. Il avait enlevé ses chaussures et ses chaussettes et faisait craquer ses os. Il essayait de me faire peur ou quoi ? C'était assez réussi.

Il se cala sur ses appuis, immobile et impassible, attendant que je lance le combat. Mon rythme cardiaque avait changé de registre, passant d'une valse de Vienne à du *Black Eyed Peas*. Mes mains étaient déjà moites et je regrettai d'avoir mis un jean slim troué et un cache-cœur. Il se mit en garde. Je me couvris d'une énergie violette visible et me jetai sur lui. Je fis pleuvoir un déluge de coups millimétrés, frappant vite et fort, tentant de l'atteindre tout en évitant ses attaques puissantes. Il maîtrisait les techniques de karaté, d'aïkido, de krav maga, et j'avais même reconnu quelques prises de *systema*, l'art martial russe. Il était très rapide et quelques minutes d'affrontement avaient suffi pour me mettre hors d'haleine. Il recula pour me laisser faire une pause. Il paraissait serein. Combattre face à lui était passionnant, il était précis et impressionnant. Il me maîtrisait. *Arrête de baver idiote.*

— Ça va ? demanda-t-il.

OK, fallait pas pousser quand même. Je dénouai mon cache-cœur et le fis sauter pour qu'il ne m'entrave plus et ne me fasse plus avoir le réflexe d'essayer de ne pas le perdre pendant le combat.

Je fis prendre forme à deux petits bâtons mauves dans mes paumes et me relançai sur lui. Malgré l'énergie que je déployais pour appuyer mes attaques, je n'arrivais pas à le toucher. Malgré la variation de techniques que je m'employais à appliquer, je ne parvenais pas à le surprendre. Il n'avait aucun dégât à déplorer alors que j'étais en nage. Je redoublai d'efforts. Il se mit à ralentir la cadence de ses attaques pour me permettre de respirer. Je fis une pause, il se figea, se demandant ce qui se passait, je profitai du doute pour lui ficher un crochet du droit, placé tout juste derrière sa garde. Un coup de bâtard. Il encaissa avec surprise, m'attrapa tout à coup et me fit rouler sur le tapis, du judo maintenant. Il m'immobilisait complètement, et ça ne lui avait pris qu'une seconde. Il couvrait tout mon corps, son visage au-dessus du mien, dans une expression amicale qui m'énervait encore plus. J'étais aux abois, complètement terrifiée de sentir son corps collé au mien.

— Calme-toi, dit-il.

J'étais furieuse, après moi. Ma cage thoracique se soulevait à une vitesse effrayante et j'essayai de me raisonner.

— Mathilda, dit-il, il faut qu'on parle…

Sa voix grave, si près de moi, éveilla un tourbillon de sentiments confus. Panique, colère, ressentiment, désir, besoin, passion, peur, instinct de survie. Je lançai une impulsion énergétique qui le fit sauter si haut que je pus rouler sur le côté et revenir sur mes appuis avant qu'il ne parvienne à se remettre de sa chute, chancelant, un genou à terre. Il eut l'air de chercher où il se trouvait, clignant des yeux, sa main en avant. J'eus un coup de sang et me jetai au sol.

— Anton ! criai-je. Pardon, je voulais pas te blesser…

Il releva la tête pour me dévisager avec surprise. Je m'étais appliquée jusque-là à ne jamais l'appeler par son prénom, me refusant toute forme de familiarité avec lui. Nous restâmes comme deux imbéciles, à nous regarder souffrir, reprenant notre respiration. Il me perturbait tellement.

La porte de la salle de musculation s'ouvrit dans un claquement sourd, Léonie débarqua dans le dojo sans prendre la peine ni de saluer ni de retirer ses chaussures. Elle se dirigea directement sur le loup en me jetant un regard lourd de reproche. Je n'aurais pas su dire s'il était pour le coup sur le loup ou pour le baiser sur l'humain… Vassilissa et Archibald avaient suivi la doctoresse et s'étaient arrêtés avant le tatami. Anton se releva en tâtant furtivement son côté.

— Ce n'est rien, dit-il.

— Mais qu'est-ce qui vous prend ?! hurla-t-elle. Vous avez perdu la tête ? Baker essaie de nous tuer tous et vous, vous lui facilitez la tâche avec vos disputes de gosses !

Je jetai un coup d'œil au loup, qui avait fait la même chose. Je me détournai, ramassai mon cache-cœur et le remis en place, non sans mal, tant j'étais douloureuse.

— Elle est en vrac, dit Léonie. Quelque chose foire dans sa régénération.

Le loup s'approcha.

— Comment ça ?

— Elle n'est pas dans son état normal, expliqua-t-elle. Ça doit expliquer son comportement étrange...

Propre et mérité, je la ferme.

— Pourquoi tu n'as rien dit ? gronda le loup à mon intention.

— Je... Je t'ai dit que j'étais pas tout à fait remise.

La vérité c'est que je n'en savais rien. Je voyais trouble, j'avais envie de vivre des choses simples, je fonçais droit dans le mur encore plus vite que d'habitude, j'étais à fleur de peau, j'étais à côté de mes pompes, mais je me disais que c'était peut-être un peu normal... Après tout, j'étais morte.

— C'est un euphémisme, rationnalisa le médecin mage. Tu n'as pas noté des irrégularités dans tes capacités ces derniers jours ?

Je soupirai. Elle attendit patiemment. Si elle croyait m'avoir avec cette technique de parapsychologie...

— Mathilda... râla le loup.

— OK, ça va, lâchai-je, j'avoue, je pars en vrille. En fait, rien n'est plus comme avant. J'ai du mal à canaliser, je me concentre difficilement et je ne réfléchis plus qu'à court terme.

— Oui, ça, on avait remarqué, piqua encore Léonie.

Anton se racla la gorge.

— Et qu'est-ce que ça veut dire ? demanda-t-il.

— Qu'elle regrette ? fit-elle en me regardant de ses yeux blancs.

— Quoi ? dit le loup, apparemment perdu.

Elle leva la main pour lui signifier qu'elle attendait tout de même ma réponse à sa question. Je levai les yeux au ciel.

— Oui, Léonie, je regrette, admis-je sincèrement. Je sais pas ce qui m'a pris… Je suis morte et j'avais… Excuse-moi, en plus, il t'aim…

Elle coupa net l'aparté qu'elle avait lancé.

— Je ne sais pas à quoi c'est dû, reprit-elle avec une voix tremblante, je pense que l'exposition prolongée aux Grimm a créé une perturbation trop importante pour être résorbée naturellement.

— Qu'est-ce que tu préconises ? s'enquit-il.

— Je ne sais pas, c'est hors de mon champ de compétences en ce qui la concerne. En revanche, tes côtes doivent être soignées.

Je pris une seconde pour m'enraciner, attirai de l'énergie rapidement à moi et la transférai au loup comme je l'avais fait

sur le champ de bataille. Il se dandina brusquement. Je remis mes
chaussures et sortis.

J'étais remontée dans « ma » chambre, avais ôté mes
vêtements directement en entrant, les laissant tomber sur le sol
sur mon passage. Puis j'étais allée dans la salle de bain, m'étais
lavée et m'étais échouée dans l'immense baignoire pour en
boucher l'évacuation et y faire couler une eau brûlante. J'avais
végété longtemps dans la mousse. J'avais pris un temps
considérable pour sonder mon corps, me concentrant
intensément sur chaque point, sur chaque nœud énergétique.
Léonie avait raison, quelque chose ne se faisait plus
correctement et ça faisait partir tout mon système en vrille.
J'avais vérifié chaque chakra avec attention, les petites ellipses
qui tournaient habituellement sur chaque nœud continuaient leur
ballet, pourtant, quelque chose me chagrinait sans que j'arrive à
trouver quoi.

J'avais pensé tout à coup à un livre de ma bibliothèque,
revoyant Archibald caresser sa tranche colorée des sept couleurs
des chakras. Je ne savais pas ce que je devais trouver dedans
mais il m'apparut clair que je devais y chercher une réponse. Il
n'y avait pas de hasard, si mon nouveau colocataire avait
spécifiquement regardé cet ouvrage le jour où je me posais des
questions sur ce sujet… C'était sans aucun doute une indication.
Je m'étais levée soudainement, j'avais tiré le bouchon de la
baignoire et m'étais fourrée dans un peignoir. J'avais ensuite
pris des vêtements propres dans la penderie mise à ma
disposition par la maison bleue. J'avais noté que tous les
vêtements que j'avais déjà portés avaient été lavés et remis dans

les affaires qui m'avaient été offertes, y compris la robe indigo. J'avais enfilé un jean et une chemise, remis mes chaussures, et j'étais descendue vers le ponton.

Archibald était assis dans le hall. Bien droit et tranquille, en face de Ray, qui tenait l'accueil en silence. Je les avais observés un instant avant de faire mon entrée, passant en plein milieu du flux de tension sexuelle…

Archie se leva en me voyant.

— Je dois rentrer chez moi, lui dis-je.

Je vis à sa tête que quelque chose n'allait pas. Je le questionnai en pensée.

— *Qu'est-ce qui ne va pas ?*

— *Tu veux pas que je reste avec toi ? demanda-t-il.*

— *Tu veux rester avec moi ?*

— *Oui.*

Il avait été catégorique.

— Ray, dis-je, Archie et moi, on voudrait rentrer, tu crois que quelqu'un pourrait nous ramener à Chesapeake ?

Il eut l'air déçu mais s'activa pour aller se renseigner. Il revint après seulement quelques minutes, le loup noir sur les talons.

— Vous pouvez prendre le zodiac, dit Anton, on a du monde en ville qui en aura besoin pour rentrer.

— OK merci, dis-je en attrapant la clé et en m'éloignant.

— Mathilda, appela-t-il.

Quoi encore ?

— Oui ?

— Qu'est-ce que tu vas faire ? demanda-t-il.

— Comment ça ?

— Pour régler le problème.

— Je sais pas, je suis pas médecin, dis-je en constatant que Ray et Archibald s'employaient à regarder ailleurs pour nous laisser de l'espace, comme si on avait une conversation hautement personnelle.

Le loup s'approcha encore et baissa le ton, comme si tous les *switches* de la maison n'allaient pas l'entendre…

— J'ai entendu parler d'un autre Indigo en Louisiane, il saurait peut-être quoi faire…

Un autre Indigo ? Ça alors ! J'avais tout à coup très envie d'aller visiter la Louisiane, mais je savais que je n'y trouverais pas de solution à mon problème actuel.

— Non, ça devrait aller, arrête de t'inquiéter pour tout le monde comme ça, tu vas te faire un ulcère.

— Comment, ça devrait aller ? insista-t-il, visiblement dubitatif.

— Je sais pas encore, admis-je. Mais je vais trouver.

J'allais partir quand je revis l'image du loup se tenant le côté après mon coup de colère.

— Loup, dis-je en revenant sur mes pas, je suis vraiment désolée de m'être emportée.

Il s'avança et je crus un instant qu'il allait me prendre dans ses bras, puis il arrêta son geste, leva les yeux vers Ray et Archie, et haussa les épaules.

— Ce n'est rien, dit-il, c'est moi qui ai commencé.

Archibald et moi étions rentrés en silence. Nous avions rangé le bateau dans son local et récupéré ma moto pour rentrer sur *High street*, dans mon appartement, qui avait l'air d'être *notre* appartement maintenant, vu l'aisance avec laquelle le métamorphe s'était installé.

Il s'était mis à cuisiner quelque chose dès notre arrivée et sifflotait aux fourneaux pendant que je bouquinais, assise contre le mur de livres, près de mon entrée. J'avais passé en revue les banalités de l'entrée en matière et avais lu au hasard, quelques pages par-ci par-là. Tous les paragraphes sur lesquels j'étais tombée étaient intéressants, malheureusement, aucun ne semblait avoir le moindre lien avec mon problème. Archibald avait fini de cuisiner, et même de faire cuire son plat, et je n'avais toujours pas la moindre piste. Il posa le tablier qu'il avait revêtu en rentrant et s'assit sur le parquet, face à moi.

— *Tu fais une pause pour manger ? Le livre ne va pas s'envoler.*

J'inspirai longuement, passai ma main dans mes cheveux en bataille qui retombaient devant mes yeux quand je me penchais pour lire, et refermai le gros volume poussiéreux. Je m'étais levée, m'étais lavé les mains, et assise devant une assiette qui m'avait instantanément mis l'eau à la bouche. Il avait fait un plat de pâtes avec une espèce de sauce qui avait l'air d'être succulente. Comme il pouvait évidemment lire mon étonnement, il me fit savoir qu'il avait passé quelques années dans une famille d'accueil d'origine italienne, avant de se transformer en fille sans le vouloir pendant un dîner et d'être jeté dehors sans coup de fil aux services à l'enfance… Je lui avais demandé comment ça s'était passé avec Mamie Grenouille. Il m'avait montré son ressenti sans pudeur. Il l'aimait bien, elle avait l'air d'une gentille femme, mais il savait qu'elle était intéressée par ses talents de métamorphe, comme tous les gens qu'il avait rencontrés dans sa vie. Sauf moi.

— *Pour moi c'est un peu de la triche, c'est facile de ne pas avoir de réactions intéressées, je suis débile.*

Il avait ri à s'en tenir le ventre avant de nier et de partir dans un délire sur ce qu'il pensait de moi. Je vous épargne les détails tellement c'était n'importe quoi. Après une longue discussion silencieuse (ça devait être un tantinet dérangeant vu de l'extérieur), j'avais repris le livre, un peu découragée. Il m'avait échappé des mains et était tombé ouvert sur une page que je n'avais pas encore vue. La double page était consacrée à Muladhara, le chakra racine. Le lotus dessiné au centre attira mon attention, je me rappelai que les quatre feuilles du lotus étaient la joie, l'extrême, le plaisir naturel et le contrôle des passions. *OK.*

Maintenant que je savais que le problème venait de ma racine, je pris mon coussin de méditation et ouvris la porte de l'appartement pour aller à la fenêtre du pallier du haut, celle qui donnait accès à l'échelle vers le toit. Archie resta vautré sur le tabouret du bar, mâchonnant un quignon de pain. Je montai sur la structure de métal rapidement et arrivai sur le toit plat. Ça faisait une éternité que je n'avais pas pris le temps de venir ici. La brise de début de soirée me caressa le visage. J'eus la surprise de découvrir que quelqu'un avait installé des chaises pliantes et avait même ramené une glacière, dans laquelle je trouvai des bières. Le loup prenait ses apéros sur mon toit ? Il y avait vraiment un truc qui ne tournait pas rond chez lui… Je devais lui dire qu'il faisait tout ça pour rien parce que je n'étais pas la femme de la prophétie. J'eus un nœud à l'estomac en y pensant, ce moment où il réaliserait que je n'étais pas si importante et où il arrêterait de me suivre partout comme un fanatique.

J'avais pris un instant pour respirer profondément en observant la ville autour de moi. J'avais été tentée de sonder le quartier, puis je m'étais dit que si je faisais ça, j'allais finir chez quelqu'un à aider à faire je ne sais quoi au lieu d'essayer de réparer les dégâts. Il était temps de prendre soin de moi.

Je posai mon coussin et m'installai dessus. Je lançai en pensée mes racines vers la terre et attendis de voir prendre vie à des petites fleurs, depuis la terre jusqu'à mes pieds, c'était le signe d'un branchement correct. La couleur des petites fleurs m'indiquait habituellement mon état psychique, elles apparurent en vert, ce qui m'indiqua que j'avais une suractivité au niveau de l'énergie du cœur. Je n'en fus pas surprise étant donné que j'étais hypersensible depuis mon réveil de l'autre monde. Je me mis à sentir l'énergie universelle, descendant du ciel, passant par mon corps, et rejoignant la terre par mes racines. Je me concentrai ensuite sur elles, partant de mes pieds, essayant de les visualiser.

Très vite, je vis qu'elles étaient épaisses et tortueuses, et même épineuses par endroits. Je fixai mon attention sur elles et chassai mes pensées personnelles, espérant m'ouvrir à une explication de plus haut. J'avais l'impression de toucher du doigt le problème et en même temps de ne rien comprendre. Il était clair que je m'étais ancrée très fort quand j'avais cru mourir, et que mon corps énergétique refusait de relâcher la pression, créant un profond déséquilibre. Je m'agrippai à la terre en permanence, réduisant mes capacités de canalisation, et instillant en moi une peur viscérale qui me rendait paradoxalement moins précise, plus je-m'en-foutiste, à cran, accro à la vie et fatiguée. Après avoir laissé libre cours à l'énergie un long moment, je m'aperçus que j'étais au beau milieu d'un arbre immense, formé autour de moi. J'étais dans le cœur de son tronc rouge. Ses branches s'élevaient haut dans le ciel, ses feuilles se mêlant aux volutes célestes. Il était beau et fort, rassurant. Je pris conscience qu'il était en pleine santé. L'univers me montrait que je pouvais relâcher la tension dans mes racines sans avoir à craindre quoi que ce soit, mon ancrage était fort. Je me lovai dans le confort de cette idée et exhortai l'énergie à rééquilibrer mon ellipse écarlate.

Pendant ma méditation, des images de ma vie passaient en trame de fond dans mon esprit. Seulement des images rassurantes, des exemples flagrants me montrant que dans toute situation, je revenais toujours à ma racine, à ce que j'étais profondément. L'univers me voulait sereine, sûre de ma capacité à me recentrer. Il m'indiquait que tout irait bien. J'étais complètement détendue.

Je revins doucement à la réalité, reprenant conscience de mon environnement petit à petit. Quand je fus assez revenue pour voir à nouveau autour de moi, je trouvai Archibald assis dans l'une des deux chaises pliantes, sur ma droite. Il était bien calé, une cheville posée sur le genou opposé, sifflant une bière, la deuxième apparemment, puisqu'une bouteille vide était posée près de lui.

— Tranquille ? fis-je.

— *Je devais rester près de toi en cas d'arrivée des hommes du Padre… pensa-t-il. Tu lui as donné un jour, il est déjà hors délai. Je suis étonné que tu acceptes ça…*

Je grognai. Il avait raison. J'avais fait ma dingue chez le mafieux, et laisser mes menaces sans conséquences serait une grossière erreur. De toute évidence, il avait envie d'aller taper sur le Casino. Il devait avoir quelques contentieux à régler, de façon définitive. Je sentis l'aura familière de Gordon arriver par un bâtiment voisin. Il apparut deux toits plus loin et s'approcha nonchalamment, comme s'il faisait sa balade du soir. Quand il arriva à nous, il s'assit sur la deuxième chaise et attrapa une bière dans la glacière. C'était la sienne…

— Alors c'est toi qui as aménagé ce petit espace ? demandai-je.

Il haussa les épaules, observant le métamorphe sans la moindre discrétion.

— Archie, voilà Gordon, le fils prodige, souris-je.

Gordon leva sa main libre pour saluer l'étranger. Archibald lui fit un signe de tête en retour. Ils se jaugeaient pendant que j'appréciais d'avoir mes deux petits protégés avec moi. Ils étaient tous les deux beaux comme des dieux, forts comme des lions et doux comme des agneaux.

— Bon, dis-je, t'as raison Archie, va falloir qu'on aille taper du poing sur la table.

— Comment ça ? s'enquit Gordon.

— On a menacé le Padre hier, expliquai-je.

— *Tu… précisa Archibald.*

— Oui, bon, j'ai menacé le Padre hier… Il devait me donner la position de Baker aujourd'hui et je ne l'ai toujours pas… Si je reste juste à attendre, je perds toute crédibilité.

— Mais attends, fit Gordon en se levant, je croyais que tu étais toujours en convalescence ?

— Ça va beaucoup mieux, assurai-je.

Archibald s'était levé à son tour et avait cherché quelque chose dans sa poche. Il avait alors tendu un billet de dix dollars au jeune loup, pour les bières. Gordon avait compris le message mais avait décliné. J'étais repartie pour l'appartement, à la recherche de mon katana. Le métamorphe avait suivi pour prendre sa veste, Gordon nous filait en râlant.

— Tu vas aller chez le parrain de la mafia locale pour le menacer alors que tu n'es pas bien remise et qu'il a sûrement prévu le coup et doublé sa garde ? Je ne sais pas si c'est une bonne idée Mathilda…

— Et ? raillai-je. Tu m'as déjà vue avoir une bonne idée ?

Archibald pouffa, Gordon leva son bras libre au ciel, l'autre charriant toujours sa bière.

— Évidemment pas, fit-il, mais ce n'est pas une raison pour continuer comme ça…

— T'inquiète pas, dis-je en m'équipant, ma vue ne tremble presque plus et j'ai médité.

Il s'étrangla en terminant le fond de sa bière.

— Oh ça va alors ! conclut-il. Je viens avec vous.

Il commença à se déshabiller.

— Si tu te transformes ici, j'apprécierais que tu gardes tes poils sur ton corps et que tu ne griffes pas les marches de mes escaliers, blaguai-je.

— Ha ha.

Il changea dans un bruit sourd, laissant place à un magnifique loup au pelage brun. Plus grand que dans mes souvenirs ; il progressait vite. Archibald l'observait avec admiration. Je lui caressai la tête en souriant, il me montra les crocs.

— Rolala, ça va, dis-je, qu'est-ce que vous êtes susceptibles, vous, les loups.

Nous descendîmes tous les trois, et Archie sortit la moto pendant que je refermais les portes. Quand on eut pris place dessus, le loup s'exclama :

— Tu le laisses conduire ?! Tu ne m'as jamais laissé faire ça à moi…

— Tu l'as jamais demandé.

Sa tête de loup eut une moue hilarante sur un animal censé être effrayant. Archibald nous propulsa à toute allure, Gordon bondit pour nous rattraper.

Sur la route, j'avais commencé à sentir des perturbations, des vagues de souffrance, de peur, j'avais senti le sang. J'avais fait savoir aux garçons que l'on risquait d'arriver en plein chaos. Je ne perdis pas mon énergie à essayer de savoir qui attaquait qui et pourquoi, je savais déjà que l'on trouverait le Casino dans un bain de sang. Depuis la voie principale, avant même de bifurquer devant l'ancien local de l'Armée du Salut, j'avais senti la chair de poule parcourir le corps d'Archibald en voyant les plus gros durs de son cartel courir en tous sens pour échapper à ce qui avait lieu au bordel. Certains d'entre eux étaient grièvement blessés, certains profitaient de leurs derniers battements cardiaques, pourtant ils couraient sans s'arrêter, leurs yeux fous dans le vague. Nous arrivâmes devant le Casino pour découvrir une scène d'apocalypse.

La quasi-totalité de l'espace devant l'entrée était tapissée d'hémoglobine, l'immense surface de béton rougi où se reflétait la lumière de la lune, donnait à l'endroit une atmosphère fantasmagorique. Les hommes encore en vie marchaient comme des zombies, cherchant qui allait les tuer. Un *switch* ours, sous sa forme animale, se tenait devant la porte d'entrée défoncée. Il tenait le Padre dans une seule main, bien au-dessus de sa tête. Il n'était pas encore mort, mais presque. Des larmes coulaient le long de ses joues égratignées, l'un de ses yeux avait l'air sur le point de se faire la malle. Je sondai la zone.

— Il reste six soldats du gouverneur, trois à l'intérieur, à l'étage, l'ours, et deux qui coursent les gars dans la rue.

Archibald se précipita dans le bâtiment, Gordon s'élança vers la rue. Je pris le temps de former une protection autour du Padrecito et de lui envoyer une petite décharge maison, comme celle que j'avais utilisée pour réparer les côtes d'Anton la veille, c'était un loup aussi, malgré leurs différences, ça devrait fonctionner. J'attendis de voir son œil reprendre sa place pour m'élancer à la rencontre de l'ours. J'avais formé ma bulle de protection et renforcé mon sabre. Une fois assez proche de lui, j'avais appelé une quantité suffisante pour le sonner. Il avait sursauté et m'avait regardée en clignant plusieurs fois des yeux pour s'assurer de ce qu'il voyait. Une petite femme blonde venait de trancher méthodiquement ses tendons pendant qu'il levait la main dans un réflexe de protection contre le flux d'énergie qui lui avait tapé la tempe. Il s'était écroulé doucement sur ses genoux, sans me quitter des yeux. Le Padre avait repris conscience au moment où ses jambes avaient heurté violemment le sol, quand l'ours avait relâché sa prise. Le tout petit boss me vit et son expression changea. Il se remit sur ses jambes et poussa un cri effrayant, un appel d'Alpha. Et de fait, alors que je m'apprêtai à contourner les bras de l'ours en colère pour tenter de finir de le découper, je vis les hommes du petit Simus se relever, se rassembler, se remobiliser, se regonfler, et approcher dans la démarche saccadée d'un seul homme brisé de toutes parts. Je décidai de leur laisser le *switch* et d'aller soutenir Archie.

J'avais entendu Gordon appeler, lui aussi, sa meute, et je savais qu'il faisait largement le poids contre deux soldats quels qu'ils soient.

Je fis un signe au Padre pour lui faire savoir que j'allais terminer le boulot. Je montai quatre à quatre vers le bordel. Des corps éventrés, presque tous vêtus de soie ou de robes, jonchaient l'escalier, la rambarde dorée était souillée de sang sur tout son long. L'une des auras agressives avait déjà disparu mais les deux autres étaient au même endroit, dans une pièce au fond du couloir. Je filai vers cette direction, vis une porte ouverte et m'y engouffrai. Archibald était aux prises avec un homme un peu plus grand que lui, qui avait l'air d'avoir été taillé directement dans une montagne. Ses muscles bandés ne laissaient aucun doute sur la force herculéenne qu'il devait pouvoir déployer. Archie tenait bon face à lui, bien que l'homme soit en train de tenter de lui broyer les clavicules, à mains nues.

— *Sauve-la ! hurlait le métamorphe dans ma tête.*

Je sortis des aiguilles et les lançai dans le cou du rocher avant de planter mon sabre dans le côté du deuxième homme, qui tenait une femme contre un mur. La montagne desserra son étreinte sur Archibald qui en profita pour lui placer un uppercut douloureux à regarder. J'avais ressorti mon katana de l'autre homme au souffle coupé et l'avais tiré vers moi, pour libérer la femme prostrée. C'était presque une enfant ! Ses vêtements étaient à moitié arrachés, elle tenait les lambeaux restants devant elle pour cacher sa poitrine naissante. Je plantai ma lame dans le cœur du soldat à terre et me tournai vers celui qui continuait de frapper mon colocataire. Je sautai sur son dos, accrochant mon bras gauche sur son épaule, me calant en serrant mes jambes pliées sous ses côtes, puis j'insérai mon sabre dans son cou par le côté droit, traversant la trachée dans un craquement inhumain. Une fois la lame sortie de l'autre côté, je la poussai vers l'avant d'un coup net, tranchant l'ensemble du cou et libérant un jet de sang dans une palpitation. Archibald n'avait pas attendu la fin de mon intervention pour aller ramasser la petite créature apeurée qu'il était vraisemblablement venu sauver. Il l'avait prise dans ses bras et elle avait l'air d'une poupée de chiffons dans le creux, entre les énormes biceps du métamorphe.

— *Emmène-la à l'abri, pensai-je.*

Je reçus les doutes d'Archibald quant à l'accord du Padre.

— Je l'emmerde, dis-je. Cette gosse ne restera pas dans un bordel, pas tant que je respirerai.

Nous redescendîmes l'escalier et trouvâmes le Padre devant l'entrée, observant en silence les corps sans vie, éparpillés, partout dans la rue. Gordon se tenait un peu plus loin, il avait posé deux cadavres dans un sale état devant lui. *That's my boy !* Archie s'éclipsa après avoir repéré Gordon.

Toute la place sentait le sang, on avait l'impression d'en avoir dans la bouche tant l'air en était saturé, un goût salé et métallique. Nos chaussures collaient au sol englué. De longues plaintes s'élevaient un peu partout à des centaines de mètres alentour. Je sentis le loup noir tout proche, resté dans l'ombre. Il était venu avec une petite escouade… Je m'étais approchée du chef à l'armée décimée et avais attendu un long moment qu'il reprenne ses esprits. Avant que ce ne soit le cas, Archibald était revenu se placer derrière moi, Gordon avait fait la même chose.

Simus Hul se tourna lentement vers moi. J'attendis patiemment.

— Ils sont arrivés à la tombée de la nuit, raconta-t-il sans émotion, mais avec une colère non dissimulée. Il y a d'abord eu un sorcier. Il a jeté un sort qui nous a tous rendus bizarres, comme au ralenti, comme quand on fait un cauchemar où on peut pas se défendre. Personne n'a pu se transformer. Et puis les soldats sont arrivés. Pour nettoyer. Ils ont rien demandé. Ils étaient juste là pour tuer tout le monde.

Si Baker était passé aux réseaux clandestins, c'est qu'il estimait avoir bien avancé dans son épuration. Ça me fit froid dans le dos.

— J'avais pas encore eu tes infos, dit le Padre, mais je les aurai. Y'avait pas grand monde ici. J'ai encore ce qu'il faut sur le terrain, partout. Je vais le trouver ce fils de pute.

Il s'approcha de moi, ses yeux injectés de sang. Je sentis le loup et le métamorphe se resserrer dans mon dos.

— Je t'en dois une, admit-il à contrecœur.

— En fait non, dis-je, j'ai récupéré une gosse de chez toi, dans le bordel.

— *Anna, me souffla Archie.*

— Anna, dis-je. Disons que ça annule ta dette ? Tu me la cèdes et on repart à zéro ?

Il réfléchit un très court instant et sourit.

— Tu fais pas une affaire cette fois… finit-il par dire. Elle vaut rien cette gamine.

— À moi d'en juger.

— Ouais…

Je m'apprêtai à partir.

— Tiens-moi au courant, dis-je, et n'y va pas seul si tu le trouves, je crois que tu as eu assez d'occasions de voir que je sais me montrer utile…

Il ouvrit de grands yeux pleins d'un intérêt soudain.

— C'est sûr, dit-il en faisant oui de la tête, je t'échangerais bien contre une vingtaine de mes gars.

— Elle est indépendante, intervint Gordon.

— Mouais… Tant qu'on peut faire ce qu'on veut c'est cool, lança-t-il laconiquement.

Je sentis Archibald se tendre dangereusement. Le poil de Gordon s'était hérissé sur son dos, je n'avais pas eu besoin de me tourner pour le savoir.

— *C'est un bâtard, Mathilda, fulminait le métamorphe. S'il s'est mis en tête de t'avoir, il fera tout pour que ça arrive, tu peux pas lui faire confiance… Tu ferais mieux de le tuer maintenant, ça t'évitera des mauvaises surprises.*

— Fais quand même attention, prévins-je le petit gros. On est repartis à zéro pour le moment, ne franchis pas la ligne qui te placerait en ennemi, je ne suis pas un adversaire à ta portée.

Le Padre se fendit d'un sourire qui me donna mal au ventre. Il était d'accord avec moi, il savait qu'il n'était pas à la hauteur, pourtant il avait clairement une idée derrière la tête, et ça n'augurait rien de bon. Une partie de son monde s'était écroulée ce soir et il montait déjà ses prochains coups dans sa tête de malade… Moi qui avais eu de la peine pour lui en arrivant… *Quelle quiche !*

15

Partage

Comme le groupe de *switches* sous les ordres du loup noir auquel Archibald avait confié Anna à la va-vite avait jugé bon de ramener la petite à Léonie, le métamorphe avait insisté pour aller à la maison bleue. Nous avions donc suivi le mouvement jusque là-bas.

Archie s'était installé dans le cabinet médical, où le médecin mage psalmodiait intensément au-dessus de l'enfant, qui avait plusieurs fractures et lacérations. J'avais été horrifiée en l'apprenant. J'avais voulu rester avec eux mais l'idée d'être dans la même pièce que Benjamin et Léonie me mettait mal à l'aise. Je m'étais retranchée dans la cuisine, où j'avais trouvé Ray en train de nettoyer un énorme plat à gratin en regardant dans le vague.

— Tu rêves de qui ? dis-je, le faisant sursauter et échapper la brosse à récurer, qui s'échoua sur le sol, juste derrière moi.

— Mathilda ! Tu m'as fait peur !

— Ah bon ? ris-je.

Il se mit à rougir et à tendre l'oreille. Je savais qu'il vérifiait qui se trouvait à proximité. Il mit le robinet en marche et me fit signe d'approcher. Il chuchota, tout près de moi.

— Je me demande... Ton ami... Il... Enfin... Je sais pas... Il... C'est qui ?

Trop mignon.

— Il est arrivé un jour à l'hôpital, en pièces détachées... C'était un des hommes de main du Padre.

Je vis l'intérêt du majordome monter en flèche.

— Je savais que c'était malgré tout un bon petit gars, continuai-je. Je voulais l'aider à s'échapper mais il refusait mon aide. L'autre jour j'ai eu l'occasion de le sortir de là alors je l'ai saisie. Tu vas trouver que je suis barge, mais j'ai confiance en lui.

Il hocha la tête lentement, visiblement passionné.

— En même temps, ajoutai-je, on communique par la pensée et il ne sait pas cacher les siennes... Donc c'est comme s'il me parlait toute la journée à travers un détecteur de mensonges.

— Ah ?!

Je souris.

— Oui, dis-je, tu as toutes tes chances.

— Chuuuuuuuuuuuuuuut, fit-il en coupant l'eau.

Puis il remit le robinet en marche.

— Tu crois vraiment ?

Je souris encore. Archie entra dans la pièce. Ray coupa l'eau et posa le plat, il se rinça les mains et tâcha de prendre une attitude détachée et cool... C'était ridicule. Le métamorphe renifla et vint vers moi. Je pouvais sentir sa tristesse. Il me prit dans ses bras.

— *Ils lui ont fait du mal, Math. Tellement de mal. Elle peut plus parler. Elle s'en remettra jamais. C'était une petite fille, Lya la cachait tout le temps, elle est sortie du placard pour protéger sa mère... Ils l'ont touchée, une petite fille...*

Je me mis instantanément à pleurer sans pouvoir m'en empêcher.

— Qu'a dit Léonie ? demandai-je.

— *Elle dit que les blessures physiques ne sont pas très graves, qu'elle se remet déjà bien parce qu'elle est jeune. Mais elle parle plus, elle n'arrive même pas à pleurer.*

Comme Ray nous regardait avec des yeux ronds je m'adressai à lui.

— La petite fille qu'Archibald a sauvée est plus sérieusement blessée qu'il ne le pensait, il est tout retourné. Tu n'entends pas ce qu'il dit parce qu'il est muet. Il me parle par télépathie. Si tu acceptes qu'il te parle aussi, tu pourras l'entendre.

Mon majordome préféré haussa les sourcils et posa sa main sur l'épaule d'Archie. Celui-ci sursauta et le dévisagea.

— Je vais aller voir Anna, dis-je. Vous pouvez peut-être préparer une tisane en m'attendant ?

Ils acquiescèrent et je quittai la cuisine.

Les gens blessés me rendaient immensément triste. Les enfants blessés... C'était insoutenable. Je devais malgré tout m'assurer que je ne pouvais rien faire pour elle.

Je passai la porte du cabinet et me retrouvai juste entre Benjamin et Léonie, qui me fixèrent avec surprise.

— Salut, tentai-je, désolée de vous déranger, vraiment, mais Archie m'a dit pour la petite et je venais voir si par hasard je pouvais faire quelque chose.

Ils accusèrent le coup de ma présence un instant. Puis Léonie me répondit de façon professionnelle, sans le moindre ressentiment.

— Elle a été bousculée avec une grande violence, dit-elle, ils ont essayé de la violer aussi, mais je ne pense pas qu'ils aient réussi, difficile de vérifier, je ne veux pas ajouter en traumatisme. Par contre, ils l'ont entaillée salement, sûrement en essayant de la tenir. Elle est toujours sous le coup de la terreur je pense.

Elle réfléchit une minute.

— Deana m'a dit que tu pouvais apaiser les maux intérieurs en rééquilibrant les énergies ? demanda-t-elle sans attendre de réponse. Ça pourrait peut-être l'aider.

J'avais cogité quelques minutes devant la porte de la petite salle de soins où Anna était allongée. J'avais répété plusieurs tirades dans ma tête, envisagé plusieurs argumentaires. J'étais finalement entrée en ne pensant plus à rien. Je m'étais approchée et avais regardé l'enfant dans les yeux. Elle m'avait rendu mon regard sans rien exprimer de lisible. De chaudes larmes s'étaient mises à couler le long de mes joues sans que je puisse me contrôler. Elle avait d'abord détourné son regard, luttant pour ne pas sombrer avec moi. Je n'avais pas bougé, ne pouvant pas stopper le flux, malgré tous mes efforts. Elle finit par craquer et se mit à pleurer à son tour. Je lui pris la main, mêlant nos énergies, et m'approchai de son visage pour chuchoter à son oreille.

— Je sais Anna, je sais tellement…

Elle passa d'un petit sanglot plaintif à de gros sanglots saccadés, relâchant toute la peur qu'elle avait retenue jusque-là. Je ne savais pas comment lui faire comprendre ce que je ressentais, alors je lui proposai de lui faire voir mon énergie. Elle accepta et me laissa prendre ses mains dans les miennes, paumes contre paumes.

— Ferme les yeux.

Je n'avais jamais fait ça, mais je savais que ça marcherait. J'imaginai un canal énergétique entre nos deux êtres et commençai à y envoyer des images, des sensations, des souvenirs. Je lui montrai la mort de mes parents, celle de mon frère, ma croissance enfermée avec un démon qui voulait faire de moi son arme, je fis l'impasse sur la partie dans l'arène volante et aussi celle sur la mort de mon premier amour, je lui fis voir mon travail à l'hôpital, mes balades à moto, ma sortie à la fête foraine avec Gordon. J'avais voulu lui faire voir que quelles que soient les difficultés qu'on avait rencontrées, un jour, il nous arrivait quelque chose de beau, et que pour cette chose-là, tout le reste valait le coup d'avoir été supporté. Le bonheur se trouvait dans les plus petites choses, un sourire, une discussion, une sortie, une promenade, une brise.

Quand j'avais terminé de lui faire passer les images de ma vie, j'avais compris que mes larmes n'étaient plus seulement pour elle, mais aussi pour moi. Et elle se fit la même remarque. Quelque chose avait changé dans ses yeux.

Nous n'avions pas parlé. Je l'avais serrée contre moi, avais caressé ses cheveux, et lui avais envoyé un doux flux d'énergie, pour réchauffer son corps, relancer ses ellipses. Nous étions restées un long moment à respirer sur un même rythme, sans rien faire de plus.

Quand elle s'était endormie, je l'avais laissée. Je n'avais pas retrouvé Ray et Archie à la cuisine, ils avaient dû aller dormir. J'étais montée à la chambre au lit à baldaquin. J'avais pris un bain, une fois de plus, et m'étais endormie contre mon loup en peluche.

Au petit matin, on frappa à ma porte avec une force qui me fit sursauter. Archibald. Il entra puisqu'il sentit que je me demandais pourquoi il s'embêtait à frapper…

— *Le Padre m'a contacté, y a même pas cinq minutes. Il pense savoir où est Baker, il nous attend.*

Le métamorphe portait un bas de pyjama que je ne lui connaissais pas.

— T'as dormi où ? fis-je en me frottant les yeux.

— *T'as entendu ce que je viens de dire ?*

— Non, raillai-je, puisque je te signale que tu n'as rien dit du tout.

— *Très drôle, allez feignasse, bouge, je vais me préparer et on se retrouve dans le hall. Tu vas prévenir les autres ?*

— Comment ça ? tentai-je. Ray est au courant, non ? Il peut les prévenir…

— *Haha, non, il n'est pas au courant, et c'est toi la chef de guerre, c'est à toi d'annoncer ce genre de nouvelle. Et puis ça te donnera l'occasion de voir la chambre du loup qui te fait si peur, au lieu d'attendre fébrilement qu'il t'y invite…*

J'avais eu l'intention de l'envoyer bouler mais il était sorti trop rapidement. Et puis j'avais pensé à la chambre d'Anton… Je m'étais rendu compte que je ne savais même pas où elle se trouvait. J'avais été pratiquement tout le temps en colère contre lui et je n'avais jamais cherché son aura dans la maison en temps calme. J'avais tout à coup eu une folle envie de savoir où il dormait ! Puis je m'étais dit que si je le cherchais et le trouvais dans le même lit que la sorcière rousse, ça me rendrait dingue pour le reste de la journée. J'avais ensuite balayé cette idée de mon esprit et étais allée me préparer. J'avais cherché des vêtements confortables mais épais, pour une bonne liberté de mouvement avec un minimum de protection quand même. Dans la salle de bain, j'avais remarqué que le soleil se levait à peine alors qu'en fin d'été il faisait jour tôt et je m'étais dit qu'en fin de compte c'était le moment idéal pour localiser la chambre du loup… J'avais essayé de penser à autre chose mais le fait que plus j'attendais, moins j'avais de chance de le trouver endormi me faisait revenir inlassablement au même point. J'avais attaché mon katana et mes bracelets assassins. J'avais remonté mes cheveux en une queue-de-cheval très haute et puis j'avais craqué, lançant une onde pour sonder la maison à la recherche de l'énergie du loup. J'eus l'immense déception de constater qu'il n'était pas là. J'élargis mon investigation aux bois alentour. Je le localisai sur la berge de la rivière, courant paisiblement, enfin, si son rythme cardiaque tendait à prouver qu'il était calé sur sa vitesse de croisière, la rapidité avec laquelle il approchait de la maison était impressionnante. Il m'avait dit de ne plus m'adresser à lui en pensée, je ne le fis donc pas.

Je descendis et trouvai Deana dans le hall.

— Salut, dis-je.

— Salut.

— Dis-moi, j'ai raté deux trois trucs ces derniers mois, c'est toujours toi le chef de la Guilde ?

Elle eut une moue qui répondit à ma question. Je faillis lui dire que ce n'était pas la peine d'expliciter mais ça aurait été vraiment très impoli alors je me tus.

— Il n'y a plus de chef, la Guilde est régie par le Conseil uniquement, tout le monde a trouvé que finalement c'était une formule plus… démocratique.

C'est pas faux.

— Et du coup si j'ai une info capitale pour la sécurité de la Guilde je la donne à qui ? ajoutai-je.

— À Anton, souffla-t-elle.

— Oui bon bin vu qu'il est pas là tu lui diras ? Je dois y aller, j'ai des trucs à faire.

Elle prit une expression exaspérée. Notre entente cordiale n'était décidément déjà plus d'actualité. Elle croisa les bras sur son ventre en me regardant comme si elle s'attendait à ce que je lui fasse la révélation la plus ennuyeuse de l'année. Le loup était déjà devant la maison. Je soupirai. J'aurais préféré ne pas le croiser. Elle parut s'agacer d'attendre, puis elle bondit en entendant la porte derrière elle. Le langage de son corps changea instantanément à l'apparition de l'Alpha. Elle redevint Deana la magnifique, sous mes yeux ébahis. Tous ses mouvements s'étaient tout à coup faits plus fluides, plus gracieux. Quant à moi, je restai Mathilda la revêche, les mains sur les hanches et les yeux au ciel.

— Qu'est-ce qui se passe ? demanda-t-il.

— Rien, répondit Deana, je n'arrivais pas à dormir et...

— Mathilda ?

J'eus un hoquet. Deana aussi. Je vis ses joues s'empourprer. Nous avions été gênées toutes les deux de nous apercevoir qu'il s'adressait à moi et pas à elle. La sorcière était mortifiée de honte.

— Quoi ? bredouillai-je.

— Qu'est-ce que tu fais là à cette heure, habillée comme ça ?

Archibald débarqua tout à coup. Il stoppa sa course en nous apercevant, fit un signe de tête à l'Alpha, s'inclina devant la Princesse, et vint se placer derrière moi. *Il faudra que je lui dise d'arrêter avec ça...*

— *Avec quoi ?*

— *Laisse tomber.* Le Padre pense avoir trouvé Baker, lâchai-je.

Le loup porta sa main à sa nuque, dévoilant ses muscles par la très grande ouverture sous l'aisselle de son tee-shirt de sport. Personne dans la pièce n'y fut insensible, on eut presque pu entendre les petits jets de salive produits par les glandes émoustillées dans toutes les bouches.

— OK, dit-il, et là tu vas où ?

Oups, c'est le début des ennuis.

— Bin je te cherchais… essayai-je.

Deana se tourna un peu trop vite vers moi pour me permettre d'être crédible… Si elle avait hurlé « Menteuse ! », ça aurait eu le même effet. *Pétasse*. Il croisa ses bras nus, apparemment pas du tout convaincu. Ses biceps se gonflèrent sous mes yeux. *Gloups*.

— Quoi ? fis-je. Tu penses que je serais partie toute seule au Casino ?

— Oh non, gronda-t-il en jetant un œil par-dessus mon épaule, tu aurais sûrement emmené un soldat que tu apprécies…

Gordon arriva tout à coup, terminant de mettre sa veste à la hâte.

— *Oups, mauvais timing, pensa Archie dans ma tête, je l'ai croisé dans le couloir… Je lui ai peut-être laissé entendre que tu n'avais toujours pas eu de bonne idée ce matin…*

Merde.

Les yeux d'Anton s'étaient écarquillés puis étrécis dangereusement.

— Ah, au temps pour moi, fit-il, tu aurais sûrement emmené deux soldats que tu apprécies…

Ses narines s'étaient gonflées de colère en même temps que ses lèvres s'étaient pincées. *Alerte.*

— Bon, désamorçai-je, puisqu'on n'est pas encore partis, le mal n'est pas encore fait. On t'attend là ?

— Vraiment ? railla-t-il. Tu vas me laisser venir avec vous ?

Je lui adressai un sourire que j'espérais désarmant. Il souffla, et partit dans le grand couloir. Sa chambre était donc au rez-de-chaussée. *Pfff, pense à autre chose, idiote !*

— *J'étais sûr que tu crevais d'envie de savoir.*

Je claquai l'épaule d'Archibald, à la surprise générale.

— Je vois que vous avez trouvé le moyen de bien vous entendre, crachai-je à l'attention de mes deux gardes du corps.

Ils avaient l'air d'être fiers d'eux. Y'avait des claques qui se perdaient.

— Tu peux prévenir le Conseil s'il te plaît Deana ? dis-je avant qu'elle ne parte.

Elle avait fait signe que oui, sans toutefois manifester un grand intérêt pour le sujet.

— Si jamais une intervention rapide s'avérait notre seule chance, il faudrait que des renforts puissent être envoyés à Anton, ajoutai-je pour être sûre d'être entendue.

Elle avait compris. Elle se dirigea directement vers l'hémicycle. Je savais qu'elle y avait un rituel pour convoquer tous les membres en cas de crise.

— *T'es bête, pensa Archie.*

— *Qu'est-ce qui me vaut l'honneur de recevoir ton humble avis ?*

— *T'es cent fois mieux qu'elle. Plus forte, plus intelligente, plus belle, au moins dix mille fois plus marrante et vachement plus sexy. Je sais même pas comment tu peux comparer...*

— *On n'a pas déjà eu une conversation chiante comme celle-là ? Il me semble l'avoir terminée par un gros mot... Tu veux vraiment que je le répète ?*

Il se mit à rire.

— Vous savez que c'est flippant quand vous faites ça ? râla Gordon.

On entendit tout à coup des pas de course dans le couloir, quelqu'un était déjà en retard pour quelque chose ? Chris fit son apparition dans le hall. *Manquait plus que lui !*

— Math !cria-t-il. J'ai eu peur de vous avoir ratés. Je viens avec vous.

— Tu sais même pas où on va, balança Gordon.

— Au Casino, voir le Padre, triompha Chris. Mathilda, roucoula-t-il en venant se coller à moi, comment ça va ? Tu m'as trop manqué mon cœur.

Je l'éloignai d'un geste rapide et soupirai bruyamment. Il jeta un œil à Archibald, qui s'était avancé entre nous par réflexe.

— Elle fait la farouche mais elle est folle de moi, dit Chris, c'est notre petit jeu à nous.

— Personne dans ce monde n'a envie de jouer avec toi, abruti, fit Gordon.

— Gordie est un peu jaloux...

Le magicien et le jeune loup s'étaient chamaillés pendant le quart d'heure qu'Archibald et moi avions décidé de passer dans la cuisine, à prendre un petit-déjeuner en attendant l'Alpha. Ray s'était montré particulièrement discret, évitant mon regard autant que faire se peut, ce qui n'avait pas manqué de me faire sourire bêtement.

Anton se pointa, attrapa une poignée de bacon et l'engloutit en se servant un café noir. Il était resté debout contre le bar, face à nous, qui étions tous assis autour de la table centrale. Paul nous rejoignit quelques secondes plus tard, salua tout le monde rapidement et se mit à engouffrer des pancakes. Quand Anton eut fini de mastiquer une deuxième poignée de viande, je me levai.

— Sa Majesté est-elle prête ? demandai-je.

Il grogna en passant son index dans sa bouche pour décoincer des morceaux de barbaque. Il se dirigea vers la porte et tout le monde suivit. Nous partîmes vers le Casino.

Quand j'avais sorti ma moto du petit local, les autres étaient montés dans le fourgon, sauf Gordon et Archibald. Ils s'étaient tenus face à moi, les bras croisés, dans l'expectative.

— Quoi ? avais-je demandé.

— Tu me laisses conduire ? avait fait Gordon.

Ô misère !

Chris était sorti du van en entendant la question du loup et avait réclamé, lui aussi, le droit de chevaucher la Hornet. J'avais dû faire les gros yeux, m'agiter comme une folle et refuser tout le monde à coups de pied.

Toutes les rues, devant et autour du Casino avaient été nettoyées. La porte d'entrée avait été remplacée par une énorme porte blindée, qui avait nécessité une rognée du vieux mur, faite à la va-vite, toute de travers. Moi qui croyais que ça ne pouvait pas être pire... Nous avions garé nos véhicules devant le bâtiment et étions descendus tranquillement. J'étais passée devant puisque déjà familière des lieux. Gordon et Archibald avaient pris leurs positions derrière moi, Chris sur les talons, Paul était resté dans la voiture et Anton était naturellement venu se tenir à côté de moi. Il ne pouvait pas être derrière en tant qu'Alpha mais il ne pouvait pas non plus être devant puisque j'étais l'invitée du Padre, nous marchions donc côte à côte, la petite blonde à l'épée et le grand baraqué aux yeux noirs. Je frappai à la porte blindée. Une petite trappe s'ouvrit, trop haut pour moi. Je levai la main pour me faire remarquer par le vigile.

— Mathilda Shade, dis-je, je suis attendue.

On entendit plusieurs verrous tourner, et la porte s'ouvrit dans un grincement désagréable. Le colosse qui tira la lourde porte pour nous portait un pantalon en cuir, tenu par une épaisse ceinture crantée, même s'il était clair qu'il ne risquait pas de tomber vu la façon dont ses muscles tendaient la matière. Il était torse nu et sa peau avait été, non pas tatouée, mais scarifiée, coupée au scalpel comme si ça avait été un crayon de couleur, formant une fresque immense, vu la stature du bonhomme. La musculature sous sa peau épaissie par les blessures cicatrisées était plus qu'impressionnante, elle était inhumaine. J'avais clairement bloqué dessus. Je le trouvais magnifique, une belle métaphore ; la vie c'était exactement ça, la beauté complexe dans la souffrance. J'avais repéré, en plein milieu du dessin, une petite fleur de lotus, dérivant dans un cours d'eau. J'avais dû me mettre sur la pointe des pieds et tendre le bras pour poser mon doigt dessus.

— J'adore, dis-je.

Le grand gars me gratifia d'un salut de la tête et m'invita à suivre une petite femme au front bandé et au bras en écharpe. Elle nous fit traverser le petit salon dans lequel on m'avait fait attendre lors de ma toute première visite. Je fus surprise de constater qu'il était en cours de rénovation. Le mobilier avait disparu, le parquet avait été poncé en surface et reverni, donnant une couleur unie brillante, le papier peint poisseux avait été arraché et on avait commencé à repeindre tout ça en gris taupe. Ça allait presque être beau.

Nous nous étions enfoncés plus profondément dans le bâtiment sombre, jusqu'à arriver devant une porte au style asiatique, qui dénotait complètement avec celui des autres pièces. Un autre garde, encore une fois très impressionnant, nous indiqua que j'étais la seule invitée. Après une très brève négociation, Anton eut finalement un carton d'invitation de dernière minute et Archie ne fut pas arrêté. Il connaissait le type. Chris et Gordon durent donc nous attendre dans le couloir. Ils reçurent la consigne d'ouvrir l'œil et de tendre l'oreille... Nous étions quant à nous, entrés dans un bureau plutôt vaste, puisqu'il avait pu tous nous accueillir, en plus des quatre hommes qui se tenaient déjà autour du Padrecito. Je les avais sondés rapidement pour évaluer la quantité d'énergie qu'il me faudrait si j'avais à les tuer. La décoration de la pièce était étouffante. On avait peint des fenêtres en trompe-l'œil sur le mur le plus long et posé d'énormes rideaux rouges aux ourlets affublés de petites franges dorées. De très grands tapis empêchaient de voir le sol. Le bureau en noyer faisait penser à un bureau officiel, comme s'il s'agissait de celui d'un président aux goûts un peu blingbling, dans une quelconque dictature africaine. Des toiles à l'effigie du patron salissaient tous les murs. Des armes d'apparat étaient disposées un peu partout. Il y avait même une vitrine dans le dos du parrain, remplie d'objets censés inspirer la peur…

Tous les fauteuils qui devaient habituellement faire face au bureau avaient été décalés contre un mur, à l'exception d'un, que le Padre m'avait proposé du doigt en me servant un sourire qu'il avait voulu charmeur, mais qui avait provoqué chez moi un léger tremblement de dégoût. Après avoir vérifié la chaise rembourrée de tous les moyens à ma disposition, j'avais jeté un coup d'œil au loup noir, qui avait signifié qu'il ne voyait pas d'objection à ce que je m'assoie. *Monsieur est trop bon.* Je m'y étais vautrée. Anton s'était mis à côté de moi, droit comme un I sans paraître empoté, comment il faisait ça ? Archibald était debout juste derrière ma chaise, les bras croisés et le regard mauvais. Le Padre m'avait observé avec des yeux pleins d'envie dès mon entrée, et plus les secondes s'égrainaient, plus je me sentais sale et mal à l'aise. Je percevais l'angoisse d'Archie monter en même temps que la mienne. Anton fut le premier à perdre patience, bien que j'aurais parié sur le métamorphe.

— Bon, dit-il, on n'a pas toute la journée.

Tout le monde avait été aussi étonné que moi, et les regards s'étaient portés sur lui. À part le mien et celui de mon colocataire, qui étaient restés sur le petit loup vicieux. Il nous tapait vraiment sur le système…

— Et vous êtes ? demanda le Padre comme s'il y avait la moindre chance qu'il l'ignore...

— Anton Brown.

— Mais encore ? ajouta-t-il.

— *C'est son mec, envoya Archie au mafieux en pensée.*

— Je suis venu accompagner Mathilda à titre personnel, répondit Anton avec une seconde de décalage.

Le cumul des deux informations quasi simultanées fit son effet sur le petit patron, qui porta son regard sur moi. J'avais voulu nier, mais ça aurait fait savoir au vieux que je pouvais, moi aussi, entendre les pensées qu'Archibald lui envoyait en privé... Et puis j'avais aussi compris ce qu'essayait de faire le métamorphe. Il sortait la Guilde de l'équation en faisant croire que le loup n'était là que pour des raisons personnelles, ce qu'Anton essayait aussi de faire, tout en faisant peur au Padre, qui pouvait sentir la force extraordinaire de l'Alpha, puisqu'ils étaient de la même espèce. Enfin, quelque chose me disait qu'il voulait surtout me protéger. Je comprenais bien tous les avantages de cette stratégie, mais essayais de mesurer les conséquences potentiellement emmerdantes de cette fausse information... Archibald sentit que je n'allais peut-être pas le suivre et m'envoya une chaude vague de supplication. *OK !*

— Bon, fis-je, tu as dit que tu avais des infos ? Je pensais que tu les aurais crachées avant même qu'on ait passé la porte, histoire qu'on aille trancher de l'enfoiré... Qu'est-ce qui te prend autant de temps à les sortir de ta bouche ?

Il eut un ricanement et se tourna vers un de ses nouveaux lieutenants, un sorcier dont l'aura me dérangeait depuis notre arrivée. Celui-ci lui rendit son regard avec malice. J'avais la désagréable impression d'être en train de passer un entretien d'embauche pour un boulot à gerber... Que j'avais l'air de réussir haut la main... *Bordel*. Archibald trépignait dans mon dos.

— *Quand il aura donné l'endroit où se trouve Baker on le tue, gronda-t-il dans ma tête.*

— *Non.*

— *Pourquoi ? On est cinq, ils sont cinq, rien que ton mec peut en bouffer trois avant qu'ils appellent à l'aide.*

— *J'ai dit non. Et arrête avec ça. C'est pas mon mec, et si tu me saoules encore je vais le dire tout fort.*

— *Fais pas ça, c'est une protection efficace.*

— *Ouais... Comme toujours... En même temps c'est son job...*

Anton se racla la gorge, signifiant clairement qu'il arrivait au bout de sa réserve de patience.

— J'ai consulté mes archives, expliqua le Padre, en fouinant un peu, j'ai noté que ces derniers mois, mes gars avaient eu pas mal de demandes spéciales...

Il avait pris un morceau de papier sur lequel il avait noté des éléments à l'arrache, et avait commencé à nous les lire :

— Des armes en quantité astronomique, des filles *switches* handicapées, des harengs fumés, des sauterelles, du jaspe rouge, des serpents venimeux de tous types, des chiots, des cadavres en décomposition avancée, des sangsues, de la tourmaline noire, des cheveux humains, des nourrissons...

— OK, coupai-je, on a saisi.

Il posa son brouillon.

— J'ai marqué sur une carte tous les endroits de ces différentes transactions et ça m'a donné trois zones, reprit-il. La première, celle où il y avait eu le plus de commandes bizarres, a retenu mon attention… Mais vous devez déjà connaître puisqu'on m'a rapporté que la moitié du terrain communal avait été rasée par une femme seule, qui avait tué des centaines d'hybrides et même refermé l'aurore magique qu'il y avait là-bas…

Covington. Les yeux du loup grassouillet s'étaient remis à briller en restant collés à mon corps comme s'il voyait une grosse glace à ma place et qu'il allait se mettre à me lécher. J'avais vaguement la nausée.

— En apprenant ça, je te cache pas que j'ai eu la gaule… ajouta-t-il juste pour moi.

Vomi.

Archibald avait décroisé ses bras et posé ses mains sur le dossier de ma chaise, Anton avait posé son postérieur sur le bord du bureau du Padre, projetant sur lui une ombre inquiétante. Il avait ensuite croisé ses bras et penché sa tête comme pour dire « T'es sérieux de lui parler comme ça ? », ça avait été parfait pour notre petit mensonge… Le Padrecito ne s'était pas démonté, il avait continué :

— J'avais bien compris, comme tu me l'as dit, que tu savais être utile… Mais là… C'est du grand art. Fermer une aurore ? J'ai dit que je t'échangerais bien contre vingt gars, je me suis trompé, je t'échangerais bien contre cinquante. Quand tu veux…

— Elle n'est pas intéressée, dit le loup noir en se redressant.

— Le plus dingue, dit le Padre en ignorant l'Alpha, c'est que j'aurais pu connaître ton existence il y a des mois déjà...

Il avait reporté son attention sur Archibald, au-dessus de moi.

— Je me suis demandé, l'autre soir, continua-t-il, pourquoi tu pouvais bien vouloir faire d'un métamorphe muet ton esclave sexuel... J'étais énervé de te l'avoir cédé parce qu'il était très utile, ton choix au hasard était dramatique pour mon business... Et puis je me suis consolé en imaginant ta première nuit avec lui... Quand tu te rendrais compte qu'il préférait les hommes.

Anton nous fixait tour à tour, complètement perdu.

— Mais quand tu as pris Anna aussi, dit-il, j'ai compris que tu avais fait semblant d'être intéressée par son physique, qu'en fait tu voulais juste le sauver du méchant Padre...

— Tout ce monologue a un objectif final ou t'aimes juste t'écouter parler et te féliciter pour toute cette sagacité ? crachai-je.

Il se mit à postillonner de colère, droit vers Archie.

— Tu la connaissais ! Elle t'avait soigné à l'hôpital naval, tu savais ce qu'elle était ! Tu la voyais en cachette ! Après tout ce que j'ai fait pour toi, tu m'as caché ça !

J'avais levé les mains pour me protéger des postillons.

— Oui bon, fis-je, on se connaissait, tu nous as percés à jour... Bravo. Embraye maintenant, on s'en fout de notre vie, on la connaît déjà. C'est quoi les autres endroits des commandes ?

— *Il va pas te les donner Mathilda, on devrait le tuer et fouiller ses papiers, pensa Archie.*

Le Padre avait soupiré longuement.

— Il se trouve que j'ai repensé à notre association… dit-il. Dans l'affaire, j'ai la nette impression de me faire enfler.

— Je trouve pas, coupai-je, t'es toujours en vie, et crois-moi, c'est déjà très cher payé à mon goût…

— Je peux très bien envoyer mes gars tuer ce bâtard de Baker et voilà, pourquoi te filer des infos ?

— Parce que tu pourras pas le tuer, répondis-je, tes hommes ne reviendront pas et son épuration aura encore avancé.

— OK, fit-il, admettons, tu veux le tuer toi-même, très bien, je comprends ça…

Quel con !

— Alors si je te donne ce plaisir, tu fais quelque chose pour moi… conclut-il.

Anton posa ses mains sur le bureau et se pencha sur son congénère loup, qui parut encore plus ridicule.

— Elle ne fera rien du tout pour toi. J'espère que t'as bien compris ça parce que je n'aime pas devoir me répéter.

— *Raaaaa c'est mon mec ça !*

— *Tu le kiffes…*

— *Ta gueule.*

Comme je sondais la maison en permanence depuis mon arrivée, j'avais senti approcher plusieurs soldats dans les couloirs alentour. J'avais d'abord pensé que le Padre comptait s'attaquer à nous, puis je m'étais rappelé qu'il ne voulait pas me tuer mais m'utiliser… Il comptait sûrement mettre la main sur un levier pour m'obliger à lui obéir.

Je me levai en envoyant une petite décharge désagréable et continue vers le Padre.

— Rappelle-les, dis-je, je te préviens que s'ils touchent un seul cheveu de mes hommes dans le couloir, t'auras pas eu le temps de te chier dessus que ce loup-là se sera déjà transformé et t'auras bouffé, avec tes sbires.

Le Padre fit un geste empressé à l'homme le plus éloigné de lui, qui porta un appareil à sa bouche pour balancer des ordres aux soldats en mouvement. Je stoppai ma décharge d'énergie douloureuse. Gordon avait repéré les soldats et les garçons s'étaient déjà préparés au combat, ils s'arrêtèrent juste avant le premier contact, et repartirent d'où ils étaient venus. J'avais posé ma main sur l'avant-bras d'Anton pour l'inciter à ne pas tuer tout le monde.

— Ça fait deux fois que je suis mal reçue ici, articulai-je, pas de bol pour toi, je suis un peu à cheval sur les convenances, mes origines françaises… Y'aura pas de troisième fois. Et si tu veux pas que la question soit réglée tout de suite, tu ferais mieux de me donner une autre cible à éclater.

Il avait fait mine de réfléchir, puis il avait retrouvé son sourire horripilant.

— Tes désirs sont des ordres… railla-t-il alors que je resserrai ma prise autour du bras d'Anton pour le calmer, et aussi un peu pour le plaisir du contact. Le deuxième point le plus important est au *Hampton Coliseum*, j'ai envoyé des gars vérifier, c'est blindé d'hybrides et de soldats. Le troisième est pas bien clair, c'est une zone résidentielle, à Williamsburg, dans le village historique.

Bin tu vois quand tu veux... ducon.

Je m'étais dirigée vers la sortie sans demander mon reste. Le loup noir avait eu un mal fou à me suivre sans broncher. Avant de passer la porte, je m'apprêtai à balancer une petite réplique cinglante au mafieux, quand il me devança en s'adressant à Anton.

— Les loups sont pas des chiens Brown, et ta queue, c'est pas une laisse...

La tête d'Anton me fit penser que le Padre venait peut-être de signer son arrêt de mort. L'Alpha revint sur ses pas à une vitesse vertigineuse pour agripper la tête bouclée du Padre et l'éclater sur le bureau en noyer. Ni les lieutenants ni moi n'avions eu le temps de réagir. Le crâne du boss était fracturé de part en part, son nez avait explosé et plusieurs dents étaient tombées. Anton n'avait pas porté de deuxième coup, il avait juste tourné les talons calmement en lui disant :

— Apprends à fermer ta gueule.

Nous avions fait le chemin vers la sortie en nous attendant à tout moment à nous faire rattraper, encercler, étriper... Mais rien. Nous étions sortis sans encombre.

—On rentre, ordonna Anton, il faut qu'on réunisse le Conseil.

Le Conseil s'était réuni pendant notre absence. Il était dans la configuration que j'avais trouvée lors de ma toute première visite, ce qui me fit grincer des dents. Il manquait toutefois le trône de bois… Les bureaux avaient été resserrés en un cercle parfait. En dehors de ça, tout était pareil, les mêmes personnes, au même endroit, me regardant de travers alors que je m'avançais entre elles, sauf Jacob Grimm, qui était nouveau, et qui me souriait. Deana était assise à côté du sorcier qui foutait la frousse à Chris. J'aperçus Benjamin, assis à la table, comme un membre du Conseil.

Anton alla directement s'installer dans un fauteuil encore vide. Comme personne ne m'avait invitée à faire de même, je m'étais vite reculée pour rester à l'entrée de la pièce. Il avait été surpris de ne plus me voir derrière lui et m'avait cherché du regard, il s'était rassis en constatant que je ne m'étais pas enfuie.

— Tu t'incrustes ? demandai-je au docteur.

— J'ai eu une longue conversation avec Vassilissa sur le fait qu'il manquait un représentant humain au Conseil…

— Mais il n'y a aucun humain membre à représenter, objectai-je.

— Ce n'est pas tout à fait vrai, dit-il, depuis que tu passes ton temps à essayer de te faire tuer pour eux, j'ai acquis le droit de donner mon avis sur les plans en cours…

Et perdu la confiance de Léonie par la même occasion…

Une clochette avait tinté, marquant le début de la séance, tout le monde s'était levé pour se saluer respectueusement. L'endroit avait un côté très officiel qui me fit me pencher sur ma tenue... Jean noir, baskets basses, débardeur foncé, veste en jean... Classe. J'allais imposer le respect avec ça ! Bon, de toute façon c'était sans importance, j'étais juste là pour répondre à d'éventuelles questions et pour adapter mon plan en fonction du leur. J'observais les grosses poutres qui traversaient le plafond. Elles avaient toutes des glyphes de protection gravés sur chaque face. La séance avait commencé par une série de présentations que je n'avais pas suivie. À la première occasion, Anton avait pris la parole, expliquant la situation dans le détail mais sans fioriture. Nous avions des éléments, d'une source moyennement fiable, nous devions donc les vérifier, mais le temps jouait aussi contre nous. C'était la première piste que nous avions depuis des mois et la population d'hybrides avait déjà été divisée par deux.

Le chef des vampires avait proposé de fournir une équipe de renseignement sur-le-champ, pour aller établir si le gouverneur se trouvait effectivement sur l'un des deux sites. Le guide des sorciers avait instantanément émis des doutes sur l'efficacité des vampires. L'Alpha des rats avait partagé les doutes et proposé une équipe à lui... Un débat super poli et super stérile avait commencé... Après presque une heure de délibérés, la mission était toujours au point mort. Je m'étais appuyée contre la porte, sur ma hanche droite, puis sur la gauche, j'avais un peu fait le balancier entre mes deux pieds et m'étais dit que j'aurais dû m'asseoir avec Ben.

J'avais hésité un peu entre me laisser tomber en tailleur sur le sol, pour parfaire mon style clodo, et sortir le plus discrètement possible. J'étais sortie. J'avais retrouvé Archibald, adossé au mur directement contigu à la grande porte.

— *Le loup va être fou que tu te sois éclipsée, pensa-t-il.*

— *Qu'est-ce que tu fais là ?*

Il ne répondit pas mais il m'apparut clairement qu'il n'avait pas pu se résigner à me laisser là, avec tous ces gens aux énergies puissantes. Il s'était inquiété. Je m'aperçus que Gordon était un peu plus loin dans le couloir…

— Vous me surveillez ou je rêve ?

Le loup s'approcha, comme pris sur le fait.

— C'est juste que je me fais un peu de souci, tu n'as pas l'air dans ton état normal ces derniers temps… dit-il. Tu es sûre que ça va ?

— C'est quoi mon état normal ? demandai-je.

Il réfléchit quelques secondes.

— Folle, rit-il. Tu as raison, en fait je ne sais pas pourquoi je dis ça, tu es tout le temps bizarre.

— Voilà… confirmai-je. Constante dans l'inconstance. D'ailleurs, en parlant de faire des trucs bizarres, j'aurais un service à te demander.

Les deux gardes du corps avaient redoublé d'attention, et nous étions montés dans la chambre au lit à baldaquin.

16

La dette

Le Conseil avait mis trois heures de plus à s'entendre sur un plan d'action. Pendant ce temps, Gordon, Archie et moi avions fini nos machinations et étions descendus à la cuisine pour aider Ray avec le repas gargantuesque qui lui était tombé sur les bras avec l'appel des représentants non-résidents de la maison bleue. Nous avions épluché des pommes de terre, émincé des oignons, essuyé des assiettes, fait cuire des petits pains… Dans une bonne humeur agréable. Une fois le branle-bas de combat terminé, nous nous étions assis et avions commencé une partie de cartes.

Archibald grommelait après que Gordon l'eut affublé d'une énième carte lui faisant repiocher quatre cartes, quand Anton se pointa.

— Alors ? demandai-je. T'as survécu, je suis super impressionnée… Bilan ? On attaque ce soir ?

— Non, souffla-t-il, les vampires vont surveiller le *Coliseum* et les rats le village historique. Ils ont demandé vingt-quatre heures pour pouvoir produire un rapport de renseignements complet. Ils estiment qu'en dessous de ça ce serait trop risqué de se lancer dans une attaque. Les clans ont déjà tous perdu trop de membres, ils se montrent très prudents.

— Je parie sur le village historique, dis-je… J'aurais pu aller le surveiller deux trois heures et on aurait eu autant d'infos…

Archibald pensa *« C'est clair ! »*, Gordon me regarda un instant avec un air interrogatif puis haussa les épaules, Anton gronda.

— Si tu étais restée dans la salle, tu aurais pu le dire à tout le monde.

— Si j'étais restée dans la salle, je me serais endormie.

Nouveau grondement de la part de l'Alpha.

Une afro-américaine au corps sculptural était entrée dans la cuisine pour s'adresser au loup noir. J'avais reconnu son aura comme étant celle de la louve blanche que j'avais rencontrée la fois où Angus avait failli finir en snack pour serpent. Je me demandai où elle était passée depuis… Sûrement sur un des sites qu'Anton faisait surveiller pour trouver Baker et qui n'avait plus lieu d'être. Je la trouvais magnifique. Visage parfait, élancée, musclée, taille fine, cuisses fortes, clavicules saillantes.

— *C'est marrant comme tu trouves tout le monde beau sauf toi… pensa Archibald, je devrais peut-être m'inscrire à un cours du soir de psychologie, histoire de redresser tout ça…*

— *Ta gueule.*

— On a reçu un appel pour Mathilda Shade, dit-elle en tendant à l'Alpha un post-it plié en deux pour éviter les indiscrétions.

J'avais relevé la tête, curieuse de savoir qui avait bien pu appeler la maison bleue pour me joindre… *Le Padre sans doute.* Anton pâlit en lisant la note.

— Quoi ? fis-je.

Il exhala longuement en frottant son menton comme un père qui réfléchirait à la sanction qu'il devrait prendre à l'encontre de sa gosse qui aurait fait encore une nouvelle ânerie.

— « Jordan » te rappelle votre rendez-vous de ce soir… cracha-t-il enfin.

Oh bordel.

Je ne m'étais pas attendue à ça. J'avais eu une décharge d'adrénaline directement dans mes reins. En fait, j'avais même oublié cet élément fâcheux. Mais le fait était que j'avais toujours une dette envers Jordan, comme j'avais survécu, mon contentieux l'avait fait aussi, même après une longue convalescence… Ma mine défaite n'avait échappé à personne, quelle plaie d'être aussi démonstrative.

— Tu l'as revu quand ? s'interrogea Gordon.

— Jamais, soupirai-je, mais apparemment il m'a pas oubliée… C'est trop touchant.

— *C'est qui ? pensa Archibald.*

Je me levai.

— Et tu vas y aller ? s'étonna Anton.

Je réfléchis un moment. J'avais contracté une dette envers le chef d'un gang. L'accord avait été clair, il m'avait donné les informations qu'il avait sans pour autant être en mesure de m'assurer qu'elles me satisferaient pleinement, en échange de quoi, j'avais promis de l'accompagner quelques heures sur une mission, sans intervenir dans son business, juste en consultante. J'étais toujours en vie, ce qui signifiait à n'en pas douter que je serais tôt ou tard à nouveau dans la merde et demandeuse de petits coups de main, d'informations... Et je ne pouvais pas revenir sur ma parole, de toute façon. C'était au-dessus de mes forces. Je me dégageai de ma place.

— Apparemment, on est au chômage technique pour les prochaines vingt-quatre heures... J'ai largement le temps d'aller payer ma dette, admis-je.

Le loup prit une expression dépitée.

— Son info à la con a failli te faire tuer, dit-il d'un ton neutre.

— Ce sont les risques du métier... soupirai-je. Il m'a dit tout ce qu'il savait sur l'endroit sans pour autant pouvoir être sûr que Baker s'y trouverait bien, j'ai accepté ces conditions.

Archibald se leva pour m'emboîter le pas.

— Tu peux rester là Archie, je vais juste aller stocker un peu d'énergie pour le moment, dis-je. Et de toute façon, ce soir, j'irai seule.

— *Pas question, pensa-t-il, je sens bien que ça te met mal à l'aise d'aller voir ce gars, y'a un truc avec lui ? Je veux venir.*

— Non, j'ai promis d'y aller seule.

— *Mathilda...*

— *Archie, tu me dois rien, je te l'ai déjà dit.*

— Tu ne vas pas manger avec nous ? demanda Gordon en faisant signe au métamorphe de se rasseoir.

— Euh non, j'ai pas très faim, soufflai-je.

Comme il faisait encore beau, j'étais allée m'installer sous un cornouiller, l'arbre officiel de l'état de Virginie. Le soleil de midi tapait fort sur ses feuilles bien étalées dans l'espace, jusqu'à se coller aux arbres voisins. L'air frais, apporté par la rivière qui s'écoulait plus loin, rendait la chaleur moins suffocante, et l'endroit fort agréable. J'avais fermé les yeux et pris le temps de humer le parfum de l'herbe, quand l'aura d'Anton vint me déranger.

— On peut parler ?

Je n'avais pas ouvert les yeux. Peut-être qu'il allait partir si je ne bougeais pas...

— Mathilda ?

Je soupirai et le regardai, attendant la tirade moralisatrice. Il s'assit à côté de moi. *Sérieux ? Pourquoi ? Tu ne peux pas aller terroriser des jeunes loups au lieu de venir coller toute ta beauté virile juste sous mon nez ?*

— Je ne crois pas que ce soit le moment idéal pour aller faire ce que tu dois faire pour ce gars, dit-il doucement, quoi que ce soit.

Je voyais bien qu'il essayait d'être diplomate, malheureusement j'avais toujours un peu de mal avec les interférences sur le cours de ma vie... Et je ne voyais pas bien en quoi le moment était mal choisi... Je compris tout à coup.

— Ne t'inquiète pas, Loup, je serai là pour la mission, demain. Jordan ne va pas me tuer. Et de toute façon je me tue à vous dire que vous n'avez pas besoin de moi.

Il fixait le sol.

— Je vais pas passer la meilleure soirée de ma vie, ça c'est sûr, ajoutai-je, pensive, mais je pense pas que je serai en danger.

Il restait là, en silence, à arracher de l'herbe nerveusement... Ce qui avait fait naître en moi une petite angoisse. Comme les minutes s'égrainaient sans qu'il ne se passe rien et que mes nerfs commençaient à montrer des signes de fatigue, je demandai :

— Il y avait autre chose ?

Il releva la tête, me dévisagea un instant, puis se remit à regarder le sol.

— Tu sais, le rêve dont t'a parlé Vassi... reprit-il.

— Oui ?

— Je...

— Tu l'as fait ?

— Oui et non, fit-il en relevant la tête, un peu penaud.

— D'accord...

— J'ai fait un rêve, enfin un cauchemar, clarifia-t-il, un cauchemar dans lequel Baker meurt, enfin je crois.

— OK, donc t'as fait « le » rêve, je savais pas que tu avais des prémonitions...

— Je n'en ai pas, coupa-t-il. Jamais.

Bon, je ne voyais pas bien où il voulait en venir. J'avais une furieuse envie d'aller me trouver un autre arbre, plus tranquille, moins envahi de beaux gosses aux états d'âme envahissants.

— Ce n'est pas le même rêve que celui qu'ils font tous. Vassilissa a cru que c'était le cas, et je l'ai laissée le croire parce que ça m'arrangeait...

Pourquoi est-ce que les gens se sentaient toujours obligés d'avouer leurs petits travers et mensonges aux empathes ? Quelle plaie. Il avait menti à la grenouille... Ça me faisait une belle jambe. Il prit encore une minute de réflexion silencieuse avant d'ajouter :

— Dans mon rêve, tu es là.

Il m'avait fallu quelques secondes pour comprendre cette simple phrase. Le sujet, le verbe tout ça...

— Comment ça ? m'étranglai-je finalement. Je sais que je suis pas la fille du rêve, Loup, tu dois te tromper, si je l'avais été, si j'avais été celle qui doit tuer le gouverneur, je l'aurais su. J'aurais reçu un message, c'est comme ça que ça marche pour moi...

— Je sais.

Ah. Là j'avais grand besoin de sous-titres, je ne comprenais absolument rien à cette conversation.

— Tu es dans mon rêve mais tu ne le tues pas, expliqua-t-il. Je voulais t'en parler avant, excuse-moi, je comptais le faire au dojo... Mais...

— OK, je suis dans ton rêve mais je ne tue pas Baker... Alors je fais quoi ?

Il hésita un peu.

— Tu meurs.

Ah. Voilà autre chose… J'avais dû afficher une expression qui aurait pu illustrer la définition du mot « néant » dans le dictionnaire…Mon cerveau se remit tout à coup en branle et je me dis tout haut :

— Alors, depuis le début, tu sais que je serai inutile et tu suis quand même les ordres de la Guilde. Tu me protèges pour rien…

Il soupira.

— La Guilde ne m'a jamais demandé de te protéger, avoua-t-il.

Il s'était un peu agité en lâchant cette info et s'était levé, comme s'il s'apprêtait à s'enfuir maintenant qu'il avait tout balancé.

— Je comprends pas…

Il prit le temps de chercher ses mots, puis tout sortit en vrac :

— Je fais ce cauchemar depuis longtemps, je suis avec une femme, dont je suis… proche. On doit tuer un homme menaçant, elle essaie de me sauver et elle se fait tuer. Et je suis… Je fais ce rêve depuis bien avant toute cette histoire. Sur le port, quand tu es venue aider Angus, je… je t'ai reconnue. J'ai su… Je t'ai suivie et je me suis assuré qu'il ne t'arrive rien parce que… je voulais savoir… J'ai dit à Vassi que tu étais la fille de la prophétie pour pouvoir mettre du monde à ta protection.

Il avait l'air de ne pas être satisfait de son explication, apparemment il manquait encore tout un tas de choses, que je ne lui laissai pas le temps de formuler.

— Tu m'as protégée pour que je puisse mourir au bon moment ?

Il se figea.

— Non !

J'aurais dû lui demander plus d'explications, mais j'étais irrationnellement en colère. J'aurais dû exprimer ma colère pour crever l'abcès, mais j'avais peur de me laisser aller devant lui. J'avais tout un tas de questions, mais la seule pensée qui planait dans mon esprit en prenant toute la place, c'était le fait que je n'allais plus les voir. Gordon, Archibald, Ray, Chris, Vassilissa… Anton. Tout allait prendre fin, et j'allais passer ma dernière soirée avec Jordan. *Merci l'univers !* Je ne voulais pas qu'il voie la confusion de mes sentiments.

— C'est juste un cauchemar, dis-je dans un effort surhumain en me remettant en position de méditation.

Le loup fut saisi par mon indifférence. J'avais pu percevoir l'arc électrique qui avait parcouru ses nerfs.

— Mathilda… Je crois que tu n'as pas compris…

J'avais fermé les yeux et tourné mes paumes vers le ciel. Il était resté longtemps à me regarder, hésitant à me secouer. De longues minutes lors desquelles j'avais eu à retenir mes larmes. Quand il était enfin parti, je les avais laissées couler en silence, sachant qu'il aurait entendu le moindre sanglot à des kilomètres.

À la tombée de la nuit, un *switch* que je ne connaissais pas m'avait déposée sur le quai à Chesapeake. Le message était clair, ils étaient contre ma mission subsidiaire. Le fait que ni Gordon ni Archie ne soient venus essayer de s'incruster m'avait rendue fortement suspicieuse dans un premier temps, puis je m'étais dit qu'avec un peu de chance ils avaient juste manqué mon départ et c'était l'occasion de les laisser en dehors de mes soucis.

J'avais récupéré avec amertume la Hornet que Jordan m'avait offerte, j'étais montée dessus sans le moindre entrain et avais mis les gaz vers l'ancienne prison. J'avais garé la moto en périphérie de leur bazar habituel, avais traversé le vomi de bécanes et m'étais pointée à la porte vitrée. J'étais partagée entre un abattement total et une irritation potentiellement meurtrière. Je n'avais pas eu à pousser le battant transparent, un homme à la barbe grise tressée sur son menton m'avait ouvert cérémonieusement avant de me guider vers le bureau de Jordan. Je l'avais suivi, les yeux rivés sur la tête de clown, dans son dos. Pour la première fois, leur logo ridicule ne m'avait pas donné envie de rire ; il m'avait juste énervée encore un peu plus. Tout comme la musique tonitruante. La porte du bureau m'avait aussi été ouverte. J'étais entrée sans même m'en rendre compte. Je m'étais affalée directement dans le sofa.

— Math ! avait sauté Jordan hors de son fauteuil en cuir, derrière son bureau. Je me demandais si t'allais venir vu que j'ai pas eu ta réponse…

— C'est quoi ton vrai nom ?

Il avait été surpris par mon ton. Je m'étais relevée.

— Quelque chose ne va pas ? s'inquiéta-t-il.

— Déjà, je suis là alors que j'avais d'autres projets pour ma soirée, dis-je en sortant une bière de son frigo, ensuite, rien ne va jamais de toute façon. Et c'est quoi ton vrai nom, bordel ?

Il clignait des yeux en haussant les sourcils pendant que je décapsulais la bière contre le rebord de sa table basse, ne manquant pas de la rayer profondément au passage.

— Caleb Adams.

— OK ! C'était pas si compliqué... Caleb. Bon allez accouche, c'est quoi le programme de la soirée ?

Il continuait de me regarder comme si des cornes avaient poussé sur ma tête. Je fouillai dans le bazar sur son bureau.

— Quoi ? fis-je.

— Tu prends des drogues dures Mathilda ?

— Non...

— Des fois c'est à se demander... Qu'est ce qui t'arrive ce soir exactement ?

— Il paraît que c'est ma dernière nuit, j'ai hâte de savoir à quoi je vais la passer, marmonnai-je en exhibant le paquet de chips que je venais de trouver.

Il fronçait les sourcils en me fixant comme s'il s'attendait à tout moment à ce que je tombe en panne. J'avais ouvert le paquet et je le lui tendis. Il finit par hausser les épaules et par s'ouvrir une bière pour m'accompagner.

— On va chasser le troll des cavernes...

— Mais oui, c'est ça...

— C'est vraiment ça, dit-il sans rire.

— Génial ! m'écriai-je avec un réel entrain, tant je m'étais imaginé des scénarios bien plus embarrassants.

— OK… fit-il. T'es sûre que ça va ?

— Au top…

— Bon… Ça fait des mois qu'on a des gars qui disparaissent quand ils vont en Caroline, prendre livraison de certaines marchandises. Nos fournisseurs ont dû réduire leur production parce qu'ils perdaient aussi leur main-d'œuvre… On a essayé de le déloger, mais cette saleté n'arrête pas de tuer mes hommes et on n'arrive pas à le crever. On a même foutu le feu à la grotte où il a l'air de crécher mais il n'est pas sorti et les disparitions ont continué.

— En Caroline ?! Tu rigoles ? Je vais me taper combien d'heures de trajet pour aller liquider un troll puant ?

— La ferme est entre Chapel Hill et Durham, en voiture ça prendrait dans les trois heures pour y aller mais on va y aller en moto, avec une escorte pour nous dégager la route. Ça devrait nous prendre une heure et demie.

— Super, dis-je en mangeant mes chips, donc si le troll ne nous bouffe pas, on a toutes nos chances de crever sur la route.

Il se mit à rire.

— Tu m'as manqué, la folle.

— Hey ! Fais gaffe, je suis d'une humeur massacrante ce soir… Ne me cherche pas trop.

— Pourquoi tu dis que c'est ta dernière nuit ?

— Rêve prophétique, dis-je en faisant le geste de lire le gros titre d'une affiche avec ma main.

Il avait failli s'étouffer avec sa gorgée de bière.

— Tu crois à ces conneries ?!

— On appelle ça l'expérience, Caleb... Ça sonne bizarre quand même... Caleb...

Il m'avait regardée avec concentration, se demandant de toute évidence si je parlais sérieusement.

— Eh bien heureusement que t'es venue ce soir alors ! dit-il tout à coup. Sinon je risquais de me le garder sur les bras encore longtemps ce troll à la con !

— Ravie de rendre service.

— Attends, parce que bon tu l'as pas encore tué, c'est vraiment un bâtard résistant, la dernière fois il a bien failli me bouffer...

— Ouais... Bon, on y va ? Que je puisse faire autre chose de mon restant de vie.

— En parlant de ça, ricana-t-il, je me tiens à ta disposition pour le reste de ta dernière nuit...

Il m'avait gratifiée d'un clin d'œil qui lui avait fait perdre toute sa virilité. J'avais du mal avec les lourds. J'avais essayé de me rappeler combien je le trouvais sexy avant... Sans succès.

Il alla directement à sa moto. Sans qu'il ait eu à dire quoi que ce soit, son groupe d'élite l'avait suivi. Une fois la quinzaine de gars dehors, je les avais scrutés une minute. La panacée du pire de l'espèce humaine… Un rapport testostérone/neurones très élevé, une puanteur âcre, un fort taux d'ébriété.

— T'es sûr qu'ils peuvent conduire à cette vitesse jusque là-bas en toute sécurité ? demandai-je à l'ex Jordan.

Il avait ri… OK, apparemment il s'autorisait un taux de perte acceptable.

— Tu montes avec moi, dit-il, ta moto n'est pas préparée comme les nôtres, elle nous ralentirait. Et puis je veux pas que tu te fatigues avant d'arriver.

Génial.

J'avais donc pris place à l'arrière de l'énorme moto chromée du chef des *Grill Riders*. Je me faisais l'effet d'une blonde écervelée, groupie d'un mâle décérébré, en route pour une folle nuit de débauche. *Quel pied !*

Une heure trente-cinq. C'est le temps qu'il nous avait fallu pour parcourir les presque trois cents kilomètres jusqu'à la ferme « Alister », dont nous venions de passer le portail en fer grossièrement forgé. La propriété avait tout de la ferme familiale, celles qui faisaient des journées portes ouvertes pour la cueillette de citrouilles à Halloween.

La grande maison des « Alister » était allumée et grouillait d'une activité qui n'avait rien à voir avec celle qu'on pourrait trouver chez une famille classique. Pas de jeux de société ou d'émission de télé. Là-dedans, ça triait, ça pesait, ça confectionnait des petits paquets d'herbe. Sur le perron, des ouvriers fumaient tranquillement des échantillons de production pour se détendre après une journée de labeur dans les champs. J'avais sondé la zone et trouvé assez rapidement l'énergie froide de la bête qui posait problème aux ouvriers agricoles. Elle avait l'air d'être énorme. Il était effectivement bien nourri, ce troll.

— Tu veux boire quelque chose ? me demanda Caleb en rangeant son casque. On peut entrer un peu et se délasser, avant d'aller voir la caverne.

— Non, fis-je en me dirigeant vers l'énergie.

— C'est pas par-là, dit-il, le trou est au bout de ce chemin.

Il me montrait une direction au bout de laquelle je ne décelai rien. Je m'assis au sol, paumes vers la terre. J'essayai d'appréhender le terrain. Il y avait bien l'entrée d'une grotte au bout du chemin que le *biker* m'avait indiqué, mais le troll ne se trouvait pas de ce côté de la cavité dans la terre. La grotte était en fait un ancien réseau minier, il était vaste et constitué de nombreux couloirs dont certains étaient en partie écroulés. Il y avait un endroit, près de là où le troll avait l'air d'être en train de se nourrir, où la terre s'était effondrée dans l'ancienne mine, ouvrant un passage recouvert par de la végétation, mais accessible. L'autre entrée nous obligerait à marcher longtemps dans des couloirs peu sûrs puisqu'à l'abandon. Je me relevai.

— Si, confirmai-je, c'est par là.

Il me suivit avec sept hommes, tous lourdement armés. J'avais continué de sonder le troll. Il devait peser un poids considérable et avait l'air d'être en pleine forme. Ça n'allait pas être une partie de plaisir.

— On pourra jamais tous rentrer dans le couloir de la mine, dis-je, on va se gêner là-dedans, je vais y aller.

Caleb avait accusé le coup.

— On y est allés à cinq la dernière fois, on n'est sortis qu'à deux et l'autre avait une jambe en charpie. Tu veux vraiment entrer seule ?

— Ouep, confirmai-je en haussant les épaules.

Nous marchions dans la pénombre depuis une bonne demi-heure. La nuit était fraîche et sans nuages, la lune éclairait suffisamment pour que personne n'ait besoin d'allumer de lampe torche. Le vent faisait bruisser les branches autour de nous. Les animaux nocturnes s'activaient déjà un peu partout, se figeant à notre passage pour nous observer avec curiosité. Ma conversation avec le loup n'arrêtait pas de repasser dans ma tête et je ne la comprenais toujours pas. Nous marchions sur des épines de pins, partout. Soudain, j'aperçus un peu plus loin une irrégularité sur le terrain. Je la désignai du doigt au chef de gang, apposant mon autre index sur ma bouche pour lui faire comprendre qu'il vaudrait mieux limiter nos émissions sonores au strict minimum à partir de maintenant.

— La galerie s'est écroulée ici, chuchotai-je, votre copain est un peu plus loin en train de se faire un gueuleton. Je vais entrer par-là, et vous allez faire écrouler la galerie à cinquante mètres par là.

— Tu veux qu'on l'enferme avec toi ?

— C'est l'idée, oui.

— Et après ? demanda un grand type armé d'un fusil automatique et d'une machette. On attend combien de temps avant de se barrer ?

Il s'était tourné vers Caleb.

— Elle va se faire bouffer. C'est quoi le délire ? C'était pas la peine de faire la route juste pour nourrir le bordel avec une brindille…

— Je t'ai demandé ton avis ? trancha le chef des clowns. Montre-nous l'endroit que tu veux qu'on fasse sauter, me dit-il.

Je leur avais indiqué le meilleur endroit et étais revenue sur mes pas pour dégager l'entrée déjà écroulée. J'avais appelé un peu d'énergie pour déblayer les quelques mètres cubes de terre et d'épines de pin qui obturaient le passage. Le flux était descendu sans que les *riders* ne puissent le voir, s'était infiltré tranquillement à travers la terre, puis avait répondu à mon appel, balayant la zone dans un geyser silencieux. Les hommes aux blousons de cuir qui n'étaient pas partis sur l'autre site avaient poussé des cris d'effroi.

Super, merci les gars.

Le troll s'était arrêté de déchiqueter la carcasse sur laquelle il s'acharnait depuis notre arrivée, il avait levé la tête, aspirant avidement l'air autour de lui à la recherche d'effluves étrangères. J'étais entrée en courant. J'avais posé mes protections en me déplaçant vers le monstre. J'avais le goût du sang dans la bouche, j'avais envie de tuer, j'étais en colère et ça allait devoir sortir.

L'aura du troll des cavernes était vraiment effrayante, je pouvais sentir sa force extraordinaire, sa faim et son ignorance du bien et du mal. Je me dis que finalement, si je mourais maintenant, j'aurais bien baisé le loup noir. *Ha !* Je fis prendre forme à de longues nuées d'énergie, grosses comme des battes de baseball mais pointues comme des aiguilles à coudre. Le monstre devait avoir senti mon odeur maintenant, je n'étais plus qu'à une dizaine de mètres. Il se mit à courir vers moi lui aussi, je balançai les aiguilles géantes. J'entendis la bête geindre au moment du contact, puis elle apparut devant moi, toujours debout et en mouvement, envoyant ses énormes mains essayer de m'attraper au vol. Je me jetai sur le côté pour passer entre le monstre et la roche à l'intérieur du tunnel. Je m'étais éraflée contre la paroi dans ma chute et je sentais la morsure de la douleur diffuse tout le long de mon côté droit, épaule, bras, avant-bras, flanc, cuisse. J'avais glissé dans le sang épais du troll au moment de me relever, ce qui m'avait permis malgré moi de l'éviter une deuxième fois alors qu'il était déjà revenu pour tenter de me couper en deux. Je pouvais voir les trous d'énergie dans son corps avec ma vision maison, pourtant sa rapidité et sa force avaient à peine faibli.

Je sortis mon katana et courus vers lui pour trancher ce que je pouvais en le croisant une troisième fois dans le couloir trop étroit pour lui et moi. Il avait l'air de très bien voir dans l'obscurité. Je tentai de l'aveugler avec une explosion énergétique juste sous son nez au moment où j'étais le plus proche de lui, puis tapai du pied sur le mur pour me hisser plus haut, au-dessus de son épaule et le croiser encore sans qu'il ne m'assomme. Je parvins à passer tout juste entre son énorme trapèze et le plafond minéral grossièrement taillé. J'avais réussi au passage à planter ma lame dans sa chair épaisse mais je n'avais pas été capable de coordonner mon passage, mon coup, et mes réglages énergétiques de façon simultanée... Si bien que le coup de sabre était resté superficiel, appuyé seulement par ma force physique d'humaine limitée. Le flash de lumière m'avait permis de voir son apparence en couleur… Il était ignoble. Sa peau était si calleuse qu'on aurait dit un cor au pied géant. Oui voilà, un être vivant en forme de verrue plantaire avec une vague apparence humanoïde.

Il avait mis quelques secondes à réadapter sa vue, après avoir reçu trop d'informations en même temps dans ses rétines. Pendant cette courte latence, j'avais diffusé encore de l'énergie dans la terre pour ébouler la tonne de pierre au-dessus de sa tête. La roche avait craqué bruyamment, j'avais entendu des cris à la surface, *quelle bande de rigolos ceux-là !* Le troll avait reçu l'équivalent d'une piscine de terre sur la tête. Le glissement m'avait obligée à revenir très rapidement sur mes pas, vers mon entrée, pour ne pas être enterrée vivante ou étouffée par la poussière. Après que le calme fut revenu, j'avais réalisé que le monstre avait été à peine sonné. Il s'était vite relevé et commençait à dégager les gravats autour de lui. Il allait sortir à la surface ! Je courus aussi vite que je le pus pour m'extraire de la mine et atteindre le point duquel je savais qu'il sortirait, puisque je pouvais y voir son aura s'ébrouer et renifler la chair fraîche des clowns.

Avant que je n'émerge de la terre, j'entendis une première salve automatique. *Merde.* J'arrivai quelques secondes plus tard pour voir le grand type qui avait douté de mes capacités se faire éventrer d'un coup de griffes. À la lumière de la lune, le monstre était beaucoup plus clairement immense et hideux. Mes aiguilles géantes avaient endommagé assez gravement son anatomie, la haine et l'adrénaline lui permettaient de continuer de se mouvoir mais il était grièvement blessé.

— Dégagez tous ! criai-je.

J'avais déjà pas mal canalisé et je n'oubliais pas que j'aurais un autre combat à mener le lendemain… même si on m'avait légèrement *spoilé* la fin, je ne comptais pas y aller les mains dans les poches. Et encore moins dans des poches vides. Je devais m'économiser un peu. Je sortis donc un câble lesté de poids à ses extrémités de la poche latérale de mon pantalon, le dépliai en partie et le lançai. L'un des deux poids était affublé de crochets, il s'agrippa dans les racines au sol alors que l'autre continua le mouvement, rencontrant les jambes du troll et en faisant le tour par la force centrifuge. Le monstre ne s'en trouva entravé que quelques secondes, que je mis à profit pour m'élancer dans son dos, m'y fixer en y plantant mon katana, et y déposer un maximum de parchemins explosifs avant de me faire éjecter par un mouvement d'humeur de la bête aux abois. J'avais percuté un arbre dans ma chute et mis quelques secondes à me rappeler où j'étais. Lorsque ce fut le cas, le troll était presque sur moi. Je roulai sur le côté et activai mes parchemins. Il émit une longue plainte. Après que la fumée se fut dissipée, Caleb et moi aperçûmes le dos à vif de l'énorme bête, toujours debout. Le chef de gang avait l'air vaguement déçu.

Je voyais bien que le troll était aux portes de la mort, mais les clowns restaient tapis dans l'ombre, pas du tout impressionnés par ma démonstration. Je chargeai ma lame pour finir le travail quand une ombre qui me parut gigantesque, fondit sur le monstre ensanglanté, le faisant tomber vers l'arrière, et lui arrachant la pomme d'Adam dans un bruit répugnant. Du sang se mit à monter vers le ciel dans un flux d'abord régulier, puis poussif. J'eus un mouvement de recul en reconnaissant l'énergie qui avait achevé le troll des cavernes. Brown.

Les feux d'un véhicule attirèrent alors mon attention au loin derrière moi, Archibald apparut entre eux et moi alors que je me rendis compte qu'un autre loup était déjà à côté de la carcasse encore chaude, un loup brun, Gordon. Les clowns sortirent tout à coup de leur torpeur pour pointer toutes leurs armes à feu sur les bêtes. J'envoyai sans réfléchir une onde pour les neutraliser. Caleb râla pour son matériel et fit quelques pas vers Anton avec un air un peu trop sûr de lui.

— Toujours après la bataille, Brown, rit-il. Elle fait le boulot et tu viens pour l'emmener chez le doc.

L'Alpha plongea la version la plus sauvage de son regard sur l'humain irrévérencieux.

— Toujours en dehors de la bataille, Adams, répondit-il. Tu pleurniches pour qu'elle fasse le boulot à ta place et tu regardes en faisant bien attention de ne pas te salir.

Il connaissait son nom… D'accord. Tout le monde savait tout sur tout sauf moi quoi…

— Finalement, on n'est pas si différents, ironisa le *biker* en avançant, on regarde mais on ne touche pas… Juste, pas au même niveau, termina-t-il en me mettant une tape sur les fesses, que j'avais été à mille lieues d'anticiper. Hein bébé ?

Mais à quoi il joue ce débile ?! Anton s'approcha lentement, dans une démarche de prédateur qui me donna des sueurs froides.

— T'es vraiment con ! m'emportai-je à l'attention de Caleb. Et si tu me touches encore sans y avoir été invité, je te tue. Qu'est-ce que vous faites là ? demandai-je à Anton.

Au lieu de me répondre, celui-ci avait continué sa progression vers le chef de gang. Les deux hommes se dévisageaient avec une lueur assassine dans les yeux.

J'estimai tout à coup avoir eu ma dose de suspense pour la soirée… Je tournai les talons. *Qu'ils jouent sans moi.*

— Je devrais te tuer tout de suite, entendis-je Anton dire dans mon dos.

— Mais tu ne voudrais pas déclencher une guerre avant d'avoir terminé celle en cours… répondit le *biker* avec une effronterie limite suicidaire.

Gordon me rattrapa en quelques bonds alors que j'arrivais à la hauteur du métamorphe.

— *Qu'est-ce que vous faites là ?* agressai-je Archie.

— *On se faisait du souci, gémit-il. On t'a suivie depuis la maison bleue.*

— *Qu'est-ce que t'as pas compris dans « J'y vais seule. » ?*

— *Je suis désolé Math, j'ai senti que t'avais pas confiance en ce mec et Gordon et Anton n'avaient clairement pas l'air d'être sereins eux non-plus alors…*

— *Alors vous êtes venus me sauver…*

Je m'étais apprêtée à hurler de rage, puis j'avais ravalé ma colère en une seconde.

— Merci, avais-je simplement dit avant de crier : Caleeeeeeeb ? La mission est terminée ?

Celui-ci avait levé les bras en l'air avant de trotter vers moi.

— Ma dette est payée ? insistai-je.

— Je dirais que oui, fit-il.

— Cool, soufflai-je, bon bin si t'y vois pas d'inconvénient, je vais rentrer en fourgon.

Il haussa les épaules. On entendit le bruit caractéristique de la transformation des loups derrière le van, puis Gordon et Anton apparurent tous les deux uniquement vêtus de bas de jogging. Je m'étais glissée sur la banquette arrière et avais attrapé la poignée de la porte coulissante pendant que les loups passaient des sweats et prenaient place à l'avant, et qu'Archie faisait le tour pour se mettre à côté de moi. Caleb avait stoppé la porte avant que je ne la ferme.

— C'est quand même dommage de gâcher ta dernière nuit comme ça Math, coula-t-il en faisant un signe de tête vers Anton. La porte de ma chambre reste ouverte, si tu changes d'avis.

J'avais claqué la portière coulissante avec un peu trop de force, faisant vaguement trembler le fourgon.

— T'es blessée à quel point Math ? avait immédiatement demandé Gordon, dès qu'Anton avait démarré.

— Presque rien, dis-je en sondant mes tissus et en laissant échapper un râle qui les fit tous regarder vers moi. Ça fait mal mais c'est superficiel. Ne faites pas ces têtes, je suis une fille, j'ai le droit d'être douillette si je veux.

— C'est ça le truc, répondit Gordon, tu ne fais rien comme une fille d'habitude, si tu as l'air d'avoir mal, en général, c'est que tu es au moins coupée en deux.

J'avais souri, puis j'avais remarqué que les six yeux qui n'étaient pas à moi dans le véhicule étaient restés en attente de ma réponse à cette pseudo-interrogation. Ils étaient vraiment inquiets.

— Je vous dis que c'est rien. J'ai des brûlures légères sur la jambe et le côté, des ecchymoses un peu partout, un petit trauma au coude et une vertèbre à peine décalée. Je serai comme neuve avant la moitié du trajet.

Ils avaient soufflé en chœur. Je m'étais dit à quel point c'était ridicule qu'ils s'inquiètent comme ça alors que j'étais censée mourir dans quelques heures. J'avais croisé le regard d'Anton dans le rétroviseur.

— *Ta dernière nuit ? pensa Archie dans ma tête.*

— *Et merde... Rien ne t'échappe à toi.*

— *C'est quoi ce bordel ?*

— *C'est rien.*

— *Ça n'a pas l'air d'être rien...*

— *Si je te le dis...*

— *Je peux le lire tu sais ?*

— *Bin alors lis, au lieu de me prendre la tête !*

Il inspira longuement, hésitant visiblement à franchir la limite de mon intimité. Je pouvais presque voir les rouages de son cerveau tourner dans tous les sens tant il luttait contre sa curiosité. Je me mis en méditation de guérison. Je sentis tout à coup comme un relâchement de pression dans mon oreille, comme les bulles qui y éclatent pendant les atterrissages. Il n'avait pas pu résister. J'ouvris les yeux pour voir la colère sur son visage. Il regardait l'Alpha et je voyais des remous de ressentiments animer ses iris.

— *Archie, t'énerver contre lui serait irrationnel, il n'a pas commandé le rêve.*

Je percevais le déluge de sentiments qui faisait vaciller le métamorphe. C'était comme s'il venait juste de se trouver une famille, et qu'on la lui arrachait tout de suite, un ascenseur émotionnel à l'atterrissage violent. Il était furieux, triste, plein de rancune et d'amertume, exaspéré et fatigué aussi. Des larmes coulaient en silence le long de ses joues.

— *Archie...*

Il partait trop loin, je devais le ramener. Je défis ma ceinture et vins me coller contre lui. Il lutta une seconde puis m'attira dans ses bras, me serrant avec force et douceur, m'enlaçant tout en lovant sa grande tête dans mon cou. J'avais perçu une secousse à l'avant du van mais n'avais pas cherché à savoir ce qu'ils pouvaient penser.

— *Tu vas te péter une cervicale à rester comme ça, dis-je à Archie, en plus tu chiales dans mon tee-shirt, il va coller sur mes seins et les autres vont devoir s'appliquer à me regarder dans les yeux.*

Il avait ri.

— *Redresse-toi et laisse-moi dormir sur toi, si c'est vraiment ma dernière nuit, elle aura été top comme ça.*

Il avait ravalé ses larmes et s'était assis correctement. Je m'étais installée bien confortablement sur ses genoux.

— Ce sera pas ta dernière nuit Math, pensa-t-il, je vais te coller comme une merde sous une chaussure demain...

— Super ! C'est pile ce que je voulais entendre, souris-je.

17

Le Conseil

J'étais en train de baver sur mon matelas. Il y avait une petite tâche humide sous ma mâchoire et je me réveillai en sortant ma tête de là. J'ouvris les yeux en même temps qu'Archie ouvrit les siens, juste en face de moi. Il sourit.

— *Salut.*

— *Salut, lui répondis-je.*

Il avait l'air chargé à bloc.

— *J'ai eu une idée...*

— *Oh merde...*

— *Je t'entends Mathilda...*

— *Re merde...*

Je m'étais tournée de l'autre côté du lit. Il me sauta littéralement dessus.

— *Aïe !*

— *Qu'est-ce que tu veux faire aujourd'hui ? demanda-t-il. On fait tout ce que tu veux !*

— *La dernière volonté de la condamnée, grommelai-je...*

— *Non ! C'est pas ta dernière journée ! Plutôt pour emmerder le destin, on s'en fout on s'amuse.*

Comme mon immobilité totale trahissait mon absence d'engouement, il arracha le drap d'un geste, me laissant sans rien pour m'emmitoufler confortablement, juste ma culotte et mon débardeur.

— *M'en fous, bravai-je, il fait super chaud.*

— *Allez Mathilda !*

Il sauta du lit, attrapa mon lecteur MP3 et le colla dans la petite enceinte que la maison bleue avait mise à ma disposition. Il prit quelques minutes pour sélectionner un morceau et se posta devant moi avant qu'il ne commence. Il était en boxer, prêt pour une chorégraphie, j'avais déjà envie de rire. Dès les premières notes, il se mit à onduler son corps sous mon nez. *Come on come on, turn the radio on, it's Friday night and it won't be long...* Il faisait tourner son bassin et faisait de grands gestes. Ce n'était pas évident de résister à quelqu'un qui pouvait lire dans vos pensées... Après avoir éclaté de rire, j'avais fini par sauter du lit pour le rejoindre. Nous nous étions mis à bouger en rythme, à sauter par moments, à chanter pour moi... Les chansons s'étaient enchaînées et nous avions continué de profiter. Il me faisait tourner, feignait des joutes verbales sur certains morceaux, faisait mine de m'aguicher, nous riions comme des gosses.

La porte de la chambre s'était soudain ouverte sur Gordon, qui avait dû en avoir marre de frapper sans obtenir de réponse. Je l'avais attrapé par la main pour l'attirer dans notre délire. Il avait souri et s'était appliqué à nous éblouir avec quelques déhanchés super travaillés. Anton était derrière lui. Je ne l'avais pas senti… Si bien que j'avais été étonnée en le découvrant appuyé contre le montant de la double porte, les bras croisés, en train de nous regarder en souriant. Sa présence avait toutefois terni un peu l'ambiance. J'avais tout à coup été moins à la fête.

— *Dis-lui de se barrer, pensa Archibald tout en continuant de danser à moitié à poil. Dis-lui qu'on va passer une journée à s'amuser, il t'aura bien assez pour lui ce soir.*

Je coupai la musique.

— Je suis désolé de vous déranger, dit doucement l'Alpha, mais le Conseil va arriver, pour préparer l'attaque. Cette fois-ci, ce serait bien que tu assistes à la réunion, Mathilda.

— Je me demandais, hésita Gordon, elle pourrait pas ne pas y aller ?

— Ce serait idiot, répondit Anton…

— Je parle pas du Conseil, précisa le jeune loup, je parle de ce soir…

Je compris qu'Archibald avait tout balancé à son nouveau pote… Anton dû se dire que c'était moi qui lui avais raconté. Il devait, comme moi, se refaire vite fait notre conversation dans sa tête… Il verdit. Une minute embarrassante passa, puis l'Alpha porta une main à son visage.

— J'y ai pensé, avoua-t-il…

Je sentis l'excitation d'Archie, qui voyait déjà la fin de cette histoire grotesque. *Il y a pensé ?*

— On l'emmène loin de l'endroit de l'attaque et on la garde là-bas le temps que l'équipe liquide Baker, s'empressa Gordon.

— Toi, alors, continua Anton, parce que moi je ne peux pas ne pas y être. On pourrait dire qu'elle a été retenue par un problème…

— *Dis-lui de se servir du Padre, lança Archie à Gordon…*

— On pourrait dire que le Padre l'a retenue… répéta celui-ci.

C'était surréaliste.

Là, je sais ce que vous vous dites. Que je faisais ma relou, que je refusais le stratagème juste parce qu'ils le faisaient devant moi comme si je n'étais pas là alors qu'en fait, j'aurais dû pleurer de bonheur en les voyant tous les trois faire des plans sur la comète juste pour garder mes petites fesses en sécurité…

— Oui, mais non, fis-je.

Ils arrêtèrent de respirer.

Je pris une grande inspiration.

— Je dois y aller, annonçai-je.

Ils restèrent en apoplexie encore un peu…

— *Pourquoi ?! hurla Archie dans toutes nos têtes en même temps, ce qui fit sursauter le loup noir.*

— J'y ai réfléchi, expliquai-je. Je sais que je ne suis pas la fille de la prophétie…

— Alors n'y va pas ! renchérit Gordon.

— C'est pas si simple, fis-je. J'ai été mêlée à ça par une série de quiproquos… Tous les derniers évènements m'ont menée à ce soir… Il n'y a pas de hasard. Jamais. C'est ce qui me fait penser que je dois y être. Peut-être que je dois effectivement y mourir, peut-être pas. Peut-être que si je n'y vais pas, la prophétie ne pourra pas être accomplie…

— Et peut-être que si ! s'exclama Gordon.

— Je sens que je dois faire partie de ça, dis-je, que c'est ma place.

— *Non ! rumina Archie.*

Nous restâmes quelques instants silencieux.

— Je vais me préparer, dis-je à Anton en allant m'enfermer dans la salle de bain.

J'avais trouvé Vassilissa assise sur mon lit refait quand j'étais sortie de la salle de bain. Elle m'avait souri tendrement en tapotant le matelas pour m'inviter à m'asseoir près d'elle. Elle irradiait la bonne humeur et la douceur, comme toujours.

— Anton m'a avoué son petit mensonge, sourit-elle.

Elle prit mes mains dans les siennes dans un geste plein d'attention. Comme elle avait senti ma tristesse, elle passa ses petits doigts verts sous mon menton pour m'obliger à la regarder dans les yeux.

— Oh Mathilda… Je savais déjà tout ça… Rien n'est jamais exactement ce qu'on croit…

On ne saisissait jamais vraiment ce que voulait dire Mamie Grenouille... En revanche elle avait un effet systématique sur les gens, une profonde onde calmante et rassurante.

— Anton est tellement inquiet, il tourne en rond, il devient fou... Il m'a dit ce que tu as répondu quand il a voulu te cacher pour te garder loin de tout ça...

Elle sourit de plus belle.

— Je ne me suis pas trompée, et lui non plus. Je crois énormément en toi, et tu dois le faire aussi. Fais-toi confiance, comme je le fais.

Elle avait serré encore un peu mes mains dans les siennes, puis elle était partie.

La salle du Conseil était déjà presque pleine quand j'en avais passé la porte. J'avais fait un tour d'horizon pour chercher les rares sièges encore vides et en saluer au passage tous les membres. Benjamin trônait au milieu de deux chaises désertes, les humains n'avaient apparemment pas encore la côte ici... Anton m'avait fait signe pour me faire savoir qu'il m'avait gardé une place, ce qui n'avait pas manqué de provoquer tout un tas de levers de sourcils... Les Alphas n'étaient sûrement pas censés se comporter de cette façon désinvolte. J'avais hésité une seconde, puis étais allée rejoindre le loup. J'allais sûrement devoir combattre à ses côtés quelques heures plus tard, il était temps d'agir en adulte. Il avait été légèrement surpris de mon attitude, malgré son appel devant témoins, il ne s'était pas attendu à ce que je le rejoigne docilement.

La séance avait commencé par les rapports des équipes de renseignement. Les vampires avaient confirmé que le *Hampton Coliseum*, l'ancienne salle de spectacle qui accueillait les concerts, pièces de théâtre, shows de rodéo etc. avant « l'Éveil » avait bien été convertie en un dépôt d'hybrides. Ils n'avaient cependant noté que très peu de déplacements dans la zone. Le lieu semblait prendre lentement en puissance, stocker de plus en plus de soldats, se préparant pour une étape prochaine... Le clan des rats avait eu beaucoup plus de surface à couvrir et leur rapport était très détaillé. Ils avaient surveillé chaque bâtiment, chaque rue, chaque place du village historique. Williamsburg était un des premiers villages de colons, qui avait été restauré et avait accueilli des touristes pendant des années, avant les émeutes, et de nouveau depuis quelques mois, avec le retour d'un gouvernement, d'une économie... Je l'avais visité, j'avais donc une image précise en tête de chaque endroit que le rat nous décrivait. La rue principale, l'église, la poudrière, les échoppes, la « maison du gouverneur », les écuries... Le chef de l'équipe d'espions était en pleine description du site quand j'avais soufflé à Anton.

— Il sera dans la maison du gouverneur...

— Ce serait un peu gros... répondit-il le plus discrètement possible.

— Oui, c'est justement pour ça qu'il s'y est installé... On parie ?

Le rat s'était raclé la gorge pour nous signifier qu'il apprécierait d'être écouté jusqu'à la fin de son rapport. Nous nous étions redressés, comme des enfants accusés de bavardage en classe primaire. Nous avions eu envie de rire. Comme il s'était aperçu que mon attitude avait changé, que j'étais de nouveau en mode « Je m'en fous j'ai envie de m'amuser. », le loup avait opiné du chef, acceptant mon pari. Je m'étais alors penchée vers lui pour essayer d'être un peu plus discrète.

— Un resto ?

Il avait affiché une mine dubitative en premier lieu, il devait se dire que j'avais perdu la boule… Puis il s'était fendu d'un sourire à se damner. *Deal !*

Le rat nous avait jeté un nouveau coup d'œil courroucé. Je m'étais pincé les lèvres pour ne pas rire. Vassilissa avait affiché une frimousse enjouée.

Une fois les rapports de renseignements terminés, Anton prit la parole en tant que chef de la sécurité de la Guilde. Il avait préparé son plan à l'avance, ayant déjà étudié les rapports de renseignements. Il avait constitué deux équipes de soldats et préconisait une attaque simultanée des deux sites. Il avait prévu un système de confinement des hybrides du *Coliseum* par la mise en place d'une cage énergétique dont se chargerait le clan des sorciers, sous la coupe de Jérémiah, leur leader charismatique. Des soldats lourds seraient placés tout autour du cordon en cas de débordements mais ils n'auraient pas vocation à intervenir, Anton espérait qu'après la mort du gouverneur, il y aurait une chance que son armée se rende sans qu'il y ait d'affrontement. Une équipe constituée de multiples escouades légères devait quadriller le village historique. Il avait constitué des binômes.

Bien sûr il avait annoncé tout naturellement qu'il serait avec moi... J'avais senti les regards lourds de Jacob Grimm et Benjamin se poser sur ma petite personne. J'avais jeté un œil à ses notes pendant que le loup parlait et avais remarqué qu'il avait raturé nos noms pour nous réaffecter sur la zone de la maison du gouverneur. Quand il eut fini de présenter son plan, il s'ouvrit aux éventuelles interrogations, ajustements, remarques du groupe. Les gens avaient commencé à faire des suggestions plus ou moins intéressantes... Ils avaient tous envie de mettre leur patte... J'étais horrifiée par le temps perdu en pourparlers.

— *Vassilissa, appelai-je en pensée. Jacob Grimm doit faire partie de l'équipe finale. Il sera utile si Baker utilise encore le sort qui décuple la colère... D'ailleurs il faudrait des Grimm dans toutes les équipes.*

— *Compris, fit-elle en intervenant pour s'assurer de ces modifications.*

Une fois qu'elle eut fait prendre ces éléments en compte, j'avais attendu impatiemment la fin de la réunion... Jusqu'à ce que Montgomery prenne la parole. J'avais alors retrouvé toute mon attention. Il s'était levé.

— Merci, avait-il dit pour le silence obtenu, comme déjà discuté lors de la réunion précédente, je vous confirme que le gouvernement émergeant de Nouvelle Caroline adhère au système que je leur ai présenté selon les modalités établies ici même. Le gouverneur et l'ensemble des représentants des clans hybrides et surhumains des deux anciennes Caroline ont signé le traité que Madame Kachtcheï et moi avons rédigé. Grabhill viendra même avec moi présenter le traité à Washington le mois prochain, pour la première réunion gouvernementale post-Éveil.

Je vais partir dès demain pour rencontrer un maximum de gouverneurs dans les états qui en ont déjà, pour tous les autres, ce sera plus facile puisque tout reste à faire. J'ai sondé le tout nouveau gouverneur de Californie, il est un peu réticent pour l'instant, il a l'impression de perdre le pouvoir qu'il vient d'acquérir... Mais il est intelligent, on devrait pouvoir le rallier à notre cause. Voilà pour le point sur l'avancée du traité, en espérant que Baker ne sera bientôt plus une entrave mais plutôt un argument pour faire changer les choses...

Tout le monde avait acquiescé. Je n'avais pas vu venir ce changement de carrière chez Benjamin... Il s'était passionné pour les évènements en cours, s'était rendu compte que ce qui se jouait ici pouvait changer la face du pays tout entier, la vie de millions d'êtres humains. Il s'était servi de moi pour justifier sa place au Conseil, créant un nouveau modèle d'organisation en coopération, puis avait vendu le concept... Si ce type de schéma se répandait à travers les différents états, le nouveau gouvernement américain pourrait devenir un modèle d'équilibre. Un représentant de chaque caste pour une concertation à voix égales. J'étais épatée.

J'avais admiré l'intelligence du militaire, médecin et nouvellement politicien qu'était Benjamin pendant le reste de la séance. Me demandant un peu s'il ne jouait pas sur trop de tableaux en même temps. J'avais revu l'image de Frank, pointant le beau gosse du doigt en mourant... J'avais conclu assez vite après ça qu'il m'avait désigné le logo sur le cordon de son badge, celui de la campagne de Baker ; mais je me demandais tout à coup s'il n'avait pas voulu me prévenir de quelque chose d'autre, quelque chose concernant Benjamin lui-même. Le temps me le dirait, enfin si j'avais du temps quoi...

Après accord unanime des membres, Vassilissa avait fait tinter la clochette qui annonçait la clôture de la séance, puis j'étais sortie méditer.

J'avais ouvert mes récepteurs à l'énergie universelle, l'interrogeant sur ce qui se trouvait dans « la maison du gouverneur » de Williamsburg. J'avais parcouru les méandres du quadrillage géant qui traversait tout lieu, toute chose, à travers le monde, allant jusque dans la grande rue, au cœur du village ; voletant dans l'allée d'immenses arbres, devant la fameuse bâtisse. Le circuit énergétique nervuré s'arrêtait aux abords du terrain sur lequel était posée la demeure, m'obligeant à en rester éloignée. Il était bien là. La tourmaline noire commandée au Padre avait dû servir à isoler l'endroit, le rendant invisible au reste du monde. Filtrant l'énergie sauvage du sorcier qui avait semé la haine. La colère était là, partout dans l'air, je la sentais depuis le petit coin d'herbe dans lequel je m'étais assise derrière la maison bleue. Une angoisse naquit en moi. J'avais repensé à l'effet que la nuée rougeâtre avait eu sur moi près de chez Angus. Qu'en serait-il si je me pointais là-bas pour n'être finalement qu'une arme létale dans les mains d'un psychopathe ? Est-ce que j'avais raison de penser que je n'avais pas rencontré tous ces gens pour rien ?

J'avais refoulé ces questions, faisant le vide pour vivre le moment présent. Les rayons chauds du soleil qui passait entre les feuilles au-dessus de ma tête caressaient mes épaules, mes bras, mes paumes ouvertes. J'avais pris tout mon temps pour accumuler un maximum d'énergie, en couches fines, lentement sédimentées, remplissant le moindre centimètre d'espace à ma disposition.

J'avais émergé, tout à coup, intriguée par l'impression d'une présence à côté de moi, comme celle qui m'avait caressé le front quand j'étais comateuse. Quand j'avais ouvert les yeux, personne, encore une fois. J'avais mis un temps considérable à réaliser ce que je voyais. Il y avait une nappe étalée au sol, juste à côté de l'endroit où j'étais en tailleur. En son centre trônait un panier en osier comme celui qu'avait fait apparaître Mamie Grenouille quand elle était venue me rendre visite au NMCP. J'avais fait un tour d'horizon pour essayer de savoir qui avait posé ça là. Il n'y avait personne. Le loup. J'avais eu un sursaut, me demandant ce qu'il venait faire là et comment il allait réagir en voyant tout ça, selon qui était la personne qui l'avait installé pour moi. J'imaginais déjà une confrontation pleine de testostérone quand je le vis approcher depuis la maison, des verres et une bouteille à la main…

J'étais restée bloquée dans une expression de carpe koï, mon cerveau affichant une erreur 404. Est-ce qu'il pouvait avoir apporté ça ? Lui ? Pour moi ?

Il s'assit en me souriant, un peu gêné, alors que je n'avais toujours pas fermé ma bouche.

— Ça faisait trop court pour aller au resto, dit-il, mais comme je sais que tu vas gagner le pari, je prends les devants.

Une petite tempête de neige. Dans tout mon corps. Des flocons créant des petites zones de froid puis de chaud après fonte puis de froid de nouveau. Des micros frissons, partout, en continu. Je n'étais pas bien sûre de ce qui se passait. J'étais touchée, beaucoup plus que je n'aurais dû l'être, juste par le fait qu'on se trouve, lui et moi, sur une nappe, sous un arbre, en train de pique-niquer. J'avais souri bêtement. Il avait levé la bouteille pour me demander si je voulais qu'il me serve. J'avais fait oui de la tête.

— C'est de la limonade, dit-il, comme on va devoir être concentrés ce soir je me suis dit… Mais si tu préfères du vin je peux retourner en chercher ?

— Non, fis-je, merci. C'est parfait.

Il s'était détendu et m'avait donné un verre. Il avait ouvert le panier et en avait sorti du poulet rôti accompagné de pommes de terre fondues au four et persillées, déjà conditionnées dans deux assiettes. Il m'en avait donné une, avec des couverts.

— Merci.

Nous avions mangé en silence, profitant du soleil, de l'air, de notre compagnie. Nous observant mutuellement sans retenue. Nous n'avions pas parlé une seule fois, pourtant nous avions vécu un moment de partage intense. Certaines barrières étaient tombées entre nous, dans un silence tonitruant, ouvrant notre champ des possibles d'une façon qui me donnait le vertige.

Quand j'eus vidé mon assiette, il me l'avait prise des mains et avait fouillé à nouveau le panier, extrayant de ses profondeurs une barquette de fraises odorantes, qu'il avait posée devant moi. J'avais eu l'impression d'être au paradis. Un endroit magnifique, avec l'homme le plus troublant que j'avais rencontré, en mode charmant, avec des fraises qui embaumaient si fort qu'on aurait pu croire qu'on avait rajouté du parfum fraise par-dessus… Il en avait pris une et l'avait jetée en l'air avant de la rattraper directement dans sa bouche et de me regarder comme s'il avait réalisé un tour de force.

— Waaaaa, m'étais-je moquée, quel homme…

— Tu dis ça parce que tu ne sais pas le faire.

— C'est sûr, avais-je dit, c'est beaucoup trop technique pour moi, je ne suis qu'une humaine.

Il avait réitéré l'exploit et m'avait lancé un fruit pour me mettre au défi. *OK.* J'avais fait un premier essai pas très concluant qui l'avait fait pouffer. Un second qui m'avait déstabilisée et fait tomber en arrière, il s'était carrément moqué. J'étais restée allongée, le dévisageant. Il était tellement beau. Son visage fort et fier, plein d'une humanité chaleureuse. Ses cheveux rendus carrément blonds par le soleil, ses yeux noirs à la profondeur énigmatique, ses lèvres parfaitement dessinées… J'avais dû me reprendre :

— Admire la technique au lieu de faire le malin.

J'avais jeté la fraise très haut au-dessus de ma tête, sans me relever du sol, et avais envoyé de l'énergie pour ralentir sa chute, l'accompagnant doucement pour la faire tourner sur elle-même, la bloquant quelques secondes en l'air, plus la laissant tomber pile dans ma bouche.

— Frimeuse… avait-il dit en s'allongeant à côté de moi.

Il avait posé sa tête dans ses mains après avoir remonté ses bras au-dessus de lui, j'avais fait la même chose. Nous avions croisé nos pieds tous les deux aussi ; adoptant une position décontractée, genre on se relaxe entre amis, en tout bien tout honneur… Nous étions restés là, à somnoler à moitié… Enfin bien moins qu'à moitié en ce qui me concernait... Tant j'étais tendue par sa proximité. J'avais perdu la notion du temps.

Muladhara

18

La maison du gouverneur

La nuit était tombée sur Williamsburg. Les groupes avaient rejoint leurs positions dans un silence de mort. J'avais observé les hommes de la Guilde se déplacer comme des ombres, ondulant entre les arbres, dans les ruelles, contre les petits bâtiments. J'étais sereine, comme toujours avant un combat programmé. En mode mécanique. J'avais fait le vide pour être la plus réactive et objective possible. J'avais zappé toutes mes émotions de la journée, de la semaine, des dernières semaines. Me retrouvant juste un corps physique et énergétique, à un instant T, là où il avait quelque chose à accomplir méthodiquement. J'avais sondé la zone, confirmant ma lecture à distance.

Différents groupes avaient rejoint les multiples positions ciblées par Anton et son équipe. Je savais que Ray faisait partie de l'assaut lourd sur le *Coliseum* et j'espérais de toutes mes forces que notre opération tuerait la sienne dans l'œuf. Le groupe Oméga, le nôtre, était en attente sous une arche de bois, posée le long d'un chemin, derrière l'échoppe la plus proche de la maison du gouverneur. Nous avions déjà neutralisé trois sentinelles sans difficulté et sans le moindre bruit. Comme j'étais un radar vivant, nous savions quand quelqu'un approchait, par où, à quel rythme et avec quelles armes.

Anton me regardait. Il se demandait certainement pour quelle raison je bloquais notre progression. J'attendais l'invitée surprise que Gordon avait eu la mission secrète de recruter pour ce soir, me demandant s'il avait réussi à la convaincre. Un froissement fit tourner tous les regards vers les ténèbres en contrebas du chemin de bois. Une chevelure rousse apparut tout à coup, sortant de l'ombre, et annonçant le reste de Deana… Un corps de rêve, moulé dans une combinaison de cuir. Elle était venue déguisée en *Catwoman* ? *Sérieux ?*

Elle s'appliquait à afficher un air extrêmement mystérieux tout en progressant avec un soin légèrement exagéré. J'avais eu une envie subite de l'étrangler. Elle portait une arbalète dans son dos et avait attaché un holster autour de sa cuisse droite, dans lequel s'exhibait un glock rutilant. Sa ceinture était bardée de chargeurs et de tout un tas de petites poches qui avaient l'air de contenir des herbes. L'intégralité de la gent masculine avait ouvert de grands yeux… Sauf Archie, qui avait soufflé d'agacement. Il avait l'air d'être aussi jaloux que moi de la plastique parfaite de la sorcière en mode combat.

Gordon s'était pointé avec elle, ce qui n'était pas dans le contrat… Il était supposé faire partie d'un autre binôme, sur une position voisine, il avait dû se trouver un remplaçant pour être sûr d'être au premier plan… Il m'avait mise devant le fait accompli. Je ne pouvais pas gesticuler et m'énerver sans compromettre notre discrétion en plus de passer pour une hystérique et de lui faire penser que je n'avais pas confiance en ses capacités…

Après avoir ignoré les emportements silencieux de l'Alpha, j'avais repris ma progression vers notre cible, donnant l'impulsion au reste du groupe. Nous avancions en tiroirs, par étapes, un binôme après l'autre. Comme Archie me collait aussi près que les lois de la physique le permettaient, nous formions le premier binôme, Deana s'était engluée à Anton dès son arrivée, formant le second binôme, Gordon avait donc naturellement emboîté le pas à Jacob. La sorcière et le loup passèrent entre nous après que nous eûmes fait un premier bond. Une fois qu'ils furent en position un peu plus loin, Jacob et Gordon s'élancèrent, allant toujours plus près de la maison. Quand nous fîmes le troisième mouvement, je m'arrêtai et levai la main, signifiant un ennemi en approche, et j'indiquai son angle d'arrivée. Nous nous étions dissimulés, ratatinés sur nous-mêmes. Notre groupe était le plus proche.

Quand le garde arriva dans notre périmètre d'intervention, Archibald se releva furtivement et lui brisa la nuque avant d'accompagner sa chute avec une force qui lui permit de ranger le corps en un seul mouvement derrière un bosquet, sur le bord du chemin. Je m'étais dit que j'avais dormi avec lui sans même y réfléchir alors qu'il pouvait tuer aussi facilement… *Bah*… Nous étions arrivés au muret qui encadrait la maison du gouverneur. J'avais guidé le groupe vers l'endroit le plus éloigné de la vue de tout garde et nous l'avions escaladé, avec plus ou moins de classe. Jacob y était parvenu sans que ça ne représente une réelle difficulté, comme s'il avait grimpé sur un banc un peu haut. Gordon avait sauté ça sans même s'en apercevoir. Deana avait attendu qu'Anton lui propose ses mains pour lui faire la courte échelle puis s'était élancée avec grâce. Le loup avait paru songer à me jeter de l'autre côté… Archie s'était lancé lourdement et hissé sans le moindre effort. J'avais alors couru pour prendre de l'élan, m'étais écrasé la poitrine sur les briquettes en agrippant le haut du mur, m'étais échinée à hisser laborieusement mon propre corps en haut de l'obstacle tout en m'égratignant les coudes à travers mon tee-shirt, et m'étais lourdement laissée tomber de l'autre côté avant de voir Anton le sauter d'un bond… *C'est qui le frimeur là ?* Nous avions passé la première couche de tourmaline noire, l'énergie de la maison me fut tout à coup accessible.

Nous avions longé le mur discrètement jusqu'à arriver sur le côté du bâtiment principal. C'était une maison en briquettes, un rez-de-chaussée, deux étages, deux grandes cheminées à ses extrémités et une tourelle de bois au milieu. Un garde se tenait debout derrière la petite rambarde qui courait entre les deux cheminées, sur le toit. La protection assurée par la présence de Jacob était si efficace qu'il ne nous avait pas vus longer le petit mur, dans la semi-obscurité. Un scan minutieux de la maison m'avait fait savoir qu'il y avait une vingtaine de personnes réparties à l'intérieur. Je n'avais jamais rencontré Silas Baker, je ne pouvais donc pas savoir quelle aura était la sienne. J'avais quand même quelques indices pour me permettre d'éliminer quelques candidats. Il y avait seulement trois femmes, mais elles n'étaient en toute logique pas Baker. Deux hybrides qui n'avaient de toute évidence pas une forme humaine étaient sortis également de l'équation. Il me restait quinze gouverneurs potentiels.

J'avais noté que la majorité des auras les plus imposantes était au rez-de-chaussée, dans une pièce menant à ce qui ressemblait à un escalier vers un sous-sol que je n'arrivai pas à distinguer. Une petite sonnette d'alarme s'alluma dans ma tête, si le sous-sol avait été rendu invisible, Baker devait être là-dessous. Aucun des autres n'était lui. J'avais écrit succinctement ces informations sur un carnet pris dans ma poche. Anton m'avait arraché le carnet et y avait indiqué qu'il attendait de nous qu'on se sépare. Deana, Gordon et Archie devaient s'occuper des gens de la maison et Jacob devait accompagner Anton et moi au sous-sol... J'avais fait non de la tête en même temps que Deana. *Bon, on t'a rien demandé toi.*

J'avais écrit en gros :

PROPHÉTIE = DEANA VIP / DONC SOUS-SOL = DEANA JACOB ET MOI.

Anton et Archie s'étaient immédiatement agités. J'avais inspiré calmement, regardé Jacob pour être sûre qu'il était bien en train de bloquer nos « communications » et avais envoyé mentalement :

— *Arrêtez vos conneries ! Deana et moi sommes prophétiquement liées à Baker, Jacob est indispensable pour bloquer son sorcier s'il est là, il y a vingt hybrides à neutraliser en haut, vous voulez envoyer Gordon faire ça tout seul ? Si c'est ça, je vais avec lui, et le temps qu'on ait nettoyé le haut on aura perdu l'autre gland !*

Ils s'étaient un peu calmés. Ils réfléchissaient dangereusement.

— *Ne me fais pas ça Math, pensa Archie, ne m'oblige pas à te laisser, je te préviens, si tu meurs, je me tue.*

— *Je vais pas mourir Archie, et arrête de parler, on a dit silence radio.*

J'avais mis un petit coup dans son épaule et lui avais servi un regard plein d'assurance, appuyé par un clin d'œil « T'inquiète ! ». J'avais bien vu que mon bluff n'avait pas pris.

Brown continuait de gribouiller sur le calepin torturé sous ses doigts nerveux. Il avait ajouté ANTON sur la liste sous-sol... Il n'allait pas lâcher l'affaire non plus... J'avais fini par hausser les épaules.

Nous avions passé une garde énergétique sans problème grâce à Jacob, je n'avais même pas eu à essayer d'en décoder le mécanisme, il l'avait annulée rien qu'en la touchant. Nous étions entrés dans la maison. Nous nous étions dirigés directement vers la pièce aux airs de dernier rempart avant le Graal. Pour y accéder, nous avions dû d'abord traverser un large hall au carrelage impeccable, aux plafonds hauts, décorés de jolies moulures, et aux statues style renaissance qui juraient un peu dans la maison coloniale. Nous y avions rencontré deux hybrides dont l'espérance de vie s'était réduite comme peau de chagrin au contact d'Anton et Archibald, qui avaient apparemment pris la résolution de faire dans l'efficacité brutale... Ils comptaient peut-être tuer les dix-huit gars restants dans les trois prochaines minutes histoire de tous aller à la rencontre de Baker et de son sorcier maléfique. C'était un plan séduisant, et réalisable par-dessus le marché, le truc, c'est que je n'avais pas du tout envie qu'ils descendent au sous-sol. J'avais été atteinte par la nuée rouge, j'avais vu ce qu'elle pouvait faire. Je ne voulais pas qu'ils aient à la subir. Les avertissements quant à cette funeste rencontre avaient été assez nombreux pour me convaincre de ne pas y emmener trop de gens auxquels je tenais. J'étais décidée à limiter l'équipe finale au strict nécessaire. D'autant plus que l'alerte ne manquerait pas de faire rappliquer les gardes des zones voisines, si jamais les autres binômes rencontraient des difficultés.

Nous nous engageâmes dans le couloir qui menait à la fin de cette histoire… Un autre garde sortit d'une pièce juste devant nous, il leva un fusil automatique vers le groupe. Je lui envoyai une décharge énergétique un poil trop forte et l'arme ne fut pas seulement inopérante, elle lui brûla les mains. *Oups, je suis un peu stressée je crois…* Gordon ne lui laissa pas le temps de se plaindre de ses brûlures, il lui assena un coup de poing mortel.

J'arrivai devant l'avant-dernière porte avant le sous-sol. J'avais eu un temps d'arrêt. J'étais déjà morte une fois. Je m'étais sentie bien, mais j'avais eu quelques regrets quand même. Maintenant, je me les rappelais. Je me tournai tout à coup et me dirigeai vers le loup noir. Il fut surpris par mon revirement soudain.

— Quand t'as dit que t'avais rêvé d'une femme dont tu étais « proche », murmurai-je, tu voulais dire… géographiquement ?

Il rougit. Pour une fois, il ne fit pas un tour d'horizon pour vérifier qui nous entendait, malgré la proximité de tout le monde. Il tint bon dans mes yeux et fit non de la tête. Je m'approchai un peu plus. Il ne s'enfuit pas. Je tentai le diable et fis encore un pas pour entrer dans sa zone de confort. Alors que je m'apprêtais à lui demander des précisions, il passa sa main dans ma nuque pour m'attirer contre lui et m'embrassa avec une infinie tendresse. Le contact de nos lèvres me parut empreint d'une magie troublante tant il m'électrisa. Tout mon corps répondit à l'étreinte dans un feu d'artifice inattendu.

Deana jeta une onde corsée pour nous séparer, stoppant l'osmose et ouvrant la porte derrière nous sur six soldats qui avaient l'air de s'ennuyer jusque-là, mais qui se levèrent les uns après les autres en nous voyant. Je revins sur terre en une seconde et attaquai sans attendre l'accès à l'escalier. J'avais envoyé une première salve d'énergie pour abîmer la porte et la sonder en même temps, puis j'avais commencé à infiltrer les gonds, déposer de l'énergie à travers et sous la lourde porte blindée pour mieux l'appréhender. Des combats s'étaient engagés partout autour de moi, dans une cacophonie à peine croyable. Je rappelai l'énergie, la porte sauta. J'attrapai Deana et la fourrai dans l'escalier.

— *Jacob ! appelai-je.*

Il évita un crochet du droit et se faufila vers les tréfonds de la maison. Je lui emboîtai le pas et posai une garde derrière nous. *Désolée bébé*, pensai-je en voyant la tête d'Anton, qui venait de comprendre la signification de mon temps d'arrêt et de concentration dans le cadre éventré de ce qui avait été la porte. Je le vis courir vers moi alors que je faisais volte-face, j'avais senti son aura se figer au contact du mur énergétique, j'avais jeté un dernier coup d'œil en haut. Je vis son visage faire des mouvements, il devait crier quelque chose. Je descendis.

L'escalier était déjà saturé d'une atmosphère lourde de haine, de colère, de peur, d'angoisse, qui me força à inspirer longuement pour essayer de rester claire. C'était comme passer d'un état normal à un état post-coma éthylique avec la mention « *bad trip* ». Je notai que Deana semblait également très affectée. Elle titubait et me regardait de travers, comme si elle avait une furieuse envie de m'épingler au mur. L'inquiétude marquait déjà le visage de Jacob. Nous marchâmes dans un petit couloir une fois en bas. J'avais lancé une onde, m'attendant à trouver au moins deux auras, mais je n'avais vu que celle du gouverneur. J'avais su instantanément que c'était lui. Il savourait un Cognac, assis dans un fauteuil, rêvassant à l'accomplissement de son rêve, l'extinction des sous-races. Il avait entendu que nous étions là mais n'avait pas bougé. Il avait l'air serein. J'envoyai une salve d'énergie pour annihiler toute arme à feu, par précaution. Nous pénétrâmes dans le bureau. La salle des opérations du gouverneur assassin… Un bunker au centre duquel une table accueillait une grande carte des États-Unis. Des feutres étaient étalés sur le bord de la table. Des annotations souillaient l'immense feuille en de multiples endroits, même au-delà des frontières de la Virginie. La pièce était vaste, on aurait dit qu'elle faisait la superficie de l'ensemble du rez-de-chaussée, alors qu'elle était pratiquement vide. Un bureau, la table, quelques meubles de rangement de documents, avec des fichiers suspendus, quelques armoires, une énorme bibliothèque qui dégueulait de manuscrits anciens et récents, un lit d'appoint derrière un paravent noir, une cabine de douche et des toilettes de chantier dans un angle. Il devait carrément vivre dans ce trou. Le bureau meublait le côté du petit quartier général. Baker était assis près de celui-ci, confortablement installé dans un Chesterfield patiné, seul meuble confortable de l'endroit.

Il était d'une bonne stature, ni gros ni maigre, habillé avec un pantalon côtelé beige, des mocassins en cuir, une chemise et un pull en cachemire avec un col en V par-dessus. Classe, sobre, élégant, l'allure d'un professeur de littérature qui s'octroie une petite pause après un cours magistral. Il tenait des lunettes transparentes dans sa main qui n'était pas prise par le verre rond, en cristal ciselé. Il nous regardait tranquillement. Son visage était si commun et non remarquable que je n'arrivais pas vraiment à établir à quoi il ressemblait.

J'avais commencé à sonder son corps. J'étais choquée. Il était un hybride. Un de ces hommes qu'une aurore magique avait transformé en quelque chose de sombre, sans altérer son enveloppe charnelle. Il n'avait pas utilisé un sorcier, il en était un. Son regard dépourvu de la moindre émotion passait de Deana à moi comme s'il était en train de suivre un match de tennis avec un intérêt modéré.

— Voilà qui promet une soirée intéressante, dit-il tout de même.

J'eus le sentiment désagréable qu'il avait probablement un coup d'avance sur nous. Il était si calme que je ne pouvais m'empêcher de penser qu'il savait que nous viendrions, qu'il y était préparé. Il porta soudain son attention sur Jacob.

— Jacob Grimm... sourit-il. C'est un plaisir...

Jacob avait sursauté de surprise et m'avait jeté un regard interrogateur. J'avais haussé les épaules. Ce type m'énervait déjà.

— Votre clan est fascinant, ajouta-t-il. Vos capacités m'ont captivé des mois durant.

Super... Je me concentrai pour essayer de lire en lui, de connaître ses motivations, ses plans. Je me heurtai à sa haine, sans cesse. Il était comme piégé dans un écrin de colère, si cristallisé, si épais, que je ne parvenais pas à voir au-delà. J'envoyai une salve d'énergie dans laquelle j'avais visualisé un sentiment de libération, la diffusant en aérosol sur le gouverneur. Il se tortilla dans son fauteuil, comme si une nuée d'araignées avait tout à coup déboulé du plafond pour le déloger. Il se leva et me toisa sans regarder dans mes yeux.

— Vous êtes vraiment teigneuse, Mademoiselle Shade, cracha-t-il presque. Tout ce que j'abhorre. Vous pourriez mettre vos immenses talents au service de l'humanité et au lieu de ça, vous vous acoquinez avec des monstres et passez votre temps à les protéger. Vous êtes peut-être la pire aberration que j'aie vue.

Sympa.

Mon onde avait rendu sa protection haineuse complètement poreuse, si bien que je pouvais apercevoir son essence. C'était un homme détruit. Il était triste, sombre et si peu sûr de lui qu'il était en mode défense ultime. Il avait perdu des êtres chers dans des conditions trop dures pour lui et il s'était trouvé des coupables à faire payer pour ça. Il pouvait sentir mon investigation en lui. Il frissonna et posa son verre sur une desserte, à côté de son fauteuil. Il mit ses lunettes.

Deana empoigna son glock et tira droit dans la tête du gouverneur. La gâchette fit un cliquetis sonore, sans que le coup ne parte.

— Mademoiselle Shade a neutralisé les armes à feu... dit Baker avec un ton dédaigneux.

Deana me jeta un regard noir. *Oups, j'avais oublié de lui dire ?* Elle récita quelques incantations à voix basse et leva ses mains vers le gouverneur. Une impulsion puissante prit vie dans ses paumes et balaya la pièce dans une chaleur qui me fit me couvrir le visage par réflexe. Quand nous rouvrîmes tous nos yeux, le fauteuil, la desserte, une partie de la bibliothèque derrière eux et le mur de béton brut étaient calcinés. Baker, quant à lui, n'avait pas bougé, une bulle rouge s'était formée autour de lui, le plaçant dans un cocon protecteur.

OK, il se protégeait automatiquement avec de l'énergie... Ce ne serait pas suffisant avec moi. Je pourrais la détourner. Restait à savoir si elle me rendrait folle... Il dut comprendre le fil de mes pensées parce qu'il me sourit crânement. Deana s'empourpra et lui assena deux nouvelles salves consécutives, la première de glace et la seconde constellée de milliers d'aiguillons. *La classe !* Elle prenait son rôle prophétique très au sérieux. Les impulsions furent toutes deux rendues inoffensives par la bulle rouge, qui avait juste été plus éclatante pendant les impacts. J'essayai de trouver une ouverture pour commander à son énergie de retourner à la terre.

Il se déplaça tout à coup, comme s'il avait oublié qu'il avait quelque chose d'urgent à faire. Il chercha dans une armoire. On entendit le bruit d'un coffre ; quand je le sondai, je m'aperçus qu'il était complètement hermétique à l'énergie. Je me demandai ce qu'il pouvait bien avoir voulu protéger de l'énergie et pensai à l'onde de neutralisation des armes. Je lançai une bulle de protection au moment où il levait un petit revolver vers Jacob... Je crus avoir été assez rapide... J'envoyai une nouvelle onde pour rendre l'arme finalement hors d'usage. Je sursautai en voyant Jacob se tourner vers moi, le teint pâle. Il se tenait le flanc. Du sang coulait à travers ses doigts. *Non !*

Il tomba, les genoux à terre, au moment où j'arrivai près de lui. J'appelai de l'énergie pour soigner sa blessure, quand je la sentis : la haine. Cette sensation insupportable de revivre toutes les douleurs de sa vie, en un seul et même instant, sans pouvoir l'éviter. La protection de Jacob avait sauté. J'étais tombée au sol.

Je suffoquais. La pression était si forte que je sentais du sang dans ma bouche, je m'étais mordu l'intérieur des lèvres en me contractant à la douleur vive de la magie rouge... Mon propre sang tapait dans mes tempes et ma vue était vaguement brouillée. Je paniquai. Ma colère, ma peur, me hurlaient de faire quelque chose pour elles. Elles me suppliaient de leur donner ce dont elles avaient besoin pour être apaisées. Je revis Azazel, le démon qui m'avait élevée, me frappant pour rendre mes os plus forts. Je revis les hybrides que j'avais combattus dans l'arène, surtout quatre d'entre eux, ceux qui m'avaient infligé les blessures les plus graves, celui qui avait abusé de moi, et celui qui avait fait tuer Aïko. La nuée m'intimait de les étriper. Tous. Elle me faisait sentir combien les hybrides, les surhumains, étaient l'origine du mal.

Je luttai de toutes mes forces contre le tsunami qui déferlait en moi. Je tremblais. Je repensais à ma méditation sur le toit de mon appartement. J'essayais de m'accrocher à elle. Le message avait été clair ; mes racines étaient fortes, je devais faire confiance et laisser mon essence revenir à sa nature profonde. *Muladhara.*

Je respirai lentement, me focalisant sur le va-et-vient de l'air dans mes poumons en feu. Je me calmais. Je respirais. Je reprenais confiance... Quand je pus de nouveau ouvrir les yeux, et voir la pièce à peu près stable malgré la tempête d'énergie qui y déferlait, je me relevai. Une douleur sourde me déchira alors le dos. Mon corps se mit automatiquement en mode régénération d'urgence. Pour que cela arrive, il fallait que quelqu'un m'ait blessée presque mortellement. Je me tournai juste à temps pour esquiver le deuxième coup de poignard que me destinait Deana. Je lui envoyai une salve d'énergie par réflexe. Elle recula de quelques mètres. La nuée l'avait transfigurée. Son visage parfait et lisse avait laissé place à un masque de fureur. Ses yeux avaient pris une couleur orangée ainsi que ses lèvres, ses cheveux brillaient. C'était donc ça, la version maléfique de Deana ? Elle était encore une fois splendide ! Je sentais un tourbillon d'énergie brûlante dans la plaie ouverte depuis un espace intercostal dans mon dos jusque sous mon cœur. Elle avait bien failli me tuer et mon corps s'empressait de limiter la casse. La régénération m'aurait arraché un cri de douleur si je n'avais pas eu à rester concentrée pour empêcher l'énergie du gouverneur de m'ôter la raison.

J'eus le temps d'apercevoir Baker, de retour dans son fauteuil cramé, un nouveau verre à la main, juste avant que la rousse ne s'élance à nouveau sur moi. Je compris qu'elle ne m'avait pas poignardée, elle m'avait empalée avec mon propre sabre, qu'elle tenait toujours à la main. Je bloquai son mouvement en faisant déferler entre nous une vague d'énergie que je fis atterrir droit sur Baker. Il sauta sur ses pieds et se tordit de douleur. Comme j'avais pu résister à la colère, j'avais réussi à attraper l'énergie rouge et à la faire obéir. Je la lui avais renvoyée, agrémentée de ma touche personnelle, l'énergie de mon chakra racine, celle d'une Indigo… La décharge d'empathie qu'il reçut le fit se contorsionner d'aversion et couler des larmes sur ses joues. Il tenta de reprendre ses esprits et de se calmer…

Après quelques secondes de panique, il avait fait comme moi et s'était redressé, visiblement éberlué que je sois capable de lutter contre son emprise. Il leva la main et son énergie revint à lui, libérant la sorcière qui lança carrément le sabre à travers la pièce, avec une précision chirurgicale. J'eus tout juste le temps de me mettre de côté pour ne pas le prendre en plein cœur. Ma propre lame trancha la chair de mon dos avant de se ficher dans l'armoire derrière moi. Je ne la récupérai pas. Je ne voulais pas risquer de tuer la sorcière, et mon empathie me dictait de sauver Silas Baker. Je sentais mon dos humide. Je pris quelques secondes pour canaliser de l'énergie vers Jacob, dont l'état était plus que critique. J'attendis de sentir battre son cœur et de retrouver sa tension avant de relâcher mon effort. Ce temps de concentration me valut une fracture scapulaire, dans l'explosion d'une puissante bombe énergétique envoyée par Deana. Elle ne m'aimait vraiment pas…

Je devais annuler l'énergie brutale de Baker en y instillant celle canalisée à travers mon aura, tout en essayant de tenir la sorcière en furie à distance pour survivre… L'énergie rouge reculait face à la mienne, mais mes réserves s'épuisaient à une vitesse effrayante. Ma régénération d'urgence puisait abondamment dans mon capital si bien que je lui ordonnai de s'arrêter. La douleur fit passer un voile devant mes yeux. C'était comme si l'énergie du sorcier dans le déni avait été négative, elle mangeait la mienne avec un appétit pantagruélique. Je pouvais la faire tarir, mais pas sans faire la même chose de la mienne. J'envoyai une cage autour de Deana. Espérant pouvoir la contenir quelques secondes bien que la puissance de sa magie me fasse mal aux yeux, m'indiquant que mes tentatives de rétentions seraient sûrement vaines. Je jouai la montre mais ma mort avait bel et bien l'air inéluctable. *Saletés de prophéties !*

J'avais réussi à contenir Deana quelques minutes et avais utilisé ce temps précieux pour lutter contre Baker. Son assurance froide s'était fissurée et je pouvais voir la naissance d'un doute, d'un regret, ses premiers pas en arrière. J'allais pouvoir le remettre à zéro… S'il ne m'aspirait pas toute mon énergie avant.

Je me sentais déjà vidée, à crédit. *Aide-moi encore un peu l'univers...*

Du bruit attira mon attention dans l'escalier. Je réalisai que j'avais posé une garde sur l'espace de la porte, mais pas autour, Anton avait dû le comprendre et défoncer le mur. Il déboula tout à coup dans la pièce, à moitié couvert de plâtre, ce qui confirmait ma théorie. Il gela son mouvement en m'apercevant ; mon nez saignait abondamment, mon dos était en charpie et la tache rouge sous mon cœur ne devait pas être bien rassurante. J'étais si concentrée sur les flux énergétiques que je ne pouvais plus bouger. Son visage devint froid. Il posa ses yeux sur le gouverneur et s'élança vers lui.

— Non ! criai-je en même temps que Deana dont la cage avait lâché.

Baker avait routé une portion de son faisceau rouge sur le loup. J'avais eu le réflexe d'envoyer une bulle de protection et Deana avait eu celui de vider le contenu de son carquois sur le gouverneur. Son arbalète n'étant plus en état de fonctionner, elle avait jeté un sort aux flèches en quelques mots et celles-ci s'étaient élancées comme des folles sur l'homme dont toute l'énergie rouge était prise par sa lutte avec la mienne. Le cœur de Baker s'arrêta soudain, créant un vide. La pièce m'apparut alors comme l'antichambre de la mort. Toute l'anti-énergie du gouverneur avait disparu d'une seconde à l'autre, aspirant la mienne avec elle. Je pouvais voir la dernière onde de mon énergie envoyée dans la panique, flottant devant le loup, ma bulle de protection, mes dernières gouttes d'essence vitale. Une larme était née au coin de mon œil quand j'avais constaté que finalement, Anton était un peu devin...

Épilogue

L'odeur du loup. Est-ce que je la percevais encore même dans la mort ou est-ce qu'il était vraiment près de moi ? Je ne voyais rien mais je sentais… La douleur, déchirante. Si j'avais mal, je devais être en vie…

When the night has come

And the land is dark

And the moon is the only light we see

No I won't be afraid

No IIIIIIII won't be afraid

Just as long, as you stand, stand by me

So darling, darling stand by me

Ooooooh, staaaand

Archibald chantait… Dans sa tête. Sans musique, juste la voix de son esprit, dans sa tête, et dans la mienne. Éraillée, fatiguée, douce, et terriblement jolie.

J'ouvris les yeux et le vis, assis sur le bord de mon lit. Se balançant tranquillement, perdu dans ses pensées. J'étais chez moi. J'étais vivante. Et j'étais tellement heureuse de le voir.

— T'es beau, fis-je.

Il s'immobilisa, ouvrit des yeux embués, puis vint tout près de moi à la hâte, colla son front contre le mien, et n'exprima rien sinon un soulagement tel qu'il me fit trembler jusqu'au plus profond de mes entrailles.

— Moi aussi, je t'aime.

Il était resté vautré sur moi de longues minutes. J'avais profité de cet instant, reconnaissante.

Il n'avait rien pensé pendant des heures, s'occupant de moi avec tendresse, en silence.

Plus tard, il m'avait raconté que le bunker avait livré quelques secrets, qu'il apparaissait que Silas Baker faisait en fait partie d'une organisation plus vaste dont nous ignorions tout, et aussi qu'il devait y avoir quelqu'un au sein de la Guilde qui le renseignait... Nous avions émis nos théories, puis j'avais dû me reposer. Il m'avait cajolée, m'avait nourrie, avait nettoyé mes plaies, avait vidé la sonde urinaire que Léonie avait dû me poser quand j'étais inconsciente, avait trouvé tout un tas de choses à faire et avait évité soigneusement de croiser mon regard. J'avais fini par trouver ça angoissant.

— Archie ?

Il se figea.

— Est-ce que tout le monde va bien ?

Il fit oui de la tête.

— Jacob ?

— *Il est à l'hôpital, Léonie et Montgomery disent qu'il va bien se remettre.*

— Gordon ?

— *Que des égratignures.*

— Anton ?

— *Il se porte comme un charme...*

— Toi, alors ?

— *Je vais très bien.*

— Alors qu'est-ce qu'il y a ?

Il avait tourné en rond, apparemment incapable de se rappeler le chemin pour venir de la cuisine ouverte à mon lit, dans mon trente mètres carrés.

— Pourquoi on est ici ? demandai-je.

Il se tendit.

— Qu'est-ce que tu me caches ?

Il vint tout à coup vers moi et planta ses yeux dans les miens.

— *Oublie-le Mathilda, t'as pas besoin de lui. Il a fait un choix, ne te torture pas avec ça, d'accord ? Passe à autre chose... C'est pas la peine de te faire du mal pour ce connard...*

— De quoi tu parles ?!

Il avait sursauté et avait fermé les yeux avant de continuer :

— *Tu n'es plus la bienvenue à la maison bleue.*

Je ne comprenais pas ce qu'il essayait de me dire.

— Comment ça ? Je…

— *Anton ne veut plus te voir, coupa-t-il.*

Je ne comprenais toujours pas, est-ce qu'il rigolait ?

— Qu'est-ce que tu racontes ?

Il s'agita encore, puis revint s'asseoir.

— *Après l'affrontement, ils ont fait venir Léonie, elle t'a soignée sur place comme elle a pu puis Anton m'a dit de t'emmener ici… Il a refusé que tu sois soignée à la maison bleue. Avec Gordon on n'a pas compris, on s'est énervés. Ils se sont battus. Anton a dit à Gordon qu'il était trop jeune, qu'il ne connaissait pas toutes les circonstances mais que tu ne pouvais plus aller à la maison bleue. Que c'était fini.*

J'accusai le coup. Je me levai.

— *Non, Mathilda, paniqua-t-il, tu es trop faible pour bouger, Montgomery a dit que tu devais rester au lit, il doit passer d'ici une heure, s'il te plaît reste tranquille.*

J'avais déjà arraché ma perfusion et ma sonde, ouvert mon armoire, en me tenant à la porte pour ne pas tomber, et j'en avais sorti un survêtement pour couvrir mon corps à vif. J'avais ensuite attrapé les clés de ma moto et les avais envoyées à Archie.

— *Non, Math, t'es trop fragile pour aller jusque là-bas…*

J'avais envisagé d'y aller sans son aide, mais un vertige m'en avait vite dissuadée. Je m'étais assise sur un de mes tabourets de bar, ravagée de douleur.

J'avais lancé une recherche à travers la toile énergétique. L'aura du loup noir m'était très facile à trouver tant j'étais liée à lui... *Quelle idiote !*

Je le localisai dans les bois, en train de faire son jogging. Il me l'avait interdit mais tant pis, je me connectai à lui par la pensée.

— *Loup !*

Je vis son énergie s'arrêter en pleine course. Son rythme cardiaque s'était accéléré soudainement, comme s'il était passé du repos au sport et non l'inverse.

— *C'est quoi ces conneries ?!*

Je pus percevoir en lui des sentiments diffus, mêlés de joie et de peine, intenses toutes deux.

— *Je ne suis plus la bienvenue à la maison bleue ?*

Il prit un temps considérable pour répondre, le plus froidement du monde :

— *Non, en effet, tu n'es plus la bienvenue ici. Merci pour ce que tu as fait, la Guilde t'en est reconnaissante.*

Il me congédiait ! Comme on renverrait l'employée de l'année après une opération commerciale réussie... J'étais abasourdie. J'avais du mal à respirer, je perdais pied. Je regrettai tout à coup de ne pas être morte. Je serais au moins partie avec l'illusion d'avoir partagé quelque chose avec lui. Le réveil était violent. Je réalisai que comme je n'avais pas encore coupé le lien mental, il avait ressenti les détails de ma détresse.

— *Mathilda… souffla-t-il.*

— *Non, c'est bon ! criai-je presque, le cœur au bord des lèvres, j'ai bien compris. Je sais que tu n'aimes pas te répéter.*

Je cloisonnai mes sentiments pour ne plus les lui laisser voir.

— *Je ne te dérangerai plus Brown.*

J'avais coupé le lien et un nœud s'était formé dans ma gorge, me faisant hoqueter tant il empêchait l'air d'y circuler. J'avais laissé tomber ma carcasse piétinée depuis la chaise haute. Archie s'était jeté au sol pour me serrer contre lui.

BONUS
Journal d'Archibald

Je venais de me réveiller avec une gueule de bois carabinée, qui s'additionnait à la douleur des coups que j'avais reçus hier soir, encore… Je m'étais laissé tomber de mon matelas aux ressorts usés, pour aller vers la salle d'eau insalubre que je partageais avec trois autres gars, et quelques cafards. J'allais commencer à me débarbouiller, quand je la sentis.

Mathilda.

Son énergie bienveillante était ici… Dans le Casino ! J'avais eu un frisson, et m'étais précipité dans l'escalier. La panique m'avait réveillé et dessaoulé, instantanément, et je courais presque en cherchant dans ma tête une raison pour laquelle elle pourrait être là, sans que sa vie ne soit en danger.

Je l'avais rencontrée quelques mois plus tôt, alors que j'avais cru mourir. Elle m'avait soigné. Elle avait guéri mon corps, et fait vaciller mon âme. Cette fille était un extraterrestre pour moi, bien que, paradoxalement, elle soit humaine. Sans rien savoir de moi, elle avait pansé mes plaies et ma solitude, avec une douceur surnaturelle. Elle avait fait naître en moi un sentiment diffus, étrange, dérangeant. Elle m'avait fait découvrir l'amour. Pas l'amour comme on se le figure, non. L'amour pur, sincère, profond, inconditionnel. On ne s'était jamais parlé, pourtant j'avais senti son inquiétude pour moi, son intérêt pour mon bien-être, son empathie.

J'étais arrivé dans le hall hors d'haleine. J'avais entendu le bruit de sa moto, vrombissant devant le bâtiment. Je l'avais aperçue au loin. Elle m'avait senti aussi.

— *Tout va bien Archie, m'avait-elle rassuré.*

Mon cœur avait recommencé à battre et j'avais expiré longuement.

La « famille » avait été très agitée tout le reste de la journée. Le Padre avait hurlé sur tout le monde, il était furieux. Il avait exigé d'obtenir le nom de la « folle » qui avait osé venir le menacer chez lui. J'avais rasé les murs, tout en m'arrangeant pour rester dans le coin, et laisser traîner mes oreilles. Quand il avait fini par avoir son nom, j'étais allé le trouver.

— *Excusez-moi, lui fis-je entendre dans sa tête, j'ai cru comprendre que vous aviez trouvé la fille qui est entrée dans le Casino ?*

— Oui ! Crois-moi qu'elle va regretter sa mauvaise idée, cette garce !

— *Vous voulez que j'aille la chercher pour vous ?*

— Pour quoi faire ?! Va la buter, oui !

— *Vraiment ? Je me disais que vu son manque de respect, vous voudriez la tuer vous-même... Pour l'exemple.*

Il avait gigoté dans son canapé. Il hésitait clairement à prendre un tel risque. Elle avait dû lui faire vraiment peur. *Sacrée Mathilda !* Il avait fini par accepter mon idée. Je ne savais pas vraiment ce que je faisais. Je n'avais pensé qu'à gagner du temps. Je pouvais essayer de la convaincre de s'enfuir... Non, elle n'accepterait jamais.

Une fois la nuit tombée, je m'étais rendu à l'appartement de Mathilda avec une équipe qui m'avait été imposée. Elle m'avait vite repéré. J'avais eu envie d'entrer chez elle, de voir où elle vivait... J'étais curieux de tout ce qui la concernait. C'était la seule personne au monde, à laquelle je me sentais liée, et j'avais l'impression qu'en entrant dans son appartement, je reconnaîtrais chaque objet, que je m'y sentirais comme chez moi... Alors même que je n'avais pas la moindre idée de ce que pouvait être avoir un chez soi.

Elle avait tué quasiment tout mon groupe en quelques minutes, et m'avait suivi sans inquiétude. J'admirais tellement ce petit bout de femme, aussi gentille que forte. J'avais essayé de lui faire comprendre qu'elle était en danger, mais j'avais senti tout de suite qu'elle ne fuirait pas. Pourtant, elle avait l'air d'être fatiguée, blessée même, peut-être. J'étais dans un état de stress que je ne me connaissais pas. L'angoisse était montée en moi tout au long de notre progression vers la pièce où j'étais censé la livrer au Padre. Je ne m'étais jamais opposé aux directives que le vieux m'avait données ; et pourtant, à cet instant précis, ses ordres me semblaient inacceptables. Je n'avais jamais cherché à comprendre ou à changer ma condition, avant de découvrir que je pouvais m'inquiéter pour quelqu'un.

Quand nous étions arrivés là où je me doutais que mon boss allait essayer de tuer la seule personne qui constituait tout mon univers, je songeai à le liquider tout de suite. Je sentis une forte énergie m'enlacer alors que je m'apprêtais à me jeter sur le Padre. Je jetai un œil à Mathilda. Elle me protégeait ! Elle affichait une assurance que mon lien muet avec elle démentait. Je sus cependant qu'il ne parviendrait pas à la tuer. Même dans son état étrange, elle était bien trop forte.

— Salut Padrecito, dit-elle sur un ton super insolent, je suis contente que tu me recontactes si tôt, non pas que ta vue me soit agréable mais je suppose que tu l'aurais pas fait si t'avais pas eu des informations à me donner ?

Le Padre leva son arme vers la tête blonde, le coup partit. Mon cœur fit une pause. La balle avait ricoché sur l'espèce de bulle de protection qu'elle avait posée autour d'elle, tuant Marcus sur le coup. J'avais dû lutter contre une forte envie de sourire.

Elle avait persisté dans l'insolence, il avait tiré à nouveau. Vidant tout son chargeur, dans sa rage. Je n'avais pas bougé, ayant compris que j'étais pourvu de la même protection que Mathilda. Rien que de penser qu'elle me considérait dans son camp, me rendait ivre de bonheur. Elle me protégeait ! Personne n'avait jamais fait ça.

Pire !

— Et puisque j'ai perdu deux aiguilles en argent, je prends ça.

Elle avait balancé ça au Padre, en me désignant du doigt. J'avais pris plusieurs longues secondes de réflexion, pour comprendre ce qu'elle négociait... D'ailleurs, quand j'avais enfin fait le bilan, elle avait déjà obtenu l'accord du vieux. Elle m'avait affranchi de lui. Elle me prenait avec elle. Mon cœur s'était mis à battre beaucoup trop vite. Je n'avais plus rien suivi des échanges qui avaient eu lieu sous mes yeux les minutes suivantes. Quand elle avait bougé, je l'avais suivie. Je m'étais accroché à elle de toutes mes forces, je m'étais collé à elle, aussi près que possible. J'avais pris la voiture du boss, pour la ramener chez elle, et pendant tout le trajet, j'avais été dans un état tout nouveau pour moi. J'avais connu une euphorie étrange. C'était comme si je venais de naître. Quelqu'un m'avait choisi, pour la première fois, mon existence était validée par quelqu'un, et pas par n'importe qui, par Mathilda. J'avais eu envie de la serrer contre moi, mais je m'étais bien tenu.

Elle m'avait fait entrer dans son appartement comme s'il était aussi le mien. Elle m'avait fait cuire une pizza et donné du vin, et ça avait été le meilleur repas de toute ma vie. J'avais souri si longtemps, que j'en avais eu mal aux joues. J'avais pris une douche, elle m'avait donné des vêtements. J'avais dormi avec elle, d'un sommeil libérateur, confiant, bienheureux. Elle m'avait donné une brosse à dents. Dans chaque chose que nous avions faite ensemble, j'avais senti son amour sans limite et sans condition. Je m'étais senti vivant, et j'avais compris que plus rien au monde, ne serait jamais aussi important à mes yeux, que cet être humain.

Muladhara

Sommaire

Muladhara

Du même auteur :

Urban fantasy

Dans la saga *Mathilda Shade* :

Svadhisthana – livre II

Manipura – livre III

Anahata – livre IV

Vishuddha – livre V

Ajna – livre VI

Charlotte Jackson – Savage (spin-off 6.1)

Chris Thomson – Power (spin-off 6.2)

Deana Andrews – Heart Breaker (spin-off 6.3)

A paraître :

Sahasrara – livre VII

Fantasy

Chroniques des Terres Rouges : Le Sang Royal

Le Soldat de l'Ombre – La gloire pour ennemie

Muladhara

Extrait Svadhisthana,
Mathilda Shade – livre *II*

Les différents représentants des Conseils prenaient place lentement derrière les petites feuilles qui indiquaient leur état d'origine, leur nom et leur caste. Les agents de sécurité personnels, comme Archie et moi, étaient invités à rester dans l'espace en haut du théâtre. Léonie s'était assise derrière nous puisque les conjoints n'étaient pas conviés non plus. Mes yeux voyageaient de délégation en délégation, de vigil en vigil, cherchant furieusement à détecter les menaces potentielles. Je sentis tout à coup le loup noir.

Je ne m'étais pas retournée, pour ne pas le voir arriver, je savais qu'il accompagnait Vassilissa. Je m'étais appliquée à rester concentrée sur la configuration de la salle, espérant qu'ils passeraient à côté sans s'arrêter. Vassilissa, la grenouille de conte russe, me tapota l'épaule. *Merde.* Je me retournai doucement. Elle m'adressa son sourire le plus charmant. Elle avait pris une forme humaine que je n'avais encore jamais vue. Celle d'une femme d'âge mûr mais moins vieille que d'habitude, une coupe au carré qui lui donnait une allure formelle, de larges lunettes en écaille posées sur un petit nez retroussé qui rendait bien son air mutin.

— Mathilda… dit-elle en esquissant une révérence.

— Vassilissa, répondis-je en levant un sourcil.

— Je suis contente de te voir ! Je commençais à avoir peur que ça n'arrive plus.

J'avais jeté malgré moi un œil à l'Alpha, resté dans l'entrée. Elle avait soupiré.

— Je sais, fit-elle, mais n'oublie pas que les choses ne sont jamais vraiment ce qu'elles paraissent…

Une personne adulte et calme... Respire... Un, deux, trois, c'est censé calmer ça, non ? Bordel...

— Toujours le même refrain, Vassilissa… m'irritai-je tout en essayant de me donner un ton neutre. Le problème avec les apparences, c'est que c'est avec elles qu'on vit, pas avec ce qu'elles cachent.

Son regard se fit plus appuyé. Elle parut fatiguée.

— Tu as raison Mathilda, lâcha-t-elle, comme souvent, je dois bien l'admettre.

— Note ça, fis-je pour Archie.

Ses yeux se perdirent dans le vague un long moment. Puis elle me serra contre elle et m'envoya en pensée :

— *Ne le condamne pas définitivement Mathilda, je t'en prie. Laisse-moi le temps de trouver une solution.*

Elle s'éloigna.

Anton ne bougea pas. Il n'était pas un membre du Conseil et devait rester dans les parages, en haut de l'amphi ; j'avais tout de même espéré qu'il aurait la délicatesse d'aller le plus loin possible de moi. Non seulement cette idée ne lui avait pas effleuré l'esprit, mais en plus, il ne semblait pas compter regarder autre chose que moi. J'avais la chair de poule tellement j'étais énervée.

Muladhara

Laissez-vous tenter par un peu de Fantasy...

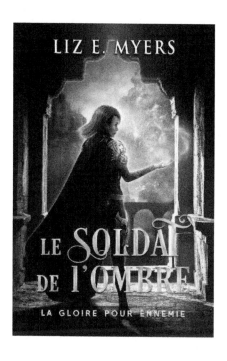

Les lois de la Naarïlm n'ont pas été modifiées depuis les premiers Naanilis (rois meurtriers), elles interdisent donc toujours la magie et les naissances non approuvées d'elfidés, ou de non-humains. Pourtant, depuis la "guerre des fils", en 805, TerreVieille a été découpée en deux royaumes distincts qui nourrissent des aspirations bien différentes... Lorsque le roi Pitis a fait mander de l'aide dans le but de défendre ses terres, il ne s'attendait certainement pas à recevoir celle d'un soldat dont la puissance salvatrice est un crime par nature...

Printed in Great Britain
by Amazon